Elke Schwab

KRIMINELLE INTELLIGENZ

Ein Baccus-Borg-Krimi

SOLIBRO Verlag Münster

SUBKUTAN

THRILLER DIE UNTER DIE HAUT GEHEN

1. Sprado, Hans-Hermann: *Risse im Ruhm.*
   Münster: Solibro Verlag 1. Aufl. 2005
   ISBN 978-3-932927-26-5 • eISBN 978-3-932927-67-6 (E-Book)
2. Sprado, Hans-Hermann: *Tod auf der Fashion Week*
   Münster: Solibro Verlag 1. Aufl. 2007
   ISBN 978-3-932927-39-3 • eISBN 978-3-932927-68-3 (E-Book)
3. Elke Schwab: *Mörderisches Puzzle*
   Münster: Solibro Verlag 1. Aufl. 2011
   ISBN 978-3-932927-37-9 • eISBN 978-3-932927-64-5 (E-Book)
4. Elke Schwab: *Eisige Rache*
   Münster: Solibro Verlag 1. Aufl. 2013
   ISBN 978-3-932927-54-6 (TB) • eISBN 978-3-932927-72-0 (E-Book)
5. Elke Schwab: *Blutige Mondscheinsonate*
   Münster: Solibro Verlag 1. Aufl. 2014
   ISBN 978-3-932927-85-0 (TB) • eISBN 978-3-932927-86-7 (E-Book)
6. Elke Schwab: *Tödliche Besessenheit*
   Münster: Solibro Verlag 1. Aufl. 2015
   ISBN 978-3-932927-95-9 (TB) • eISBN 978-3-932927-96-6 (E-Book)
7. Elke Schwab: *Gewagter Einsatz*
   Münster: Solibro Verlag 2. Aufl. 2017
   ISBN 978-3-96079-020-4 • eISBN 978-3-96079-021-1 (eBook)
8. Elke Schwab: *Tickende Zeitbombe*
   Münster: Solibro Verlag 1. Aufl. 2017
   ISBN 978-3-96079-029-7 • eISBN 978-3-96079-030-3 (eBook)
9. Elke Schwab: *Kriminelle Intelligenz*
   Münster: Solibro Verlag 1. Aufl. 2021
   ISBN 978-3-96079-088-4 • eISBN 978-3-96079-089-1 (eBook)

ISBN 978-3-96079-088-4

Umschlaggestaltung: *Michael Rühle*
Coverfoto: © *iStockphoto.com/ KevinKlimaPhoto*
Foto der Autorin: *Alida Scharf, Köln*
Lektorat: *Marc Graner*
Druck und Bindung: CIP *Books GmbH, Leck*
Printed in Germany

FSC
www.fsc.org
MIX
Papier aus verantwortungsvollen Quellen
FSC® C083411

www.solibro.de verlegt. gefunden. gelesen.

Prolog

Genau das tat er: Er lauerte seiner Beute auf. Nur mit dem kleinen Unterschied, dass sein Angriff eine Reihe von strategischen Schachzügen beinhalten würde, womit er niemandem auch nur die geringste Chance ließ, zu entkommen. Das gehörte zu den Spielregeln, die er selbst bestimmte.

Wie immer hatte er an alles gedacht.

Nichts war ihm entgangen!

Endlich näherte sich der Moment, auf den er gewartet hatte.

Jeder Augenblick war wie ein Pulverfass: bereit, mit einem ohrenbetäubenden Knall in die Luft zu gehen.

Und er hielt die Zündschnur in der Hand.

Ein verdammt gutes Gefühl – das Wissen, alles unter Kontrolle zu haben. Nichts konnte ihn überraschen, denn alles hing nur von ihm ab.

Ein gottgleiches Gefühl – das auszukosten allein schon den Aufwand wert war.

Der Auslöser war nur noch eine Frage der Zeit.

Seine innere Stimme sagte ihm, dass es nicht mehr lange dauerte. Also genoss er die wachsende Anspannung, die ihn erfasste.

Das Adrenalin, das durch seinen Körper strömte, ließ ihn hypersensibel auf alle äußeren Reize reagieren.

Es gab nichts, das ihm entging.

Selbst in tiefster Nacht konnte er sehen, in Momenten größten Lärms ein Geräusch vom anderen unterscheiden, in absoluter Stille geradezu einen Floh atmen hören.

Seine sechs Sinne waren geschärft – einem Raubtier gleich, das seiner Beute auflauerte.

Er fühlte sich wie Gott!
Nein, er war Gott!
Ja, er war Gott.

Kapitel 1

Sanft fuhr die Schaufel des Baggers in den sandigen Boden hinein. Einen Hub nach dem anderen beförderte der Baggerfahrer hinaus und entlud das Erdreich in den danebenstehenden LKW. Zur Rechten des Baggerfahrers prangten eine ganze Reihe von Firmengebäuden, die am Waldrand wie die Pilze aus dem Boden geschossen waren. Hinter dem Firmengelände erhob sich in der Ferne der Schlackenberg der Grube Ensdorf mit dem darauf thronenden Polygon. Zu seiner Linken erstreckten sich nur Felder und Wiesen. Wohnhäuser gab es hier seit fünf Jahren nicht mehr. Das Firmengebäude hinter ihm mit der großen Aufschrift „*DynamoCars – die Zukunft hat einen Namen*", hatte vor einigen Jahren das Land neben dem Gewerbegebiet aufgekauft und die Genehmigung für riesige Produktionshallen bekommen.

Die Zukunft war nicht mehr aufzuhalten.

Was hier als Zukunft bezeichnet wurde, waren Elektroautos, die autonom fahren konnten. Wurde der Mensch bald überflüssig? Das bewies die Tatsache, dass alle Anwohner dieser Gegend ihre Häuser verkaufen mussten, damit die Firma genug Platz für ihre Produktion bekam. Bestimmt nicht leicht, sein Zuhause einfach aufzugeben – egal ob das Geld dafür stimmte oder nicht. Vom letzten Haus, das dem Erweiterungsbau trotzen wollte, waren nur noch klägliche Reste zu sehen. Der Kampf gegen den Giganten „*DynamoCars*“ war aussichtslos gewesen.

Aber darüber wollte der Mann nicht nachdenken. Er bewohnte zusammen mit seiner Frau ein kleines Häuschen am Rand von Saarlouis und fühlte sich dort wohl. In seinem Job bekam er immer wieder neue Aufträge, womit sein Auskommen gesichert war.

Der Bauboom war seine Unterhaltssicherung.

Außerdem erfüllte es ihn mit Stolz, eine Maschine mit einer Motorleistung von fast fünfhundert PS steuern zu dürfen. Den Job wollte er immer machen und hatte die Ausbildung bis heute nicht bereut. Möge der Tag, an dem auch Hydraulikbagger autonom fahren konnten, erst nach seiner Zeit kommen.

Ohne Unterlass ließ er die große Schaufel im Boden versinken, um immer mehr Erde herauszuheben. Der Gedanke, dass Elektroautos, die im Saarland produziert wurden, ein Aushängeschild für das kleine Bundesland werden sollten, trieb ihn an. Vielleicht war das Saarland auf dem besten Weg, Vorreiter in Sachen selbstfahrende Autos zu werden. Schaden könnte dieses Image bestimmt nicht.

Mit eingeübter Präzision bediente er die schwere Maschine auf Panzerketten, die so exakt zu steuern war, dass er sie auf engstem Raum drehen konnte. Dieser Bagger war ein Meisterwerk der Technik. Kaum vorstellbar, dass es bald etwas Besseres auf dem Markt geben sollte.

Mit diesen Gedanken verrichtete er seine Arbeit, als plötzlich die Arbeiter vor seiner Baggerschaufel mit hektischen Bewegungen herumhüpften, winkten und ihm merkwürdige Zeichen gaben. Wenn er jetzt den Motor abschaltete, bekäme er Ärger mit dem Chef. Galt für ihn doch als oberstes Gebot, die Maschine nur im äußersten Notfall abzustellen. Doch die Jungs gingen ihm nicht mehr aus dem Weg. Im Gegenteil: Sie positionierten sich so, dass er nicht mehr weiterarbeiten konnte. Notgedrungen gab er den Code zum Abschalten auf dem Touchscreen-Monitor ein und kletterte aus dem Cockpit. Mit einem

Satz sprang er von der Panzerkette und stellte sich zu den Kollegen, die alle auf etwas starrten, was sich seinen Blicken entzog.

„Was ist los?“

„Da! Schau!“ Einer zeigte mit dem Finger auf etwas zwischen Sand und Geröll. Der Baggerfahrer beugte sich hinab, um es besser erkennen zu können. Ihm stockte der Atem. Vor ihm lag ein Bein – genauer gesagt ein Unterschenkel – in blauem Stoff, der Jeans sein könnte, der Fuß steckte noch in einem schweren Schuh.

*

Mit schleppenden Schritten betrat Lukas Baccus das Landeskriminalamt, steuerte den Aufzug an und ließ sich in den vierten Stock fahren. Erst als er sich unbeobachtet fühlte, verzog er sein Gesicht vor Schmerzen. Es gab keinen einzigen Knochen an ihm, der nicht schmerzte. Oben angekommen versuchte er mehr Schwung in seine Bewegungen zu bringen, damit er nicht auffiel. Doch der Schuss ging nach hinten los. Alle starrten ihn an. Und überhaupt: War er der Letzte an diesem Morgen?

„Was ist mit dir passiert?“, fragte Theo, nachdem Lukas auf seinen Schreibtischstuhl gesunken war.

Theo, sein Freund seit dem ersten Fall, den sie gemeinsam bearbeitet hatten. Viele Jahre verband die beiden inzwischen, wobei nicht immer klar war, ob sie sich liebten oder hassten. Eines war jedoch klar: Keiner konnte ohne den anderen.

Und wie es bei Kriminalermittlern nun einmal war, entging seinem Freund auch nichts. Trotzdem versuchte er, der Frage seines Freundes auszuweichen.

„Was soll diese Frage? Ich habe einfach nur verschlafen.“

„Ich weiß, wie du aussiehst, wenn du verschlafen hast.“

Lukas schaute über seinen Bildschirm hinweg auf den Kollegen, dessen dunkle Augen ihn fixierten. „Du hast recht“, gab er nach. „Ich habe mich mit meiner Maschine abgelegt. Jetzt tun mir sämtliche Knochen weh.“

„Scheiße! Wann? Wo? Wie ist das passiert?“ Theo stand von seinem Platz auf, umrundete die beiden Schreibtische, die sich gegenüberstanden. Er stellte sich neben ihn, stützte sich mit einer Hand auf der Rückenlehne des Schreibtischstuhls und mit der anderen auf dem Schreibtisch ab. Von oben herab schaute er besorgt auf seinen Kollegen und Freund.

„Es ist halb so wild“, wehrte Lukas hastig ab. „Ich wollte die Maschine aus der Garage fahren und für die kommende Saison startklar machen. Dabei bin ich umgekippt und hart auf dem Bordstein gelandet.“

„Du bist eindeutig zu alt für ein Motorrad“, stellte Theo mit Kennermiene fest. „Schau dich mal an: Deine Haare werden grau, deine Falten immer tiefer, deine Knochen porös. Da kannst du von Glück reden, dass du dir nichts gebrochen hast.“

„Jetzt wirst du aber komisch. Meine Haare leuchten rot wie eh und je. Wer hier grau wird, das bist du! Auch wenn du es dir selbst nicht eingestehen willst.“

Erschrocken richtete sich Theo auf und fuhr sich an seine Schläfen, genau die Stellen, an denen sich einige graue Strähnen gebildet hatten.

„Deshalb fahre ich kein Motorrad mehr. Also nimm dir ein Beispiel an mir“, konterte er schwach und kehrte an seinen Platz zurück.

„Hey, ihr Streithähne“, ertönte eine Frauenstimme, die beide aufhorchen ließ.

Kriminalkommissarin Jasmin Hafner trat auf sie zu. Sie war die Jüngste unter den Kollegen und die letzte Kommissaranwärterin, die es noch kurz vor dem Einstellungsstopp geschafft hatte, ihren Platz in der Abteilung für Tötungsdelikte zu sichern. Ihre anmutigen Schritte in den hochhackigen Schuhen klackerten über den PVC-Boden. Dazu trug sie schwarze Leggins und ein enges, rotes Top, das von einer knappen Jacke verdeckt wurde. Dieses Outfit ließ ihr blasses von schwarzen, welligen Haaren umrahmtes Gesicht fast erotisch wirken. Schon lange spürte Lukas ein Flattern im Bauch, sobald die junge Kollegin in seine Nähe kam. In seinen Augen wurde sie von Tag zu Tag schöner. Nur leider wusste er bis heute nicht, was sie in ihm sah.

„Es gibt Arbeit“, fügte sie hauchend an. „Eine Leiche wurde aus der Erde gebuddelt.“

„Das nennt man Leichenschändung. Nicht unsere Baustelle“, murrte Lukas, dem die knisternde Stimmung vergangen war.

„Baustelle ist ein gutes Stichwort.“ Jasmins Grinsen wurde breiter. „Der Tote liegt an der Stelle unter der Erde, die gerade für den Bau der Fabrik eines neuen Autoherstellers ausgehoben wird.“

„Neuer Autohersteller?“, fragten Lukas und Theo wie aus einem Mund.

„Ja. Eine ganz große Sache: *DynamoCars*.“ Jasmin lächelte geheimnisvoll. „Das autonom fahrende Auto.“

„Irgendwie kommt mir das bekannt vor“, murmelte Lukas. „Da war mal was.“

„Doch jetzt wurden die Arbeiten gestoppt, worüber die Baufirma und der Auftraggeber nicht gerade glücklich sind.“

„Klingt doch nach Arbeit für uns“, stellte Theo fest. „Und wo ist der Fundort?“

„Ich schicke euch die Daten aufs Handy.“

Lukas pfiff durch die Zähne. „Ganz wie bei *Navy CIS*! Dort geht auch alles über den elektronischen Weg.“

„Die Zukunft ist nicht mehr aufzuhalten.“ Grinsend stöckelte Jasmin davon.

„Nase lang machen, dann einfach gehen“, stammelte Lukas. „Warum kommt sie nicht mit uns?“

„Damit wir unsere Sinne auf den Toten richten und nicht auf Jasmin“, antwortete Theo, der bereits Richtung Ausgang steuerte.

„Spielverderber!“

„Du weißt doch, dass es nicht gerade der Effektivität unserer Arbeit förderlich ist, ein Verhältnis mit einer Kollegin anzufangen.“ Theos Tonfall klang tadelnd.

Lukas spürte, dass der ihm auf den Nerv ging. „Deinen Moralischen darfst du in Zukunft gern zu Hause lassen. Ich darf ja wohl noch träumen."

„Und ich dachte, dir tut alles weh."

„Na ja, nicht alles."

Theo lachte.

Sie steuerten den Dienstwagen an. Theo übernahm das Steuer, was Lukas an diesem Morgen gerne akzeptierte. Die Fahrt zur Dienststelle in seinem eigenen Auto hatte ihm gereicht. Der Sturz mit der schweren Maschine auf seinen rechten Beckenknochen bewirkte, dass ihn die gesamte rechte Seite schmerzte und in seiner Bewegung behinderte. In seinem tiefergelegten Golf mit der harten Federung hatte er jeden einzelnen Stein schmerzhaft gespürt. Unter leisem Stöhnen ließ er sich ganz vorsichtig auf den Beifahrersitz sinken.

„Meine Güte, da muss doch mehr passiert sein als ein einfaches Umfallen mit der Maschine", stellte Theo fest. Lukas reagierte nicht darauf.

Leise surrend startete der Motor des Audi A6 und die Fahrt ging los.

„Hier fühle ich mich fast wie in meinem eigenen Auto", schwärmte Theo, „nur mit dem kleinen Unterschied, dass meiner ein Quattro ist."

„Angeber."

„Gib es zu, dass du einen Fehler gemacht hast, als du dir das Motorrad gekauft hast. Ein ordentliches Auto kann nichts ersetzen."

„Ich habe ein ordentliches Auto", murrte Lukas. „Aber du hast recht. Ich werde meine Maschine verkaufen. Erstens komme ich kaum dazu, das Teil mal richtig zu fahren, und zweitens fehlt mir dadurch die Routine. Der Sturz von gestern reicht mir völlig. Ich will mir nicht ausmalen, wie es mir geht, wenn ich bei hundertachtzig Sachen auf die Fresse falle."

„Gute Entscheidung."

Sie erreichten das Industriegebiet am Rande des Saarlouiser

Ortsteils Fraulautern, das von Wiesen und Wäldern gesäumt und vom Polygon, dem Wahrzeichen des ehemaligen Bergbaus im Hintergrund überragt wurde.

„Was für eine Kulisse“, staunte Theo. „Dafür, dass es ein Industriegebiet ist, sieht es richtig klasse aus.“

„Stimmt. Wenn du dich erinnerst, haben hier auch mal Leute gewohnt, die der Industrie weichen mussten“, hielt Lukas dagegen und zeigte auf einen Gebäudekomplex, der alles andere in diesem Gewerbegebiet in den Schatten stellte. „Es ging damals genau um diese Firma hier: *DynamoCars*.“

„Du denkst an den Vermissten, der trotz intensiver Suche nicht gefunden wurde?“

„Genau der! Der wollte einfach nicht hier weg. Aber wie es aussieht, hat *DynamoCars* den Prozess gewonnen. Sonst würden sie nicht weiter bauen.“

Wo die Leiche gefunden wurde, konnten sie sofort an den vielen Menschen erkennen. Die Tatortgruppe, der Gerichtsmediziner und ein Bestattungsunternehmen waren schon vor Ort.

Sie parkten einige Meter entfernt und stiegen aus.

*

Das schwer begehbare Gelände machte für Lukas das Vorwärtskommen zur Tortur. Die Erde war an vielen Stellen aufgerissen. Rohrleitungen lagerten stückweise auf der Seite gestapelt, andere waren bereits im Boden verlegt. Stahlplatten, Kanthölzer, Betonplatten verteilten sich in einiger Entfernung. Eine Planierraupe stand abgestellt daneben. Mehrere Bauwagen in grellem Gelb grenzten das gesamte Baugebiet ab. Ein Bagger von Caterpillar hatte seine Schaufel abgestellt. Davor versammelten sich mehrere Arbeiter und beobachteten das Treiben der vielen Polizisten mit Argwohn.

„Wo steckt Renske?“, fragte Lukas. „Soweit ich weiß, wollte er auch kommen.“

Damit meinte der Kriminalkommissar den Staatsanwalt Helmut Renske, mit dem die beiden Kommissare mehr verband als nur ein Arbeitsverhältnis. Durch die vielen Ermittlungen, die alle von der Staatsanwaltschaft – insbesondere von Renske – begleitet worden waren, ist zwischen ihnen eine Freundschaft entstanden.

„Hat sich bestimmt verfahren", kam es von Theo.

„Das wird es sein."

Kaum hatten sie ausgesprochen, sahen sie einen korpulenten Mann im weißen Tyvek-Anzug über den Acker stolpern. Das musste er sein.

„Der Ball kommt ins Feld gerollt – heute ganz in Weiß", stellte Lukas grinsend fest.

„Und du hast wohl Unterricht im Veitstanz absolviert, so wie du über den Acker hampelst", gab Renske zurück, als er vor den beiden stand.

„Wir sollten unseren Dicken nicht beleidigen", funkte Theo dazwischen. „Immerhin ist die Staatsanwaltschaft die Mutter des Verfahrens – wir arbeiten zusammen. Schauen wir uns lieber an, weshalb wir uns hier auf dem freien Feld aufhalten. Bestimmt nicht, weil es so schön ist."

Lukas und Theo hatten inzwischen ebenfalls die Schutzanzüge angezogen. Nun streiften sie noch die Schutzkappen über die Schuhe und eine Haube über den Kopf.

„Warum diese Vorsichtsmaßnahme auf dem freien Feld?", fragte Theo, als sein Körper komplett in dem weißen Polyethylen-Stoff steckte.

„Weil wir nicht wissen, wie weit der eigentliche Tatort reicht", antwortete Markus Schaller, Chef der Spurensicherung. Lediglich an seinem obligatorischen Grinsen war der Kollege zu erkennen, da der Tyvek-Anzug auch ihn wie einen Astronauten aussehen ließ.

„Vielleicht bis zu dem Werk dort hinten", meinte Lukas spitz.

Verständnislos schaute Schaller auf das Gebäude ganz am

Ende des langgezogenen Grundstücks, das fast in den Wald hineingebaut worden war. In blauen Leuchtbuchstaben stand: „*DynamoCars – die Zukunft hat einen Namen.*"

„Oh. Da wisst ihr mehr als ich."

„Bietet sich doch an. Wie ich das hier verstehe, gehören diese Baumaßnahmen zu genau dieser Firma. Hier sollen Produktionshallen errichtet werden."

„Das leuchtet ein." Schaller grinste noch breiter.

„Kommt ihr noch?", schallte nun die donnernde Stimme des Gerichtsmediziners über den Acker. „Ich würde den Toten gern heute noch zur Untersuchung mitnehmen."

„Unser Leichenfledderer kann es mal wieder kaum erwarten", grummelte Lukas.

„Das habe ich gehört", war von Dr. Stemm zu vernehmen.

„Der hat ja seine Ohren überall."

„Stimmt! Und ungeduldig wird er auch", kam es laut scheppernd als Antwort. Ein gerötetes Gesicht war das Einzige, was sie unter dem Schutzanzug erkennen konnten.

Die Zusammenarbeit mit dem stark präsenten Gerichtsmediziner und den beiden Kriminalkommissaren erwies sich häufiger als schwierig. Dr. Stemm gehörte zu der Sorte Mensch, der seinen Job als Waffe benutzte. Leichenöffnungen waren seine Leidenschaft, während es Baccus und Borg nicht immer gelang, einer Obduktion bis zum Ende beizuwohnen. Doch die Leistungen des Mediziners überzeugten auf der ganzen Linie, weshalb alle gegenseitig zähneknirschend ihre Stärken und Schwächen in Kauf nahmen. Die Aufklärung stand nun mal im Vordergrund.

Nur noch ein paar Schritte, schon standen sie vor dem Fund, der alle Bauarbeiter in Aufregung versetzt hatte. Einige Kollegen der Spurensicherung waren damit beschäftigt, die Erde von dem Toten abzutragen, was sie mit behandschuhten Händen, Schaufeln, Pinseln und Sieben taten. Nach und nach kam mehr zum Vorschein. Das zweite Bein mit Fuß, der ebenfalls noch im Schuh steckte und beide Oberschenkel. Dann begannen sie, den Oberkörper freizulegen. Das Hemd war einst kariert, jetzt fleckig und löchrig. Die Masse, die darunter hervorlugte, sah braun und pelzig aus.

„Was ist das?“, fragte Theo.

„Das könnte Leichenlipid sein“, antwortete Dr. Stemm, wobei seine Stimme zögerlich klang, was man von dem großen, ungestümen Mann nicht kannte.

„Was ist das?“

„Das ist eine Art Fettwachs, der sich auf einer Leiche bildet, wenn die Verwesung durch Sauerstoffmangel nur begrenzt stattgefunden hat. Das passiert hauptsächlich in luftundurchlässigen Lehmböden oder bei Wasserleichen.“

„Lehmboden trifft in unserem Fall zu“, erklärte Markus Schaller. „Wasserleiche wäre übertrieben, auch wenn der Boden hier sehr nass ist.“

„Was heißt das für uns?“, fragte Theo weiter.

„An der Ausbildung des Leichenlipids kann ich errechnen, wie lange der Tote schon dort liegt“, antwortete Dr. Stemm. „Und das, was ich hier sehe, lässt auf eine sehr lange Liegezeit schließen.“

„Fünf Jahre?“, fragte Staatsanwalt Renske.

„Wie kommst du darauf?“, fragte Theo stutzig.

„Vor fünf Jahren ist genau an dieser Stelle ein Mann spurlos verschwunden. Bis heute gibt es keine Spur.“

„Das weißt du einfach so?“ Lukas staunte.

„Als ich hörte, dass der Tote in der Nähe von *DynamoCars* gefunden wurde und in welcher Situation, bin ich meine Akten durchgegangen. Durch die Digitalisierung findet man alles viel schneller. Im Zusammenhang mit dieser Firma hat es damals einen Fall gegeben, der bei uns gelandet ist.“

„Deshalb deine Verspätung. Und ich dachte, du hättest dich verfahren.“ Lukas grinste.

„Sehr witzig.“

„Und was hat die Leiche mit *DynamoCars* zu tun?“, erinnerte Theo.

„Die Firma hat damals alle Wohnhäuser aufgekauft, die auf

diesem Streifen Land standen. Sie brauchte diese Fläche für den Bau der Firma. Nur einer wollte nicht. Dann verschwand derjenige spurlos. Ich würde sagen, dass er gerade wieder aufgetaucht ist."

„.Klar!" Lukas bekam große Augen. „Das war es. Eben wollte es mir nicht einfallen."

„Was?", fragte Theo ungeduldig.

„Wir hatten mal einen Mord ohne Leiche."

„Laut meinen Akten hattet ihr damals in dem Vermisstenfall ermittelt." Prüfend schaute der Staatsanwalt auf die beiden Kommissare.

„Jetzt weiß ich es auch wieder. Wir wurden damals abgezogen, als ein Mord inklusive Leiche auf unserem Tisch landete", korrigierte Theo. „Aber auch für die Kollegen war es schwierig, ohne Leiche zu einem Ergebnis zu kommen. Deshalb müssen wir vorsichtig mit der Behauptung sein, dieser Tote könnte genau der Mann sein.

„Alles gut, Junge" beschwichtigte Renske. „Auf jeden Fall gibt es darüber eine Akte. Auch über den Kampf um die Häuser des Wohngebiets, die für den Bau der Autofirma geopfert wurden."

„Das heißt, wir müssen alte Akten heraussuchen." Theo stöhnte.

Renske meinte: „Halb so schlimm. Ich hatte sie auch sofort auf dem Monitor. Die Digitalisierung hat schon ihre Vorteile."

„Wie ich sehe, braucht ihr mich gar nicht mehr", stellte Dr. Stemm fest. „Die Identität des Toten habt ihr ja schon selbst herausbekommen."

„Keine Sorge! Ohne dich läuft nichts." Theo grinste breit. Es wäre uns sehr hilfreich zu erfahren, woran der Mann gestorben ist."

„Wenn wir Glück haben, ist die Verwesung durch die ungünstige Lagerung der Leiche soweit behindert worden, dass der Körper unter dem Lipid noch gut erhalten ist. Dann kann ich auch die Todesursache feststellen."

„Das klingt ja gruselig."

„Ist es auch. Es sind schon 500 Jahre alte Leichen gefunden worden, die durch Fettwachsbildung fast unverändert geblieben sind."

„Dann werden wir schnell wissen, ob das unser Mann ist", stellte Theo fest.

*

Das Gebäude von „*DynamoCars*" war im rechten Winkel in den Wald hineingebaut und die Außenwände in Grau gehalten. Es bestand aus zwei Stockwerken mit einem Flachdach. Während sich auf der linken Seite die Büros befanden, konnten Lukas und Theo an den großen Fenstern zur Rechten erkennen, dass der größere Gebäudeteil die Werkshalle darstellte, während sie sich von der Baustelle aus dem Gebäude näherten. Das Einzige, was dem Betrachter sofort ins Auge fiel, war das Firmenlogo mit dem Spruch „*DynamoCars – die Zukunft hat einen Namen*" in den Farben Blau und Gelb.

„Erstaunlich, dass es so etwas Fortschrittliches im kleinen Saarland gibt", stellte Lukas fest.

„Wir haben uns mit dem Thema noch viel zu wenig befasst. Deshalb wussten wir bis heute nicht, was aus *DynamoCars* geworden ist", stimmte Theo zu.

Auf dieser Seite gab es keine Möglichkeit, das Gebäude zu betreten. Sie mussten es umrunden, um zum Haupteingang zu gelangen. Ein Mitarbeiter saß am Informationsschalter und erkundigte sich nach der Identität der beiden. Nachdem sie ihre Polizeiausweise vorgezeigt hatten, telefonierte er eine Weile, bevor er seinen Schalter verließ, die Tür öffnete und in Begleitung der Kommissare das Reich von *DynamoCars* betrat.

Vor ihren Augen bot sich ein lichtdurchfluteter Raum, in dem in strikter Anordnung ein weißer Computertisch neben dem anderen stand. Daran saßen Mitarbeiter, die gebannt auf ihre Bildschirme starrten und die Tastaturen bedienten.

Dahinter lag eine lange Fensterwand, die auf die angrenzende Werkshalle und einen heckengesäumten Hof zeigte. Die Sonne kam gerade hinter Wolken hervor und ließ die Szene schon fast unwirklich erscheinen. Gleichzeitig setzten sich die elektrischen Fensterrollos in Bewegung.

„Das ist ja unheimlich“, zischte Lukas.

„Ich würde eher behaupten, dass es hier moderner zugeht als bei uns im Präsidium.“

Ein kleiner, untersetzter Mann in grauem Anzug und mit sichtlich aufgesetztem Lächeln trat auf die Kommissare zu, streckte ihnen die Hand entgegen und sagte zur Begrüßung: „Mein Name ist Karl-Otto Brache. Ich bin der CEO von *DynamoCars*. Ich bin darüber informiert worden, was auf unserem Baugelände passiert ist.“

Theo und Lukas zeigten wieder ihre Polizeiausweise.

Karl-Otto Brache führte die beiden durch das langgezogene Großraumbüro in ein separates Zimmer, das an Helligkeit und Minimalistik nicht zu übertreffen war. Lediglich ein weißer Schreibtisch stand vor einer Glaswand, die auf den Waldrand zeigte, der das Firmengelände vom nächsten Wohngebiet trennte.

Erstaunt schauen sich Theo und Lukas um, doch der Schein trog nicht. Es gab weder Schränke noch Regale noch weitere Tische oder Stühle in dem Raum.

Brache ließ sich auf einen weißen Chefsessel nieder, der erst sichtbar wurde, als er ihn bewegte. Dann drückte er einen Knopf, der sich offenbar irgendwo auf seinem weißen Schreibtisch befand und sagte in eine Anlage: „Frau Dewes, bringen Sie mir bitte zwei Besucherstühle herein.“

Eine Tür öffnete sich, die vorher nicht auszumachen war, und eine junge Frau schaute herein. Sie war groß und schlank – schon fast dünn. Ihre dunkelblonden Haare hatte sie in die Form eines Pilzes frisiert – oben lang unten kurz. Dazu passte ihr keckes Lachen, was die Kommissare gern erwiderten. Sie schob zwei weiße Stühle aus Plastik herein und verschwand wieder.

„So, jetzt können wir sprechen", leitet Karl-Otto Brache die Unterredung ein. Es war ihm anzumerken, dass er gern das Zepter in der Hand hielt.

Lukas und Theo tauschten einen Blick, der besagte, dass sie bei diesem Mann aufpassen mussten.

„Eine Leiche wurde auf Ihrem Baugelände gefunden", fing Theo an zu sprechen. „Das bedeutet, dass die Baumaßnahmen für eine Weile eingestellt werden müssen."

„Das kommt mir sehr ungelegen." Brache räusperte sich. „Wie Sie sich bestimmt denken können, leisten wir Terminarbeit. Der Bau der Produktionshallen darf nicht aufgehalten werden. Die Herstellung unserer Autos in Serie steht sozusagen schon in den Startlöchern."

„Ihre Bauarbeiter haben auf Ihrem Grundstück einen toten Menschen gefunden, der tief in der Erde lag. Das lässt darauf schließen, dass der Tote dort vergraben worden ist – also nicht die übliche Vorgehensweise bei einem Todesfall. Diesem Vorfall sollte doch so viel Pietät eingeräumt werden, dass ihm eine gerechte Abwicklung der Umstände, die zu seinem Tod geführt haben, zuteilwird."

Damit brachte Theo den Firmenchef für einen kurzen Moment aus der Fassung. Doch schnell fand Brache seine alte Fassung wieder und sagte: „Ich trage nicht die Verantwortung für das, was auf dem Baugrundstück passiert ist, bevor es meiner Firma gehörte. Also können Sie *DynamoCars* nicht dafür verantwortlich machen. Wir bauen Autos für die Zukunft. Wir tragen wesentlich zum Klimawandel und zum Fortschritt bei. Unsere Technik ist revolutionär für das Saarland und für Deutschland und dafür werden wir subventioniert. Glauben Sie, die Gelder fließen weiter, wenn wir unsere Hände in den Schoß legen und uns ausruhen?"

„Wer sagt denn, dass wir Ihre Firma dafür verantwortlich machen?"

„Die Tatsache, dass Sie hier sind, sagt mir das. Und das kommt mir sehr ungelegen, da wir daran arbeiten, an die Börse zu gehen."

„Es tut mir leid, wenn Ihnen dieser Leichenfund ungelegen kommt“, entgegnete Theo. „Aber nichtsdestotrotz können wir Ihr Gelände erst wieder freigeben, wenn zweifelsfrei geklärt ist, woran der Mann gestorben ist.“

„Das muss ich mit meinen Rechtsanwälten klären“, trumpfte Brache auf.

„Tun Sie das. Der Staatsanwalt wird darauf vorbereitet sein.“ Theos Beherrschung bekam Risse. „Doch nur ein Rat meinerseits: Je eher Sie uns unsere Arbeit machen lassen, umso schneller sind wir fertig.“

Ein unwilliges Brummen sollte wohl Zustimmung signalisieren.

„Was hat Sie dazu bewogen, Ihre Firma genau hier aufzubauen?“ Diese Frage stellte Lukas.

„Was soll diese Frage?“

„Wir stellen die Fragen und Sie geben die Antworten“, stellte Theo in einem Tonfall klar, der von seiner anfänglichen Freundlichkeit nichts mehr spüren ließ.

„Wir haben hier eine perfekte Autobahnanbindung. Weiterhin werden wir von hier ansässigen Firmen mit Material versorgt, ohne weite Wege zurücklegen zu müssen. Das heißt, dass wir vorhandene Ressourcen nutzen, ohne neue zu erschaffen. Außerdem gibt es ein Transportunternehmen, sodass wir für unsere Logistik alles direkt vor Ort haben. Reicht Ihnen das?“

„Völlig.“ Lukas grinste. „Würden Sie uns einen Einblick in Ihre Arbeit geben?“

„Warum?“, schoss Brache sofort zurück. „Ist das für Ihre Ermittlungen relevant?“

„Nein, es ist nur persönliche Neugier. Elektroautos sind für uns Neuland.“

„Wir sind schon einen ganz Schritt weiter.“ Plötzlich blähte sich der kleine, untersetzte Mann auf. „Wie erschaffen nicht nur Elektroautos, sondern autonom fahrende Autos. Das wird weltweit DIE Innovation der Zukunftstechnologien sein. Und das Saarland wird endlich aus der Versenkung auftauchen und die nötige Aufmerksamkeit bekommen."

Lukas und Theo bekamen ganz große Augen.

„Wow!", stieß Lukas aus. „Das klingt ja wirklich beeindruckend."

„Na gut, dann will ich mal nicht so sein", ließ sich Brache plötzlich herab und meinte in jovialem Tonfall: „Ich lasse Ihnen unseren Erlkönig zeigen, der schon in wenigen Tagen autark auf der Straße fahren wird."

Wieder betätigte der CEO einen imaginären Knopf auf seinem weißen Schreibtisch. Wieder trat die Sekretärin herein.

„Frau Dewes. Zeigen Sie den Herrschaften von der Polizei doch bitte unseren Erlkönig. Ich danke Ihnen."

Mit einem charmanten Lächeln führte die junge Frau den beiden Kriminalkommissaren voran durch mehrere Büros, Flure und Hallen voller Maschinen, die von Arbeitern bedient wurden, bis sie am Ziel angekommen war.

Vor einem großen Etwas, das mit einem grauen Tuch abgedeckt war, blieb sie stehen.

Sie bat einen Mitarbeiter, das Auto abzudecken, was derjenige auch tat. Zum Vorschein kam ein Auto in einer sportlichen, geräumigen Form dessen Karosserie ein grässliches Weiß-auf-Schwarz-Muster aufwies – das typische Merkmal für den getarnten Prototyp eines Autos. Die Windschutzscheibe zog sich weit über den größten Teil der Front des Wagens. Scheinwerfer waren nur schwer bei diesem Muster auszumachen. Die Seitenscheiben liefen nach hinten spitz zusammen. Das Heck des Wagens war mit einer Rücklichtleiste ausgestattet, die über die gesamte Breite ging.

„Wir nennen ihn *Streetfighter* – 434 PS, jeweils eine E-Maschine an der Vorder- und eine an der Hinterachse mit einer Reichweite von 550 Kilometern. Somit ist dieses Auto ein Allrad auf Elektromotor und mit der nötigen Computerausstattung, ohne menschliche Steuerung zu fahren. Das erste in dieser Größenordnung auf der ganzen Welt."

„Wow!"

„In drei Komma fünf Sekunden von null auf hundert. Höchstgeschwindigkeit 240 km/h. Acht Kameras zur Rundumüberwachung inklusive Ultraschallsensoren für Objekte aller Art. Eingebauter Radar mit Signalverarbeitung und und und. Sie sehen, wir haben an alles gedacht, damit dieses Auto zuverlässig auf den normalen Verkehr losgelassen werden kann."

Sie gingen in die nächste Halle. Dort stand ein sportlicher Flitzer in Eisblau, dessen Flügeltüren geöffnet waren, was dem Auto das Image eines Flugobjektes gab.

„Unser *Road Speedster*", stellte die junge Frau das Auto vor. "Er wird ebenfalls von zwei Elektromotoren angetrieben, die an Vorder- und Hinterachse 434 kW also 590 PS leisten. Die sollen eine Beschleunigung von 0 auf Tempo 100 in 3,5 Sekunden und in zwölf Sekunden auf 200 km/h ermöglichen, während die Höchstgeschwindigkeit zugunsten der Reichweite bei 240 km/h abgeregelt wird. Die Reichweite des *Road Speedster* beträgt mehr als 600 Kilometer."

„Wann findet die erste Testfahrt statt?", fragte Lukas.

„Wir warten nur noch auf die Freigabe. Der SUV hat nämlich alle Tests bestanden." Dabei las die Sekretärin von dem Tablet ab, das sie in ihren Händen hielt.

Theos Blick haftete mehr an Ilka Dewes als an dem Auto. Dafür war Lukas□ Neugier kaum zu bremsen.

„Und wie läuft das ab? Fährt das Auto einfach führerlos?", fragte er.

„Nein! Es sitzt natürlich jemand am Steuer. Allein schon dafür, dass die Passanten nicht in Panik geraten."

„Und was macht man dann als Fahrer ohne Fahrtätigkeit?"

„Man überwacht nur noch."

„Dann wird doch langweilig", zweifelte Lukas. „Und am Ende schläft man ein."

„Das wird nicht passieren. In den Autositzen ist eine Funktion eingebaut, die den darauf Sitzenden sozusagen antippt, wenn derjenige droht einzuschlafen."

„Das ist ja wirklich Science-Fiction." Lukas pfiff durch die Zähne.

„Und dann gibt es da noch den Autopiloten, der mit einem Voice-Centrum ausgestattet ist."

„Was ist das?"

„Sie kennen doch ‚Alexa'?"

Lukas und Theo nickten.

„Genau das ist im Autopilot eingebaut. Sie brauchen nur noch zu sagen, was sie möchten, und der Computer setzt es um – sofern Ihr Wunsch seinen Möglichkeiten entspricht."

*

Total geflasht von den vielen Neuheiten aus der Autobranche verließen Lukas und Theo das Werk von *DynamoCars*.

„Ich brauche so ein Auto", schwärmte Lukas.

„Warum? Ich dachte, dir macht es Spaß, selbst zu steuern."

„Ich stelle mir gerade vor, wie ich hinter dem Lenkrad sitze und zu *Alexa* sage: Hol mir einen runter!"

„Und dann sagt Alexa: *Gerne, wenn du mir Handschuhe leihst.*" Theo lachte laut auf.

„Wie kannst du mir nur sämtliche Illusionen rauben?"

„Du sollst nicht träumen, sondern arbeiten. Also konzentrieren wir uns lieber auf unser Gespräch mit den Bauarbeitern." Theo zeigte auf eine kleine Gruppe von Männern, die rauchend und trinkend vor dem Bagger stand und auf sie wartete.

Sie überquerten das freie Feld, wobei Lukas immer noch große Mühe hatte, nicht vor Schmerzen aufzuheulen. Theo griente neben ihm leise: „Für einen Pflegefall wie dich ist das selbstfahrende Auto schon bald die einzige Alternative der Fortbewegung."

„Damit wäre ich einverstanden, könnte ich es mir leisten." Lukas grinste schief.

„Na ja, ein Rollator tut's auch", setzte Theo hinzu.

„Dann machen wir Rollator-Rennen und ich werde dich immer besiegen. Ich freue mich jetzt schon drauf."

„Die Herausforderung nehme ich an."

Sie stolperten weiter auf die kleine Gruppe von Menschen zu.

„Wissen Sie schon, wen wir da gefunden haben?", fragte der Polier, als die Kommissare auf sie zutraten.

„Wir haben eine Vermutung, dürfen aber nicht mit Ihnen darüber sprechen", antwortete Lukas ganz außer Puste.

„Okay, das verstehen wir. Wenn das so ist, können wir uns auch denken, wer das war."

Die Männer murmelten zustimmend.

„Und an wen denken Sie da?"

„Der Alte, der damals sein Haus nicht verkaufen wollte."

Lukas nickte. Diese Story war den Menschen hier ebenfalls im Gedächtnis geblieben.

„Und kriegen Sie nach so langer Zeit noch raus, woran der Typ gestorben ist?", fragte der Polier weiter.

„Auf jeden Fall. Dafür gibt es ja die Gerichtsmedizin."

„Starke Sache! So, wie der aussah."

Ein junger Mann drehte sich hastig weg und übergab sich.

„Halte durch, Kilian. Das wird wieder", meinte der Polier zu dem Jungen und fügte entschuldigend in Richtung der Kommissare an: „Auf Leichenfunde sind wir nicht spezialisiert."

„Wer ist das schon?", wiegelte Lukas ab. „Aber nun wollen wir doch zum Thema kommen: Wie lange arbeiten Sie schon auf dieser Baustelle?"

„Ein Jahr."

„Sind Ihnen in dieser Zeit Menschen auf dem Gelände aufgefallen, die hier nichts zu suchen haben?"

„Sie meinen Protestler?"

„Zum Beispiel."

„Nein, die Proteste sind schon seit fünf Jahren vorbei."

„Und sonstige Neugierige?"

„Nein."

„Wird die Baustelle nachts bewacht?"

„Nein."

„Dann kann es also vorkommen, dass sich nachts Unbefugte auf das Gelände wagen?“

„Was hätten die davon?“

„Es wäre doch möglich, dass Sie den Täter mit Ihren Grabungen nervös gemacht haben.“

„Nein, da war nichts.“

„Okay. Dann wäre das schon mal geklärt.“ Lukas nickte. „Ist Ihnen – außer dem Toten – noch irgendetwas im oder auf dem Boden aufgefallen, als Sie angefangen haben auszubaggern?“

„Nein. Was sollte uns da auffallen?“ Der Polier schaute auf seine Männer, aber alle verneinten.

„Fundstücke, Dinge, die nicht hierher gehören“, erkläre Lukas.

„Sie meinen, dass der Mann vielleicht etwas mit sich getragen hatte?“

„Zum Beispiel.“

„Wenn es kleine Sachen sind, ist das schwer vom Cockpit des Baggers oder vom Führerhaus des LKWs zu erkennen.“

Die umstehenden Männer verneinten. Bis auf den jüngsten, der immer noch grün im Gesicht aussah.

„Hey Kilian“, brummte der Polier. „Rück raus! Was hast du eingesteckt?“

„Ich habe nichts eingesteckt.“

„Du kannst nicht lügen. Fürs Pokern wärst du ungeeignet. Also raus mit der Sprache!“

Nach einigem Drucksen gab der junge Mann zu: „Ich habe ein altes, verrostetes Messer gefunden.“

„Messer?“, horchten Lukas und Theo gleichzeitig auf.

„Es sieht total alt aus. Ich hatte gehofft, etwas Wertvolles gefunden zu haben.“ Jetzt leuchtete Kilians Gesicht dunkelrot.

„Dann geben Sie uns das Messer. Sollte es nichts mit den Ermittlungen zu tun haben, bekommen Sie es wieder.“

Der Mann steuerte einen der gelben Container an, verschwand darin und kehrte mit einem kleinen Päckchen in der Hand zurück. Er hatte es in Klarsichtfolie eingewickelt, sodass Lukas und Theo sofort die Form erkennen konnten.

„Also ein gewöhnliches Taschenmesser ist das nicht“, murmelte Theo. „Zeigen Sie uns, wo Sie das Messer gefunden haben.“

Der Polier musste nicht lange überlegen. Er kehrte an die Stelle zurück, an der erst vor kurzem die Leiche ausgegraben worden war. Die Kollegen der Spurensicherung arbeiteten dort immer noch. Sie drehten jedes Sandkorn um, in der Hoffnung auf eine verräterische Spur.

„Was wollt ihr hier?“, frage Markus Schaller, wobei sein obligatorisches Grinsen einem mürrischen Ausdruck gewichen war. „Wir haben hier eine elende Sisyphus-Arbeit vor uns. Gerade haben wir eine alte Schaufel gesichert. Ich wäre euch dankbar, wenn ihr keine Spuren kontaminiert.“

„Wir haben selbst erst erfahren, dass ein junger Bauarbeiter hier irgendwo ein Messer gefunden und mitgenommen hat. Er will zeigen, wo.“

Der junge Kilian blieb wie angewurzelt stehen.

„Keine Sorge“, beruhigte Theo. „Die Leiche wurde inzwischen abtransportiert.“

Trotzdem hatte Kilian Mühe, sich an der Fundstelle zu konzentrieren. Sein Gesicht hatte wieder die verräterische Grünfärbung angenommen, dass jedem Mitarbeiter der Spurensicherung angst und bange wurde. Doch zum Glück gelang es ihm, die ursprüngliche Lage des Messers ohne Zwischenfälle ausfindig zu machen. Anschließend rannte er mit Rekordgeschwindigkeit davon.

„Das Messer müssen wir mitnehmen und untersuchen lassen“, sagte Lukas, als sie wieder bei den übrigen Bauarbeitern angekommen waren. „Wenn Sie Glück haben, kommt der Junge mit einer Gratisanalyse über Herkunft und Alter zurück. Das hat nicht jeder.“

*

Im Büro wurden Lukas und Theo bereits von Jasmin Hafner erwartet. Kaum hatten sich die Männer an ihren Schreibtischen niedergelassen, trat sie auf die beiden Männer zu und sagte: „Dr. Stemm konnte inzwischen zweifelsfrei feststellen, dass es sich bei dem Toten um Ulf Brehmer handelt."

„Wow! Der Junge ist ja richtig schnell." Theo pfiff durch die Zähne.

„Er hat es an eindeutigen Merkmalen erkannt, wie z. B. einer Hüftprothese. Anhand der Fabrikationsnummer wurde ihm vom Krankenhaus in Saarlouis mitgeteilt, wer dieses Gelenk bekommen hat."

„Das ist der Vorteil eines kleinen Bundeslandes", meinte Lukas dazu. „Hier sind die Wege nicht so weit."

„Schlaumeier", brummte Theo.

„Die Todesursache hat er noch nicht herausgefunden", sprach Jasmin weiter. „Wie ein natürlicher Tod sieht es nicht aus."

„Wäre auch sehr merkwürdig, denn es kommt selten vor, dass jemand tief im Boden auf einem freien Feld endet."

„Ihr habt heute Morgen wohl die Weisheit gefrühstückt", kam es pikiert von Jasmin zurück.

„Nein. Entschuldige", lenkte Theo hastig ein. „Das sind wichtige Infos für uns. Lukas ist nur mies gelaunt, weil er heute einsehen musste, dass er alt geworden ist."

„Heute erst?" Jasmin grinste frech und kehrte an ihren Schreibtisch zurück.

Eine weitere Kriminalkommissarin betrat das Großraumbüro, Monika Blech. Mit ihrer kleinen, rundlichen Gestalt versprühte sie eine Menge Gelassenheit, was dem hektischen Treiben im Großraumbüro zugute kam. Ihr Gesicht war blass und teigig, doch die kleinen, dunklen Augen blickten hellwach. Trotz ihrer Eigenschaft als Ermittlerin hatte sie im Lauf der Jahre ein erstaunliches Interesse für die Forsensik entwickelt, worin sie inzwischen mit besonderen Fähigkeiten aufwarten konnte. So ergaben die beiden Kolleginnen Jasmin und Monika ein perfektes Team, das sich bestens ergänzte.

„Es gibt noch mehr über Ulf Brehmer", sagte sie.

„Und was?"

„Ulf Brehmer war Witwer. Seine Frau Annegret ist schon lange tot. Mit diesem Haus verband ihn, dass er dort schon mit ihr gewohnt hatte, als es noch ein sogenannter Campingplatz war. Das Gebiet wurde schleichend vom Wochenendwohngebiet zu einem Dauerwohngebiet umfunktioniert, weil die Camper einfach nicht mehr weggegangen sind. Später hieß es *Wohngebiet Ostring.* Eine Immobilienfirma hat das gesamte Gelände aufgekauft und dann Parzellenweise die Grundstücke an die Camper weiter verkauft. So wurden sie selbst Besitzer ihrer Blockhütten oder was auch immer drauf stand. Ulf Brehmer gehörte zu den ersten, der zugeschlagen hat. Daraufhin hat er nach und nach aus dem kleinen Holzhäuschen ein richtiges Haus gebaut. Anfangs mit seiner Frau zusammen, nach ihrem Tod hat er die Arbeiten allein weiter fortgesetzt."

„Er war also einer der Ersten im Wohngebiet Ostring?", hakte Lukas nach.

„Genau!"

„Gibt es Kinder?"

„Nein."

„Wofür hat er dann so gekämpft, als *DynamoCars* alles für gutes Geld abkaufen wollte?"

„Gute Frage!" Monika zuckte die Schultern.

„Und dann ist er einfach so verschwunden und heute Morgen wieder aufgetaucht?"

„Ja. Vor fünf Jahren wurden sämtliche Bewohner des neu entstandenen Wohngebiets Ostring von der Firma *DynamoCars* gut dafür bezahlt, dass sie von dort verschwinden. Jeder bekam sozusagen sein Haus über Wert abgekauft", antwortete Monika. „Mit dem Geld war es ein Leichtes, sich woanders eine neue Existenz zu schaffen."

„Nur Ulf Brehmer wollte nicht?"

„Richtig. Er hat mit allen Mitteln gegen diese Firma gekämpft."

„Welche Mittel hatte er denn zur Verfügung?"

„Umwelt! Er war Landschaftsgärtner von Beruf gewesen und

ein bekennender Umweltfreak.“

„Heute würde man sowas Klimaaktivist nennen.“

Monika lachte.

„Hat er was gefunden, womit er sich gegen einen Giganten wie *DynamoCars* hätte durchsetzen können?“, fragte nun Theo.

„Leider nicht. Immerhin sind die Häuser – darunter sein eigenes – schon lange vorher gebaut worden. Also konnte er mit Argumenten wie ‚Baustopp wegen Umweltschutz□ nicht gegenhalten.“

„Und dann ist er spurlos verschwunden?“

„Ja.“

„Wie ist es *DynamoCars* gelungen, die Baugenehmigung auch ohne dessen Einwilligung zu bekommen? Dafür musste er doch zuerst für tot erklärt werden, was wohl kaum der Fall gewesen sein kann, solange es keine Leiche gab.“ Theo stutzte.

„Das haben wir noch nicht herausgefunden.“ Monika verzog ihr blasses Gesicht zu einer Grimasse. „So schnell sind wir nun auch wieder nicht.“

*

„*Gott ist größer als unser Herz und erkennt alle Dinge.* Allensbacher entspricht dem Gegenteil: Er hingegen muss über alles haarklein informiert werden.“ Diese Worte tönten laut und monoton durch das große Büro. „Er erwartet euch in seinem Büro.“

Erschrocken hielten Lukas und Theo inne, schauten zuerst sich an und dann auf den dunkel gekleideten Mann, der mit großen Schritten an ihren Schreibtischen vorbeieilte.

Dieter Marx, der Kollege, der immer mit biblischen Sprüchen für düstere Stimmung unter den Kollegen sorgte, sah blass und hager aus. Schon seit geraumer Zeit. Über sein eigenes Befinden äußerte sich Marx niemals. Lediglich seinen Zitaten, die in letzter Zeit immer negativer ausfielen, entnahmen sie, dass etwas nicht mit ihm stimmte.

„Wenn der Hausprediger das sagt, müssen wir uns dem beugen“, meinte Theo kopfschüttelnd und erhob sich von seinem Platz.

Lukas folgte ihm.

Das Büro des Dienststellenleiters Wendalinus Allensbacher war groß, geräumig und lag durch heruntergelassene Jalousien im Halbdunkeln. Lediglich eine kleine Leuchte am Schreibtisch signalisierte, dass hier gearbeitet wurde.

Der mächtige Mann thronte hinter dem übergroßen, dunklen Tisch aus Mahagoniholz, schaute den beiden Kommissaren mit einem Blick entgegen, der töten könnte. Die Spannungen zwischen den beiden und dem erst kürzlich zum Kriminalrat aufgestiegenen Allensbacher waren im Raum deutlich zu spüren.

Er bot den beiden Kommissaren keinen Sitzplatz an. Also blieben sie vor dem Schreibtisch stehen, was Lukas schwer fiel. Sein Rücken schmerzte.

„Ich höre.“ Mehr kam nicht.

Kein Schweißtropfen war in seinem Gesicht zu sehen. Keine Essensreste auf dem Schreibtisch. Nicht das geringste Anzeichen von Unsicherheit oder Nervosität. Die Beförderung hatte aus diesem Mann einen anderen Menschen gemacht.

Theo berichtete, was sie bisher an Fakten zusammengetragen hatten. Allensbachers Reaktion darauf lautete: „Sie werden *DynamoCars* nicht in die Ermittlungen mit einbeziehen.“

„Wie soll das gehen? Das Gelände gehört der Firma.“

„Das weiß ich. *DynamoCars* hat nichts mit dem Tod dieses Mannes zu tun. Auch nicht mit sonst einem Verbrechen. Die Firma ist ein Aushängeschild für unser Bundesland. Also werden wir auch nicht den geringsten Hauch eines Zweifels über sie bringen. Habe ich mich klar ausgedrückt?“

„Es wäre für uns aber wichtig, herauszufinden, wie der Erweiterungsbau der Firma möglich war, solange das Opfer nicht für tot erklärt worden ist“, gab Theo zu bedenken.

„Das kann ich Ihnen sagen: Ab einem gewissen Alter werden Menschen nach fünf Jahren für tot erklärt. Ulf Brehmer ist vor fünf Jahren spurlos verschwunden.“

„Karl-Otto Brache hat keine Zeit verschwendet." Theo staunte.

„Im Falle dieser Firma ist Zeit Geld." Allensbacher warf Theo einen warnenden Blick zu, was den Kommissar dazu veranlasste, das Thema nicht weiter zu vertiefen.

„Sie werden sich mit Ulf Brehmers früheren Nachbarn in Verbindung setzen. Sollte ein Tötungsdelikt vorliegen, dann ist es vermutlich dort zu finden."

„Was soll das bringen?", fragte Lukas erstaunt.

„Haben Sie sich mal angesehen, wer damals im Wohngebiet Ostring gewohnt hat?", stellte Allensbacher eine Gegenfrage.

„Nein."

„Das Wohngebiet war lange Zeit lediglich ein Campingplatz, auf dem sich unangemeldete Menschen tummeln konnten. Die idealen Bedingungen, wenn man nicht gesehen werden will. Schon mal darüber nachgedacht?"

Kapitel 2

Er hatte es gewusst – er hatte es die ganze Zeit gewusst.

Sein Instinkt hatte ihn nicht verlassen – niemals!

Der Funke war entzündet worden.

Seine Stunde war gekommen.

Wie immer auf alles bestens vorbereitet, konnte die Schlacht beginnen.

Es würde eine Apokalypse der Neuzeit sein.

Ein Hochgefühl stellte sich in ihm ein. Adrenalin schoss durch seinen ganzen Körper.

Er sprang durch die Wohnung, spürte überschüssige Energie, die rausgelassen werden musste.

Lange hatte er daran gearbeitet, dazugelernt, studiert, geübt, wieder verworfen und von vorne angefangen. Doch inzwischen war er auf einem Level, da konnte ihn nichts mehr erschüttern.

Und niemand.

Einen Feind gab es nicht.

Nur Opfer.

Das war es, was für ihn zählte. Nur so würde es ihm gelingen, sein Ziel zu erreichen.

Niemand konnte ihn aufhalten.

Er durchquerte seine Zentrale, checkte jedes noch so kleine Detail.

Jetzt galt es auf das Know-how zurückzugreifen, das er sich angeeignet hatte.

Das war der Moment, den er herbeigesehnt hatte.
Endlich konnte er der ganzen Welt beweisen, was wirklich in ihm steckte.
Er war perfekt, er hatte alles im Griff!
Ja, er war Gott!

Mit langsamen Schritten schlurfte Fred Hansen auf die Straße zu. Es war Montagmorgen, das langweilige Wochenende endlich vorbei und er freute sich schon auf die wochentägliche Begegnung mit seiner Lieblingsverkäuferin. Es herrschte wenig Verkehr. Die angenehme Stille signalisierte ihm, dass alles noch ruhig war zu dieser frühen Stunde. Den Blick weiter auf die Füße gerichtet, überquerte er die Straße genau am Zebrastreifen, der extra für ihn dort angebracht worden schien. Seit diese Streifen den Asphalt zierten, machte er sich gar nicht mehr die Mühe, nachzusehen, ob ein Auto kam. Hier hatte er Vorfahrt, oder Vorgang oder Vorrang oder – egal, wie das hieß. Auf der anderen Seite steuerte er die Tankstelle auf dem großen, freien Gelände an. Die junge Frau empfing ihn mit einem Lächeln, dass ihm wie jeden Morgen warm ums Herz wurde. In seiner Fantasie hatte er sie längst vernascht. Leana hieß sie, so viel hatte er schon über sie herausgefunden. Ein schöner Name – sehr passend!

„Wie immer?", fragte sie.

Sie meinte seinen Kaffee to go, den er wie jeden Morgen dort abholte und damit in seine Wohnung zurückkehrte, wo er ihn in aller Ruhe trank.

Er nickte.

Während sie seine Bestellung zubereitete, schaute er durch die großen Fensterscheiben der Tankstelle und sah einen blauen Himmel, wie er schöner nicht sein konnte. Die Temperaturen waren angestiegen. Die lange Regenzeit machte endlich eine Pause, sodass er lediglich mit T-Shirt unterwegs war.

„Was sagst du zu dem Wetterchen?", fragte Leana, womit sie ihn aus seinen Gedanken riss.

„So toll, dass ich dich sofort zu einem Picknick einladen

möchte", antwortete Fred schlagfertig.

Doch Leana lachte nur und meinte: „Du weißt doch, dass ich arbeiten muss."

Eine schwache Ausrede, aber Fred ließ sie gelten. Er hätte ohnehin nicht genug Geld, um ein paar gute Sachen für einen Fresskorb zu kaufen. Also beließ er es beim Alten, nahm den Kaffee entgegen, bezahlte und trat den Rückweg in seine Wohnung an.

Alles war still. Die Vögel zwitscherten und verbreiteten eine heitere Atmosphäre.

Er versuchte, am Kaffee zu nippen, und verbrannte sich wie jeden Morgen seinen Mund daran. Inzwischen müsste er wissen wie heiß das Zeug war.

Er schüttelte den Kopf über sich selbst und ging weiter.

Ein Piepsen auf seinem Handy ertönte. Murrend wechselte er den Kaffeebecher von der rechten Hand in die linke, um nachzuschauen, wer ihm gerade schrieb. Er wartete auf eine wichtige SMS, weshalb er keine Zeit verstreichen lassen wollte. Die Straße war leer, also blieb er kurz stehen und las: „Ey du Versager. Glaub nicht, dass du damit durchkommst."

Was hatte das zu bedeuten? Er schüttelte den Kopf. Bestimmt war diese SMS nicht für ihn gedacht. Oder doch? Er starrte weiter auf das Display seines Handys – vergaß, wo er sich gerade befand. Das Auto sah er nicht kommen.

Ein Knall war das letzte, was er vernahm – neben einem heftigen Schmerz. Dann wurde alles um ihn herum schwarz.

*

Leana stand an der großen Fensterscheibe zur Ludwigsstraße und schaute Fred nach, wie er mit seinem Kaffee davonzog. Er war ein seltsamer Vogel. Zufällig wusste sie, dass er sich durch einen selbstverschuldeten Unfall sein Leben versaut hatte. Warum er niemals dafür verurteilt worden war, verstand sie nicht. Trotzdem war es mehr als deutlich, dass er keine Anstalten machte, etwas an seiner zerfahrenen Situation zu ändern. Lieber lag er zu Hause herum, lungerte vor dem Fernseher und ließ alles so, wie es war.

Dabei sah er gut aus und hatte etwas auf dem Kasten. Wie er selbst von sich berichtete, hatte er das Abitur bestanden und war mal bei der Uni immatrikuliert gewesen. Aber seit dieser Unfallgeschichte, von der er immer noch behauptete, selbst nicht Schuld daran zu sein, war ihm alles aus den Händen geglitten.

Dabei könnte er sein Leben endlich in die Hand nehmen, könnte das Studium wieder aufnehmen und mit mehr Zielstrebigkeit durchs Leben gehen. Das würde ihn auf Anhieb attraktiver für sie machen.

Sie seufzte.

An einem Loser würde sie nie Gefallen finden, egal wie gut er aussah. Leider hatte sie keinen Einfluss auf sein Leben. Jeglicher Versuch von ihr war abgeprallt. Sie schüttelte den Kopf und wollte sich wieder ihrer Arbeit widmen.

Doch was war das?

Etwas Stromlinienförmiges, wie Leana es noch nie in ihrem Leben gesehen hatte, kam von links. Es war unhörbar und mit einer Lackierung, die einfach nur unwirklich erschien. Schwarze Kringel auf grauweißem Untergrund, die so unruhig in ihren Augen wirkten, dass sie das Gesamtgebilde nicht verstand.

War es ein Ufo? Flogen diese unbekannten Flugobjekte so tief über der Straße? Unhörbar und ungebremst steuerte es auf Fred zu. Der reagierte nicht. Zu ihrem Entsetzen sah sie, dass der sogar auf dem Zebrastreifen stehengeblieben war. Sie schrie auf, doch er hörte sie nicht, weil sie hinter der Scheibe stand.

Mit einem Rumms, den Leana durch die Fensterscheibe und auf diese Entfernung hörte, prallte Fred auf das futuristische Gebilde und wirbelte meterweit durch die Luft.

Dann verschwand er aus ihrem Sichtfeld.

Das Ufo auch.

Alles schien für kurze Zeit stillzustehen.

Auch Leanas Atem.

Erst als sie begriff, was passiert war, rannte sie hinaus auf die Straße. Einige Menschen hatten sich inzwischen dort versammelt. Fassungslos starrten sie auf den Daliegenden. Als Leana ganz nah an Fred herangetreten war, sah sie, dass er tot war. Die Augen standen offen und starrten in den blauen Himmel. Mehrere Blutrinnsale liefen aus seinem Kopf, aus Mund und Nase; andere durchtränkten seine Kleidung. Ein Arm und ein Bein lagen sonderbar abgewinkelt zum restlichen Körper auf dem Boden.

Sie schaute sich um und sah, dass einige telefonierten. Sie selbst hatte ihr Handy im Verkaufsraum der Tankstelle liegenlassen. Hoffentlich riefen sie einen Notarzt an, dachte sie. Dabei war ihr bei dem Anblick klar, dass jede Hilfe zu spät kam.

Plötzlich entstand eine Unruhe in der Menschenmenge.

Sie schaute auf und erkannte den Grund: Der Unfallverursacher war wieder zu sehen.

Er hatte an der roten Ampel angehalten, wie ein Auto. Als Grün wurde, flog er davon.

„Ist das ein Ufo?", frage Leana schreckensbleich.

„Nein! Das ist ein Auto. Schau doch mal genau hin, es hat vier Räder."

*

Lukas und Theo standen vor einem Toten, wie sie es noch nie gesehen hatten. Die Arme waren vollständig skelettiert. Ebenso der Kopf. Der Rumpf und die Beine sahen so normal aus, dass es den Eindruck erweckte, sie gehörten zu einem Lebenden. Die Jeans war inzwischen von den Beinen entfernt worden, ebenso die Reste des Hemdes vom Oberkörper. Deutlich zu erkennen war jetzt ein männlicher Oberkörper und Beine, die übersät waren mit einer weißen Masse. Dazu die skelettierten Arme und der Schädel.

„Wir haben es hier mit einer höchst interessanten Leiche zu tun", donnerte Dr. Stemms Stimme durch den gekachelten

Raum. „Die oberen Extremitäten und der Kopf sind vollständig verwest, der Rest mit Leichenlipiden überzogen. Das heißt, dass sich Körperpartien zu einer formlosen Masse umbilden, während andere offensichtlich Sauerstoff abbekommen haben und dadurch verwesen konnten. Die Fettwachsbildung kann schnell ablaufen. Hier vor uns sehen wir die klassische Variante mit pergamentartig vertrockneten Eingeweiden und direkt daneben blanke Knochen."

„Wo siehst du die vertrockneten Eingeweide?", frage Lukas, der nur Masse und Knochen erkennen konnte.

„Im Kernspin. Ich habe die Leiche durchleuchten lassen, bevor ich mich an die Obduktion begeben habe."

„Wow! Kernspin-Untersuchung."

„Was wir hier vor uns haben, ist nicht die übliche Verwesungserscheinung", erklärte Dr. Stemm. „Deshalb gehe ich mit besonderer Vorsicht an den Toten ran, um nur ja keine wichtigen Hinweise zu zerstören."

„Wie sollte es möglich sein, dass du Hinweise zerstörst?", fragte Theo. „Als Fachmann, der du bist, schwer vorstellbar."

„Ich weiß leider nicht, ob die Organe zerfallen, sobald sie mit Sauerstoff in Berührung kommen. Daher die Kernspinaufnahme. Ich bin in der Tat ein Fachmann", brüstete sich der Gerichtsmediziner, „aber einen solchen Fall hatte ich noch nicht."

„Dann erkläre uns doch bitte, was wir hier haben", bat Lukas.

„Wir haben hier eine teilweise Fettwachsleiche, mit unterschiedlichen Verwesungsstadien. Sowas kommt vor, wenn die Lagerung der einzelnen Körperteile unterschiedlichen Bedingungen ausgesetzt war. Zum Beispiel müssen Rumpf und Beine in wasserhaltiger Erde ohne Sauerstoffzufuhr gelegen haben, während Kopf und Arme wie durch ein Wunder in sauerstoffreicher Erde lagen. Wie wir hier sehen, ist der dorsale Skelettanteil am Rücken einheitlich von einem Panzer umschlossen. Das bedeutet, dass dieser Teil des Toten luftdicht abgeriegelt war. Und jetzt werde ich den Brustkorb öffnen."

Lukas schnappte nach Luft.

Dr. Stemm lachte laut – wie immer. Die Herausforderung auf dem Seziertisch hob seine Laune mächtig an.

„Keine Sorge, du Mimöschen. Es sieht vielleicht nicht schön aus, aber dafür stinkt es nicht mehr."

„Sehr beruhigend."

„Warum ist Monika nicht gekommen? Die Kollegin ist taff, stellt die richtigen Fragen und fällt nicht ständig in Ohnmacht."

Damit meinte er Monika Blech, zu der Dr. Stemm inzwischen eine besondere Sympathie entwickelt hatte. Monika hatte sich zur Überraschung aller als äußerst unerschrocken bewiesen was die Öffnung von Leichen betraf.

„Allensbacher bestimmt, wer welche Aufgabe übernimmt", brummte Lukas. „Als oberster Chef ist er kaum noch zu ertragen."

„Habe ich auch schon gehört." Dr. Stemm lachte. „Da sieht man mal wieder, was ein Karriereschub nach oben aus einem Menschen machen kann."

Der Rechtsmediziner schritt zur Tat und öffnete den Brustkorb. Die beiden Lungenflügel waren zusammengesunken und schwarzgrau verfärbt. Ansonsten war die Pleurahöhle hohl.

„Interessant", murmelte Stemm. „Die Lungenflügel bestehen nur noch aus Pappe, zerbröseln jedoch nicht. Das Herz ist in Leichenlipid gehüllt, der Thymus fehlt, ebenfalls das Mediastinum und die obere Hohlvene."

„Was bedeutet das?"

„Vermutlich haben sich diese Organe aufgrund der Autolyse bereits verflüssigt, bevor die Bildung des Leichenlipids einsetzte."

„Autolyse?"

„Mit Autolyse ist der eigentliche Prozess des Leichenabbaus gemeint. Sie setzt kurz nach dem Ableben ein. Körpereigene Enzyme sind über den Tod hinaus aktiv und katalysieren weiterhin chemische Umsetzungen. Dadurch werden Zellen aufgespalten und Zellstrukturen aufgelöst. Weichgewebe, Hohlorgane und Teile des Bindegewebes verflüssigen sich. Das geschieht recht schnell, während sich die Fettwachsbildung erst nach mehreren Monaten einstellt. Nur so ist es zu erklären, dass die Organe teilweise nicht mehr vorhanden sind."

„Also kein Organhandel?"

„Nein. Dafür müssten Operationsnarben vorhanden sein, wo sie entnommen wurden. Aber da ist nichts."

„Das kannst du an dem grauen Gekräusel erkennen?"

„Hallo!", trumpfte Dr. Stemm in seiner vollen Lautstärke auf, dass Lukas und Theo erschrocken zusammenzuckten. „Ihr habt es hier mit einem echten Profi zu tun. Da werde ich solche Hinweise doch wohl nicht übersehen, egal, in welchem Zustand die Leiche ist."

*

Schon von weitem sahen sie die vielen Schaulustigen. Die Straße war weiträumig gesperrt worden, doch die Tankstelle direkt daneben bot den Neugierigen Schlupfwinkel, um näher an den Ort des Geschehens heranzukommen.

„Ich werde nie begreifen, was Menschen an Todesopfern so sehenswert finden." Kriminalkommissarin Jasmin Hafner schüttelte den Kopf.

„Und ich begreife nicht, was wir an einem Unfallort zu suchen haben", gab Monika Blech zu bedenken.

„Der Mann wurde auf einem Zebrastreifen erfasst."

„Ja und? Es ist und bleibt ein Autounfall. Oder habe ich irgendwas verpasst?"

„Das werden wir gleich erfahren. Am Handy hieß es nur, dass es Unklarheiten gäbe, weshalb wir kommen sollten."

Jasmin stellte den Dienstwagen in einiger Entfernung ab. Sie stiegen aus und näherten sich der Unfallstelle, die mit einem grün-weißen Band doppelt abgetrennt worden war. Dahinter sahen sie, dass etwas mit einer Plane zugedeckt worden war. Vermutlich der Tote.

„Hier ist das Interesse der Leute ja noch rätselhafter", stellte Monika fest. „Es gibt doch nichts mehr zu sehen."

„Ich kann Sie aufklären, warum hier so viel los ist", sprach ein uniformierter Beamter, der damit beschäftigt war, die Unfallstelle zu sichern.

„Da bin ich mal gespannt."

„Es geht das Gerücht um, ein Ufo habe den Mann erfasst, durch die Luft gewirbelt und wieder zu Boden geschleudert."

„Ein Ufo?", fragten Jasmin und Monika wie aus einem Mund.

Der Beamte lachte und fügte hinzu: „Inzwischen konnte geklärt werden, dass es sich um ein Auto handelt – um den Erlkönig eines Elektroautos. Wenn Sie das Auto sehen, verstehen Sie die Reaktionen der Leute."

Die Aufmerksamkeit der beiden Beamtinnen wurde auf etwas anderes gelenkt. Ein junger, schmächtiger Mann in weißem Tyvex-Anzug näherte sich dem Toten unter der Plane. Monika trat auf ihn zu, doch zum Fragen kam sie nicht, schon sah sie ein selbstgefälliges Grinsen in einem sommersprossigen Gesicht. Die roten, glatten Haare waren von hinten nach vorne gekämmt, was dem Mann etwas Verwegenes verlieh. Mit einer Stimme, die viel zu hoch klang, sagte er: „Ich bin der Assistent von Dr. Stemm. Da der Chef gerade dabei ist, die Wachsleiche von Freitag zu obduzieren, bin ich gekommen."

Damit war Monikas Frage beantwortet, ohne sie gestellt zu haben.

Der junge Mann zog die weiße Kapuze seines Schutzanzuges über den roten Schopf und widmete sich der Leiche unter der Plane.

Ein Mann mit dunklen Locken, die zum größten Teil ergraut waren, trat auf die beiden Kriminalbeamtinnen zu und sagte süffisant grinsend: „Mein Name ist Benno Horst. Ich arbeite als Systementwickler bei der Firma *DynamoCars*."

„Stammt der Unfallwagen aus Ihrer Firma?", fragte Jasmin, nachdem sich alle bekanntgemacht hatten.

„Ich gebe es ungern zu, aber so ist es. Es handelt sich um das

Modell *Streetfighter.* Das ist unser SUV."

„Wie ist es möglich, dass Sie so schnell am Unfallort sind?"

„Wir sind vernetzt. Das *Digital Driver's Log* sendet permanent Informationen an uns. Die gesamte Testfahrt wird durch Kameras am und im Auto aufgenommen und zeitgleich in unserem Werk abgespielt. Unsere Techniker stehen im ständigen Kontakt zum Testfahrer. So haben wir den Unfall unmittelbar mitbekommen. Das ist das übliche Procedere."

„Dann wusste Ihre Firma schon vor der Polizei, dass sie in den Unfall verwickelt ist?"

„Wir sind nicht in den Unfall verwickelt."

„Was denn sonst?"

„Wir sind Opfer eines Systemfehlers, der uns vor große Herausforderungen stellen wird."

„Was heißt *Digital Driver's Log*?", fragte Monika.

„Das ist das, was man früher Fahrtenbuch genannt hat – mit dem kleinen Unterschied, dass das *Digital Driver's Log* alles automatisch erfasst und an die Zentrale weiterleitet. Die Zentrale ist unser Haus am Ostring in Fraulautern. Diese vollautomatischen Abläufe garantieren uns, dass Betrug unmöglich ist."

„Dann war ihr Programm darauf programmiert, einen Menschen zu überfahren?"

„So ein Blödsinn! Das *Digital Driver's Log* erstellt lediglich ein Protokoll über die zurückgelegte Fahrt. Für die Sicherheit der Fahrt ist der Bordcomputer zuständig. Der verarbeitet sämtliche Sensor-Informationen während der Fahrt."

„Dann wurde eben der Bordcomputer falsch programmiert", beharrte Jasmin.

„Es heißt, ein futuristisch aussehender Erlkönig sei in den Unfall verwickelt. Handelt es sich hierbei um ein selbstfahrendes Auto?", mischte sich Monika in die Befragung ein.

„Ja, leider." Benno Horst stieß die angestaute Luft aus.

„Also ein Prototyp?"

„Ja. Diese Panne wirft unsere Arbeit um Wochen zurück. Lange haben wir an dem Bordcomputer gearbeitet, dass er über

Sensoren die äußeren Reize erkennen, Hindernisse wahrnehmen, ja sogar auf Geräusche reagieren soll. Nur aufgrund der Perfektion dieser Sensoren haben wir die Genehmigung bekommen, das erste selbstfahrende Auto auf Deutschlands Straßen zu testen. Dieser Unfall ist mir ein absolutes Rätsel.“

„Konnten Sie die Ursache nicht an den Videoaufnahmen erkennen?“

„Nein! Wir können nur sagen, dass der Testfahrer nichts falsch gemacht hat.“

„Sollte der Computer auf den Zebrastreifen reagieren oder auf den Mann, der darauf ging?“

„Auf den Mann natürlich. Unsere Autos halten nicht automatisch an jedem Zebrastreifen.“

„Heißt das, dass der Fahrer nicht auf das autonom fahrende Auto einwirken konnte?“

„Das gilt es jetzt herauszufinden.“

„Klar. Das Auto wird von den Kollegen der Abteilung IT-Forensik untersucht, ob es mit einer fehlerhaften Software ausgestattet war“, stellte Monika klar.

„Das werden wir bei *DynamoCars* schon selbst tun.“

Die Überheblichkeit dieses Mannes war kaum zu ertragen. Beherrscht sagte Jasmin: „Das ist Aufgabe der Polizei. Und glauben Sie uns, auch wir können mit der Zeit gehen. Unsere IT-Forensik ist durchaus in der Lage herauszufinden, ob ein Fehler im Programm des Autos vorlag oder nicht.“

„Ihr Know-how kann mit unserem nicht mithalten. Deshalb werden Sie schnell an Ihre Grenzen stoßen. Es wird unumgänglich sein, dass *DynamoCars* selbst den Fall untersucht.“

„Das lassen Sie mal unsere Sorge sein.“

„Sie halten sich wohl für sehr schlau. Was glauben Sie, was die Künstliche Intelligenz-Forschung in den letzten Jahrzehnten gemacht hat? Sie hat kontinuierlich und mit ständig weiterentwickeltem Equipment am Fortschritt der Internettechnologie, der Digitalisierung, der Software, der Informationssicherheit und noch vielem mehr gearbeitet. Da glauben Sie als kleine Kriminalbeamtin, diese revolutionäre Arbeit in Ihrem simplen Labor fachgerecht überprüfen zu können?"

*

„Kann es sein, dass du nicht mehr gern mit der Abteilung für Tötungsdelikte zusammenarbeitest, seit Wendalinus Allensbacher zum Kriminalrat befördert worden ist?" Diese Frage stellte die Kriminalpsychologin Dr. Silvia Tenner ihrem Vorgesetzten und Freund Staatsanwalt Helmut Renske.

Erst vor wenigen Wochen hatte sie Renskes Vorschlag, für die Staatsanwaltschaft zu arbeiten, zugestimmt, nachdem sie aus der Abteilung für Tötungsdelikte hinauskomplimentiert worden war. Die gesamte personelle Situation hatte sich verändert, die Stimmung darunter gelitten.

Trotzdem musste es weitergehen. Und dabei fühlte sie sich in letzter Zeit oft zwischen den Fronten. Ihre Beziehung zum Staatsanwalt und Vorgesetzten Helmut Renske machte es nicht leichter.

„Du merkst auch alles." Der korpulente Mann erhob sich von seinem Chefsessel und ging mit hastigen Schritten in seinem großräumigen Büro auf und ab. Die Morgensonne schien genau in sein Büro und ließ alles in gleißendem Licht erstrahlen. Durch das geöffnete Fenster drang neben den Stimmen und Schritten vorbeigehender Menschen auch munteres Vogelgezwitscher. Doch die positive Frühlingsstimmung wollte nicht bis in das Büro gelangen. Zu angespannt wirkte der Staatsanwalt, als er stehenblieb und Silvia mit seinem Blick fixierte. „Du sollst nicht mich analysieren, sondern Ulf Brehmer, den Toten vom Acker."

„Ich soll einen Mann analysieren, der fünf Jahre unter der Erde lag?" Silvia runzelte die Stirn. „Da kann ich dir versichern, dass ihn in den letzten Jahren nichts mehr beschäftigt, motiviert oder angetrieben hat."

„Du bist doch operative Fallanalytikerin. Also wirst du wohl herausfinden, was es mit diesem Mann auf sich hat. Wer landet schon auf einem Acker unter der Erde? Ist doch keine gewöhnliche Auffindesituation."

„Ich bin keine operative Fallanalytikerin, sondern Kriminalpsychologin."

„Das ist doch alles dasselbe."

„Ich hoffe, dass du vor Gericht mehr auf die Details achtest." Silvia bekam ganz große Augen.

„Du weißt doch, wie ich vor Gericht funktioniere." Renske trat auf Silvia zu und strich ihr liebevoll über die Wange. „Du bist in deinem Job sehr fähig. Deshalb ist deine Einschätzung der Lage wichtig für mich. Die Daten und Fakten über das Leben von Ulf Brehmer vor seinem Tod liegen auf deinem Tisch. Deshalb bitte ich dich, etwas über ihn herauszufinden."

„Und wie soll das weiterhelfen?"

„Ich muss entscheiden, ob ein Verbrechen vorliegt. Dabei sollst du mir helfen."

„Siehst du einen Zusammenhang zur Firma *DynamoCars*?"

„Das ist es, was mir Sorgen bereitet." Wieder ging Renske mit hektischen Schritten auf und ab. „Diese Firma hat mehr Anwälte, als wir zählen können. Deshalb ist Vorsicht geboten. Und auf wen kann ich mich besser verlassen, als auf dich?"

Silvia fühlte sich geschmeichelt.

Das Telefon auf dem Schreibtisch klingelte.

Der Staatsanwalt nahm das Gespräch an, räusperte sich gelegentlich und murmelte etwas in den Hörer, bevor er auflegte.

Mehr zu sich selbst als zu Silvia sagte er: „Wenn man vom Teufel spricht."

*

„Jasmin Hafner und Monika Blech werden den Unfall mit Todesfolge bearbeiten", ertönte die Stimme des Dienststellenleiters, kaum dass Lukas und Theo das Büro betreten hatten.

„Und wo sind die Kolleginnen jetzt?", fragte Theo.

„In der Gerichtsmedizin. Sie werden die Obduktion beaufsichtigen – ohne sich zu übergeben, wie Sie das für gewöhnlich tun – die direkt im Anschluss an die Einlieferung des Toten begonnen hat.“ Dabei fixierte er Lukas Baccus böse.

„Und was machen wir?“ Lukas überhörte einfach den Seitenhieb.

„Sie werden sich um den Fall der fünf Jahre alten Leiche kümmern. Es wird Ihnen hoffentlich nicht entgangen sein, dass es sich auch im Fall Ulf Brehmer um eine höchst sensible Angelegenheit handelt. Kollege Marx wird Ihnen zur Seite stehen.“

Allensbacher verließ das Großraumbüro. Lukas und Theo schauten dem Vorgesetzten nach und mussten schon wieder staunen.

„Ich hätte nicht gedacht, dass eine Beförderung eine solche Veränderung hervorrufen kann“, gab Lukas zu. „Von dem alten Allensbacher ist nichts mehr übrig.“

„Wenn wir mal ehrlich sind, war der alte Allensbacher ein Schleimer und Arschkriecher. Da gefällt mir der Neue besser.“

„Mit Schleimen und Arschkriechen kommt man offensichtlich weiter.“

„Also ist deine Karriere mit dem Dienstgrad des Oberkommissars beendet.“ Theo grinste.

„Damit kann ich leben. Was mir mehr Sorgen bereitet, ist der kleine Zusatz unseres Despoten.“

Begriffsstutzig schaute Theo drein.

„Kollege Marx wird Ihnen zur Seite stehen“, wiederholte Lukas.

„Ach so. Gib unserem Hausgeistlichen eine Chance. Er leistet gute Arbeit.“

„Und treibt jeden in den Wahnsinn.“

„*Seid getrost und unverzagt*“, ertönte genau im richtigen Moment die sonore Stimme des Kollegen Marx.

„Der hat gut reden“, grummelte Lukas.

„*Irret euch nicht! Gott lässt sich nicht spotten. Denn was der Mensch sät, das wird er ernten.*“

„Amen!“

Marx fuhr unbeirrt fort: „Ich habe einige Daten und Fakten über Ulf Brehmer zusammengetragen. Aber zuerst solltet ihr den Bericht von Dr. Stemm lesen, bevor ihr nach einer Ausrede trachtet.“

Marx steuerte mit großen Schritten den Ausgang an.

„Hast du den Bericht gelesen?“, rief Lukas hinterher.

„Ja.“

„Dann sag uns doch bitte, was drinsteht.“

„*Der Faule stirbt über seinem Wünschen; denn seine Hände wollen nichts tun.*“ Mit diesen Worten zog er davon.

Missmutig ließ sich Lukas an seinem Schreibtisch nieder und rief den Bericht auf seinem Monitor auf.

Theo verschwand im Flur und kehrte kurze Zeit später mit zwei gefüllten Kaffeetassen zurück. Eine stellte er auf Lukas Schreibtisch und meinte: „Damit du beim Lesen nicht einschläfst.“

„Das wird nicht passieren.“

„Willst du damit sagen, dass es eine Überraschung gibt?“, horchte Theo auf.

„Genau das!“

„Los, raus mit der Sprache! Lass dir nicht jedes Wort aus der Nase ziehen.“

Lukas schaute auf seinen Kollegen und Freund und antwortete: „Ulf Brehmer ist aller Wahrscheinlichkeit nach an einer Stichwunde gestorben.“

„Also könnte das antike Messer tatsächlich die Tatwaffe sein.“

*

Der Lärm kündigte sich schon lange an, bevor er im Großraumbüro eintraf. Staatsanwalt Renske war in Begleitung der charmanten Kriminalpsychologin Silvia Tenner und diskutierte bereits im Flur mit den Kriminalkommissarinnen Jasmin Hafner und Monika Blech. Theo und Lukas schauten der aufgebrachten Truppe überrascht entgegen, wie sie unter Schimpfen und Zanken eintraten.

Lukas' Blick fiel auf Silvia. Seit sie für die Staatsanwaltschaft arbeitete, sah sie noch hübscher aus. Überhaupt schien es so, dass ihr die Beziehung zu Staatsanwalt Renske guttat. Seine eigene Liaison mit ihr war leider auf unschöne Art und Weise schiefgegangen. Er war damals einfach nicht in der Lage gewesen, Silvias Gefühle ernstzunehmen – war damals unfähig, überhaupt etwas ernstzunehmen. Dabei hatte er sie verletzt, was seitdem zwischen ihnen stand, als sei es gerade erst passiert. Er sah es ihr nach. Inzwischen sah er es selbst ein, sich damals nicht mit Ruhm bekleckert zu haben. Das Alter machte ihn einsichtig – hoffte er zumindest.

„Was ist denn mit euch los?", rief Theo so laut, dass er alle übertönte. Damit riss er sogar Lukas aus seinen tiefschürfenden Gedanken.

Schlagartig wurde es still. Alle starrten auf den Kommissar, als sei er der Übeltäter.

„Warum schreit ihr hier herum wie auf dem Jahrmarkt?", stellte Theo seine Frage eben anders.

„Wir diskutieren. Wir schreien nicht" stellte Renske klar. „Die Damen kommen gerade von dem angeblichen Unfall mit Todesfolge und wollen den Fall als Tötungsdelikt deklarieren."

„Im Grunde genommen ist es das auch", bestätigte Theo. „Wie wir gerade dem Bericht entnehmen konnte, ist der Fahrer des Wagens weitergefahren."

„Der Fahrer des Wagens ist ein Testfahrer, der in einem getarnten Prototyp eines autonom fahrenden Autos gefangen war, als das Programm nicht mehr funktionierte", präzisierte Renske. „Bis zur roten Ampel. Aber auch da konnte er nicht aussteigen, weil alles an dem Auto blockiert war.

„Warst du dabei?"

„Nein. Aber ich kann lesen."

„Die Spusis haben unter den verschiedenen Fundstücken

ein Handy gefunden“, berichtete Monika, wobei sie ihre Stimme erheben musste, um gehört zu werden. „Sie haben es an die IT-Forensik weitergegeben, weil es das Handy des Opfers sein könnte.“

„Außerdem“, rief Jasmin laut vernehmlich, „hatten wir eine interessante Begegnung mit einem Systementwickler, bei dessen Aussagen uns die Haare zu Berge standen. Die Firma *DynamoCars* nimmt sich eine ganze Menge heraus, weil sie mit ihrer Künstlichen Intelligenz einen Meilenstein in der Zukunftsentwicklung legen will. Aber dürfen die deshalb alles?“

„Diese Firma legt nicht nur einen Meilenstein der Zukunftsentwicklung, diese Firma schafft Arbeitsplätze, sie erwirtschaftet Geld für unser Bundesland. Das sind wichtige Faktoren, die angesichts eurer wilden Behauptungen nicht unterschlagen werden sollten“, gab Renske unfreundlich zurück.

„Wilde Behauptungen?“ Monika schnaubte. „Wir haben den jungen Mann auf den Seziertisch liegen sehen. So wie der aussah, hatte das Auto mit vollem Tempo auf ihn zugehalten – als hätte es noch zusätzlich Gas gegeben.“

„Gibt es schon den Bericht der Autopsie?“, fragte Theo.

„Nein. Der Assistent schreibt ihn heute noch, aber Dr. Stemm muss ihn absegnen.“

„Wir müssen trotzdem in alle Richtungen ermitteln. Laut des Protokolls von *DynamoCars* gab es keinen Fehler im Programm des Bordcomputers“, stellte Renske klar.

„Auf wessen Seite stehst du?“, fragte Lukas mit hochrotem Gesicht.

„Diese Frage beantworte ich nicht.“

„Du verteidigst gerade die Verdächtigen, merkst du das nicht?“

„Ich stelle nur die Fakten auf, mehr nicht. Und Fakt ist, dass *DynamoCars* keinen Fehler gefunden hat.“

„Genau das versuchen gerade unsere Kollegen der IT-Abteilung zu dementieren“, schaltete sich Monika ein, um das Streitgespräch zu beenden.

Doch der Schuss ging nach hinten los, als Renske dazu sagte: „Ich weiß. Deshalb werde ich beantragen, dass eure Spezialisten mit dieser Firma zusammenarbeiten. So kommen wir schneller zu einem Ergebnis."

„Klar! *DynamoCars* stellt fest, dass ihnen kein Fehler unterlaufen ist, und alle sind glücklich und zufrieden", spottete Lukas.

„Du hast eindeutig ein Problem mit erfolgreichen Menschen", mischte sich jetzt Silvia in das Gespräch ein.

Lukas verstummte. Er befürchtete das Schlimmste. Und genau das traf ein.

„Kann es sein, dass du an Dissozialität, übertriebener Intoleranz und emotionalen Störungen leidest? Zufällig weiß ich, dass du Schwierigkeiten mit persönlichen Bindungen hast, schlecht organisiert bist und auf mich einen unzufriedenen Eindruck machst – schon fast depressiv-aggressiv. Deine Unzufriedenheit kompensierst du, indem du deine Probleme auf andere projizierst. Vielleicht solltest du mal mehr über dich selbst nachdenken, anstatt ständig über andere herzuziehen."

Totenstille herrschte im Großraumbüro. Alle starrten auf Silvia und Lukas.

„Mit deiner Angriffslust versuchst du nur, dich selbst ins rechte Licht zu rücken. Aber leider ist genau das Gegenteil der Fall", fügte die Profilerin noch an.

„Danke Frau Psychologin. Diese Therapiestunde bleibt aber unbezahlt", gab Lukas trotzig zurück.

„Überleg doch mal selbst: Ist es für die Ermittlungen gerade jetzt nicht besser, mal solche negativen Empfindungen beiseitezuschieben und objektiv an die Arbeit heranzugehen? Wenn sich die Firma *DynamoCars* an den technischen Untersuchungen beteiligt, wird sie genauso überwacht, wie jedes andere Unternehmen auch. Es wird keine Übervorteilung stattfinden, da Polizei und Staatsanwaltschaft daran beteiligt sein werden."

„Dein neuer Job bei der Staatsanwaltschaft hat aus dir eine echte Koryphäe in Sachen Seelenkunde gemacht. Und das in so kurzer Zeit. Hut ab. Du könntest fast mit unserem Hausprediger konkurrieren." Diese Zurschaustellung stank ihm gewaltig.

„Zum Glück gibt es einen Dieter Marx in eurer Abteilung. Der holt dich immer wieder von deinem Egotrip runter."

*

„Die hat es dir mal richtig gegeben", meinte Theo, nachdem wieder Ruhe im Büro eingekehrt war.

„Wenn ich mich richtig erinnere, konntet ihr beide noch nie gut miteinander", fügte Monika Blech an.

„Seid ihr fertig, mich zu analysieren?", murrte Lukas.

„Nein, das überlassen wir lieber Silvia." Monika grinste frech.

„Ich denke, dass wir uns unserer Arbeit widmen sollten."

„Oh! Der Herr ist beleidigt." Mit den Worten entfernte sich Monika von Lukas Schreibtisch.

„Blöde Kuh", murmelte Lukas.

„Das habe ich gehört."

„Halt den Ball flach", konterte Theo leise. „Deine Aversion richtet sich nicht nur gegen erfolgreiche Menschen, sondern auch eindeutig gegen einige Kolleginnen hier. Silvia zum Beispiel."

„Das stimmt nicht."

„Doch! Du hast oft genug ihre Arbeit boykottiert. Für sie ist es das Beste, jetzt für Renske zu arbeiten."

„Stimmt. Der Dicke frisst ihr aus der Hand."

„Bist du fertig mit Lästern?"

„Ja."

„Okay. Während wir uns gezofft haben, hat unser Hausgeistlicher verdammt gute Arbeit geleistet", berichtete Theo. „Hier sind die letzten noch lebenden Nachbarn von Ulf Brehmer."

„Was sollen wir damit?"

„Befragen", antwortete Theo entrüstet ob der doofen Frage. „Wer sonst kann uns etwas über das Leben dieses Mannes sagen?"

„Dann schlage ich vor, dass wir gleich damit anfangen."

„Meine Rede! Wir haben hier drei Namen: Gerhard Heinze, Rudolf Webster und Hilde Effner. Fangen wir mit Gerhard Heinze an."

„Okay. Was hat unser Hausgeistlicher über ihn herausgefunden?"

„Er ist inzwischen 78 Jahre alt. Früher hatte er eine Kneipe am Ortsrand von Fraulautern an der Hauptstraße, die direkt zum Autobahnzubringer führt. Der Laden war häufiger im Focus der Polizei."

„Wieso das?"

„Irgendwelche kriminellen Machenschaften. Dann ist Gerhard Heinze spurlos vom Radar verschwunden."

„Wie geht das?"

„Das ist ja das Ominöse", tat Theo geheimnisvoll.

„Spann mich nicht auf die Folter!"

„Trotz mehrfacher Suchaktionen konnte er nicht gefunden werden. Später kam raus, dass er sich im Wohngebiet Ostring verschanzt hatte. Als sämtliche Bewohner dieses Gebiets dem Bau der Firma *DynamoCars* weichen mussten, tauchte auch der lang gesuchte Gerhard Heinze wieder auf."

„Wie ist sowas möglich?"

„Wir wissen doch, dass das Wohngebiet früher mal ein Campingplatz war. Und wo kann man sich besser verschanzen als auf einem Campingplatz. Dort muss man sich nicht anmelden, wenn man nicht gefunden werden will. Die Zuleitungen der einzelnen Wohnparzellen waren mehr oder weniger Handarbeit, das heißt von den Campern selbst verlegt. So hatten die Leute Grundsteuer, Wasser- und Stromkosten gespart."

„Und das funktioniert?"

„Offensichtlich. Einige wenige bezahlten ihren Verbrauch, sodass es nicht auffiel."

„Warum bezahlten einige und andere wiederum nicht?"

„Dort gab es Camper, die nicht zu den Insidern gehörten. Die wussten nichts von den Machenschaften."

„Raffiniert."

„Später wurde daraus ein Wohngebiet mit allem Drum und Dran. Leute wie Gerhard Heinze konnten bei den daraus resultierenden Pflichtanmeldungen weiterhin unerkannt bleiben, weil sie sich als Mitbewohner durchmogelten.“ Theo grinste säuerlich. „Er wäre niemals wieder aufgetaucht, hätte *Dynamo-Cars* nicht darauf bestanden, ausgerechnet dort seine Firma anzusiedeln.“

„Krass!“

„Stimmt. Kaum zu glauben, dass es noch solche Schlupflöcher gibt.“ Theo schüttelte den Kopf.

„Und wo finden wir diesen Gerhard Heinze heute?“

„In der Victors Residenz in der Nähe des Saarlouiser Bahnhofs.“

„Was ist das?“

„Ein nobles Altenheim.“

„Nobel? Dieses Leben auf dem Campingplatz muss sich ja wirklich gelohnt haben.“ Lukas grinste.

„Denkst du an Veränderungen?“

„Was spricht dagegen?“

Theo erhob sich von seinem Platz, zeigte Lukas den Daumen nach unten und meinte: „Lass es lieber sein und mach das, was du kannst.“

*

Der moderne Gebäudekomplex der Seniorenresidenz beeindruckte durch seine Größe. Nahe am Saarlouiser Bahnhof gelegen, umfasste er mehr als die Hälfte der Bahnhofsallee und einen kleinen Teil der Schanzenstraße.

Lukas und Theo stellten den Wagen auf dem ausgewiesenen Platzplatz ab und betraten das Pflegeheim. Der Eingangsbereich war groß und mit hellen Fliesen ausgelegt. Gemütlich aussehende Sessel und ein Sofa wurden von einem Teppich mit der Aufschrift „Herzlich willkommen“ flankiert. Hohe Grünpflanzen vermittelten ein Ambiente der Gemütlichkeit.

Eine Dame in Weiß trat auf die beiden Kommissare zu und fragte: „Wollen Sie hier jemanden besuchen?“

„Ja, wir kommen von der Kriminalpolizei und möchten mit Herrn Gerhard Heinze sprechen“, antwortete Theo.

Nun lachte die Dame und meinte: „Bisher war hier noch niemand so kriminell, dass wir die Polizei benötigt hätten.“

„Wir wollen ja auch nur mit ihm sprechen. Ist er da?“

„Er befindet sich im ersten Stock auf der Terrasse und trinkt dort seinen nachmittäglichen Kaffee. Ich hoffe doch, dass Sie ihm dieses Vergnügen nicht verderben wollen.“

„Keineswegs. Wir trinken höchsten ein Tässchen mit“, antwortete Lukas mit einem frechen Grinsen.

„Das werde ich veranlassen.“

Die Kommissare steuerten einen Aufzug an, der komplett mit Edelstahl ausgestattet war, sodass der Innenraum größer wirkte. Der Schwung war dezent – ebenso das Geräusch. Sie bemerkten nicht, wie sie eine Etage nach oben befördert wurden. Lediglich was sich hinter den geöffneten Schiebetüren vor ihren Augen auftat verriet ihnen, dass sie angekommen waren.

„Wow!“ Lukas pfiff durch die Zähne. „So kann ich mir Altwerden gut vorstellen.“

„Lass dir noch ein bisschen Zeit damit.“

Sie passierten einen großen Raum voller Tische und Stühle aus hellem Holz auf noch hellerem Laminatboden, der in der Sonne glänzte. Eine geöffnete Glastür mit der Aufschrift „Zur Terrasse“ wies ihnen den Weg. Dahinter bot sich vor ihren Augen eine kleine Anlage voller Tische und Stühle mit Sonnenschirmen ausgestattet. Begrenzt wurde der Außenbereich mit einem verchromten Geländer, das mit bunten Pflanzen verziert war. Von dort reichte der Blick über einen kleinen Innenhof. Alle Tische waren besetzt. Leise Stimmen schallten durch die warme, sonnenbeschienene Luft, die mit Kaffeeduft angereichert war.

„Warum soll ich mir noch Zeit lassen? Hier ist es doch optimal.“ Lukas bekam ganz große Augen.

„Wenn du die Rechnung am Ende des Monats siehst, erinnerst du dich wieder." Theo grinste.

Eine junge Dame schwirrte zwischen den Tischen umher und versicherte sich, dass alle Gäste zufrieden waren. Das einheitliche Murmeln bestätigte diesen Eindruck.

Dann trat sie auf die beiden Kommissare zu, stellte sich mit Schwester Sara vor und führte sie an den Tisch, an dem ein kleiner, alter Mann mit einem verschmitzten Grinsen saß. Er war gerade dabei, die beiden Tischgenossinnen zu unterhalten. Die Stimmung wirkte ausgelassen.

„Herr Heinze, hier sind zwei Herren der Polizei für Sie."

„Ja und? Und hier sitzen drei vielbeschäftigte Leute am Tisch und halten ein Meeting ab."

Die kleine Runde lachte laut.

„Dann laden Sie uns einfach zu Ihrem Meeting ein", schlug Theo vor.

„Einen Teufel werde ich tun." Das runzelige Gesicht des Mannes verzog sich zu einem Grinsen. „Von Bullen habe ich die Schnauze voll."

„Aber bestimmt nicht von uns. Uns kennen Sie doch noch gar nicht."

Gerhard Heinze schaute nun genauer in die Gesichter der Kriminalkommissare, nickte und meinte: „So unsympathisch sehen Sie wirklich nicht aus. Also setzen Sie sich, aber versperren Sie uns nicht den Rest der Abendsonne."

Der Aufforderung kamen Lukas und Theo nur zu gerne nach. Im gleichen Moment wurde ihnen duftender Kaffee serviert.

„Den bezahlen Sie aber selbst!" Der Kommentar musste von noch Gerhard Heinze kommen. „Ich lade Sie nämlich nicht ein."

„Keine Sorge, das wäre ja Beamtenbestechung. Da passen wir schon auf", antwortete Lukas.

„Dein Rotschopf war auch schon mal roter." Wieder grinste Heinze. „Der Jüngste bist du auch nicht mehr. So, wie du herumhumpelst, könnte man meinen, dass du hier wohnst und ich der Besucher bin.

Theo lachte.

Lukas brummte: „Gut, dass wir das geklärt haben. Also können wir jetzt zum eigentlichen Thema kommen, weshalb wir hier sind."

Die beiden Damen erhoben sich vom Tisch und verabschiedeten sich.

„Jetzt habt ihr meine Begleiterinnen vertrieben. Dabei ist es nicht so einfach, solch adrette Mädels überhaupt an den Tisch zu locken." Heinze rümpfte die Nase.

„Sie schaffen das mit ihrem unverwechselbaren Charme bestimmt wieder." Theo grinste zuversichtlich in das runzlige Gesicht. „Aber darüber wollen wir uns nicht mit Ihnen unterhalten, sondern über Ihren ehemaligen Nachbarn Ulf Brehmer."

„Ulf? Ist er die vergammelte Leiche, die Sie letzte Woche gefunden haben?"

Lukas und Theo schauten sich ratlos an. Lukas übernahm die Antwort: „Ja, wir haben einen Toten gefunden. Aber wer sagt denn was von einer vergammelten Leiche?"

„Na ja, die Buschtrommel funktioniert noch." Heinze tippte an seine Ohren. „Wir Alten brauchen kein Handy oder Internet. Wir kriegen auch so alles mit."

Jetzt musste Lukas lachen. Der Alte fing an ihm zu gefallen..

„Was können Sie uns über Ulf Brehmer sagen? Wie war er als Nachbar? Als Mensch? Hatten Sie näheren Kontakt zu ihm?"

„Ulf war ein Spinner."

„Wie soll ich das verstehen?"

„Er hat um sein Haus gekämpft, als ginge es um Leben und Tod. Dabei bekamen wir doch alle von dieser Autofirma eine gute Abfindung. Von dem Geld hätte er locker woanders neu bauen können."

„Hatte Ulf Brehmer Kinder?"

„Keine eigenen. Aber es gab da immer mal einen Jungen, der zu ihm kam. Die beiden waren ganz dicke miteinander."

„Wissen Sie, wer das war?“

„Nein, ist schon viel zu lange her.“

„Hatte Ulf Feinde?“

„Ich würde sagen, dass er sich mit der Firma angelegt hat. Der hat eine ganze Truppe von Anwälten in Schwung gehalten.“ Der Alte lachte.

„Wie war das, als Ulf Brehmer verschwand?“

„Er hat sich mit jedem angelegt.“ Heinze blickte gen Himmel, als wollte er nachdenken. Dann ergänzte er: „Hat was von Idealen und Rückgrat gefaselt, dabei wurde uns mehr Geld geboten, als die Häuser wert waren. Das muss man sich mal reinziehen! Mit seiner Quertreiberei hätte er es fast geschafft, dass diese Autofirma das Angebot zurückzieht. Aber zum Glück ist er schon vorher verschwunden.“

Lukas und Theo schauten sich vielsagend an.

„Ging das von heute auf morgen?“, fragte Lukas weiter. „Oder hatte er Andeutungen gemacht, dass er die Schnauze voll hat? Oder ist er bedroht worden?“

„Es ging von heute auf morgen. Ich war vielleicht nicht gerade sein bester Freund – beste Freunde hatte der nicht – aber wenn Ulf einen Plan geschmiedet hat, hätte ich was davon gewusst. Da bin ich mir sicher. Und bedroht worden ist er auch nicht. Er war derjenige, der andere bedroht hat.“

„Waren Sie froh, als er plötzlich weg war?“

Gerhard Heinze runzelte die Stirn, sodass sein gesamtes Gesicht noch zerfurchter aussah. „Kann man so sagen. Der Typ wollte einfach keine Ruhe geben. Dabei hatte ich meinen Platz schon reserviert. Wenn Ulf es geschafft hätte, das *DynamoCars* das Angebot zurückzieht, hätte ich alt ausgesehen.“

„Welchen Platz hatten Sie reserviert?“

„Den Platz in diesem Haus hier. Oder was glauben Sie, wovon ich mir diesen noblen Schuppen leisten kann?“

Kapitel 3

Das war zu viel. Der Bogen war überspannt!

Alles hätte er erwartet, nur das nicht.

Jetzt musste er improvisieren. Und das hasste er. Er hasste es, wenn seine genau durchdachte Zielsetzung nicht zu funktionieren drohte. Er hasste es, wenn dumme Menschen seinen Plan zunichtemachen wollten.

Doch das würde niemandem gelingen. Niemandem!

Er konnte auch anders.

Alles, was jetzt geschah, war weder ästhetisch noch überschaubar. Er konnte für nichts mehr garantieren.

Das hatten sie sich selbst zuzuschreiben.

Wer versuchte, ihm einen Strich durch die Rechnung zu machen, der lernte ihn auf eine Art und Weise kennen, auf die man besser verzichten sollte.

Seine Rache würde grausam sein.

Die Polizei machte DynamoCars *zu ihrem Komplizen. Als wollte sie die Ermittlungen auf einen vorgegebenen Weg schicken.*

Ohne ihn!

Alles, was getan werden musste, um auf seinen vorgegebenen Pfad zurückzukehren, war nur noch mit brachialer Gewalt zu erreichen.

Zur Not war er auch dazu bereit.

Wie ein Tiger im Käfig rannte er auf und ab, ließ seinen Blick über das Equipment schweifen und spürte, wie die Wut mit jedem Schritt wuchs.

Eine Zentrale der absoluten Perfektion offenbarte sich vor seinen Augen.

Es fehlte an nichts. An alles war gedacht worden.

Nur daran nicht.

Jetzt half ihm das alles nichts.

Er durfte nicht ohnmächtig zusehen, wie ihm alles aus den Händen glitt. Sein Plan war einfach zu perfekt und den würde er zu Ende bringen.

Egal wie.

Das Erste, was die Kommissare am Dienstagmorgen sahen, als sie den Besprechungsraum betraten, waren das Deckblatt der Tageszeitung und der BILD.

„TOD DURCH SELBSTFAHRENDES AUTO“ und „TODESMASCHINE SELBSTFAHRENDES AUTO“, prangte in Großbuchstaben auf den Titelseiten.

„Scheiße Mann! Das sieht nicht gut für *DynamoCars* aus.“ Theo pfiff durch die Zähne.

„*Kommt Übermut, dann kommt auch Schande*“, donnerte die unheilvolle Stimme von Dieter Marx durch den Raum. „*Durch Überheblichkeit erniedrigt sich der Mensch; Ehre erlangt, wer nicht hoch von sich denkt.*“

„Amen!“

„Der Versuch, sich über Gott zu erheben, ist eine schwere Sünde, die bestraft wird“, plärrte Marx weiter. „Selbstfahrende Autos überschreiten alle Grenzen des Menschlichen. Das muss in die Schranken gewiesen werden.“

„Die Zeit bleibt aber nicht stehen, nur weil du das so willst“, entgegnete Theo. „Der Fortschritt ist nicht aufzuhalten. Akzeptiere es und konzentriere dich lieber auf unsere Arbeit. Da hast du mehr davon.“

„*Wo Hochmut ist, da ist auch Schande; Weisheit ist bei den Demütigen.* Aber deine Weisheit hält sich in Grenzen. Sieh nur zu, dass du deine Arbeit machst. Ich erfülle mein Soll.“

„Bumms! Der hat es dir aber gegeben.“ Lukas grinste. „Und ich dachte, nur ich läge auf dem Seziertisch.“

„Klappe.“

Das Geplänkel wurde durch das Eintreten des Kriminalrates

beendet. Seine Mimik verriet, dass er keine Randkommentare dulden wollte. Mit schnellen Schritten, die er vor seiner Beförderung noch nicht an den Tag gelegt hatte, trat er ans Kopfende des langen Tisches zu, legte seine Aktenmappe darauf und begann zu sprechen: „Wie ich Ihnen schon gesagt habe, bekommen wir es hier mit einem äußerst sensiblen Fall zu tun. Die Medien stürzen sich bereits auf *DynamoCars*, was für diese Firma eine Imageeinbuße im größten Ausmaß bedeutet. Daher ist es besonders wichtig, dass wir zügig Ergebnisse liefern, um den Ruf der Firma wiederherzustellen."

„Klären wir Mordfälle auf, oder sichern wir den Erhalt dieser Firma?", fragte Theo.

„Sie werden das tun, wofür ich Sie eingeteilt habe, nämlich den Mord an Ulf Brehmer aufklären. Ohne den Helden zu spielen. Und ohne *DynamoCars* in die Ermittlungen mit einzubeziehen. Habe ich mich klar ausgedrückt?"

„Das erschwert unsere Arbeit. Und außerdem klingt es schon ein bisschen fragwürdig. Also warum erwarten Sie von uns, dass wir diese Firma aus allem heraushalten?"

„Ich habe meine Gründe."

Alle schauten bass erstaunt auf den massigen Mann. Eine Weile herrschte Schweigen, das von Minute zu Minute bedrückender wurde. Bis der Kriminalrat endlich weitersprach: „Karl-Otto Brache befindet sich in einer Phase des Umbruchs. Er beabsichtigt, mit seinen autonom fahrenden Autos an die Börse zu gehen. Weiterhin plant er, neben dem Erweiterungsbau am Ostring in Saarlouis-Fraulautern, weitere Werke innerhalb des Saarlandes zu bauen. Sie können sich bestimmt selbst ausrechnen, welche Vorteile das für unser Bundesland bringt. Also sehen Sie zu, dass Sie mit Ihrer Arbeit schnell vorankommen."

Alle nickten brav.

„Jasmin Hafner und Monika Blech, gibt es inzwischen Neuigkeiten über das Handy, das bei Fred Hansen gefunden wurde?"

„Bis jetzt nicht. Es war so zerstört, dass unsere Techniker kaum eine Chance sehen, dort noch etwas retten zu können", antwortete Jasmin.

„Dann bleibt uns nichts anderes übrig: Sie befragen die Mitarbeiter von *DynamoCars*."

Ein Donnergrollen war die Antwort. Der Besprechungsraum verdüsterte sich und lautes Platschen des Starkregens war zu hören.

Jasmin erhob sich von ihrem Platz, schloss das Fenster und schaltete die Deckenbeleuchtung ein.

„Lukas Baccus, Theo Borg! Sie kümmern sich um die neuesten Erkenntnisse den Toten auf dem Acker betreffend. Wie ich dem Protokoll entnehmen kann, gibt es einen Hinweis auf die Tatwaffe."

Lukas und Theo nickten.

„Dieter Marx, Sie überprüfen das Todesopfer Fred Hansen und das nähere Umfeld. Vielleicht steht er auf irgendeine Weise mit *DynamoCars* in Verbindung."

*

„Dienstbesprechungen sind einfach überflüssig", grummelte Lukas, als sie den Besprechungsraum verließen und ihr Büro ansteuerten.

„Allensbacher nimmt seinen Posten als Kriminalrat sehr ernst", hielt Theo dagegen und steuerte seinen Schreibtisch an. „Außerdem wird es ihm nur so gelingen, über alles, was wir tun, informiert zu sein. Oder bist du mit deinem Schriftkram immer in der Zeit?"

Lukas verzog sein Gesicht zu einer Grimasse.

„Na also, er hat Mittel und Wege gefunden, wie er immer auf dem Laufenden sein kann."

Lukas winkte genervt ab.

„Was ist dein Problem?"

„Ich halte nichts davon, dass sich *DynamoCars* in die Ermittlungen einmischen darf. Damit macht man den Bock zum Gärtner. Als hätte Allensbacher Anteile an dieser Firma."

„Hast du schon wieder vergessen, was Silvia gesagt hat?“, fragte Theo.

„Was soll das? Glaubst du ihr mehr als mir?“

„So langsam gehst du mir mit deiner Paranoia auf den Sack. Solche Anschuldigungen solltest du besser nicht laut aussprechen. Das könnte dich Kopf und Kragen kosten. Aber vermutlich ist dir das auch noch egal. Dass ich im gleichen Boot sitze, interessiert dich nicht.“

„Scheiße Mann! Was ist mit dir los?“

„Ich habe einfach nur die Schnauze voll. Dass wir noch nicht suspendiert worden sind, verdanken wir nur der Tatsache, dass zu wenig Polizeibeamte im Dienst sind. Stattdessen wurden unsere Möglichkeiten der Beförderung erheblich eingeschränkt. Aber selbst das hat dich nicht zum Nachdenken angeregt.“

„Bist du bald fertig?“

„Ja!“

„Was ist los mit dir? Ich dachte, wir wären Freunde. Bisher haben wir als Team immer gut funktioniert. Was bringt dich dazu, das alles zu hinterfragen?“

„Ganz einfach: Es wird langsam existentiell. Überall werden Bullen eingespart. Für sowas hat der Staat kein Geld. Also ist gerade jetzt nicht der günstigste Moment, aufzufallen. Aber das brauche ich dir nicht zu sagen. Einer, der sein Leben lang auffällt, kapiert das eh nicht.“

„Ehekrach?“ Mit der Frage stand plötzlich Jasmin zwischen den beiden Männern. In der Hand hielt sie einen Regenmantel, ein Zeichen, dass sie sich im Aufbruch befand.

„Nein, nur eine konstruktive Diskussion darüber, was wir als Nächstes machen werden“, wich Theo aus.

„Toll! Zufällig habt ihr vom Chef eine Anweisung bekommen. Ich erinnere mich, was in der Besprechung gehört zu haben.“ Jasmin grinste frech.

„Wenn wir dich nicht hätten ...“

„Ich habe allerdings eine kleine Abweichung vom Plan: Ich fahre zuerst zur IT-Forensik.“

„Wieso das?"

„Marcel Dittrich, der Leiter der IT-Abteilung, hat mich angerufen. Dort wird die Software getestet. Sie haben einen Verdacht, was passiert sein könnte. Und da es laut Allensbacher schnell gehen soll, wollen wir keine Zeit verlieren. Monika und ich splitten unsere Einsätze einfach auf."

„Und was könnte laut Marcel Dittrich passiert sein?"

„Ein Programmierfehler. Aber Genaueres, wenn ich zurückkomme."

Lukas grinste schief und setzte sich vor seinen Rechner.

„Du brauchst dich gar nicht erst häuslich niederzulassen. Wir müssen zur Fundstelle unseres Toten", erinnerte Theo an die Anweisung von Allensbacher. „Und dann steht noch der Nachbar Rudolf Webster auf dem Plan."

„Ich muss zuerst noch meine 148 Mails checken", widersprach Lukas ironisch. „Und einen Kaffee brauche ich auch. Gegen die Schmerzen sogar zwei."

Monika eilte ebenfalls an den beiden Kollegen vorbei in Richtung Ausgang.

„Und wohin verschlägt es dich?", rief Theo ihr nach.

„Zu *DynamoCars*. Schon vergessen?"

„Allein?"

„Ja, ich muss eine Mitarbeiterbefragung durchführen. Das schaffe ich allein."

„Allensbacher verlangt aber, immer im Team zu arbeiten", erinnerte Theo. „Unser neuer Chef ist da unerbittlich."

„Sehr witzig. Willst du mich an die Regeln erinnern?" Monika grinste, was ihr breites Gesicht noch unförmiger wirken ließ. „Allensbacher hat es selbst veranlasst, dass wir uns trennen."

„Ich bin nur besorgt, das ist alles."

„Mit den Nerds nehme ich es locker auf."

„Wir fahren später ebenfalls dorthin – wir müssen uns auf der Baustelle noch mal umsehen. Wir können doch zusammen fahren."

„Nein Danke. Da bin ich lieber allein."

*

Der Wetterumschwung missfiel Monika. Als sie aufgestanden war, hatte noch azurblauer Himmel mit strahlendem Sonnenschein geherrscht. Jetzt schüttete es wie aus Eimern. Der Weg von Saarbrücken nach Fraulautern zog sich endlos in die Länge. Ihr Navi hatte sich offensichtlich für die falsche Autobahn entschieden. Hier herrschte wenig Verkehr, was das Fahren noch eintöniger machte. Als die Abfahrt in Sicht kam, atmete sie erleichtert auf.

Durch den starken Regen konnte sie schon aus einiger Entfernung das Gewerbegebiet erkennen. Aber damit war sie noch nicht am Ziel. Das Bürogebäude der Firma lag ganz versteckt hinter vielen Hallen und Gebäuden – von ihrem Standpunkt aus fast nicht zu sehen.

Zum Glück leuchtete ihr das blau-gelbe Schild von *Dynamo-Cars* trotz schlechter Sicht entgegen. Dicht am Waldrand lag der Eingang. Die Umgebung wirkte bei dem heftigen Gewitterregen düster und grau. Eine breite Straße – einer Landebahn gleich – war durch Schranken und hohe Zäune gesichert.

Die Parkplatzsuche wurde ihr nächstes Problem. Einfach vor dem Gebäude abstellen ging nicht. Dort gab es keine Möglichkeit. Auf der gegenüberliegenden Seite entdeckte sie einen Besucher-Parkplatz. Vor lauter Bäumen kaum zu sehen. Den steuerte sie an. Im Augenwinkel glaubte sie, eine Bewegung zu erkennen, die nicht zum Wald gehörte. Ein Reh konnte es nicht gewesen sein, dessen war sie sich sicher. Dafür war es viel zu groß.

Mit einem mulmigen Gefühl stellte sie das Auto ab und den Motor aus. Was war sie doch eine Närrin! Am helllichten Tag schon Gespenster sehen? Wenn das die Kollegen wüssten.

Laut prasselte der Regen auf das Autodach. Sie suchte nach einem Regenschirm, konnte ihn aber nicht finden. Die Dauersonne der letzten Tage hatte sie wohl dazu veranlasst, das Ding aus dem Auto zu verbannen. Also tat sie das Unvermeidliche, zog sich ihre Regenjacke über und beschloss, im Eiltempo das

Bürogebäude anzusteuern.

Als sie ausstieg, platschten ihr dicke Tropfen ins Gesicht. Die starken Äste bewegten sich heftig. Der Tag wurde immer finsterer. Donnergrollen zog über den Himmel. Gänsehaut kroch an ihrem Körper hoch.

Sie zog die dünne Jacke komplett über ihren Kopf und lief los. Der Drang, so schnell wie möglich von hier zu verschwinden, wurde übermächtig.

Egal, was die Kollegen dachten. Sie wollte nur noch weg hier. Die Mutige, die sie vor Lukas und Theo markiert hatte, war sie beileibe nicht. Aber die beiden mussten nicht alles über sie wissen.

Die Geräusche hörten sich unter dem Regencape laut und bedrohlich an. Sie beschleunigte ihr Tempo, obwohl sie schon außer Atem war. Poltern drang an ihr Ohr – dazu ein Keuchen.

Das passte nicht!

Erschrocken drehte sie sich um und starrte direkt auf die Silhouette eines Menschen.

*

„Wo kommt dieser Regen her?“, maulte Lukas vom Beifahrersitz aus. „Als ich aufgestanden bin, hatten wir noch das geilste Wetter.“

„Was ist mit dir? Hast du jetzt das Wetter zum Gesprächsthema Nummer eins gemacht?“, zweifelte Theo, der am Steuer saß.

„Nein, ich habe nur keinen Bock darauf, über einen nassen Acker zu stolpern und ständig auszurutschen. Das tut meinen geschundenen Knochen bestimmt nicht gut.“

„Verkauf das Motorrad, dann kommst du nie wieder in eine solche Situation.“

„Ha – ha – ha.“

Er bog ab und steuerte die Baustelle im Industriegebiet Ostring an. Im Regen wirkte alles trostlos, die überdachte Fundstelle verlassen, die Baustelle vernachlässigt. Bagger, LKWs,

Planierraupen standen ohne erkennbares Muster auf der halb umgegrabenen Wiese. Die gelben Bauwagen waren menschenleer.

„Hier sieht alles genauso aus wie an dem Tag, als die Leiche gefunden wurde“, stellte Lukas fest. „Schon fast unheimlich.“

„Stimmt, die haben tatsächlich Hammer und Meißel fallenlassen, nachdem wir das angeordnet haben. Kommt selten vor, dass jemand so gut unsere Anweisung beachtet.“

„Oder die Jungs hatten keinen Bock auf Arbeit.“ Lukas griente.

„Schauen wir es uns an.“

Sie stiegen aus und näherten sich der Fundstelle. Einige Kollegen der Spurensicherung trafen zeitgleich ein und eilten zusammen mit den Kommissaren unter den Pavillon, der die Fundstelle vor den Wettereinflüssen schützen sollte. Der Regen prasselte so laut auf das Zeltdach, dass sie sich kaum unterhalten konnten.

Dort war der Boden trocken. Trotzdem sah alles verwüstet aus.

„Ist das unsere Arbeit?“, fragte Lukas.

„Ja, wir mussten viel umliegende Erde mitnehmen“, antwortete einer der Spusis. „Anordnung von eurem Chef.“

„Schafft ihr es zu rekonstruieren, wo das Messer gelegen hat?“

„Ja, wir haben die Stelle mit Fotos dokumentiert. Mit unseren Messgeräten schaffen wir das.“ Der Spusi-Mann zeigte ihm die Aufnahmen. „Anhand dieser Fotos und der Abgleiche, die wir jetzt mit einem Dummy vor Ort machen, können wir errechnen, ob das Messer tatsächlich im Zusammenhang mit dem Toten steht.“

„Ich verstehe den Aufwand nicht“, gab Lukas zu. „Ein Messer, ein Toter. Wo ist das Problem?“

„Falls du es nicht mitbekommen hast“, raunte Theo, „ist das Messer ziemlich antik. Nicht unbedingt das übliche Tatmesser. Eher ein Sammlerstück.“

„Jeder Täter hat seinen eigenen Stil – hören wir doch immer von Silvia.“

„Lass Silvia aus dem Spiel. Sie hat dir gestern Feuer gegeben und das passt dir nicht.“

Plötzlich hörten sie das laute Aufheulen eines Motors.

Lukas und Theo schauten sich an.

„Was ist da los?“, fragte Theo.

„Der Fahrstil selbstfahrender Autos.“ Lukas lachte höhnisch.

„Bleib doch bitte einmal ernst.“

„Du hast Recht“, lenkte Lukas ein. „Ist nicht Monika gerade bei *DynamoCars*?“

„Doch.“

„Ich ruf sie mal an und frag sie, was da los ist“, meinte Lukas. „Es hat mir ohnehin nicht gefallen, dass sie einfach allein aufbrechen wollte.“

„Was habt ihr für ein Problem?“, fragte der Kollege der Spurensicherung.

Im gleichen Augenblick sahen sie einen Wagen mit Vollgas und quietschenden Reifen aus dem kleinen Waldstück fahren und in die Hauptstraße einbiegen. Dort schlug er die Richtung Fraulautern ein, sodass sie das Fahrzeug nicht erkennen konnten.

„Das ist unser Problem. Da stimmt was nicht“, antwortete Theo.

„Monika meldet sich nicht“, rief Lukas dazwischen.

„Versuch's weiter!“

„Quatsch! Ich gehe nachschauen.“

„Okay. Ich komme mit.“

Sie marschierten über den holprigen Acker, wobei Lukas wieder sämtliche schmerzenden Glieder zu spüren bekam. Seine Gesichtszüge verkrampften sich mit jedem Schritt ein bisschen mehr. Aber er gab keinen Mucks von sich. Stattdessen wählte er wieder Monikas Handynummer.

Zur Rückseite des Gebäudes gab es lediglich eine Tür, die verschlossen war. Eine Klingel fanden sie nicht. Sie mussten das

Gebäude umrunden, um zur Vorderseite zu gelangen, wo der Haupteingang lag. Während Theo die Tür aufriss und hineinging, glaubte Lukas etwas von der gegenüberliegenden Seite zu hören.

„Hier ist was!“, rief er aufgeregt.

„Was?“, fragte Theo und kehrte auf den Vorplatz zurück.

„Hör doch mal!“

Sie lauschten.

Tatsächlich: Ein Handyklingelton war zwischen den Bäumen zu hören.

„Das ist Monikas Klingelton.“

Sie rannten in diese Richtung und fanden Monika blutüberströmt auf dem Waldboden liegen. Sie röchelte. Mit jedem Atemzug stieß sie Blut aus.

Lukas kniete sich zu ihr auf den Boden, während Theo den Notarzt alarmierte.

*

Stunden waren vergangen, seit sie ihrer Kollegin Monika Blech im Krankenwagen zum Marienhaus-Klinikum nach Saarlouis gefolgt waren. Solange befand sich Monika schon im OP. Und es war noch kein Ende in Sicht.

Die Klamotten der beiden Kommissare waren inzwischen einigermaßen getrocknet. Wie zwei begossene Pudel saßen sie im Wartebereich der Ambulanz.

„Das konnten wir nicht kommen sehen, oder?“, fragte Lukas nach einer Ewigkeit des Schweigens.

„Nein. Was soll die Frage?“

„Ich denke die ganze Zeit darüber nach, ob wir Monika hätten begleiten sollen.“

„Vermutlich handelt es sich einfach nur um einen Überfall von einem Irren“, grübelte Theo und fuhr sich mit beiden Händen durch seine ungekämmten Haare. „Monika war einfach nur zur falschen Zeit am falschen Ort.“

„Direkt vor dem Büro von *DynamoCars*?“

„Ja, ich weiß, klingt an den Haaren herbeigezogen."

„Also glaubst du selbst nicht, was du sagst." Lukas rümpfte die Nase.

„Es ist halt verdammt eigenartig. So viele Merkwürdigkeiten hatten wir noch nie in einem Fall."

„Genau genommen bearbeiten wir zwei Fälle", stellte Lukas klar. „Es ist noch nicht erwiesen, ob der Autounfall etwas mit Ulf Brehmer zu tun hat."

„Also jetzt drei Fälle?" Theo warf seinem Kollegen und Freund einen zweifelnden Blick zu.

„Du hast ja recht. Ist verdammt komisch das Ganze."

„Sag ich doch."

Plötzlich tauchte Dr. Stemm auf und unterbrach die Unterhaltung.

„Wo ist Monika?", fragte er.

„Was soll das?", fragte Theo. „Monika ist verletzt – aber nicht tot."

„Keine Sorge. Ich soll Aufnahmen ihrer Messerstiche machen. Nach der OP sind weder Stichkanal noch die Form des Messers nachzuweisen."

„Am lebenden Körper?"

„Ja. Macht euch keine Sorgen. Mir liegt Monika sehr am Herzen. Ich werde nichts tun, was ihr schadet."

Der Gerichtsmediziner verschwand einige Türen weiter in einem der Räume, die für Lukas und Theo tabu waren.

Wieder nach einer gefühlten Ewigkeit klingelte Theos Handy. Er nahm das Gespräch an und legte nach mehreren „Hms", „Ohs" und „Ahs" wieder auf.

„Wer war das?"

„Allensbacher! Er spricht sein Mitgefühl aus, bittet uns aber, ins Büro zu kommen."

„Der Idiot."

„.Besonders empathisch ist mir der Mann nicht in Erinnerung", meinte Theo. „Dass er überhaupt Mitgefühl ausgesprochen hat, ist doch schon etwas."

Eine Ärztin ganz in Grün trat auf den Flur. Von ihrem Gesicht waren nur die Augen zu sehen, der Rest steckte hinter grüner Haube und Mundschutz. Sie schaute sich um, bis ihr Blick an den beiden Kommissaren hängenblieb.

„Warten Sie auf die Patientin Monika Blech?"

Sofort sprangen beide auf und traten auf die Ärztin zu.

„Wie geht es ihr?", fragte Theo.

„Wird sie durchkommen?", lautete Lukas Frage.

Zu dritt betraten sie einen Raum, in dem sie ungestört waren.

„Ihre Kollegin konnte stabilisiert werden. Aber sie hat sehr viel Blut verloren, weshalb wir sie ins künstliche Koma versetzen mussten. Es hängt jetzt von den ersten 24 Stunden ab, ob sie es schafft. Die Messerstiche haben leider den rechten Lungenflügel, ihre Leber und Teile des Dickdarms verletzt. Sollte sie es überstehen, werden noch einige Operationen nötig sein, damit sie vollständig genesen kann."

*

„*Denn er hat den, der von keiner Sünde wusste, für uns zur Sünde gemacht ...*", plärrte es düster durch das Großraumbüro.

Lukas und Theo hatten sich umgezogen, bevor sie zurückgekehrt waren. Was sich dort in der Zwischenzeit ereignet hatte, war ihnen entgangen.

„*Ich sage euch: So wird auch Freude im Himmel sein über einen Sünder, der Buße tut, mehr als über neunundneunzig Gerechte, die der Buße nicht bedürfen", lautete gerade der nächste Bibelspruch von Dieter Marx.*

„Das klingt wirklich übel", raunte Theo. „Was ist hier los?"

„Ich werde Buße tun für Monika und mich, damit der Herr gnädig, barmherzig, geduldig und von großer Güte bleibt und mir keine weitere Strafe auferlegt."

„Dürfen wir erfahren, was hier los ist?", fragte Theo in die vor Schreck erstarrte Runde.

Jasmin war diejenige, die antwortete: „Dieter Marx wird ab sofort mit mir zusammenarbeiten, nachdem klar ist, dass Monika für längere Zeit ausfallen wird." Ihr Gesicht sah verheult aus, ihre Haare zottelig. Am liebsten hätte Lukas sie in die Arme genommen und getröstet. Doch vor allen Kollegen war das nicht angebracht. Also brummte er nur ein: „Dich trifft es besonders hart. Ihr habt gut zusammengearbeitet."

Jasmin reagierte darauf nur mit einem Nicken, als fiele ihr das Sprechen schwer.

„*Wer in Unschuld lebt, der lebt sicher; wer aber verkehrte Wege geht, wird ertappt werden*", predigte Dieter Marx weiter. „Ich verurteile denjenigen, der Monika das angetan hat. Aber sie hat sich bewusst in Gefahr begeben ..."

„Jetzt halt' aber mal den Ball flach", funkte Lukas dazwischen. „Mach deinen Job, aber halte dich mit deinen Kommentaren über Monika zurück."

Dieter Marx riss die Augen weit auf, hob beide Hände zum Zeichen der Resignation und eilte davon.

„Du tust mir leid." Mit den Worten wandte sich Theo an die Kollegin Jasmin. „Mit dem Hausgeistlichen möchte ich nicht zusammenarbeiten müssen."

„Damit komme ich klar", wehrte Jasmin ab. „Viel schlimmer ist das, was Monika passiert ist. Wir müssen herausfinden, wer das war. Und ob es mit unserem Fall zu tun hat. Es ist doch unheimlich, am helllichten Tag direkt vor einer großen Firma angegriffen und schwer verletzt zu werden ..."

„... und das, ohne von jemandem gesehen zu werden", warf Theo ein.

„Der Täter war entweder dreist oder verzweifelt", meinte Lukas dazu.

„Und lässt es an Monika aus?" Jasmins Augen wurden schon wieder feucht.

Die Tür zum Großraumbüro öffnete sich und Allensbacher trat herein. Obwohl sich an seiner Masse nichts geändert hatte, wirkte sein Gang wieder einmal schwungvoll. Er blieb vor den Schreibtischen stehen und bat die Beamten, ihm zu folgen. Sein Geltungsbedürfnis kannte keine Grenzen.

„Wie wir erfahren haben, wird die Kollegin Blech für eine lange Zeit ausfallen“, begann er theatralisch zu sprechen. „Das ist ein herber Schlag für uns alle. Monika Blech ist eine gute Beamtin und beliebte Kollegin. Das wird es für uns noch schwieriger machen, weiter hochkonzentriert zu arbeiten.“

Kurze Stille.

„Wie wir auch wissen, bekommen wir keine neuen Beamten zugeteilt, weil ein Einstellungsstopp verhängt wurde. Deshalb müssen wir unsere Kräfte, die wir zur Verfügung haben, sorgfältig einteilen – obwohl es schwerfällt.“

Alle starrten auf den Chef. Kein Tropfen Schweiß in seinem Gesicht, kein Taschentuch in der Hand, keine rote Gesichtsfarbe – nichts, was Beklemmung oder mangelnde Gesundheit ausdrücken würde. Nur Selbstsicherheit und Autorität gingen von ihm aus.

„Außerdem werden wir absolutes Stillschweigen über diesen Überfall wahren. Es darf nicht öffentlich werden, dass jemand aus unseren Reihen verletzt wurde.“

„Das wird schwierig, weil die Mitarbeiter von *DynamoCars* den Überfall mitbekommen haben“, warf Lukas ein.

„Es geht keine Meldung an die Presse, ohne dass ich sie vorher abgesegnet habe“, präzisierte der Kriminalrat.

Niemand widersprach.

„Kollegin Jasmin Hafner wird zusammen mit Dieter Marx im Team arbeiten“, sprach Allensbacher weiter. „Lukas Baccus und Theo Borg, von Ihnen beiden erwarte ich mehr Disziplin, da wir jetzt auf jeden Einzelnen fest zählen müssen.“

Lukas und Theo nickten und warfen sich dabei gegenseitig Blicke zu, die Bände sprachen.

„Staatsanwalt Renske kommt gleich vorbei. Er hat uns die Mithilfe seiner Mitarbeiterin Dr. Tenner zugesagt, da diese Fälle inzwischen ein besonderes, psychologisches Feingespür erfordern, über das niemand von uns verfügt. *DynamoCars* arbeitet weiterhin zusammen mit der IT-Forensik an der technischen Aufklärung. Ich bin zuversichtlich, dass wir mit diesem Arrangement zu schnellen Ergebnissen kommen werden."

Der fordernde Blick des Kriminalrats veranlasste die Kommissare, artig zu nicken. Das stimmte Allensbacher zufrieden. Er fügte an: „Und jetzt will ich Ergebnisse von Ihnen hören."

Jasmin begann zu sprechen: „Ich komme gerade vom Rechenzentrum unserer Kollegen. Ich kann nur sagen, dass unsere IT-Abteilung super ausgestattet ist. Die stehen der Firma *DynamoCars* in nichts nach."

„Hilft uns das weiter?", fragte Allensbacher unwirsch.

„Ja, und zwar insofern, dass Marcel Dittrich wirklich mit dem neuesten technischen Gerät nach dem Fehler suchen kann. Die Tatsache, dass er und sein Team bis jetzt keinen Fehler im Programm des Testwagens gefunden haben, lässt Schlimmes ahnen."

„Inwiefern?"

„Die Sensoren dieser Autos sind so angelegt, dass sie einen Fußgänger, der die Straße überquert, anzeigen und den Motor dazu veranlassen zu stoppen oder auszuweichen – je nach Situation. Diese Aktivitäten sind in einem Protokoll festgehalten, das *Digital Driver's Log* heißt. Das ist sowas wie ein elektronisches Fahrtenbuch."

„Kommen Sie zum Punkt!"

„Das Protokoll sagt nichts über einen Fußgänger aus – ohne Fußgänger findet auch der Zebrastreifen keine Erwähnung. Es gibt auch keinen Hinweis auf ein anderes Hindernis, das ein selbstfahrendes Auto zum Anhalten umprogrammieren würde."

„Was heißt das für uns?", fragte Allensbacher.

„Dass unsere IT-Leute herausfinden müssen, ob Autopilot oder Bordcomputer von irgendjemand manipuliert worden sind."

„Was ist der Unterschied zwischen Autopilot und Bordcomputer?", fragte Lukas.

„So, wie ich das verstanden habe, wird der Autopilot vom Bordcomputer programmiert. Das heißt, dass die Autofahrt im Vorfeld geplant und organisiert wird. Der Autopilot ist der Computer im Auto selbst und reagiert auf die Begebenheiten während der Fahrt. Mehrere Kameras sorgen für eine 360-Grad-Panoramaüberwachung der unmittelbaren Umgebung des Fahrzeugs. Weiter gibt es Ultraschallsensoren, die Objekte auf der Straße – die da nicht hingehören – erkennen können. Ein Radar kann mit Echo-Signalen dichten Regen, Nebel oder Staub erkennen aber auch durchdringen. Auch vorausfahrende Fahrzeuge werden so ermittelt und dabei analysiert, wie schnell sie fahren, ebenso das Gefahrenpotenzial, das von ihnen ausgeht. Diese Daten werden vom Bordcomputer aufgeschlüsselt, ausgewertet und an den Autopiloten weitergegeben. Bei unvorhersehbaren Veränderungen ist der Autopilot vor Ort steuerbar."

„Wow! Du kennst dich ja schon richtig gut aus."

„Ich habe viele Stunden mit Marcel Dittrich zwischen den ganzen Computern und Monitoren verbracht." Jasmin lächelte schwach und fügte an: „Gerade jetzt tut mir das gut. Es lenkt mich ein bisschen ab."

„Kann man herausfinden, ob das Gerät manipuliert wurde?", fragte Allensbacher weiter.

„Denke schon."

„Auch von wem?"

„Da bin ich überfragt", gab Jasmin zu. „Ich kann nur an der Arbeit der Kollegen der IT-Forensik dranbleiben und parallel meine eigenen Ermittlungen durchführen. Vielleicht finde ich ein Motiv für die Tat, indem ich das Leben des Opfers durchleuchte."

„Da ist Dieter Marx dran, mit dem Sie zusammenarbeiten."

Kapitel 4

Der Tag war grau in grau – die Stimmung der beiden Kriminalkommissare an diesem Morgen ebenfalls. Der Regen trommelte auf das Auto, als wollte er die trübe Stimmung noch betonen. Der Angriff auf Monika lastete auf ihren Gemütern. Das Nichtwissen, ob sie diese schweren Verletzungen überstehen wird, nagte besonders schwer an ihren Gemütern. Sie war zu einem Einsatz gefahren, der für niemanden gefährlich klang. Und doch war es passiert.

Lukas hatte Mühe, sich gut auf dem Beifahrersitz zu platzieren. Während ihm diese Gedanken durch den Kopf gingen, spürte er seine Schmerzen noch deutlicher.

Schweigend fuhren die beiden Männer durch die Hauptstraße von Fraulautern und suchten das Haus von Rudolf Webster. Dieser Mann war ein weiterer ehemaliger Nachbar von Ulf Brehmer aus Zeiten, als sie noch im Wohngebiet am Ostring gelebt hatten.

„Wenn wir hier noch lange weiterfahren, landen wir am Ostring. Und da will ich heute nicht schon wieder hin", stellte Theo fest.

„Du hast recht, wir sind schon zu weit gefahren. Webster wohnt nicht in Fraulautern, sondern am Steinrausch – wo immer das sein mag."

Theo wendete und fuhr die langgezogene Straße wieder zurück, während Lukas sein Navi neu programmierte, um endlich den richtigen Weg zu finden.

„Er wohnt im Wilhelm-Röntgen-Viertel“, las er vor.

„Du bist so zerstreut. Wenn du so weitermachst, kommen wir heute nicht mehr bei diesem Webster an.“

„Du hast mich enttarnt.“ Lukas schnaufte. „Ich muss ständig an Monika denken. Wir waren eigentlich nur wenige Meter von ihr entfernt, als das passiert ist. Der Täter muss verdammt gerissen sein, sowas gnadenlos durchzuziehen.“

„Du glaubst also auch, dass alles zusammenhängt?“

„Der Gedanke drängt sich doch geradezu auf.“

„Zum Glück kommen heute Nachmittag Renske und Silvia zu uns ins Büro. Was wir jetzt brauchen, ist ein Täterprofil.“

„Das ist gut“, bestätigte Theo. „Allensbacher, der Idiot, hat Silvia einfach rausgeworfen. Dabei sind polizeiliche Fallanalytiker inzwischen unentbehrlich für unsere Arbeit geworden.“

„Jetzt musst du rechts abbiegen. Dann sind wir richtig. Das letzte Haus in dieser Reihe ist das, was wir suchen“, las Lukas vom Navi ab.

Das Wohnhaus entpuppte sich als kleine Villa im toskanischen Baustil. Flach geneigte Dächer über zwei Ebenen, sanfte Farben, Bögen und Säulen hätten es fast vermocht, mediterranes Flair zu verbreiten – würden der Regen und die heftigen Windböen den Gesamteindruck nicht trüben.

„Wow! Wer mal am Ostring gewohnt hat, hat sich verbessert.“ Lukas pfiff durch die Zähne.

„Das sieht langsam wirklich verdächtig aus“, fügte Theo hinzu.

Sie stiegen aus und liefen auf die Eingangstür zu, die unter dem umlaufenden Vordach geschützt lag.

*

Im Innern der Villa setzte sich der Luxus fort. Decken und Wände waren ganz in Weiß gehalten, der Boden bestand aus Eichenparkett. Den Raum, in den sie die junge Frau führte, beherrschte ein übergroßer Tisch aus Eichenholz, umrundet von hellgrauen, modernen Stühlen. Von dort reichte der Blick über den Garten mit Swimmingpool, der zu dieser Jahreszeit abgedeckt war. Im Regen wirkte die Aussicht trostlos. Der Rasen stand teilweise unter Wasser, Laub bedeckte große Teile des Gartens. Eine Gartenlaube war versteckt auszumachen inmitten von Nadelbäumen, die sich im Wind bogen.

In der Mitte des Raums befand sich ein Kamin in den Farben Weiß und Grau. Der Abzug verschwand in der Decke. Lukas wollte sich das System genauer betrachten, als sie aufgefordert wurden, an dem großen Tisch Platz zu nehmen. Sie bot ihnen Kaffee an, was die beiden auch gerne annahmen.

Behutsam ließ sich Lukas auf den Stuhl sinken und wartete. Theo schaute sich noch ein wenig um, bis ein großer, hagerer Mann mit einem seligen Lächeln den Raum betrat.

„Sie müssen von der Polizei sein."

„Sind wir. Lukas Baccus und Theo Borg, Oberkommissare der Kriminalpolizei."

Die junge Frau stellte die gewünschten Kaffeetassen vor Lukas und Theo ab.

„Pia, verlass' bitte das Zimmer. Ich will nicht, dass du mit der Polizei in Berührung kommst", befahl der Alte streng.

Lukas und Theo warfen sich einen fragenden Blick zu und warteten ab, bis besagte Pia durch die Tür verschwunden war.

Dann erst setzte sich Webster zu den beiden an den Tisch. Dabei wirkte er immer noch groß – größer als Lukas und Theo.

„Kommen Sie wegen des Unfalls, den die Firma *DynamoCars* verursacht hat?", fragte er mit einem fiesen Grinsen im Gesicht. „Das holt diese Schnösel mal von ihrem hohen Ross runter. Die meinen sowieso, sie wäre was Besseres."

„Nein, deshalb sind wir nicht hier. Wir wollen von Ihnen einige Informationen über Ulf Brehmer bekommen", antwortete

Lukas. „Sie waren mal Nachbarn in einem kleinen Wohngebiet. Da kennt man sich doch, oder?“

Plötzlich verzog sich das Grinsen. Das Gesicht wurde lang, die Haut spannte über den Knochen, dass der Schädel durchschimmerte.

„Ulf Brehmer?“ Den Namen spie der Alte regelrecht aus.

„Ja, Ulf Brehmer“, bestätigte Lukas.

„Ist das der Tote, den Sie am Ostring gefunden haben?“

„Ja.“

„Geschieht dem Kerl Recht.“

„Was hat Sie so gegen diesen Mann aufgebracht?“

„Das kann ich Ihnen sagen: Er hat es fast geschafft, dass die Firma *DynamoCars* ihr Angebot für unsere Häuser zurückgezogen hätte. Dabei war eine Anzahlung für dieses Haus hier bereits geleistet. Ohne den Verkauf meines Hauses am Ostring wäre der Traum vom Leben mit meinem Sohn und seinen Kindern unter einem Dach geplatzt wie eine Seifenblase.“

Lukas ließ seinen Blick über das Ambiente schweifen und meinte: „Sie liefern uns gerade ein Motiv für den Mord an Ulf Brehmer. Ist Ihnen das klar?“

„Ich habe dem Kerl nichts angetan. Der war jünger und stark wie ein Bulle. Wenn ich es versucht hätte, dann wäre ich zwei Meter unter der Erde gelandet.“

„Im *Kopf aus der Schlinge ziehen* sind Sie verdammt gut. Sonst können Sie uns nichts über Ulf Brehmer sagen?“, fragte nun Theo, als er bemerkte, dass das Gespräch nicht sehr fruchtbar verlief.

„Doch! Ulf hat sich mit jedem angelegt. Ich glaube, der konnte sich selbst nicht leiden. Keine Frau, keine Kinder – keine Ahnung was den geritten hat.“ Der Alte kratzte sich an seinem haarlosen Kopf.

„Er musste doch einen Grund haben, warum er sich mit den Leuten gestritten hat.“

„Entweder war der Rasenmäher zu laut oder die Kinder haben zu nah an seinem Haus Fußball gespielt. Oder ein Hund hat zu lange gebellt. Keine Ahnung! Irgendwas war immer."

„Hat er allein in dem Haus gewohnt?"

„Ja! Nein. Da war ein Junge, der fast täglich zu ihm gekommen ist. Die beiden passten zusammen wie die Faust aufs Auge."

„Sein Sohn?"

„Ulf hatte keine eigenen Kinder. Seine Frau ist viel zu früh gestorben. Ich weiß nicht, wer der Junge war und will auch gar nicht wissen, was sich dort wirklich abgespielt hat."

*

„*Irret euch nicht! Gott lässt sich nicht spotten. Denn was der Mensch sät, das wird er ernten*", schallte es laut vernehmlich durch das Großraumbüro.

Lukas und Theo unterdrückten ein Stöhnen. Den Spruch kannten sie bereits. Genervt betraten sie den Raum und warteten ab, was Dieter Marx zu berichten hatte.

„Das Unfallopfer Fred Hansen war selbst einmal in einen Autounfall mit Todesfolge verwickelt", sprach Marx weiter. „Er hat vor einem Jahr in Saarlouis-Fraulautern ein Kind auf einem Zebrastreifen totgefahren."

Alle Beamten hielten die Luft an vor Schreck.

„Er wurde vor Gericht zu Sozialstunden verdonnert, die er längst abgeleistet hat."

„Das sieht nach einer großen Ungerechtigkeit aus", stellte Lukas fest. „Wie ist sowas möglich?"

„Sein Vater ist Staranwalt", lautete die Antwort von Dieter Marx. „So ist das möglich. *Beteiligt euch nicht an den nutzlosen Dingen, die aus der Finsternis kommen, sondern stellt sie vielmehr bloß. Denn was manche heimlich tun, ist schon auszusprechen unanständig.*"

„Also könnte der Unfall eine Art Selbstjustiz sein."

„Das getötete Kind stand in keinem Verhältnis zu *Dynamo-Cars*." Damit bremste Marx sofort Lukas Eifer. „Also ist diese Möglichkeit ausgeschlossen."

„Es wäre aber ein Ansatz bei den Ermittlungen."

„Zerbrich dir nicht meinen Kopf", wurde Marx deutlicher. „*Denn meine Gedanken sind nicht eure Gedanken, und eure Wege sind nicht meine Wege, spricht der Herr.*"

„Gott sei Dank!"

Lukas steuerte seinen Schreibtisch an, in der Hoffnung, damit das Gespräch mit dem Hausgeistlichen beenden zu können.

Der Kollege leistete in der Tat gute Arbeit. Aber seine biblischen Verwünschungen waren nicht auszuhalten. Im Augenwinkel erkannte er, wie Dieter Marx das Großraumbüro verließ.

Erleichtert ließ er seinen Rechner hochfahren. Die Ergebnisse ihrer Befragungen mussten festgehalten werden. Am besten fing er gleich damit an.

Zu seiner Überraschung wurde ihm ein Bericht der Kriminaltechnischen Untersuchung – KTU angezeigt. Es gab Ergebnisse zum Messer, das in der Nähe von Ulf Brehmers Leiche gefunden wurde.

„Theo, schau mal hier."

Der Kollege stellte sich hinter Lukas, um auf den Bildschirm schauen zu können. Es war ein Bericht über die Lage des Messers.

„Hebungen und Senkungen bedeuten in der Geowissenschaft Vertikalbewegungen der Erde und finden im Unterirdischen statt. Sie sind auf Spaltwirkungen zurückzuführen, was einen Kräfteausgleich zwischen Land und Wasser zur Folge hat", steht schon gleich in der Überschrift. „Auf dieser Basis – und mit einkalkulierten meteorologischen Fakten – konnten wir am Fundort der Leiche direkte Messungen von Bodensenkungen und Bodenhebungen im Millimeterbereich über den Zeitraum von 5 Jahren durchführen. Ebenso haben wir den Bau des Firmengebäudes von *DynamoCars* und das Fällen von mehr als 40 Bäumen in die Rechnungen mit einbezogen. Auf der Grundlage konnten wir den Verlauf des Messers zum Opfer rekonstruieren, sodass erkennbar wurde, wo es sich vor fünf Jahren befand."

„Wow!", staunte Lukas. „Wenn jetzt noch ein Ergebnis kommt,

ziehe ich vor der KTU den Hut."

„Würdest du alles lesen, hättest du es schon gesehen", murrte Theo. „Hier steht nämlich: *Das Messer kann zweifelsfrei dem Opfer zugeordnet werden.* Also! Was brauchst du noch?"

„Den Mörder."

„Sehr witzig. Wenn die Kollegen der KTU das auch noch herausfinden, werden wir überflüssig."

„Du hast mich überzeugt", gab Lukas nach. „Was tun wir als nächstes?"

„Wir besuchen die einzige Nachbarin unseres Opfers, Hilde Effner, und befragen sie. Wenn von ihr die gleiche Aussage kommt, dass Ulf Brehmer ihr fast das Geschäft des Lebens versaut hat, weil er gegen den Verkauf der Häuser am Ostring war, dann haben wir gleich drei Verdächtige auf einmal."

„Niemand verlässt das Büro", donnerte die Stimme des Kriminalrats durch den großen Raum.

Tastaturgeräusche und Gespräche verstummten schlagartig. Alle Augen waren auf ihn gerichtet, der mit der Tageszeitung in der Hand vor ihnen stand.

„Was ist jetzt wieder passiert?", flüsterte Lukas.

Doch Theo reagierte nur mit einem „schhhh", sodass Lukas sofort verstummte.

Der oberste Chef der Kriminalabteilung drehte nun das Deckblatt der Zeitung um. Darauf war ein Bild zu erkennen, das Büsche und Bäume zeigte. Die Überschrift lautete: „Kriminalbeamtin lebensgefährlich verletzt."

„Leider halten die Medien nicht still", sprach Allensbacher in einem Tonfall, den keiner von ihm kannte. „Ich lese Ihnen jetzt den ganzen Artikel vor:

Nach bisherigen Erkenntnissen kam es am Dienstagmorgen gegen 8.30 Uhr in Saarlouis-Fraulautern zu einem lebensgefährlichen Übergriff auf eine Polizeibeamtin. In deren Verlauf stach ein bislang unbekannter Täter mehrere Male auf die Frau ein und ließ sie schwerverletzt am Boden liegen.

Die Tat geschah, während sich die Polizistin in einem Einsatz befand. Sie konnte in allerletzter Sekunde gefunden werden und kämpft nun in einem Saarlouiser Krankenhaus um ihr Überleben. Vom Täter fehlt jede Spur."

Stille trat sein.

„*Allmächtiger Gott, gieße deine Gnade in unsere Herzen ein*", erschallte es leise.

„Wie kann man so dämlich sein und genau schreiben, wo die Polizistin um ihr Überleben kämpft?", kam es von Lukas.

„Monika muss beschützt werden, falls der Täter seine Tat vollenden will", schlug Theo mit blassem Gesicht vor.

„Natürlich wird sie beschützt. Von Anfang an. Mich interessiert, wie die Presse davon erfahren konnte", blaffte Allensbacher. „Es muss in unseren Reihen eine undichte Stelle geben."

„Wir sind nicht die einzigen, die von dem Unfall wissen", widersprach Lukas.

„Wer weiß es noch?"

„Die ganze Belegschaft von *DynamoCars*."

„Noch eine derartige Anspielung und ich ziehe Sie von diesem Fall ab."

Totenstille.

Es dauerte Minuten, bis Allensbacher weitersprach: „Ist Ihnen aufgefallen, dass der Ort des Überfalls mit keinem Wort erwähnt wird?"

„Ja, warum wohl."

„Weil *DynamoCars* Beziehungen hat. Sie haben dafür gesorgt, dass ihr Name aus diesem Fall herausgehalten wird."

„Oder sie versuchen damit von ihrem Unfall mit Todesfolge abzulenken", warf Lukas ein. „Raffiniert."

„Das zu beurteilen steht Ihnen nicht zu", bremste Allensbacher mit lauter Stimme.

Lukas erschrak.

„Mit dem Überfall auf unsere Kollegin haben wir einen weiteren Fall zu klären. Ich gehe davon aus, dass Sie das mit der gebotenen Gründlichkeit tun werden." Dabei zeigte Allensbacher mit dem Finger nacheinander auf Lukas, Theo, Jasmin und Dieter Marx. „Sie alle hier behandeln diesen Fall mit oberster Priorität."

Die Angesprochenen nickten.

Wieder kehrte Stille ein. Allensbacher fixierte die Polizeibeamten mit funkelnden Augen. Die Stimmung war beklemmend. Niemand wagte sich, seinen Blick zu erwidern.

Mit leisen Schritten, wie man es ebenfalls nicht von ihm kannte, verließ der Kriminalrat das Büro.

Ein Aufatmen signalisierte Erleichterung.

„Lass es einfach bleiben, in Allensbachers Anwesenheit auf *DynamoCars* herumzuhacken", zischte Theo.

„Was ist an dieser Firma so wichtig?", fragte Lukas.

„Frag lieber, warum Allensbacher diese Firma so wichtig ist."

„Sie stellen Autos her, die für unsere Gesellschaft offensichtlich gefährlich sind. Ich verstehe das nicht", lamentierte Lukas weiter.

„Das ist die Zukunft. Die ist nicht mehr aufzuhalten."

„Heißt das, dass unsere Zukunft digital ist?"

„Genau das."

„Das ist keine Zukunft ..."

„Sondern?", hakte Theo genervt nach.

„Digitale Diktatur!"

„Wow! Der Begriff ist mir neu. Klingt aber verdammt gut. Denn wir machen uns wirklich zu Sklaven der neuen Technologie." Theo pfiff durch die Zähne.

„Wir befinden uns in einer totalen Abhängigkeit. Ohne diese Digitalisierung waren wir autark. Sobald diese Zukunft eingetroffen ist, gibt es nichts mehr, was wir ohne Überwachung tun können." Lukas schaute Theo mit großen Augen an.

„Jetzt blüht schon wieder deine Paranoia auf. Du brauchst tatsächlich einen Psychiater."

„Erinnerst du dich nicht mehr, was Jasmin über das Fahrtenbuch gesagt hat? Sie nannte ein Wort, das total futuristisch klang ..."

„Du meinst das *Digital Driver's Log.*"

„Eben. Dieses vollelektronische Ding hat nur eine Funktion, nämlich die Überwachung. So kannst du im Auto nicht mehr rumbrüllen, wenn dir ein Vorausfahrender auf den Sack geht, jeder bekommt es mit. Du kannst keinen Furz lassen, dich nicht kratzen, wo es gerade juckt, jeder bekommt es mit, denn Kameras gibt es auch überall."

„Das ändert aber nichts daran, dass wir uns den Anweisungen unseres Despoten fügen müssen. Allensbacher ist nicht mehr derselbe wie damals. Er herrscht wie ein Tyrann über uns. Da lässt er dir deine Macken nicht mehr durchgehen."

„Und was soll ich nun tun, Papa?", grummelte Lukas.

„Das, was verlangt wird. Und die Klappe halten, wenn der Alte spricht."

„Und was steht gerade auf unserer To-do-Liste?"

„Unser Gespräch mit der ehemaligen Nachbarin unseres Opfers."

„Okay. Klingt nach einem Ritt ins Freie, was mir im Moment nur recht sein kann."

„Solange wir kein Auto von *DynamoCars* reiten", fügte Theo grinsend an.

*

„Okay, dieses Mal fahre ich", stellte Lukas klar.

„Ganz sicher? Du läufst immer noch herum, als wolltest du einen Veitstanz aufführen."

„Keine Sorge! Ich habe meine Prellungen inzwischen überstanden und bin wieder in der Lage, ein Auto zu steuern."

Sie gingen auf den Audi A6 zu, der schwarz glänzend im Fuhrpark der Kriminalpolizei stand und auf seinen Einsatz wartete.

Theo reichte seinem Kollegen wortlos den Funkschlüssel, was Lukas einen überraschten Blick entlockte.

„Keine Gegenwehr?"

„Nein, du bist dran. Ich lasse mich auch gern mal chauffieren."

„Das Alter macht dich ruhiger."

„Keine Beleidigungen, sonst fahre ich doch."

Lukas setzte sich grinsend hinter das Steuer. Dabei dämpfte er seinen Schwung, um nicht seine Worte Lügen zu strafen. Seine Hämatome meldeten sich trotz aller Versuche, es auszublenden, immer noch zu jeder ungünstigen Gelegenheit.

Der Weg führte sie nach Saarlouis – dieses Mal in die VII. Gartenreihe. Als Lukas nach der eintönigen Autobahnfahrt endlich in die schmale Straße einbog, erkannten die beiden Kommissare sofort, dass sie sich in einer gehobenen Wohngegend befanden. Alle Häuser wurden von großen Anwesen gesäumt. Gartenzäune wechselten sich mit hohen Hecken oder Mauern ab. Zum Ende der Straße hin stießen sie auf das Haus, in dem Hilde Effner heute wohnte.

„Wer vom Wohngebiet Ostring kommt, hat sich eindeutig verbessert", stellte Theo fest, während er sich die moderne Villa im Bauhausstil betrachtete.

Das Haus strahlte weiß im trüben Tageslicht. Es hatte ein Flachdach. Alles war würfelartig angelegt, ein Erker auf der linken Seite, die Front, der nach innen versetzte Hauseingang, die angebaute Garage, sogar die Fenster.

„Da hat sich der Architekt aber ausgetobt."

„Alles Geschmackssache", meinte Lukas mit einem schiefen Grinsen. „Schauen wir lieber, was uns die alte Dame zu sagen hat. Hoffentlich kommt von ihr mehr als von den beiden anderen. Bisher haben wir ja nicht wirklich etwas, womit wir arbeiten können."

„Nicht so pessimistisch! Webster und Heinze haben beide ein Motiv geliefert, weil Brehmer seine Hütte am Ostring nicht verkaufen wollte. Wenn diese Dame das Gleiche sagt, müssen wir in dieser Richtung weitergraben."

„Du glaubst doch nicht im Ernst, dass diese alten Leutchen einen der Ihren abgemurkst und verbuddelt haben?", zweifelte Lukas.

„Das liegt fünf Jahre zurück. Damals waren diese Leutchen noch nicht so alt wie heute. Also liegt es durchaus im Bereich des Möglichen."

„Heute 80 – damals 75. Ich weiß nicht, wann bei dir ‚alt' anfängt."

„Mit 90." Theo bleckte die Zähne, was wohl ein Lachen darstellen sollte.

Lukas stieg verhalten aus und versuchte, sich so schonend wie möglich zu bewegen. Er steuerte auf die Haustür zu und betätigte den Klingelknopf, der in einem Messingschild in Würfelform die Mitte bildete.

„Hier hat eindeutig jemand ein Faible für Würfel."

Es dauerte nicht lange, schon stand eine blonde, schlanke Frau in der Tür.

Nachdem sie sich ausgewiesen hatten, erfuhren sie, dass Dorothee vor ihnen stand. Hilde Effners Tochter.

Die beiden Kommissare traten in das Innere des Würfelhauses. Was sie dort zu sehen bekamen, ließ sie staunen. Alles war in Weiß gehalten. So weiß, dass es fast keine Nuancen oder Farbabweichungen zu erkennen gab. Die Küche wirkte wie eine weiße Wand. Die Stühle sahen geisterhaft in dem vielen Weiß aus. Das Sofa ließ keinerlei Konturen erkennen. Lukas und Theo hatten ihre Not, beim Hinsetzen auch das Möbelstück zu treffen. Alles verwischte sich zu einem Einheitsweiß. Lediglich der Blick durch die große Fensterscheibe bot etwas Farbe. Der Garten zeigte sich in saftigem Grün.

„Ich möchte Sie vorwarnen, wenn Sie mit meiner Mutter sprechen wollen", sagte Dorothee mit sanfter Stimme. „Meine Mutter ist dement. Sie switcht manchmal zwischen ihrer eigenen Welt und der realen hin und her. Aber Sie werden erkennen, wann sie gegenwärtig ist und wann nicht."

„Das kann ja heiter werden", murmelte Lukas, nachdem die Tochter das Zimmer verlassen hatte. „In diesen Räumen würde ich mich auch in andere Welten switchen."

„Ich bekomme hier Augenflimmern. Am liebsten würde ich

die alte Dame ins Präsidium bestellen.“ Theo rieb sich über die Augen.

„Dann switcht sie vielleicht auf einen anderen Planeten und wir kriegen sie gar nicht mehr in die Gegenwart“, gab Lukas zu bedenken.

„Weder auf einem anderen Planeten noch in der Gegenwart wollen wir sie haben. Sie soll uns was aus ihrer Vergangenheit erzählen.“

„Stimmt ja. Vielleicht klappt es ja und sie braucht dafür gar nicht zu switchen.“

„Dieses Wort hat dir verdammt gut gefallen. Seit wir hier warten, hast du bestimmt schon viermal geswitcht.“

Die Tochter kehrte mit einer zierlichen Frau zurück, die wie hundert aussah. Lediglich das Funkeln in den Augen verriet, dass noch Leben in dem kleinen Körper war.

Als ihr Blick auf die beiden Männer fiel, begann sie zu kichern und sagte: „Das sind aber zwei schicke Jungs. Wo hast du die denn aufgetrieben?“

„Mama?“, empörte sich die Tochter. „Die beiden Herren sind von der Polizei.“

„Das macht sie noch interessanter. Hoffentlich haben sie ihre Handschellen dabei.“ Die Alte begann listig zu lachen.

Lukas und Theo schauten sich mit einem Blick an, der Bände sprach. Sie befürchteten, hier ihre Zeit zu vergeuden.

„Sie wollen mit dir über einen ehemaligen Nachbarn sprechen“, versuchte die Tochter erneut, die Mutter in die Gegenwart zu holen. Doch es schien vergebens.

„Dafür ist die Zeit viel zu schade. Man soll keine Gelegenheit verstreichen lassen. Ich glaube, ich fange mit dem Rothaarigen an. Der sieht so verwegen aus.“

Lukas wurde mulmig zumute. Sein ganzer Körper verkrampfte sich, was ihn wieder sämtliche Blessuren spüren ließ.

Theo lachte hinter vorgehaltener Hand.

„Sie haben einen ungünstigen Tag erwischt“, meinte Dorothee zerknirscht und versuchte, ihre Mutter wieder in Richtung

Tür zu schieben, durch die sie gekommen war.

„Ist Ihre Mutter immer so?", fragte Lukas, der blass um die Nase geworden war.

„Heute so, morgen so. An einem Tag will sie den Postboten vernaschen, am nächsten jagt sie ihn davon."

Doch kaum kam sie an der Tür an, durch die sie mit ihrer Mutter gekommen war, ging eine Verwandlung in der Alten vor. „Was machen diese Kerle hier?", schrie sie plötzlich. „Doro, geh auf dein Zimmer. Hier ist es viel zu gefährlich für dich."

„Mama, wir gehen jetzt zusammen auf dein Zimmer. Dir geht es nicht gut."

„Mir geht es blendend. Und dir auch, weil ich dich all die Jahre beschützt habe. Vor solchen Kerlen, wie denen da." Die Alte wehrte sich mit enormer Kraft gegen die Versuche der Tochter, sie aus dem Wohnzimmer zu befördern.

„Wovon spricht Ihre Mutter?", fragte Lukas.

„Versuchen Sie gar nicht erst, an meine Tochter ranzukommen!" Fauchend ging die Alte auf Lukas los.

Der trat erschrocken einige Schritte zurück. Dabei schoss ihm ein stechender Schmerz durch den Rücken. Diese hastige Bewegung gab ihm den Rest. Laut stöhnte er auf.

Dorothee entschuldigte sich und versuchte abermals, ihre Mutter aus dem Zimmer zu begleiten. Doch diese wehrte sich. Immer wieder schaute sie auf die beiden Männer, bis sie anfügte: „Ich beschütze meine Tochter. Damals wie heute."

„Vor wem?"

„Vor Männern wie Ihnen."

„Ich glaube, wir können das Feld räumen", knurrte Theo. „Hier erfahren wir nichts."

„Das hat dieser Perverse auch nicht geschafft."

„Welcher Perverse?"

„Dieser Webster."

Plötzlich herrschte Stille im Raum.

„Wer hätte das gedacht?", flüsterte Lukas, dem die Atmosphäre in dem ganzen Weiß plötzlich unheimlich wurde. „So bekommen wir ja doch noch etwas heraus."

„Nur nicht über Brehmer, wegen dem wir hier sind."

„Meine Mutter verwechselt mal wieder alles", versuchte die Tochter die Situation zu entschärfen. Doch auch das schlug fehl, denn schon wieder funkte ihre Mutter dazwischen: „Ich weiß doch, was dieser Webster für ein schlimmer Finger war. Er ist nicht umsonst aus der Schule rausgeflogen, wo er gearbeitet hat."

„Rudolf Webster war Lehrer?", fragte Lukas.

„Ja, Grundschullehrer", antwortete die Tochter. „Eines Tages wurde er entlassen. Niemand erfuhr, warum."

„Weil er ein Kinderschänder war", plärrte schon wieder Hilde Effner. „Und sowas wohnte in unserer Nachbarschaft. Schrecklich! Deshalb habe ich dafür gesorgt, dass mein Kind in ein Internat kam. Ich hätte sonst keine Nacht mehr ruhig schlafen können."

„Das mit dem Kinderschänder müssen wir überprüfen", meinte Lukas, während er zur Haustür hinkte.

„Hilft uns das weiter?", fragte Theo.

„Nein, eigentlich nicht."

Kapitel 5

Renske fläzte sich auf Lukas Bürostuhl und Silvia Tenner auf Theos, als die beiden Kommissare das Großraumbüro betraten.

„Haben sich die Rollen vertauscht, nur wir wissen nichts davon?“, fragte Theo sauertöpfisch.

„Nein! Wir haben nur auf euch gewartet, weil die Dienstbesprechung schon vor einer halten Stunde hätte sein sollen“, antwortete Renske. „Vielleicht solltet ihr euch mal einen Wecker kaufen.“

„Ihr seid ja nur neidisch“, entgegnete Lukas mit einem schiefen Grinsen.

„Im Leben nicht.“ Renske erhob sich und fragte: „Wie geht es Monika?“

„Nicht gut“, antwortete Lukas. „Sie liegt immer noch im Koma. Ein Scheiß-Zustand ist das. Man weiß im Grunde genommen überhaupt nichts.“

„Das ist wirklich übel“, schaltete sich Silvia ein. „Ich kenne Monika schon verdammt lang. Die Abteilung hier ist ohne sie kaum denkbar. Hoffentlich übersteht sie diesen Überfall.“

„Das hoffen wir alle.“

„Ich schlage vor, dass wir gleich in den Besprechungsraum gehen, bevor Allensbacher einen Anfall kriegt. Die Medien sind nämlich wieder voll von Schreckensnachrichten über die bösen selbstfahrenden Autos."

„Echt jetzt?" Lukas schaute auf das Blatt, das Renske in den Händen hielt.

„SELBSTFAHRENDE AUTOS ERHÖHEN DIE ZAHLEN DER TODESOPFER IM STRASSENVERKEHR ", stand dick und fett auf der Titelseite der Tageszeitung.

„So ein Mist! Die schießen sich jetzt auf *DynamoCars* richtig ein." Doch Lukas' Gedanken wurden unterbrochen. Wie eine Dampflok in voller Fahrt steuerte Allensbacher auf das Großraumbüro zu. Mit Schwung schlug die Tür auf.

Alle starrten auf den Kriminalrat, dessen Gesichtsausdruck nichts Gutes verhieß.

„Wie sagt man: Wenn der Prophet nicht zum Berg kommt ..." ertönte seine Stimme, die nach wie vor nicht zu seiner äußeren Erscheinung passen wollte. Trotzdem gelang es ihm, dass alle erstarrten.

„Werden wir also unsere Besprechung hier abhalten. Aber ich garantiere Ihnen, dass das nicht zur Gewohnheit wird. In Zukunft erwarte ich mehr Pünktlichkeit und mehr Pflichtbewusstsein. Dieser Fall hat eine sehr hohe Priorität."

„Haben das nicht alle Fälle?", fragte Renske.

Diese Frage überging Allensbacher beflissen. Er setzte sich auf den Stuhl, den Dieter Marx ihm hingeschoben hatte und drängte: „Keine Phrasen. Meine erste Frage lautet: Wie geht es Kollegin Monika Blech?"

„Sie liegt weiterhin im künstlichen Koma", antwortete Jasmin. „Die Ärzte sagen, sie sei stabil."

„Sehr gut. Hoffen wir das Beste für sie." Betroffen schaute er auf die Polizeibeamten. Eine kurze, bedeutungsschwere Pause trat ein, die Allensbacher nach wenigen Minuten beendete: „Heute haben sich die Zeitungen und die neuen Medien erneut über den Unfall mit Todesfolge geäußert. Wir müssen zusehen, dass wir schnelle Ergebnisse liefern und denen somit das Maul stopfen. Jasmin Hahn, was haben Sie bei der technischen Untersuchung erfahren?"

„Das Team von Marcel Dittrich hat die Protokolle des Bordcomputers und des Autopiloten überprüft. Wie wir bereits wissen, gibt es dort keinen Hinweis auf einen Zebrastreifen, obwohl der seit über einem Jahr an dieser Stelle angebracht ist. Die Straßenüberquerung unseres Opfers Fred Hansen ist nirgends festgehalten. Deshalb stoppte das Auto nicht. “

„Hat so ein Auto kein NOT-AUS? Immerhin muss der Testfahrer den Passanten doch gesehen haben. Das wäre doch das Naheliegendste für solche Fälle“, wandte Allensbacher ein.

„Hat es. Hat aber nicht reagiert.“

„Verstehe ich nicht.“

„Die Tatsache, dass der Testfahrer das Auto nicht stoppen konnte, als er den Passanten sah, hat damit zu tun, dass das Programm sich nicht kurzfristig umfunktionieren ließ, weil keine Unregelmäßigkeit registriert worden ist. Und der Not-Aus-Knopf funktioniert nur, wenn der Automatik-Fahr-Modus *A-Drive-In* auf Manuell-Fahr-Modus *A-Drive-Out* umgestellt wurde. Auch diese Funktion fiel aus.“

„Was heißt das für uns in kriminalistischer Sprache?“, hakte Allensbacher nach.

„Dass nicht von einem Fehler in der Software ausgegangen werden kann, weil nichts Derartiges dort protokolliert wurde“, erklärte Jasmin.

„Aber der Fußgänger ist tot.“

„Stimmt. Die Mitarbeiter von *DynamoCars* machen sich jetzt zur Aufgabe, das Programm der sensorischen Umfelderfassung zu überprüfen. Die einzige Möglichkeit, die in Frage käme, wäre, dass das Fahrassistenzsystem anstelle des Zebrastreifens eine falsche Information übermittelt bekam.“

„Wie funktioniert das?“

„Dieses LiDAR, eine Art Laser, erkennt und misst Entfernungen zu ruhenden und bewegten Objekten. Dazu liefert es dreidimensionale Bilder.“

„Sind diese Bilder abgespeichert?“

„Ja, es sind Tausende Bilder abgespeichert. Nur nichts von

der Stelle, an der der Fußgänger überfahren wurde. Dort sieht es aus, als sei nie etwas gewesen."

„Wie erklären sich das die Spezialisten?", hakte Lukas nach.

„Sie vermuten, dass der Zebrastreifen als etwas Gegenständliches erkannt wurde, das ein schwarz-weiß-gestreiftes Design hat."

„Etwas Gegenständliches?"

„Ein Lieferwagen vielleicht."

„War ein Lieferwagen auf den Bildern zu sehen?"

„Nein."

„Also nehmen sie einfach an, ein schwarz-weiß-gestreifter Lieferwagen sei dort erkannt worden." Lukas rollte die Augen.

„Es reicht jetzt", bremste Theo seinen Kollegen.

„Auf einen Lieferwagen fährt man nicht auf", schaltete sich Renske ein.

„Von einem Lieferwagen nimmt das Programm an, dass der sich vorwärtsbewegt", präzisierte Jasmin und fügte mürrisch hinzu: „Ich gebe nur das wieder, was die Spezialisten herausgefunden haben."

„Davon gehen wir aus", zischte Allensbacher. „Zu welchem Ergebnis sind die Kollegen in dieser Unfallangelegenheit gekommen?"

„Ein Manko des Programms. Sie vermuten, nicht alle Eventualitäten richtig in das Programm eingespeist zu haben."

„Also doch ein Fehler der Software", meine Theo.

„Nein, die Software hat auf alles so reagiert, wie sie einprogrammiert worden ist."

„Ein Fehler der Programmierer?"

„Vermutlich." Jasmin nickte.

„Wer hat das Programm erstellt?", fragte Lukas.

„*DynamoCars*. Einzelne Namen von Mitarbeitern wurden nicht genannt."

Eine Weile herrschte Schweigen, das der Staatsanwalt mit den Worten „Gute Arbeit, Jasmin" unterbrach.

„Das bedeutet, dass wir von menschlichem Versagen ausgehen können?", hakte nun Allensbacher nach.

„Bis jetzt gibt es keine andere Erklärung." Jasmin zuckte die Schultern und schaute dabei zerknirscht drein.

„Also durchleuchten Sie die Programmierer."

Jasmin nickte und fügte an: „Dieter geht jetzt eine Liste von möglichen Motiven durch. Wie wir wissen, war das Unfallopfer selbst mal Verursacher eines Unfalls mit Todesfolge. Das könnte so aussehen, als sei er nicht zufällig zum Opfer geworden. Wir durchleuchten die Familienangehörigen des damaligen Opfers, das übrigens noch ein Kind war."

„Ob es einen Zusammenhang zu einem Mitarbeiter der Firma *DynamoCars* gibt?"

Jasmin nickte, wirkte aber nicht sehr überzeugt.

„Gehen Sie der Sache nach!"

„Ist das nicht schon gemacht worden?"

„Nein! Dieter hat einen Zusammenhang zwischen Fred Hansen und *DynamoCars* gesucht – und nichts gefunden. Jetzt gehen wir das Umfeld seines Unfallopfers durch."

„Aber mit Marx zusammen. Ich will keine Alleingänge mehr erleben", bestimmte Allensbacher.

*

Benno Horst bekam das Grinsen nicht mehr aus dem Gesicht. Seiner Testfahrt mit dem *Road Speedster* stand nichts mehr im Weg.

Es sei denn ...

... die Zeitungen machen weiter solchen Wirbel.

Karl-Otto Brache war mit der neuesten Ausgabe zu ihm an den Schreibtisch zugekommen. Dieses Mal lautete die Überschrift WIRD DER MENSCH ÜBERFLÜSSIG? Darunter stand als Antwort *Selbstfahrende Autos lösen das Problem.*

Diese Art der Berichterstattung war heftig. Aber damit war zu rechnen. Die Unfallursache war immer noch nicht geklärt. Benno glaubte aber ganz sicher zu wissen, dass der Testfahrer den entscheidenden Fehler gemacht hatte.

Nur deshalb war er jetzt selbst an der Reihe. Er bekam die Gelegenheit, allen zu beweisen, dass er es besser konnte.

Der Vortrag, den Karl-Otto Brache ihm hielt, war inzwischen durch die Warnungen über die schlechte Presse erweitert worden. Der Alte wirkte sichtlich gestresst. Schweißperlen standen auf seiner Stirn. Seine Gesichtshaut schimmerte in einem Rot, das schon bedenklich aussah. Alles in allem sah er nicht gesund aus.

Hoffentlich gab er nicht den Löffel ab, wenn noch weitere hetzerische Artikel in den Medien aufkamen. Das Internet war inzwischen auch voll davon. Dabei war es doch nur der Neid der Ahnungslosen. Aber das brachte Benno seinem Chef nicht bei.

Karl-Otto Brache redete und redete auf ihn ein, obwohl er all das schon lange wusste. Doch er musste zuhören – oder zumindest so tun – sonst wäre seine Testfahrt im *Road Speedster* beendet, bevor er in das heiße Geschoss eingestiegen war.

Erst anschließend gingen sie die technischen Einzelheiten durch – genau das, was Benno wirklich interessierte.

Die 360°-Rundumüberwachung der Fahrzeugumgebung bis zu 250 m Entfernung wurde gerade zum hundertsten Mal überprüft und brachte zum hundertsten Mal ein perfektes Ergebnis. Die Sensoren ließen sich nach ihrem technischen Funktionsprinzip und nach ihrer angestrebten Wirkung typisieren. Die einen dienten der Erfassung der Fahrdynamik, andere registrierten kontinuierlich die Bewegungen des Fahrzeugs auf den drei Achsen – längs, quer und vertikal – wieder andere erfassten und werteten Raddrehzahl und Lenkwinkel aus, womit sie gefährlichen Situationen vorbeugen oder eventuell eingreifen konnten. Mit diesen vielen unterschiedlichen Einstellungen, dem zusätzlichen Abstandsregeltempomat und dem Kollisionsfrühwarnsystem konnten Unfälle im Voraus erahnt werden, sodass der Autopilot sofort auf volle Warnstufe umgeschaltet wurde, um eine potentielle Unfallsituation zu verhindern. Gleichzeitig wurde ein lauter Alarm im Cockpit des Wagens ausgelöst, was der Mensch am Steuer gar nicht überhören konnte. Also waren Reaktionen von beiden Seiten sicher gewährleistet, von der Computerseite sowie der menschlichen.

Besser ging es nicht.

Weitere Testergebnisse der achtzigstündigen Testläufe lagen hier schwarz auf weiß vor ihnen. Die Ergebnisse waren perfekt und hatten die Regierung letztendlich dazu umgestimmt, dieser neuen Testfahrt doch noch zuzustimmen. Allerdings gab es eine Auflage: Der Testfahrer musste einer der Fachinformatiker für Anwendungsentwicklung sein, der das Projekt von Anfang an mitbetreut hatte. Und dafür kam nur einer infrage: Benno Horst.

Unter den Kollegen war er der Dienstälteste, also hätte er sich diese Chance von keinem nehmen lassen.

Die Tatsache, dass die Firma überhaupt eine weitere Testfahrt nach dem tragischen Todesfall genehmigt bekam, vermittelte die Dringlichkeit ihrer Arbeit. Die Zukunft war ohne selbstfahrende Autos nicht denkbar. Da konnten sich die Zeitungen und Medien noch so sehr anstrengen: *DynamoCars* war auf den richtigen Weg.

Und er war der Dreh- und Angelpunkt.

Das futuristische Fahrzeug stand direkt vor ihm und strahlte ihn in einem bestechenden Eisblau an. Die hässliche Verkleidung als Erlkönig ersparte man sich. Das gefiel ihm noch besser. Die stromlinienförmige Form des Fahrzeugs bot den geringstmöglichen Luftwiderstand. Die Felgen stachen durch ihre Winkeloptik hervor. Sie bestanden aus nahtlos verarbeiteten Carbonfasern, waren extrem leicht und verfügten über eine maximale Festigkeit. Ebenfalls in Eisblau verliehen diese dem *Road Speedster* das Aussehen einer Rakete. Benno schmunzelte. Er sah sich damit schon in Rekordgeschwindigkeit über der Straße schweben.

Die Tür zur Werkshalle öffnete sich und die verboten schöne Chefsekretärin trat ein. Ihre langen Beine wurden durch den extrem kurzen Rock betont, ihre dunkelblonden, kurzen Haare rahmten ein ebenmäßiges Gesicht ein, dessen Augen Feuer ausstrahlten. Diese Frau war sich ihrer Wirkung voll bewusst. Sie schwang die Hüften, wie es ein Model auf dem Laufsteg nicht besser könnte.

„Was gibt es, Ilka?“, fragte Brache.

Benno Horsts Augen klebten an der schönen Frau. Wo hatte Brache nur diese Braut aufgetrieben? Die Frage beschäftigte ihn schon lange. Fast täglich nach Feierabend versank er in Tagträumen, wie er Ilka Dewes vernaschte. Und dabei ließ er keinen Millimeter ihres erotischen Körpers aus.

Doch jetzt trat sie zu ihrem Chef und würdigte ihn keines Blickes.

„Die Polizei hat sich angekündigt. Sie wollen morgen früh vorbeikommen und Fragen zum Tod des Unfallopfers stellen.“

„Sind diese Ermittlungen noch nicht abgeschlossen?“, fragte Brache ungehalten.

„Das weiß ich nicht.“ Ilka Dewes lächelte. „Ich kann Ihnen nur weitergeben, was mir die Polizei am Telefon gesagt hat.“

Nun war für Benno Horst der Moment gekommen, sich zu melden: „Wir haben alles gecheckt. Es gibt nichts, was auf diesen Fußgänger hindeutet. Kein bewegtes Hindernis, kein festes. Selbst der Zebrastreifen wurde weder als Widerstand noch als Markierung aufgezeichnet. Wir warten noch einige Auswertungen ab. Vielleicht findet sich doch noch irgendwo der Fehler.“

„Fehler?“, blaffte Brache. „Wir haben keinen Fehler gemacht. Es ist Ihre Aufgabe, eine Erklärung für diesen Vorfall zu finden.“

*

Allensbacher marschierte wie ein unheilverkündender Moloch zwischen den Schreibtischen hindurch. Bei der Profilerin blieb er stehen und fixierte sie mit einem stechenden Blick.

„Frau Dr. Tenner hat einige psychologische Daten über Ulf Brehmer zusammengestellt“, sprach der Staatsanwalt in die Stille, „und wäre dazu bereit, sie hier vorzutragen, obwohl sie durch Sie von dieser Dienststelle suspendiert wurde. Also zur Klarstellung: Sie arbeitet für die Staatsanwaltschaft, die an einer guten Zusammenarbeit mit der Polizei interessiert ist."

Allensbachers Gesicht wurde rot vor Zorn. Das Gewitter, das nun alle erwarteten, blieb jedoch aus. In bemüht ruhigem Tonfall sagte er: „Gut! Wir wollen gerne erfahren, welche psychologischen Aspekte bei unseren Ermittlungen zu beachten sind."

Das nahm Silvia zum Anlass zu sprechen: „Ich habe über Ulf Brehmer Daten zusammengetragen und dabei einiges festgestellt, was zu seinem Tod geführt haben könnte ..."

„... außer der Ablehnung des Geldes der Firma *DynamoCars*?", hakte Lukas nach.

„Genau. Diese offensichtliche Tatsache muss ich nicht weiter durchleuchten. Das ist natürlich das Mordmotiv Nummer eins." Silvia grinste breit in Lukas Richtung.

„Sie wissen, dass wir nicht in diese Richtung ermitteln, weil eine Firma wie *DynamoCars* solche Maßnahmen nicht nötig hat", warf Allensbacher sofort ein. „Wegen Ulf Brehmer habe ich mehrere Male mit Karl-Otto Brache telefoniert. Niemand in der Firma weiß etwas von diesem Mann – auch nicht von einem Sohn oder Adoptivsohn oder Ziehsohn Brehmers."

„Wie gesagt: Diese Tatsache habe ich nicht weiter beachtet." Silvias Grinsen wirkte inzwischen genervt. „Nach den Infos, die ich von Lukas, Theo, Jasmin und Monika erhalten habe, kam ich zu dem Ergebnis, dass Ulf Brehmer ein Einzelgänger war. Daraus könnte resultieren, dass er unter einer schizoiden Persönlichkeitsstörung litt, die es in der Allgemeinbevölkerung eher selten gibt. Diese Persönlichkeiten verhalten sich distanziert, gleichgültig, gefühlsarm oder desinteressiert an anderen. Sie leben zurückgezogen und pflegen kaum Kontakte zu anderen. Sie sind typische Außenseiter, die jedoch nicht unter ihrer Kontaktarmut leiden. Auf Umgebungsreize regieren sie wenig emotional."

„Das passt alles", stellte Theo fest. „Ihm war es offensichtlich egal, ob die anderen das Geld für ihre Häuser bekommen. Für ihn galt nur, im Wohngebiet am Ostring bleiben zu können."

„Damit komme ich auf sein Umfeld zu sprechen", übernahm Silvia wieder das Wort. „Die Nachbarn, die noch leben, sind alle sehr interessant für uns Psychologen."

„Warum das denn?"

„Gehard Heinze stand damals im Verdacht, in seiner Kneipe *PapperlaPups* ..." Gelächter unterbrach Silvias Rede. „Geiler Name." „Köstlich." „Klingt echt nicht sauber" und ähnliche Kommentare schallten durch das Großraumbüro, bis Silvia mit einem amüsierten Schmunzeln weitersprach: „... Zuhälterei betrieben zu haben."

„Wow! Dein Job bei der Staatsanwaltschaft hat eindeutig Vorteile." Lukas staunte. „Wir wussten, dass da was faul war, fanden aber nicht heraus, was."

„Okay! Wusstet ihr auch, dass der Nachbar Rudolf Webster im Verdacht stand, Kinder zu missbrauchen?"

Erstauntes Gemurmel ging durch das Büro.

„Nicht direkt. Hilde Effner – ebenfalls eine Nachbarin – hat ihre Tochter aus Angst vor Webster in ein Internat gesteckt", antwortete Theo. „Aber wie hilft uns das weiter im Fall Ulf Brehmer?"

„Ihr habt gerade Hilde Effner angesprochen", wich Silvia aus. „Sie hat als Putzfrau in verschiedenen Haushalten gearbeitet. Und zwar immer bei reichen Leuten. Sie hat ihre Arbeitgeber in schöner Regelmäßigkeit bestohlen. Dabei ging es um große Summen."

„Oh! Das hat uns die Alte natürlich nicht erzählt." Lukas grinste. „Aber noch mal. Was hat das mit dem Tod von Ulf Brehmer zu tun?"

„Ich lege nur die Charaktere offen. Und in diesen drei Fällen kann man sagen, dass sie es mit Recht und Gesetz nicht so genau genommen haben."

„Du traust ihnen also den Mord an Ulf Brehmer zu, weil er ihnen das Geschäft mit *DynamoCars* versauen wollte?"

„Ist nur eine Theorie." Silvia zuckte mit den Schultern. „Wenn man die Lebenssituationen der drei von früher und heute vergleicht, haben sie sich alle deutlich verbessert. Und was Recht und Gesetz betrifft, sind sie offenkundig nicht so zimperlich."

„Die Idee hatten wir auch schon", stellte Lukas klar.

„Und worauf wartet ihr noch?"

„Die Herrschaften waren damals schon über siebzig", gab Theo zu bedenken. „Traust du diesen alten Leutchen zu, einen Mann zu töten und tief in der Erde zu verscharren?"

„Das müsst ihr herausfinden."

*

Benno Horst verbrachte fast den ganzen Vormittag im Cockpit des *Road Speedster*. Heute war Freitag – ein weiterer Tag näher an seiner Premierenfahrt, die am Montag stattfinden sollte. Ein ganzes Wochenende lag noch dazwischen – für ihn eine unendlich lange Zeit. Er konnte es kaum erwarten.

Aber die vielen Tests für seine gesundheitliche Tauglichkeit musste er noch über sich ergehen lassen. Vorerkrankungen machten es unabdingbar – dabei war ihm klar, dass er inzwischen kerngesund war.

Nach Stunden des Festsitzens in dem kleinen, sportlichen Wagen fühlte er sich mit dem Interieur verschmolzen. Die Armatur hinter dem Lenkrad bestand aus einem Display, das ein Navi beinhaltete. In der Mitte, die sich bis zur Mittelkonsole hinzog, prangte der Autopilot. Das Display zeigte alle Funktionen mit übersichtlichen Apps an, sodass sie vom Fahrersitz auch bequem zu lesen waren. Die Sitze waren mit veganem Lederimitat überzogen und hatten Schalenform. Er saß darin wie in einem Rennwagen. Trotz des niedrigen Autodachs hatte er genügend Kopffreiheit. Das Auto war ein Wunder – von außen nicht erkennbar, wie viel Raum es im Innern bot.

Weiterhin bestaunte er die Besonderheiten des kleinen Sportflitzers. Die Seitenspiegel waren elektrisch einklappbar und verfügten über Abblendautomatik. Ein Blick nach oben verriet ihm, dass das Glasdach getönt war. Von der Beschreibung her wusste er, dass eine Infrarot-Schutzschicht mit eingebaut war. Als Mitentwickler kannte er die Technik dieses Autos – aber nicht die Ausstattung, der er gerade seine Achtung zollte. Das Lenkrad war verstellbar, ebenso die Vordersitze. Er maß immerhin 187 cm und doch konnte er seine langen Beine komplett ausstrecken. Die Mittelkonsole war mit mehreren USB-Anschlüssen ausgestattet. Dazu gab es Ladestationen für Handys.

Netflix-Videos wurden angeboten. Benno lachte. Während der Autofahrt einen Film anschauen! Wie geil war das denn?!

Seine Ungeduld wuchs mit jeder neuen Entdeckung.

Doch leider wurde der Wagen per LKW vor seinem Haus in Ensdorf abgeladen. Es war ihm nicht vergönnt, den Testwagen selbst vor seine Haustür zu fahren. Aber beschweren wollte er sich lieber nicht. Es grenzte ohnehin an Wunder, dass diese Fahrt eine Genehmigung bekommen hatte, nachdem was passiert war.

Gerade erkannte er, dass der Job als Testfahrer nicht so leicht war, wie es von außen aussah. Die Vorbereitungen innerhalb der Werkstatt waren langwierig, anstrengend und umfangreich. Doch da musste er durch.

Jetzt wurde er ständig auf Körperreaktionen getestet, wie Temperatur, Blutdruckwerte und Hirnströme. Weiterhin stand ein Reaktionstest bevor. Aber auch da hatte er keine Bedenken. Er war sich sicher, seine Nerven bestens im Griff zu haben.

Der anschließende Teil war der Simulatortest – vom europäischen Software-TÜV zwingend vorgeschrieben. Dabei wurden die Funktionen und Reaktionen des Autos geprüft, während er sich am imaginären Steuer befand. Dieser Teil der Vorbereitung war für Benno der bequemste.

Als er sah, wie sein Kollege Amit Chander das Werk betrat, schwante ihm nichts Gutes. Amit war ein selbstherrliches

Arschloch und ein ewiger Verbesserer. Als Systemadministrator von *DynamoCars* war er entscheidend mitverantwortlich für den Fortschritt des autonom fahrenden Autos. Und somit auch eine wichtige Instanz, die entschied, ob eine Testfahrt stattfinden konnte oder nicht.

Deshalb hielt sich Benno Horsts Freude in Grenzen, als der dunkelhaarige Mann auf ihn zutrat, die Flügeltür des *Road Speedster* öffnete und ihn bat auszusteigen.

„Was soll das?", fragte er ungehalten.

„Du warst der Einzige, der wusste, dass am Dienstag eine Polizeibeamtin zu uns kommen wollte", sprach Amit mit seiner dunklen Stimme, die einem Tenor zur Ehre gereicht hätte. Aber das sollte ihn nicht vom Gesagten ablenken. So unhöflich, wie er sich selbst behandelt fühlte, entgegnete er: „Außer dir. Du wusstest es auch. Sie hat sich bei uns angemeldet." Dabei bleckte er seine Zähne. „Willst du mir hier was unterstellen?"

„Ich will nur vermeiden, dass die Polizei einen Zusammenhang zwischen uns und den Verbrechen, die hier um uns herum passieren, herstellt. Denn dann können wir einpacken."

„Und was habe ich damit zu tun?"

„Das frage ich dich", entgegnete Amit. „Hast du irgendwem gesagt, dass die Polizei kommt und wann?"

„Nein, verdammt noch mal. Glaubst du, ich versaue mir diese einmalige Chance, eine Testfahrt mit dem *Road Speedster* zu machen?"

„Diese Testfahrt verdankst du nur dem Unfall in Saarlouis. Also pass lieber auf, was du antwortest. Und vor allem wem."

„Was soll diese Drohung? Glaubst du etwa, ich hätte etwas mit dem Überfall auf diese Polizistin zu tun?"

„Ich hoffe nur, dass du keine Interna ausplauderst. In einer Stunde kommen zwei Beamte der Kripo. Da müssen wir Rede und Antwort stehen. Wenn wir die falschen Antworten geben, werden wir die Bullen niemals los."

*

Noch befand sich die Rechtsmedizin im alten Gebäude innerhalb des Universitätsgeländes. Der Neubau war in Arbeit und kurz vor der Fertigstellung. Das war den Kommissaren ganz recht, denn in den kleinen Altbau hatten sie keine langen Wege zurückzulegen und liefen auch nicht Gefahr, sich zu verlaufen.

Die beiden Sektionsräume waren leicht zu finden. Einer lag im Erdgeschoss, der andere im Keller. Schon beim Betreten des Instituts erkannten sie, dass Dr. Eberhard Stemm im oberen stand und etwas in sein Aufnahmegerät diktierte.

Die obligatorischen Schutzkittel, Kappen und Mundbedeckungen wurden ihnen gereicht, ohne die sie sich dem Gerichtsmediziner nicht nähern durften.

Mühsam kletterte Lukas in die Schutzkleidung. Dabei spürte er wieder seine Blessuren, die er sich beim Sturz mit dem Motorrad zugezogen hatte. Die ungewohnten Bewegungen, die er machen musste, um den grünen Schutzanzug über die Schultern zu streifen, trieben ihm fast Tränen in die Augen. Theo sah, wie sich sein Freund abmühte und half ihm dabei. Ganz in Grün betraten sie den Sezierraum.

„Wie geht es Monika?“, lautete Dr. Stemms Begrüßung.

„Sie wurde in ein künstliches Koma versetzt.“

„So schlimm?“

„Du warst doch selbst da.“ Lukas erinnerte sich.

„Zu dem Zeitpunkt wurde sie noch untersucht. Die Entscheidung für ein künstliches Koma muss anschließend gefallen sein.“

Kurze Stille trat ein – eine Atmosphäre, wie es Lukas und Theo in Dr. Stemms Anwesenheit noch niemals erlebt hatten. Mit Unbehagen warfen sie sich gegenseitig Blicke zu, schwiegen aber beharrlich. Sollte der Gerichtsmediziner den Anfang machen.

Und das tat er.

Zum Glück blieb sich Dr. Stemm treu. Ganz plötzlich donnerte seine Stimme durch den gekachelten Raum: „Ich habe

Monikas Stichwunden untersucht. Es waren insgesamt vierzehn und alle mit großer Wucht ausgeübt."

„Das klingt übel. Da grenzt es schon an Wunder, dass Monika überlebt hat", stellte Theo erschrocken fest.

„Noch ist sie nicht über den Berg", parierte Dr. Stemm. „Künstliches Koma ist eine kontrollierte Langzeitnarkose. Sie wird als Entlastung für den Körper eingesetzt. Dadurch befindet sich der menschliche Organismus in einer Schonphase, kann sich ausschließlich auf den Heilungsprozess fokussieren und optimaler regenerieren. Erst wenn die Ärzte sie aus dem Koma aufwecken und sie es überlebt, können wir von einem Wunder sprechen."

„Du machst uns ja Hoffnungen ..."

„Ich bin selbst unglücklich darüber. Warum habt ihr Monika allein zu dieser Befragung fahrenlassen?"

„Den Vorwurf darfst du uns nicht machen", wehrte sich Lukas. „Wir haben ihr angeboten, sie mitzunehmen. Aber sie wollte nicht. Ihre Antworten waren unmissverständlich."

„Sie war autark." Dr. Stemm nickte und versank kurz in seinen Gedanken. „Über das Messer, mit dem sie attackiert wurde, gibt es leider nichts zu sagen. Es war ein ganz normales Messer, wie es jeder zu Hause hat. Tut mir leid."

Betreten schauten die Männer drein. Doch als Dr. Stemms Blick auf den Toten auf dem Seziertisch fiel, gab er sich einen Ruck und sagte: „Diese Leiche hier hat etwas Besonderes: Sie ist meine Premiere. Jede neue Erkenntnis wirft neue Fragen auf."

„Klingt nach einer echten Herausforderung." Theo zuckte die Schultern.

„Richtig!"

„Und welche neuen Erkenntnisse hast du gewonnen?"

„Wir haben das Glück, dass der Rumpf von Fettwachs überzogen ist und nur der Kopf und die oberen Extremitäten vollständig verwest sind. So konnte ich doch tatsächlich die Einkerbung im Rücken finden, die auf den Messerstich hindeutet."

„Ein einzelner Stich?", hakte Theo nach.

„Ja, es gibt zumindest am Rumpf keine weiteren Stichkanäle."

„Ist denn klar, dass dieser Stich tödlich war?"

„Das versuche ich gerade herauszufinden. Nach meinen akribischen Untersuchungen würde ich fast sagen, dass alles möglich ist. Eine Arterie zu verletzen, endet meistens tödlich durch Verbluten. Dafür reichen sogar oberflächliche Wunden."

„Das kannst du heute aber nicht mehr feststellen, oder?"

„Nein. Blutgefäße sind nicht mehr vorhanden. So gut ist der Rumpf nicht erhalten. Es ist leider nicht eindeutig feststellbar, dass dieser Messerstich die Todesursache war. Meine bisherigen Erkenntnisse zeigen keine weitere Verletzung in diesem Bereich. Das Genick war nicht gebrochen. Der Schädelknochen ist intakt. Wäre Gift im Spiel, erfahre ich es durch den Tox Screen, den ich ins Labor geschickt habe. Das Ergebnis habe ich noch nicht."

„Sind Giftrückstände nach so langer Zeit noch feststellbar?"

„Ich habe gut erhaltene Gewebeproben weggeschickt. Es bleibt zu hoffen, dass sich das Gift darin ebenfalls so gut gehalten hat."

„Wäre ein Ansatzpunkt."

„In der Zwischenzeit habe ich Messungen an der Stichwunde durchgeführt. Anhand meiner Aufzeichnungen auf dem Bildschirm erkläre ich euch, was ich herausgefunden habe."

Der Mediziner ging auf einen Laptop zu, tippte etwas darauf, schon wurde eine Skizze auf den Flatscreen an der hinteren Wand geworfen. Es waren Abbildungen von einer Einstichwunde mit dazugehörigen Messern. Weiterhin gab es Bilder von Schädelinnenraum.

„Zuerst einmal sehen wir, dass es im Schädel keine Reste vom Gehirn mehr gibt. Also kann ich dort nichts mehr untersuchen."

„Ist das gut oder schlecht?"

„Nicht wirklich relevant. Die Tatsache, dass der Schädel unbeschädigt ist, sagt mir, dass das Gehirn auch nichts abbekommen hat. Aber geht um die Stichwunde. Hier seht ihr, dass es sich um ein zweischneidiges Messer gehandelt hat. Es war kurz."

„Das passt zu dem Messer, das wir vor Ort gefunden haben."

„Das brauche ich für den Abgleich, ihr Schnarchnasen. Warum habt ihr das nicht gleich mitgebracht?", trumpfte Dr. Stemm auf.

„Weil sich das Messer noch in der KTU befindet."

„Okay. Dann kümmere ich mich selbst darum." Dr. Stemm nickte und sprach weiter: „Der Einstich ist wie gesagt nicht tief und nach dem Einstichwinkel zu urteilen, war der Täter kleiner als das Opfer. Der Stichkanal geht von unten nach oben."

„Zwergenaufstand", kommentierte Lukas grinsend.

„Was meinst du damit?", fragte Dr. Stemm. „Kinder?"

„Ach, Lukas", funkte Theo dazwischen. „Du und deine Scherze. „Wir haben klare Vorstellungen, wer dafür in Frage kommt – und zwar die älteren Herrschaften aus der Nachbarschaft. Groß von Wuchs sind die alle nicht."

„Diese Leute waren damals schon alt", erinnerte Lukas. „Vergiss das nicht."

Daraufhin wandte sich Theo an Dr. Stemm und fragte: „Ist es möglich, dass ein alter Tattergreis von fast 80 Jahren diese Stichverletzung verursacht hat?"

„Das ist eine gute Frage", gab der Gerichtsmediziner zu. „Ich werde weitere Messungen vornehmen, die vielleicht genauere Angaben über die Tiefe und die Eigenschaften der Wunde machen. Ich rufe euch an, wenn ich mehr über den vermeintlichen Tathergang herausgefunden habe."

Das war das Stichwort. Theo und Lukas verließen die gekachelten Räume.

„Grüßt Monika von mir, sobald sie aufwacht", donnerte die sonore Stimme des Gerichtsmediziners durch die gekachelten Räume, als die beiden Kommissare hinaus eilten.

*

„*Denn siehe, ich will einen neuen Himmel und eine neue Erde schaffen, dass man der vorigen nicht mehr gedenken wird noch sie zu Herzen nehmen*“, schwadronierte Dieter Marx beim Anblick des Gebäudes der Firma *DynamoCars*. Dabei sah er todunglücklich aus. „Hier wurde unsere Kollegin Monika Blech angegriffen.“

„Ja. Genau hier.“ Jasmin fröstelte.

Das blau-gelbe Emblem mit dem Text „*DynamoCars – Die Zukunft hat einen Namen*“ leuchtete über dem Haupteingang in den trüben, verregneten Tag hinein. Das Farbenspiel wirkte futuristisch, die Botschaft verunsichernd. Die Türen öffneten sich lautlos, als wollten sie die beiden einladen einzutreten. Der gottesfürchtige Kriminalbeamte und Jasmin Hafner folgten der Einladung. Ein Pförtner hielt die beiden auf, erkundigte sich nach dem Termin der beiden, bekam die Bestätigung und ließ sie ins Reich der Künstlichen Intelligenz eintreten.

Dort sahen sie nur Menschen vor Computern sitzen und arbeiten. Einer der Mitarbeiter entdeckte die beiden Polizisten, verließ seinen Platz und trat auf sie zu.

Bei seinem Anblick verschlug es Jasmin die Sprache. Groß, schlank, dazu blonde Haare und Augen in einem Blau, dass sie schlagartig darin versinken wollte. Dazu trug er ein elegantes casual Herrenoutfit in der Farbkombination hellbraune Hose mit schwarzem T-Shirt, was seine Ausstrahlung ganz besonders betonte. In dieser Kluft könnte sich Jasmin diesen Mann vielmehr auf einer Hochzeit denn am Arbeitsplatz vorstellen.

„Ich bin Projektleiter und heiße Sören Forthoffer“, stellte er sich mit sanfter Stimme vor. „Ich vermute mal, dass Sie von der Kriminalpolizei sind.“

„Ja.“ Jasmin spürte selbst, dass sie den Mann anstarrte. „Ist das so offensichtlich?“, fragte sie hastig und spürte so etwas wie Enttäuschung. Es hätte ihr besser gefallen, er wäre ihretwegen so hastig von seinem Büroplatz aufgebrochen.

Doch was dachte sie da? Sie war dienstlich hier. Sie musste sich beherrschen und daran denken, weshalb sie überhaupt in diesem Büro stand.

„Ja." Der schöne Mann lachte, was sein Gesicht offen und warmherzig wirken ließ. „Aber das ist doch nichts Schlechtes. Ich finde Ihren Beruf bestimmt genauso spannend wie meinen."

Wie schön! Er hatte die Situation gerettet. Warum musste Jasmin diesem Mann ausgerechnet während ihrer Ermittlungen begegnen?

Doch plötzlich überkam sie ein schlechtes Gewissen. Während sie hier über einen gutaussehenden Mann nachdachte, kämpfte ihre Kollegin und Freundin ums Überleben. Sie spürte, wie ihre Gefühle mit ihr Karussell fuhren. Sie wünschte sich die Normalität zurück – doch das war gerade jetzt nicht so einfach. Blieb nur zu hoffen, dass Monika ganz gesund wurde und bald wieder an ihrer Seite arbeitete.

„Sie kommen hoffentlich nicht wegen der fünf Jahre alten Leiche." Damit riss Sören sie aus ihren Gedanken.. „Da fühlt man sich fast wie in einem schlechten Horrorfilm."

„Leider ist es kein schlechter Film, sondern eine traurige Tatsache. Meine Kollegen suchen nach einem Sohn oder Ziehsohn dieses Mannes. Wissen Sie etwas darüber?"

„Nein."

„Aber deshalb sind wir nicht hier."

„Sondern?"

„Wir beide sind für den Autounfall mit Todesfolge zuständig. Wir wollen heute mit Ihnen neue Optionen durchsprechen, die vielleicht eine Erklärung dafür liefern, warum das Programm nicht auf den Fußgänger reagiert hat", erklärte sie – endlich wieder Herrin ihrer Sinne.

„Soweit ich informiert bin, wurde bereits danach gesucht – und zwar mit der Polizei gemeinsam." Sören Forthoffers Gesichtszüge wurden undefinierbar.

„Wir wollen das Programm auf eine mögliche Entscheidungsmatrix überprüfen, die eventuell nach bestimmten individuell vorgegebenen Kriterien in kritischen Situationen reagieren soll."

„Jetzt haben Sie mich am Haken", gestand der blonde Mann . „Diese Möglichkeiten haben wir selbst noch gar nicht in Betracht gezogen. Ich glaube, Sie denken weiter als unsere ganze Firma hier."

Jasmin lachte. Sie fühlte sich geschmeichelt, obwohl sie meinte, einen gewissen ironischen Unterton vernommen zu haben.

„Suchen Sie noch einen Anstellung? *DynamoCars* kann fähige Leute immer brauchen."

„*Wer in Unschuld lebt, der lebt sicher; wer aber verkehrte Wege geht, wird ertappt werden*", ließ plötzlich Dieter Marx fallen.

Sören riss seine blauen Augen weit auf.

Jasmin antwortete darauf: „Keine Sorge Dieter. Ich bleibe uns treu."

„Der Kollege ist aber sehr wachsam", stieß Sören erschrocken aus.

„Jeder, wie er ist." Jasmin zuckte mit den Schultern.

„Wir beeilen uns wohl besser. Um Ihre abenteuerliche Theorie zu prüfen, müssen wir in unser Rechenzentrum gehen, in dem alle Daten, Funktionen und Steuerungen erfasst sind. Wenn es etwas in dieser Art gibt, dann finden wir es dort."

Er ging den beiden Polizeibeamten voran in einen Raum, dessen Wände bis unter die Decke randvoll mit Festplatten, Displays, Kabeln und Ventilatoren waren, deren Rauschen das einzige Geräusch bildete.

„Wow", kam es von Jasmin.

„*Wer Klugheit erwirbt, liebt sein Leben; und der Verständige findet Gutes*", kam es tonlos von Dieter Marx, der mit großen Augen alles zu erfassen versuchte.

Wieder warf Sören einen fragenden Blick auf den großen, hageren Beamten. Doch Jasmin unterließ es ihm zu erklären, wer vor ihm stand. Lieber wollte sie mit der Datenüberprüfung beginnen, um einen möglichen Fehler im System zu finden.

„Wie funktioniert das hier?", fragte sie.

„Wir haben hier etwas ganz Innovatives! Und zwar einen autonomen Simulator. Den können wir aktivieren, damit er die Testfahrt mit dem unglücklichen Ausgang komplett nachstellt. Das nennen wir *Drive-Past-Constellation.* Die Daten werden in einer Cloud gespeichert und sind jederzeit abrufbar. Dabei werden sämtliche Sensoren, Kameras, LiDAR- und Radar-Funktionen inklusive Bildern nachgestellt. Vielleicht ist es uns möglich, auf diesem Weg eine Fehlinterpretation dieser Unglücksfahrt zu erkennen."

„Warum hat mir bis jetzt noch niemand von diesem Simulator berichtet?" Jasmins Blutdruck stieg schlagartig an. „Dann wären wir vielleicht schon weiter."

„Ich erinnere mich nicht, dass Sie schon früher hier gewesen wären", verteidigte sich Sören.

„Stimmt, Entschuldigung. Sie können nichts dafür. Ich hatte bisher nur mit den Technikern gesprochen."

„Ich kann Sie aber beruhigen: Dieser Post-Simulator ist so neu, dass er erst vor wenigen Stunden mit allen möglichen Informationen gefüttert worden ist. Auf keinen Fall wären Sie schneller an die Informationen gekommen."

*

Lukas versuchte, das hartnäckige Klingeln zu überhören. Er verzog sich unter die Bettdecke und tat so, als würde er schlafen. Doch das gelang ihm nicht. Der Ton der Türklingel bohrte sich unaufhaltsam in seinen Schädel.

Murrend kämpfte er sich aus den Federn und schlurfte in Boxershorts zur Tür. Zum Glück stand nur der Freund und Kollege Theo vor ihm. Sein Anblick musste nämlich übel sein, so wie der auf ihn starrte.

„Wie siehst du denn aus?", platzte Theo heraus. „Wir haben vereinbart, dass wir heute Morgen zu Hilde Effner fahren. Kann es sein, dass du das vergessen hast? Oder hast du gestern gesoffen – ohne mich?"

„Ich habe seit meinem Sturz vom Motorrad die erste Nacht durchgeschlafen", murmelte Lukas. „Da konnte ich gar nicht genug davon kriegen."

Er drehte sich um und ging in seine Wohnung zurück.

Theo pfiff durch die Zähne und stellte fest: „Du hast wirklich ganz schön was abgekriegt. Dein ganzer Oberkörper ist grün und blau."

„Damit sagst du mir nichts Neues."

„Und deine Stixi-Beine sind auch kunterbunt."

„Sag nichts über meine Beine. Die sind vielleicht dünn – dafür voll leistungsfähig", wehrte sich Lukas und zog sich hastig eine Hose über.

„So willst du jetzt aber nicht zu Hilde Effner fahren, oder?" Theo bekam ganz große Augen.

„Doch, warum?"

„Die Dame fällt in Ohnmacht, wenn sie dich sieht."

„Vorher kippst du aus den Latschen", meinte Lukas lachend. „Und dann muss ich dich beatmen. Ich denke, da gehe ich wirklich besser ins Bad und mache mich frisch."

„Guter Vorschlag."

Zehn Minuten später verließen sie die Wohnung. Das Wetter, das Lukas entgegenschlug, ließ ihn ernsthaft zögern. Es regnete, heftige Böen peitschten ihm das kühle Nass ins Gesicht. Wenn er sich bisher nicht richtig wach gefühlt hatte ... jetzt war er es.

Sie stiegen in den schwarz glänzenden Audi Quattro und fuhren über die Autobahn in Richtung Saarlouis. Es war Samstag, also hatte sich Theo dazu entschlossen, für diese Fahrt seinen privaten Wagen zu nehmen. Mit Sechs-Zylinder-Motor und 310 PS gelang es ihm nicht, im vorgeschriebenen Tempo zu fahren. Binnen kürzester Zeit gelangten sie an die Ausfahrt Saarlouis, an der sie abfuhren. Lukas wischte sich symbolisch den Schweiß von der Stirn.

„Motorradfahren ist gefährlicher, wie man an dir sieht", kommentierte Theo nur.

„Es kommt immer darauf an, wie man fährt."

„Touché!"

Theo bog in die VII. Gartenreihe ein und hielt vor dem weißen Würfelhaus der Familie Effner.

„Mal sehen, ob die Alte heute verwirrt ist oder einen klaren Moment hat", meinte Theo und stieg aus.

Es regnete unaufhaltsam. Gelegentliche Donner mischten sich dazu.

Lukas folgte dem Kollegen im Eiltempo zur Haustür, die ein kleines Vordach schützte, und murmelte: „Vermutlich switcht sie wieder in verschiedenen Welten hin und her."

„Nicht schon wieder. Dieses Wort hat es dir voll angetan."

„Ist ja auch einer geiler Begriff – besser als Vollklatsche."

Die Tür wurde geöffnet und Hilde Effners Tochter Dorothee stand mit erstauntem Gesichtsausdruck vor ihnen.

„Wir haben noch einige Fragen an Ihre Mutter", erklärte Theo. „Im Todesfall von Ulf Brehmer sind wir nämlich noch nicht weitergekommen."

„Dafür kommen Sie am Samstagmorgen?"

„Ja. Die Zeit drängt."

„Ulf Brehmer ist seit 5 Jahren tot." Dorothee warf Theo einen fragenden Blick zu.

„Mord verjährt nicht. Hinzu kommt, dass wir erst ermitteln, seit wir wissen, dass es sich um ein Tötungsdelikt handelt. Bisher galt der Mann als verschollen."

Sie durften eintreten.

Wieder tauchten sie in dieses allumfassende Weiß ein. Lukas richtete hastig seinen Blick auf das Fenster, dass die trübe Farbe des Morgens zeigte. Eine willkommene Abwechslung.

Auf leisen Sohlen schlich die kleine, alte Frau in das Wohnzimmer und starrte die beiden Männer mit großen Augen an.

„Ich kenne Sie", sagte sie. „Sie waren erst vor kurzem hier."

Das ließ Theo und Lukas hoffen. Sie wirkte geistesgegenwärtig.

„Ja. Wir haben noch ein paar Fragen, weshalb wir noch mal kommen mussten", antwortete Theo.

„Was wollen Sie denn noch wissen?"

„Wie war Ihr Verhältnis zu Ulf Brehmer?"

„Ulf Brehmer? Wer ist das?"

Theo antwortete: „Er war mal Ihr Nachbar. Am Ostring."

Eine Weile herrschte Stille. Die alte Dame wechselte ihren Blick von Theo zu Lukas und wieder zurück bevor sie sagte: „Dorothee, es ist besser, wenn du nach oben gehst."

„Mama! Die Herren sind von der Polizei."

„Sie gefallen mir nicht. Ich weiß, wie einer aussieht, der nichts Gutes im Schilde führt."

Vorbei die Hoffnung, Hilde Effner könnte einen klaren Moment haben. Theo rieb sich über die Augen und bemühte sich, Ruhe zu bewahren, als er sagte: „Sie haben doch mal woanders gewohnt."

„Das geht Sie nichts an."

„Mama!" Dorothee lief rot im Gesicht an.

„Ich schätze, wir haben heute kein Glück", stellte Lukas frustriert fest.

„Wenn wir nicht aufpassen, fliegt wieder sowas in der Luft herum und spioniert uns aus", kreischte die Alte plötzlich los.

„Wovon reden Sie da?" Theo gab die Hoffnung noch nicht auf.

„Das wissen Sie besser als ich. So eine fliegende Untertasse, die überall herumschnüffelt."

„Oh weh! Heute ist wohl ein besonders schlechter Tag." Lukas stöhnte.

„In anderer Leute Häuser hat der spioniert. Sowas braucht keiner."

Hilde regte sich auf, als ginge es um ihr Leben.

Theo schaute Lukas an und raunte: „Meint sie vielleicht eine Drohne?"

„Könnte sein. Nur wie kommt sie darauf?"

„Sie meinen eine fliegende Kamera?" Diese Frage richtete Theo nun an Hilde Effner.

„Das Ding war Teufels Zeug. Ich habe es gesehen. Es flog so dicht an einem vorbei, dass man sich ducken musste. Auch an die Fenster unserer Häuser ist es geflogen. Es sah aus wie ein Insekt aus Metall." Die Alte verzog ihr Gesicht zu einer angeekelten Grimasse. „Später konnte ich durch das Fenster Bilder aus unserer Nachbarschaft sehen. Die konnten doch nur von diesem fliegenden Dingsda gemacht worden sein. Ich habe mein eigenes Wohnzimmer erkannt!"

„Wenn Sie gesehen haben, was Ulf Brehmer auf seinem Bildschirm hatte, haben Sie auch ihn beobachtet", stellte Lukas klar.

„Werden Sie mal nicht frech, Sie Rotzlöffel ..."

Die Tochter schnappte erschrocken nach Luft.

„Ulf Brehmer hat im Leben keine Drohne gebaut. Also war jemand bei ihm", versuchte es Theo erneut. „Hatte Ulf Brehmer öfter Besuch?"

„Ich gucke nicht in anderer Leute Häuser." Hilde wurde deutlich. „Glauben Sie, ich wollte sehen, was der mit diesem Jungen anstellt?"

„Welcher Junge?"

„Das fragen Sie noch?", kreischte die alte Dame nun.

Theo hatte Mühe, nicht die Nerven zu verlieren.

„Also war es das Beste für Sie, das Haus zu verkaufen und diese Gegend zu verlassen", versuchte er wieder den Faden aufzunehmen.

Doch Hilde Effner reagierte nicht darauf. Sie drehte sich einfach um und verließ das Zimmer.

„Könnte ein Hinweis darauf sein, dass Ulf Brehmer auch ein Pädophiler war", sagte Theo zu Lukas, während sie das Haus verließen.

„Und ein Spanner dazu", fügte Lukas an.

„Wenn die Alte nicht fantasiert hat."

Kapitel 6

Endlich! Endlich! Endlich!

Er konnte wieder aktiv werden. Das Warten war das Schlimmste.

Es gab einen Aspekt, den er nicht unter Kontrolle hatte und das störte ihn. Er war darauf angewiesen, wann sich die Firma zu neuen Entscheidungen durchrang.

Der Medienrummel und der Shitstorm im Internet hatten zu Verzögerungen geführt. Dabei wusste niemand von diesen Journalisten oder Bloggern, worüber sie hetzten.

Er hatte einige Tage des Frustes hinter sich bringen müssen. Hinzu war diese Unvorhersehbarkeit gekommen, die ihn ebenfalls fast aus dem Konzept gebracht hätte. Doch dem hatte er Einhalt gebieten können. Das Hindernis war vorläufig aus dem Weg geräumt – zwar auf eine Art und Weise, die nicht seinen ästhetischen Vorstellungen entsprach, aber der Einsatz war nötig gewesen. Nur er bestimmte die Spielregeln – sonst niemand.

Endlich ging es weiter. Er konnte sich wieder auf das Wesentliche konzentrieren. Und das spielte sich gerade vor seinen Augen ab. Er war der Meister der Künstlichen Intelligenz. Ihm konnte sich keiner entziehen, weil niemand wusste, wie gut er wirklich war. Niemand wusste, wer er war. Das machte ihn mächtig. Stunden über Stunden – ach was, Jahre hatte es gedauert, an diesen Punkt zu kommen. Und jetzt war es wieder soweit. Er trat den nächsten Schritt zum Erfolg seiner Mission an. In aller Ruhe konnte er das Ergebnis seiner Mühe beobachten und analysieren. Zufrieden lehnte er sich zurück. Für ihn wurde es Kino! Ganz großes Kino – eine Realityshow, die er selbst programmiert hatte. Ein Genuss der besonderen Art – und nichts und niemand konnte ihn aufhalten. Unbändige Vorfreude überkam ihn.

Das „Play" war aktiviert – was bedeutete, es gab kein Zurück mehr.

„Tue nichts aus Eigennutz oder um eitler Ehre willen, sondern in Demut achte einer den andern höher als sich selbst", schwadronierte Dieter Marx gleich am Montagmorgen, als Lukas das Präsidium betrat. *„Denn wo Neid und Streit ist, da sind Unordnung und lauter böse Dinge."*

Theo saß schon an seinem Schreibtisch und schaute seinem Kollegen entgegen. Auf Lukas' fragenden Blick meinte er: „Dieter hat den Auftrag, nach undichten Stellen in der Belegschaft von *DynamoCars* zu suchen. Seinen Sprüchen zufolge ist er fündig geworden."

„Hoffentlich kommen wir in dem Fall weiter. Unser Gespräch mit Hilde Effner hat ja nicht wirklich was gebracht."

„Warum nicht?"

„Wir wissen immer noch nicht, ob sie ihn auf dem Kieker hatte, weil er sein Haus nicht verkaufen wollte. Sie erzählt uns alle möglichen Storys, nur das nicht."

„Für die Alte war Ulf Brehmer nicht sauber. Vielleicht hatte sie andere Gründe, ihn umzubringen", überlegte Theo.

„Das ist jetzt aber der berühmte Griff nach dem Strohhalm." Lukas schnaubte.

„Immer noch besser als der Griff ins Klo."

Die Männer lachten.

„Der Spötter sucht Weisheit, doch sie ist nicht da; aber für den Verständigen ist Erkenntnis ein Leichtes", donnerte es direkt vor ihren Schreibtischen. „Wann begreift ihr endlich, dass für eure Albernheiten hier kein Platz ist?"

Erschrocken hielten Lukas und Theo inne. Sie starrten auf den hageren Mann, der wie immer ganz in Schwarz vor ihnen stand und sein bleiches Gesicht zu einer Grimasse verzog, die einen das Fürchten lehrte.

Es war Jasmin, die die Situation rettete. Sie betrat gerade das Großraumbüro, steuerte Marx an und sagte: „Sag nur, du hast das ganze Wochenende durchgearbeitet?"

Der Angesprochene wandte sich ihr zu und antwortete in besänftigtem Tonfall: *„Ich vermag alles durch den, der mich mächtig macht.*"

„Das ist toll. Dann hat wenigstens einer von uns Ergebnisse, die er gleich in der Dienstbesprechung zum Besten geben kann." Mit den Worten eilte Jasmin an ihren Schreibtisch, zog ihre Jacke aus und fuhr den Rechner hoch.

„Hast du was von Monika gehört?", fragte Lukas.

„Ja. Sie liegt weiterhin im Koma."

„Klingt nicht gut."

„Ist es auch nicht. Die Ärzte können immer noch nicht sagen, ob sie es schafft."

„Und gibt es etwas Neues ihren Überfall betreffend?"

„Nein. Von *DynamoCars* hat keiner was gesehen", antwortete Jasmin zerknirscht. „Die Fenster zu den Büros zeigen alle zum Hinterhof. Nach vorne gibt es nur Milchglasscheiben."

„Klingt auch nicht gut", wiederholte sich Lukas.

„Leider kann ich heute nicht mit guten Meldungen dienen." Jasmin zuckte die Schultern.

Staatsanwalt Renske betrat mit Kriminalrat Allensbacher im Gleichschritt das Großraumbüro. Dabei gaben sie ein Tempo vor, als ginge es um einen Wettstreit, wer der Mächtigere der beiden war. Keiner schaute den Nebenmann an.

„Oh, oh! Das sieht auch nicht gut aus", brummelte Lukas leise.

„In den Besprechungsraum – sofort!", lautete Allensbachers Anweisung. Ohne innezuhalten ging er weiter bis zu seinem eigenen Büro, riss die Tür auf und verschwand.

„Was war das?", fragte Theo.

„Das war der Montagsritt", verkündete Renske mit einem ironischen Grinsen. „Montags sind wir beide besonders schlecht drauf. Morgen sieht die Welt wieder anders aus."

*

Benno Horst schwebte auf Wolke Sieben. Der *Road Speedster* fuhr gerade auf die B 51, eine gut ausgebaute Landstraße, die ihn entlang der Saar zu seinem Ziel, der Firma *DynamoCars* führte. Die breite Straße war frei, das Auto fuhr ungehindert. Der Himmel war grau, es fiel kein Regen. Der noch nasse Asphalt war für das perfekte Auto kein Problem. Aquaplaning – was ist das?

Benno platzte vor Stolz. Er behielt die Displays im Auge. Alles lief in geordneten Bahnen – genau so, wie er es vorausgesagt hatte. Die Perfektion war unumstritten. Seine Aufmerksamkeit galt dem Verkehr und den technischen Daten gleichzeitig, was nicht einfach war. Also beschloss er, durch Musik etwas zur Ruhe zu kommen.

Er befahl dem Voice-Centrum, den Song „Jolene" von „Miley Cyrus" zu spielen. Der Rhythmus passte haargenau zu Tempo und Stimmung. Er fühlte sich, als sei er auf einem anderen Planeten. Am liebsten würde er beschleunigen, doch das Auto fuhr genau das Tempo, das vorgegeben war. Daran konnte er nichts ändern, das war so programmiert. Und das war gut so.

Das Lied ging zu Ende. Als Nächstes wünschte er sich von Amy Macdonald „This Is The Life", was ihm ebenso gut gefiel ... genauso wie die Sängerin. Dieser Song erlaubte es ihm, zu träumen. Er träumte sich gerade zusammen mit Miley Cyrus und Amy Macdonald gleichzeitig in die Kiste und mit beiden wild zu poppen. Der Takt dieses Songs ließ seine Träume die heftigsten Blüten treiben.

Dabei durfte er seine eigentliche Aufgabe nicht vergessen. Weiterhin behielt er alles im Auge, um eventuellen Fehlreaktionen vorbeugen zu können. Er lachte. Als gäbe es so etwas. Die B 51 gehörte nicht zu seinem üblichen Anfahrtsweg zur Arbeit. Aber die Provinzialstraße war wegen Baustellen gesperrt, da musste er einen Umweg nehmen. Dass diese Strecke einige Kilometer länger war, nahm er liebend gern in Kauf. Am liebsten würde er den ganzen Tag Auto fahrend verbringen.

Der nächste Song stand an. Dieses Mal war Amy Winehouse mit ihrem „You know I'm no good" an der Reihe. Auch ein Sahneschnittchen, das er nicht von der Bettkante stoßen würde.

Aber jetzt sollte er sich daran erinnern, dass er sich im Arbeitsmodus befand. Diese Fahrt zur Firma gehörte zu seinem Job. Er musste als Testfahrer alle Funktionen des autonom fahrenden Autos genau im Auge behalten – für den Fall, dass etwas nicht rund lief.

Als würde an diesem Auto etwas nicht stimmen. Er war an der Programmierung hauptsächlich beteiligt gewesen. Da gab es keine Fehler, weil er eine perfekte Arbeit abgeliefert hatte. Er platzte vor Stolz. Die sich permanent ändernden Angaben auf dem Display zeigten ihm an, dass sich der Bordcomputer nonstop den passenden Funkmast suchte und mit ihm in Verbindung trat. Alles verlief blitzschnell – mit dem bloßen Auge fast nicht zu erkennen. Entgegenkommende Autos wurden erfasst und analysiert, wie groß sie waren, wie sich der Abstand entwickelte und in welcher Geschwindigkeit. Er konnte genau sagen, wer vom Gegenverkehr zu schnell fuhr.

Benno musste schon wieder lachen. Ein raffiniertes System, das sich in diesem Auto befand. Sein System. Am liebsten würde er es hinausschreien, damit alle Bescheid wussten.

Keiner fuhr zu schnell. Im Gegenteil! Sie wurden immer langsamer, je näher sie dem *Road Speedster* kamen. Die verblüfften Blicke der Insassen, die auf ihm landeten, ließen Benno vor Stolz anschwellen. Er war es, der das Projekt der Zukunft maßgeblich auf die Beine gestellt hatte.

Der Mittelstreifen behielt permanent den richtigen Abstand zum Auto – ebenso der rechte Randstreifen. Der *Road Speedster* lief perfekt in der Mitte seiner Spur.

Benno genoss diesen besonderen Moment in vollen Zügen. Es war ein Hochgefühl, das er als absolutes Highlight seines Lebens betrachtete. Wenn es mal soweit war, dass dieses Auto zur Normalität gehörte, konnte er behaupten, der Erste gewesen zu sein, der es fahren durfte. Mehr noch: Er hatte entscheidend dazu beigetragen, es zu entwickeln.

Jetzt ließ er Lady Gaga mit „Poker Face“ laufen. Auch eine Puppe, die er sofort vernaschen könnte.

Ehrfürchtig strich er über das Lenkrad, das mehr Pseudofunktionen hatte als ein echtes. In dessen Mitte prangte ein Touchscreen, mit dem er neben der Bedienung von Musik, Lautstärke, Scheinwerfern und Ähnlichem auch die technischen Daten jederzeit abrufen konnte, was er auch tat. Es war eine Wohltat die Perfektion der eigenen Arbeit vor Augen geführt zu bekommen. Der Abruf der Daten funktionierte in einer Geschwindigkeit, die ihn immer wieder staunen ließ.

Direkt neben der Straße dümpelte die Saar vor sich hin, die in dem trüben Tageslicht ebenfalls düster und grau schimmerte. Er liebte es, parallel zum Fluss zu fahren – egal welchem, Hauptsache Wasser. Das vermittelte ihm das Gefühl von Urlaub. Und im *Road Speedster* fühlte es sich noch besser an. Ihm war, als sei er in seinem erfolgreichen Leben eine Stufe höher gestiegen. Seine Karriere bei *DynamoCars* war unaufhaltsam.

Er rieb sich tatenfreudig die Hände.

Seine Zukunft sah rosig aus.

Er näherte sich Saarlouis und der Stelle, an der er abfahren musste, um nach Fraulautern zu gelangen. Aber das sollte nicht sein Problem sein. Der *Road Speedster* wusste den Weg besser als er.

Ein Verteilerkasten am Rand der Straße stach ihm ins Auge. Der war ihm noch nie aufgefallen. Seltsam, was man alles wahrnahm, wenn man nicht ständig auf den Verkehr achten musste.

Plötzlich machte der *Road Speedster* einen Ruck. Benno staunte. Das adaptive Fahrwerk mit dem tollen Namen „Suspension-Management“ war aktiviert. Das erkannte er am Aufleuchten der dafür zuständigen App. Er musste über die Abkürzung schmunzeln: SM – klang nicht wirklich nach einem Sicherungssystem im Fahrwerk eines Autos, das Straßenunebenheiten ausgleichen sollte. Er prüfte die Daten des Suspensions-Managements, fand jedoch keinen Hinweis darauf, warum das Auto geruckelt hatte. Das war nun doch merkwürdig. Fieberhaft ging er alles durch. Da war nichts. Das konnte nicht sein.

*

„Heute will ich Fakten hören“, stellte Allensbacher unfreundlich klar. „Die Medien machen Druck, weil der Fall bzw. die Fälle ein großes öffentliches Interesse erregen. Welche neuen Erkenntnisse haben wir?“

Dieser Marx erhob sich und atmete tief durch. Alle Kollegen hielten vor Schreck die Luft an.

„Der Herr weiß die Frommen aus der Versuchung zu erretten, die Ungerechten aber aufzubewahren für den Tag des Gerichts, um sie zu strafen.“

„Wie soll uns das weiterhelfen?“, murrte Renske.

„Geduld! Ich habe gemäß meiner klaren Anweisung die Belegschaft von *DynamoCars* unter die Lupe genommen, ob es unter ihnen eine undichte Stelle gibt. Dazu kann ich nur sagen, dass ich viele Ungereimtheiten gefunden habe. Ob sie jedoch der Versuchung verfallen sind und Interna ausgeplaudert haben, ist mir nicht bekannt.“

„Dann nennen Sie uns die Namen und die Zusammenhänge“, forderte Allensbacher auf.

„So Gott will, fangen wir mit Sören Forthoffer an.“ Dabei warf er einen Blick auf seine Kollegin Jasmin, die deutlich vernehmbar stöhnte.

„Tut mir leid, liebe Kollegin, aber der schöne Mann hat Geheimnisse.“

„Läuft da was?“, fragte Lukas sofort.

„Klappe“, zischte Jasmin. Ihre rote Gesichtsfarbe machte alles noch offensichtlicher.

„Sören Forthoffer pflegt einen regelmäßigen Kontakt zu einem Mitarbeiter des SFKI in Saarbrücken.“

„Was ist SFKI?“

„Das *Saarländische Forschungszentrum für Künstliche Intelligenz.*“

„Unterhält Sören Forthoffer dort zu jemand bestimmtem

Kontakt?", fragte Allensbacher.

„Ja. Der Mann heißt Gernod Schwartz, ist wissenschaftlicher Forscher und war ein Studienkollege von Sören Forthoffer. Dieser Mann überprüft die Sicherheitsstandards von Online-Apps."

„Was hat das mit selbstfahrenden Autos zu tun?"

„Navigation, Entertainment und Kommunikation werden zum Beispiel über Apps gesteuert."

„Interessant." Allensbacher nickte. „Und weiter."

„Amit Chander steht mit *FreeWall* in Verbindung. *FreeWall* ist das Forschungszentrum für Cybersicherung in Saarbrücken. Dort hat auch Karl-Otto Brache bis zu seiner Firmengründung gearbeitet."

„Und wo ist das Problem?", fragte Allensbacher. „Wenn der Chef selbst von dieser Firma kommt, hat er seine Mitarbeiter vielleicht dort ausgewählt. Er weiß, dass diese Leute verdammt gut in dem Job sind."

„Es gilt herauszufinden, ob wir es mit Betriebsspionage oder Ähnlichem zu tun haben", warf Renske ein.

„Unwahrscheinlich. *FreeWall* ist für die Steuersoftware und den europäischen Informatik-TÜV zuständig – sitzt also im selben Boot."

„Wir befinden uns hier nicht auf Kuschelkurs", erklärte Renske süffisant. „Wir brauchen Schuldige und keine Klüngeleien."

„Ich weiß selbst, welche Rolle *FreeWall* im Fall der selbstfahrenden Autos spielt, weil ich mit den Verantwortlichen in regelmäßigem Kontakt stehe." Allensbacher schnaufte. „Gut! Oder nicht gut. Diese Erkenntnisse bringen uns nicht weiter. Kollegin Hafner, was haben Sie herausgefunden? Gibt es endlich eine Erklärung für den Unfall mit tödlichem Ausgang?"

„Leider nicht", antwortete die junge Frau. „Ich bekam Einblick in das Gehirn von *DynamoCars*, das Rechenzentrum. Von dort wird alles programmiert und gesteuert. Wir haben alle Programme durchgecheckt – besser gesagt Sören Forthoffer vom Institut – und haben keinen Fehler finden können. Auch sind wir Programmdetails durchgegangen, ob sich etwas auf die Entscheidungsmatrix des selbstfahrenden Autos auswirken könnte. Aber auch da haben wir nichts gefunden."

„Was heißt Entscheidungsmatrix?", hakte der Staatsanwalt nach.

„Eine Entscheidungsmatrix schlägt die besten Alternativen in unterschiedlichen Situationen unter Berücksichtigung definierter Kriterien vor."

„Und inwiefern ist sie für diesen Fall relevant?"

„Das Programm wägt ab, bei welchem Szenario der geringste Schaden entsteht. Vielleicht wäre durch Ausweichen ein noch größerer Schaden entstanden. Vielleicht wurden die Bäume des Ludwigsparks nicht als Bäume, sondern als Lebewesen erkannt. Bäume bewegen sich im Wind."

Allensbachers Blick wurde skeptisch.

„Oder aber gab es eine ganz andere Entscheidungsgrundlage", sprach Jasmin weiter. „Wir wissen, dass das Opfer selbst nicht unschuldig war. Durch Fred Hansen kam bei einem selbstverschuldeten Autounfall ein Kind zu Tode. Seine Strafe dafür ist ungewöhnlich mild ausgefallen. Vielleicht hat das Programm darauf reagiert."

„Das ist harter Tobak. Damit dürfen Sie mir nicht kommen", stellte Allensbacher klar. „*DynamoCars* spielt sich nicht als Richter auf."

„Er wurde auch nichts in dieser Art gefunden", lenkte Jasmin ein.

„Und was haben Sie im Fall Ulf Brehmer herausgefunden?", fragte nun Allensbacher die Kollegen Lukas Baccus und Theo Borg.

„Wir konnten Hilde Effner noch nicht dazu bewegen, etwas über einen eventuellen Boykott beim Verkauf ihres Hauses am Ostring auszusagen", antwortete Theo. „Die Theorie, dass die Nachbarn Ulf Brehmer entsorgt haben könnten, um ihnen nicht das Geschäft ihres Lebens versauen zu lassen, hakt daran. Oder Rudolf Webster und Gerhard Heinze haben es ohne sie durchgezogen."

„Ist das alles?"

„Nein!"

„Spannen Sie uns nicht auf die Folter!" Allensbacher wurde ungehalten. „Sie wissen, dass Sie keinen Spielraum mehr haben. Ihre Späße haben die Obergrenze erreicht."

Lukas und Theo schauten sich verdutzt an, dann sprach Theo weiter: „Auf sehr kryptische Weise hat Hilde Effner Ulf Brehmer beschuldigt , ein Kinderschänder gewesen zu sein. Vermutlich war dieser Junge, der ihn regelmäßig besuchte das Opfer."

*

Kurz vor der Peter-Neis-Brücke in Saarlouis tauchte das Straßenschild mit dem Hinweis „Saarwellingen, Steinrausch, Fraulautern" auf. Hier musste er abfahren und von dort weiter nach Fraulautern. Das war ein kleiner, aber schöner Umweg über die B51. Den Berechnungen des Navis konnte er blind vertrauen – so wie diesem einzigartigen Auto hier. Sein Blick hing am Lenkrad, das alle Bewegungen von allein machte. Die letzten Töne des Songs „You know I'm no good" verklangen. Ein Wunderwerk – geschaffen durch ihn.

Plötzlich beschleunigte das Auto. Das geschah so schnell, dass Benno nicht reagieren konnte. Fassungslos saß er hinter dem Steuer und versuchte, den Bordcomputer zu programmieren. Doch auf den Displays leuchtete alles gleichzeitig auf. Was musste er jetzt tun?

Er versuchte, Kontakt zur Zentrale aufzunehmen. Aber nichts passierte. Er sprach mehrmals auf das Voice-Centrum ein, aber es gab keine Antwort. Er wollte bremsen, aber das Auto tat nicht, was er von ihm verlangte. Es war auf Automatik-Fahr-Modus *A-Drive-In* eingestellt. Es ließ sich verdammt noch mal nicht auf Manuell-Fahr-Modus *A-Drive-Out* umstellen.

Dann geschah es:

Mit Vollgas steuerte das Auto auf die Leitplanken der Gegenspur zu, durchbrach sie mit einem ohrenbetäubend lauten Knall. Dann verlor es die Bodenhaftung und hob ab. In der Luft begann es sich zu drehen. Benno saß wie festgeklebt in dem Schalensitz und sah, wie sich Himmel, Wolken, Bäume, Wasser, Erde, Brücke und wieder der Himmel vor seinen Augen abwechselten. Ihm wurde schwindelig. Das war das Wasser der Saar. Er flog gerade über den Fluss. Panik überkam ihn.

Es krachte ohrenbetäubend über seinem Kopf. Fontänen spritzten rechts und links auf. Durch die Fensterscheiben sah er das aufspritzende Wasser. Das Fahrzeug drehte sich, fand seinen Schwerpunkt und kippte mit den Rädern nach unten ab und schwamm zunächst auf. Hastig versuchte er, die Tür zu öffnen. Vergebens. Dann bediente er das Element für den Fensterheber. Auch vergebens. Er schlug mit Fäusten und Ellenbogen gegen die Scheibe. Nichts tat sich. Dann ging es rasend schnell. Wasser drängte gegen sämtliche Autoscheiben. Es stieg höher und höher, bis er komplett von Wasser umgeben war. An allen möglichen Stellen schossen Wassermengen ungebremst ins Innere des Wagens. Innerhalb von Sekunden war er völlig durchnässt und fror. Dabei saß er immer noch im Schalensitz. Wenn er nicht ertrinken wollte, musste er zusehen, dass er weiterhin versuchte, eine Tür oder ein Fenster zu öffnen.

Aber er schaffte es nicht, sich aus dem Sitz zu schälen. Als er sich erneut an der Tür zu schaffen machte, ließ sie sich abermals keinen Millimeter bewegen. Sämtliche Funktionen am Display leuchteten rot auf und alles piepste und blinkte. Die Geräusche hörten sich surreal an. Alles erschien wie abgeschnitten von der Welt. Er wollte Funkkontakt aufnehmen. Aber die Geräte reagierten nicht auf seine Versuche. Wieder versuchte er, die Seitenscheibe zu bewegen. Der in der Mittelkonsole versenkte Funktionsknopf für den Fensterheber war plötzlich nicht mehr auffindbar. Ganz schlecht. Er kam einfach nicht mehr zum Vorschein. Eine Kurbel gab es nicht mehr. Jetzt wäre das altmodische Ding seine Rettung.

Er bekam Panik.

Mit beiden Fäusten schlug er gegen die Scheibe, aber sie war viel zu stabil. Wieder versuchte er, aus dem Sitz herauszukommen, es gelang ihm nicht. Nach mehreren Versuchen konnte er endlich den Sicherungsgurt öffnen. Im angesammelten Wasser begann er sofort aufzuschwimmen. Er fand mit dem Kopf eine Stelle, an der sich noch kein Wasser gesammelt hatte. Dort atmete er durch und versuchte, sich zu fassen. Aber das war schwierig. Warum ließen sich weder Türen noch Scheiben öffnen? Warum konnte er keinen Kontakt zur Zentrale herstellen? Werkzeuge zum Einschlagen der Scheiben fand er nicht. Dieser Fall war wohl bei den Testläufen nicht geprobt worden. Er wusste nicht, wo sie versteckt waren. Weiter traktierte er das Fenster mit Händen und Füßen. Er strampelte, schlug wie wild, wurde rasend vor Panik. Doch nichts bewegte sich. Er wollte noch nicht aufgeben, doch seine Kräfte ließen nach. Die Luft wurde immer knapper, seine Anstrengungen kosteten ihn zu viel.

Dann füllte sich auch die letzten Stellen mit Wasser. An dem Ruck, der gerade das Auto erfasste, spürte Bennos, dass es weiter in die Tiefe ging. Dann ein Stoß, das Auto setzte auf dem Boden des Flusses auf.

Es gab keine Luftblase mehr, die Benno noch etwas Luft zum Atmen spenden könnte. Ein Krampf überfiel ihn. Mit aller Kraft, die er noch aufbringen konnte, trat er mit beiden Füßen gegen die Scheiben.

Doch das änderte nichts!

Seine Panik wurde immer größer. Er wollte noch nicht sterben. Rasend schlug er mit den Fäusten gegen die Scheiben, trat mit den Füßen um sich, strampelte in dem kleinen Innenraum und stieß dabei gegen Lenkrad, Mittelkonsole, Autositze, doch all das nützte nichts. Das Auto war felsenfest verschlossen. Immer verzweifelter wurde er, versuchte zu atmen, verschluckte dabei jedoch nur Wasser. Bis ihn der Anblick eines großen Auges innehalten ließ. Es war ein Hecht, der dicht an der Seitenscheibe vorbeischwamm. Der Fisch schaute ins Wageninnere. Sein entenähnliches Maul ging dabei immer auf und zu, eine träge Atembewegung. Blut mischte sich unter das Wasser. Es wurde immer dunkler und dunkler. Es war sein Blut. Das war das Letzte, was Benno sah, dann wurde alles um ihn herum schwarz.

*

„Das ändert natürlich alles“, schimpfte Allensbacher. „Kindesmisshandlung lässt den Fall Ulf Brehmer in einem ganz anderen Licht erscheinen. Also sind wir auf ein psychologisches Profil angewiesen.“ Ungehalten schaute er auf Frau Dr. Silvia Tenner, für deren Suspendierung er höchstpersönlich gesorgt hatte, kaum dass er zum Kriminalrat befördert worden war.

Silvia überging seine Spitze und sagte gelassen: „Damit kann ich arbeiten. Das verwirft aber unsere erste Theorie, Ulf Brehmer sei von seinen Nachbarn getötet worden, weil er den Verkauf der Häuser boykottieren wollte.“

„Das ist uns klar“, antwortete Theo.

„Haben wir inzwischen den Bericht des Gerichtsmediziners über das Unfallopfer Fred Hansen?“, fragte Allensbacher weiter.

„Ja. Fred Hansen weist Aufprallspuren seitlich in Hüfthöhe auf. Die linke Hüfte wurde zertrümmert, was bei einem Aufprall auf einen SUV zu erwarten ist. Er ist auf die Front des Wagens aufgeschlagen, was Spuren an Schulter und seitlich am Kopf beweisen, wurde ein Stück vom fahrenden Auto mitgenommen und irgendwann von der Kühlerhaube geschleudert, wobei er sich mehrmals auf der Straße überschlug. Daher kommen weitere Knochenbrüche und Prellungen, die seinen ganzen Körper überziehen.“

„Aufprall mit voller Wucht?“

„Ja. Die Geschwindigkeit betrug nach Berechnungen des Gerichtsmediziners ungefähr 80 km/h.“

„Auf einer Strecke, wo nur 50 erlaubt ist?“

Jasmin nickte.

„Das ist wirklich mehr als seltsam.“ Allensbacher schüttelte verständnislos den Kopf. „Und Sie haben keinen Fehler gefunden? Weder am Bordcomputer des Autos noch im Rechenzentrum?“

„Nein.“

„Gibt es inzwischen neue Erkenntnisse über das Handy des Opfers?“, fragte der Kriminalrat. „Die Tatsache, dass es auf der Straße gefunden wurde besagt doch, dass er es in Händen hielt, als er vom Auto erfasst wurde.“

„Inzwischen konnte rekonstruiert werden, dass Fred Hansen eine SMS zum Zeitpunkt des Unfalls bekam. Leider konnten sie den genauen Zeitpunkt noch nicht ermitteln – nur, dass es in zeitlicher Nähe zum Unfall gewesen sein muss.“

„Wirklich verdächtig. Auch gefällt mir nicht, wie es möglich sein soll, genau zu der Sekunde den richtigen Mann auf dem Zebrastreifen zu erwischen.“

„Fred Hansen war ein Gewohnheitstier“, meinte Jasmin. „Die Route für die erste Testfahrt stand schon lange fest. Der einzige Knackpunkt könnte der Zeitpunkt gewesen sein. Durch eine SMS, was heutzutage Vorrang vor allem hat, könnte er so abgelenkt worden sein, dass er mitten auf dem Zebrastreifen stehengeblieben ist, um die Nachricht zu lesen. Diese Zeitverzögerung hat dem Täter in die Hände gespielt.“

„Werden wir über diese SMS noch mehr herausfinden?“

„Die Techniker können nichts garantieren.“

„Das gefällt mir gar nicht!“

Er wollte noch etwas sagen, doch da klingelte das Handy in seiner Jackentasche. Der Kriminalrat hob die Hand zum Zeichen, zu schweigen, zog das Mobiltelefon heraus und nahm das Gespräch unter den erstaunten Blicken der Anwesenden an. Schon an seinem Gesichtsausdruck wurde deutlich, dass etwas passiert sein musste.

Als er auflegte, sagte er: „Planänderung! Bei der Testfahrt

von *DynamoCars* ist heute Morgen ein weiterer Unfall passiert."

Lautes Gemurmel entstand, das Allensbacher mit seiner Stimme übertönte: „Was gibt es da zu tuscheln? Auf der B51 zwischen Lisdorf und Saarlouis ist es passiert."

„Gibt es Tote oder Verletzte?", fragte Renske.

„Vermutlich einen Toten – den Testfahrer selbst."

„Wer ist es?"

„Warum? Ist das wichtig?"

„Vielleicht kennen wir ihn. Immerhin haben wir inzwischen einige Kontakte zur Firma *DynamoCars*."

„Er heißt Benno Horst."

Jasmin schnappte nach Luft.

„Ich sehe, dass Sie den Mann kennen", deutete Allensbacher die Reaktion der Kollegin sofort.

„Ja. Eigentlich ein unangenehmer Mensch."

„Ist das ein Grund, ihn zu töten?"

„Das weiß ich nicht. Um das zu beurteilen, war unsere Begegnung zu kurz. Er hat am Ort des ersten Unfalls in Saarlouis darauf bestanden, dass kein Unfall, sondern ein Systemfehler vorläge. Diese Vehemenz kam Monika und mir verdächtig vor."

„Jetzt fahren Sie alle geschlossen zur zweiten Unfallstelle und achten darauf, dass Ihnen nichts entgeht. Diese Unfälle sind nun doch sehr verdächtig." Schweißperlen zeigten sich auf Allensbachers Stirn. Das erste Mal seit seiner Beförderung.

*

Eine Autoschlange hatte sich auf der B51 gebildet. Die Insassen standen neben ihren Fahrzeugen und starrten alle in eine Richtung. Es wurde ein schwieriges Unterfangen für die Polizeibeamten mit ihrer Kolonne hindurchzufahren, um sich der Unfallstelle zu nähern.

Erst als sie direkt davor ankamen, sahen sie am Ufer einen Spezialkran der Feuerwehr, dessen langer Arm bis zur Mitte der Saar reichte. Einige Polizisten in Taucherausrüstung ergriffen die schweren Seile am Greifer, schwammen in die Mitte des Flusses und verschwanden damit im Wasser. Ein Beamter der Wasserschutzpolizei stand über Funk in ständigem Kontakt zu seinen Leuten.

Die Ansammlung der Schaulustigen war an dieser Stelle unvermeidbar. Auf der gegenüberliegenden Seite der Saar sammelte sich eine große Menge und ebenso auf der Brücke, die eine gute Sicht auf das Treiben im Fluss bot. Soweit das Auge reichte, waren Menschen mit Handys zu sehen. Lukas und Renske warfen sich einen Blick zu, der alles besagte: Die Katastrophe war nicht aufzuhalten.

Am Saarufer verharrten alle in Schweigen. Die Spannung stieg an. Alle Geräusche bestanden nur noch aus leisem Gemurmel. Sogar das Zwitschern der Vögel hatte sich entfernt.

Menschen drängten sich dicht ans Ufer. Keiner wollte verpassen, was gerade geschah. Lukas schaute sich die Gesichter an. Es waren überwiegend ältere, deren Leben offensichtlich langweilig waren. Bis auf einen. Der stach aus der Menge. Er überragte alle mindestens um einen halben Kopf. Auch vom Alter her passte er nicht in die Gruppe. Seine langen Haaren band er gerade ganz lässig zu seinem Pferdeschwanz zurück, wodurch sein bärtiges Gesicht betont wurde. Als ihre Blicke sich trafen, entfernte er sich. Lukas schaute sich weiter um und staunte nicht schlecht, als er den Saarpolygon auf der Bergehalde erblickte. Den hatte er doch schon mal gesehen.

„Diese Gegend wird wohl vom Stahldingsda dominiert", stellte er fest.

„Das ist ein Denkmal für den Saar-Bergbau, der 2012 eingestellt wurde", erklärte Renske. „Er heißt Polygon und steht auf der Bergehalde Duhamel von Ensdorf in einer Höhe von 150 Metern. Der Platz ist geschickt gewählt, denn so ist der Polygon von allen Seiten aus zu sehen."

„Stimmt. Seit diesen Ermittlungen begegnet er mir öfter – egal, wo ich gerade bin. Nur sieht er jedes mal anders aus."

„Er wurde extra so gestaltet, dass er immer eine andere Form hat, je nachdem aus welcher Richtung man ihn sieht.“

„Stark!“

„Guck lieber hierhin“, murmelte Theo. „Deshalb sind wir hier.“

Nach wenigen Minuten tauchten die schwarzen Neoprengestalten aus dem Wasser auf. Sie gaben dem Feuerwehrmann im LKW ein Handzeichen. Der Greifarm des Krans setzte sich in Bewegung.

Laute „Ohs“ und „Ahs“ ertönten. Unruhe entstand unter den gaffenden Menschen.

Es polterte. Die Spannseile am Greifer spannten sich und wenige Sekunden später kam ein eisblaues Auto zum Vorschein. Das Fahrzeug schwebte so lange über der Saar, bis das Wasser restlos ausgelaufen war. Anschließend wurde es auf dem Saar-Leinpfad abgestellt.

Das war der Moment für Lukas, Theo und Kollegen, sich das Ausmaß der Tragödie genauer anzuschauen.

Der Anblick, den Benno Horst durch die Wagenfenster bot, war erschreckend. Sein Gesicht war blutüberströmt, sein Mund schien an der Scheibe festgesaugt, Haarbüschel fehlten auf seinem Kopf. Die Arme klebten völlig verdreht an der Scheibe.

Markus Schaller von der Spurensicherung wollte die Beifahrertür öffnen, doch sie ließ sich keinen Millimeter bewegen.

„Was hat das zu bedeuten?“, fragte er überrascht.

„Ich gehe davon aus, dass wir auf jemanden von *DynamoCars* warten müssen“, spekulierte Jasmin. „Diese Türen sind vermutlich elektronisch gesichert und können nur durch ein bestimmtes Programm geöffnet werden.“

„Warum das denn?“

„Vielleicht ging der Sicherheitsmechanismus in die falsche Richtung los. Das Wasser hat bestimmt dazu beigetragen, dass sich Türen und Fenster nicht mehr öffnen ließen, um kein Wasser reinzulassen.“

„Hat ja prima funktioniert“, grummelte Lukas. „Die Karre war voll bis oben hin.“

„Sehe ich auch. Nach allem, was ich inzwischen über diese Programme weiß, war das nur eine Vermutung von mir."

„Nicht streiten, Leute", funkte Renske dazwischen. „Allensbacher sorgt schon für genug Ärger. Wie ich das Unternehmen einschätze, sind die auch gleich hier. Ihr Weg ist nicht weit."

„Du kennst dich ja gut in Saarlouis aus", staunte Lukas.

„Nein, ich kann lesen. Das ist alles." Renske grinste. „Als wir hier ankamen, sind wir am einem Schild vorbeigefahren, das auf Fraulautern hindeutet."

„Du bist ein Fuchs!"

„Ich werde nicht warten, bis jemand von einem privaten Unternehmen hier eintrifft", donnerte plötzlich die laute Stimme des Gerichtsmediziners durch die Menge. „Unsere Kriminaltechniker öffnen jetzt den Wagen und ich schaue mir die Leiche an."

Das nahm Markus Schaller zum Anlass und bearbeitete das Wagenschloss mit einem Akkubohrer solange, bis sich die Tür einen Spalt öffnete. Ein weiterer Wasserschwall schoss heraus und spritzte Schaller nass von Kopf bis Fuß. Gelächter blieb aus, denn der Arm des Toten schoss ebenfalls hervor und ragte nun aus dem Spalt zwischen Tür und Auto. Die vielen Hämatome, Kratzer und Hautabschürfungen bis hin zu herausstehenden Knochen an den Unterarmen und Händen vermittelten einen Eindruck der letzten Minuten des Opfers.

*

„Das ist das Aus für meine Firma", plärrte Karl-Otto Brache, während er sich wiederholt die Videoaufnahmen des Unfall anschaute. Der Wagen war tatsächlich über die Leitplanken in den Fluss geschossen. „Davon werden wir uns nicht mehr erholen."

„Ach was!", widersprach Amit Chander und fuhr sich mit beiden Händen durch seine schwarzen, lockigen Haare. „Nur weil Benno der Stümper was nicht auf die Reihe kriegt, geht diese Firma doch nicht unter."

„Ich habe nichts gesehen, was Benno falsch gemacht haben könnte. Er hat entscheidend zur Programmierung des *Road Speedster* beigetragen. Er war eine Säule unseres Betriebs. Also rede nicht so über ihn.“

„Er war ein Schmarotzer, der sich mit den Lorbeeren anderer schmückt. Was Benno für das Auto erfolgreich getan hat, kann ich Ihnen sagen. Er hat sich so aufgespielt, dass er als Testfahrer eingesetzt wurde. Glauben Sie ernsthaft, mir wäre das Gleiche wie ihm in dieser Situation passiert? Ich wäre nicht in der Saar gelandet und abgesoffen.“

Durch die Gegensprechanlage ertönte die zarte Stimme von Ilka Dewes: „Die Polizei bittet Sie zum Unfallort zu kommen.“

„Dafür muss mich niemand auffordern“, reagierte Brache unwirsch. „Ich wäre sowieso dorthin gefahren.“

Mit einer Armbewegung an Amit Chander gerichtet, eilte der Chef in Richtung Parkplatz, wo die Privatfahrzeuge der Mitarbeiter abgestellt waren. Der Systemadministrator hatte bei dem Tempo, das der kleine Mann plötzlich an den Tag legte, seine Not Schritt zu halten.

„Wir nehmen deinen Wagen“, befahl Brache und blieb demonstrativ vor dem Plug-in-Hybride Mercedes der E-Klasse 300 stehen. Das Weiß der schicken Limousine leuchtete in den trüben Tag hinein. Die stromlinienförmige Form lud jeden Betrachter ein, sofort einzusteigen.

„Warum nehmen wir keinen Dienstwagen?“, fragte Chander.

„Weil ich unseren Firmennamen nicht am Unfallort sehen will.“

„Wenn Sie glauben, damit was zu erreichen, dann glauben Sie auch an den Weihnachtsmann.“

„Wenn du nicht tust, was ich sage, kannst du dich nach einer neuen Arbeitsstelle umsehen. Und stell dich drauf ein, dass du dann ein vierjähriges Wettbewerbsverbot einhalten musst, also vier Jahre nicht mehr in der Entwicklungsabteilung eines Autoherstellers arbeiten darfst. Ist es dir das wert?“

Chander hielt die Klappe.

„Den Arbeitsvertrag hast du selbst unterschrieben."

Mürrisch betätigte Chander die Fernbedienung seines Autos, um es zu öffnen. Die beiden Männer stiegen ein.

Mit Vollgas fuhr Chander los.

„Das Tempo ist nicht nötig", insistierte Brache. „Es ist nicht weit bis zum Unfallort."

Chander bremste ab.

Sie erreichten die B51 und landeten prompt im Stau, der durch den Unfall entstanden war.

„Klasse", stöhnte Chander. „Und jetzt?"

„Wir steigen aus und gehen zu Fuß."

*

Inzwischen lag der Tote auf dem Saar-Leinpfad, einem asphaltierten Weg dicht an der Saar entlang. Dr. Stemm nahm seine üblichen Untersuchungen vor. Regen setzte ein, also beeilte er sich.

„Spuren können keine mehr abgewaschen werden", stichelte Theo. „Die Leiche kommt nämlich aus dem Wasser, falls du dich erinnerst."

„Hast heute Morgen wohl einen Schlaumeier gefrühstückt", entgegnete der Gerichtsmediziner. „Zufällig will ich nicht durchnässt bis auf die Unterhose den weiten Weg zum Rechtsmedizinischen Institut zurücklegen. Also lass mich meine Arbeit machen."

Einige Kollegen der KTU stellten einen Pavillon über das Auto und den Toten, sodass Dr. Stemm in Ruhe seine weiteren Untersuchungen durchführen konnte.

Nach den obligatorischen Erstuntersuchungen wurde die Leiche von Benno Horst in einen Zinksarg gelegt und abtransportiert. Zurück blieben die vielen Polizisten, die Feuerwehr, die gaffende Menschenmenge hinter den Absperrungen und das demolierte Auto, das von der Spusi untersucht wurde.

„Eins muss man dem Auto lassen", stellte Lukas fest. „So

stabil, wie es aussieht, hat man keine Chance rauszukommen."

„Es hat wohl niemand damit gerechnet, damit im Wasser zu landen", reagierte Theo darauf.

„Ist nicht der übliche Abstellplatz."

„Die Herrschaften mögen ihre hochgeistigen Feststellungen bitte nicht weiter ausführen", fuhr Renske dazwischen. „Karl-Otto Brache höchstselbst befindet sich gerade auf dem Weg zu uns."

Alle schauten auf und sahen einen kleinen, rundlichen Herrn mit grauen Haaren in einem teuer aussehenden Anzug neben einem großen, sportlichen Mann mit dunklen Haaren, der einen Regenschirm über seinen Vorgesetzten hielt. Die Mienen der beiden Männer sprachen Bände.

„Oh, oh! Die Luft brennt", zischte Lukas.

Zuerst umrundeten sie das Auto, bevor sie den Staatsanwalt mit Handschlag begrüßten.

„Wo ist der Tote?", fragte Brache und schaute sich dabei suchend um.

„Auf dem Weg in die Gerichtsmedizin. Er wird morgen früh obduziert."

„Erwarten Sie Überraschungen?"

„Erwarten Sie denn Überraschungen?", konterte Renske.

„Natürlich erwarte ich Überraschungen."

„Wenn ich richtig über Ihre Arbeit informiert bin, müssten Sie inzwischen das *Digital-Drivers-Log* in Ihrer Firma ausgewertet haben."

„Das haben wir in der Tat."

„Können Sie uns einen Hinweis geben, was in den letzten Sekunden in diesem Fahrzeug passiert ist?"

„Leider nicht. Es gibt nicht den geringsten Hinweis auf einen Fehler. Der Kontakt zum *Digital-Drivers-Log* war plötzlich unterbrochen. Die Kameras nahmen noch auf, wie der Wagen die Leitplanken rammte und dann in die Saar flog."

„Und bis zu diesem Zeitpunkt?"

„Nichts!"

„Was heißt das?"

„Das heißt, dass bei uns alle Meldungen ordnungsgemäß und ohne besondere Vorkommnisse eingegangen sind. Es gibt nichts, was die Fahrt des Autos in die Saar erklärt. Daher meine Vermutung, dass der Fahrer plötzlich unter Schwindel oder sonst was litt. Die vorangegangenen Tests waren allerdings alle ohne den geringsten Befund."

„Dann wissen wir morgen mehr."

„Warum erst morgen?" Brache schaute demonstrativ auf die Uhr und fügte an: „Es ist mitten am Tag. Kann Ihr Gerichtsmediziner nicht sofort mit der Arbeit beginnen?"

„Der Gerichtsmediziner – der übrigens nicht *mein* Gerichtsmediziner ist – hat noch andere Fälle auf dem Tisch. Ich habe leider keinen Einfluss darauf, wann er welche Leiche obduziert."

„Gibt es nur diesen einen Mann?"

„Was soll diese Frage? Dr. Stemm betreut diesen Fall von Anfang an, also wird er auch weiterhin mit uns zusammenarbeiten." Staatsanwalt Renske wurde ungeduldig.

„Von welchem Fall sprechen Sie? Bisher gibt es keinen Fall", stellte Brache klar. „Ihre Sekretärin hat sich tagelang in unserem Haus umgesehen und nichts gefunden. Also verdrehen Sie bitte nicht die Fakten."

Das brachte Jasmin auf die Palme. Sofort schaltete sie sich ein: „Ich bin keine Sekretärin, sondern Kriminalkommissarin. Und umgesehen habe ich mich auch nicht, ich habe ermittelt."

Brache tat so, als sei Jasmin nicht da. An Renske gewandt sprach er einfach weiter: „Wir haben keinen Fehler gemacht. Egal welche Anstrengungen Sie unternehmen, Sie werden nichts finden."

„Fakt ist, dass durch Ihre Autos inzwischen zwei Menschen zu Tode gekommen sind. Da werden Sie wohl kaum annehmen, dass wir diese Fälle ungeprüft zu den Akten legen." Renskes Tonfall wurde unfreundlich.

„Auch hier werden wir bei den Untersuchungen mitwirken",

stellte Brache stoisch klar. „Ich werde nämlich auf keinen Fall dabei zusehen, wie unsere zukunftsorientierte Arbeit durch die Stümper der Polizei demontiert wird.“

*

Das Lokal war niedrig, voller Farben und Menschen, die ein einheitliches Murmeln verbreiteten. Nur wenig Tageslicht drang herein. Die Kneipe „Nilles Saarbrooklyn“ gehörte zu den Kultkneipen des Nauwieser Viertels – nicht zuletzt, weil der Wirt sich immer wieder etwas Originelles einfallen ließ. Der Untertitel „Kneipe der Hoffnungslosigkeit“ war der Auslöser für den Staatsanwalt, genau hier am 1. Mai ein geheimes Treffen mit den Kollegen und Freunden der Kriminalpolizei abzuhalten.

Die Theke dominierte die Kneipe. Bunt schimmerte das Angebot der ausgefallensten Getränke. Überall hingen alte Werbeschilder, die Nostalgie verbreiteten. Sogar an der Decke. Sprüche wie „Freibier statt Hartz IV“ oder „Wir müssen aufhören, weniger zu trinken“ oder „Unser letzter Wille: Noch mehr Promille“ oder der Wegweiser zur Herrentoilette: „Dem Pimmel so nah“ luden so manchen ein, zu bleiben. Dazwischen prangten die Embleme sämtlicher Fußballvereine. Dazu der Fernseher hinter der Theke – schon war allen klar, welcher Leidenschaft hier vorrangig gefrönt wurde.

Lukas spürte sofort, dass er sich hier wohlfühlen könnte. Hinter der hufeisenförmigen Theke ging das Lokal noch weiter. Ein Billardtisch genoss die Aufmerksamkeit der Gäste. Sie starteten gerade ein neues Spiel.

Neben dem Eingang stand eine Sitzecke aus Kunstleder. Dort fläzten sich bereits Renske und Silvia. Der Staatsanwalt bot einen ungewöhnlichen Anblick. Anstelle des Dreiteilers trug er ein kariertes Hemd und darüber eine legere Weste. Silvia wirkte in ihrem bequemen Pullover ebenfalls wesentlich entspannter als in ihrem Kostüm auf dem Präsidium.

Lukas und Theo gesellten sich zu den beiden und bestellten sich Kaffee.

„Noch keine Gelegenheit gehabt zu frühstücken?“ Renske grinste.

„Warum, wenn ich genau weiß, dass es hier auch Kaffee gibt“, meinte Lukas nur.

„Wer kommt noch zu unserem geheimen Meeting?“, fragte Theo.

„Jasmin habe ich eingeladen“, antwortete Renske. „Euren Hausprediger lassen wir mal lieber außen vor, falls wir diese Kneipe wieder aufsuchen wollen.“

„Was hat dich dazu veranlasst, die Besprechung hier abzuhalten?“ Theo schaute sich um und blieb an der überwältigenden Auswahl an Spirituosen hängen.

„Seit Allensbacher das Sagen hat, ist es mir ein Gräuel, eure Räume zu betreten. Ich will wieder unsere guten alten Gespräche führen können – ohne den Quertreiber. Außerdem müssen wir in alle Richtungen ermitteln und nicht in die, die Allensbacher gerade passt. Also dachte ich mir, dass wir uns heute einfach mal an einem neutralen Ort treffen. Mal sehen, wie es läuft.“

„Finde ich klasse“, lobte Lukas und ließ seinen Blick ebenfalls durch den Raum schweifen. „Ich ahne, dass wir hier viel produktiver sind.“

Jasmin trat ein. Ihr Blick fiel sofort auf die Sitzecke und die Kollegen. Sie grüßte den Wirt wie einen alten Bekannten und gesellte sich zu ihnen.

„Du bist offensichtlich öfter hier“, stellte Renske fest.

„Kann man so sagen.“ Jasmin grinste. „Mit Monika war ich schon öfter hier. Umso überraschter war ich, als ich von deinem Vorschlag gehört habe, hier ein Meeting abzuhalten.“

„Wie geht es Monika?“, fragte Lukas daraufhin.

„Leider gibt es immer noch nichts Neues.“

„Scheiße“, brummte Lukas.

„Das kannst du laut sagen.“

„Also sind wir komplett und können sofort mit unseren neuen Fakten beginnen“, drängte Theo.

„Einen Kaffee darf ich aber noch bestellen, oder?“

„Nur kein‘ Stress, Leute“, funkte Renske dazwischen. „Deshalb sind wir hier.“

„Habt ihr schon gesehen, was im Internet los ist?“, fragte die Psychologin.

„Nein. Ich habe die Augen aufgemacht und bin aufgebrochen“, gab Lukas zu.

„Die Haare hättest du wenigstens noch kämmen können“, stichelte Jasmin.

Verunsichert fuhr Lukas sich tatsächlich über seinen roten Haarschopf, was Gelächter unter den Kollegen auslöste.

„Es ist ein offenes Geheimnis, dass inzwischen zwei Menschen durch selbstfahrende Autos im Saarland getötet wurden“, berichtete Silvia. „Braches Versuch, irgendwas geheim zu halten, ist vergebliche Liebesmüh.“

„Ist der Name *DynamoCars* auch gefallen?“

„Ja, natürlich. Das ist die einzige Firma im Saarland, die solche Autos herstellt. Ach was sage ich: Die einzige Firma in ganz Deutschland.“ Jasmin rümpfte die Nase. „Da ist die Erwähnung des Firmennamens schon fast überflüssig.“

„Stimmt. Kein guter Start“, bekannte Renske. „Für mich sieht es so aus, dass er keine gute Arbeit liefert und daher das ganze Ausmaß an Subventionen und Aufmerksamkeit nicht wirklich verdient.“

Das nahm Jasmin zum Anlass zu berichten: „Dieter und ich waren gestern noch bis in die Abendstunden dort, um an Informationen über das Auto *Road Speedster* ranzukommen, mit dem Benno Horst verunglückt ist.“

„Und?“

„Nichts!“

„Was heißt *nichts*?“

„Es ist dasselbe wie beim ersten Unfall.“ Jasmin blickte zerknirscht drein.

„Kann es sein, dass *DynamoCars* Informationen zurückhält?"

„Wenn dem so wäre, könnte ich das nicht feststellen", gab Jasmin zu.

„Wir müssen die Aufteilung der IT-Forensiker splitten", schlug Renske vor. „Nicht alle dürfen mit *DynamoCars* zusammenarbeiten. Denn – ob mir das jetzt gefällt oder nicht – es besteht die Möglichkeit, dass nichts herauskommt, was der Firma schadet."

„Meine Rede! Von Anfang an", trumpfte Lukas auf.

„Der Weg führt aber nur über Allensbacher", stellte Jasmin klar. „Und da können wir uns ausrechnen, was passieren wird. Aber ich habe das so eine Idee, was die Ursache sein könnte. "

„Du?" Renske bekam große Augen.

„Ja, ich! Ich suche inzwischen schon so lange nach Fehlern in Programmen bzw. Systemen, dass ich mich in der Materie auskenne." Jasmin rümpfte die Nase. „Oder traust du mir das nicht zu?"

*

Karl-Otto Brache saß auf seinem weißen Chefsessel hinter seinem weißen Schreibtisch und starrte auf das Fenster, das die gesamte Rückseite einnahm. Das Wetter war schaurig für einen 1. Mai. Seine Gedanken schweiften in Zeiten zurück, als er selbst noch gerne an solchen Tagen wandern ging. Heute war das nur für echte Naturmenschen ein Vergnügen. Bei dem Wetter ging kaum jemand freiwillig vor die Tür.

Umso besser für ihn. Auf seiner Agenda stand ohnehin Arbeiten. Da war ihm das Wetter egal. Einen weiteren Vorteil hatte es: Er konnte an solchen Tagen seine Mitarbeiter besser motivieren, ebenfalls anzutreten. Und so hatte er die Gelegenheit genutzt und seine Sekretärin herbestellt.

Ilka Dewes war eine treue Seele. Es war nur eine Frage der Zeit, bis sie eintraf. Da heute ein Feiertag war, wollte er es mit ihrer Pünktlichkeit nicht so genau nehmen. Nur leider gehörte diese Eigenschaft nicht zu Ilka Dewes, obwohl sie in allen anderen Punkten die Zuverlässigkeit in Person war. Nur selten gelang es ihr, vor dem Chef am Arbeitsplatz zu sein. Seinen Kaffee konnte er glücklicherweise selbst aus dem Automaten ziehen, sonst hätte es schon unschöne Szenen im Büro gegeben. Er wollte, dass seine Mitarbeiter perfekt waren. So perfekt, wie das Produkt das sie herstellten.

Doch zurzeit schien es so, als glitte ihm alles aus den Händen.

Nicht nur, dass das zweite selbstfahrende Modell versagt hatte, er hatte sogar einen Mitarbeiter verloren. Das musste ein Ende haben. Und deshalb saß er hier und wartete.

Die weiße Tür, die in der weißen Wand kaum auszumachen war, öffnete sich leise und die junge Frau trat ein. In weiser Voraussicht brachte sie gleich einen Besucherstuhl mit – ebenfalls in Weiß.

Heute trug sie eine bequeme Hose, die ihre langen, schlanken Beine verdeckte. Dazu einen Pullover, der ebenfalls mehr kaschierte, als Brache recht sein konnte. Gerne erfreute er sich täglich an ihrer hübschen, weiblichen Erscheinung. Die Haare verliehen jedoch unverändert einen frechen Ausdruck auf ihrem Gesicht. Die oberen lang, die unteren kurz – was an jugendlichen Übermut denken ließ. Das gefiel ihm.

„Warum sind wir hier?", fragte sie.

„Ich muss mit Ihnen sprechen."

„Heute?"

„Ja. Jetzt und hier, weil wir ungestört sind."

Mit einem erstaunten Gesichtsausdruck ließ sich die Sekretärin auf dem mitgebrachten Stuhl nieder.

„Sie haben vergangene Woche meisterhaft dafür gesorgt, dass der Überfall auf die Polizistin nicht im Zusammenhang mit unserer Firma in der Zeitung erwähnt wurde."

Ilka errötete.

„Das war eine sehr gute Arbeit."

„Danke."

„Deshalb habe ich großes Vertrauen in Sie."

Ilkas Blick wurde skeptisch.

„Die Unfälle in den letzten Tagen sind eine Katastrophe für unser Projekt, das autonom fahrende Auto weltweit auf den Markt zu bringen", sprach Karl-Otto Brache weiter. „Bis jetzt standen wir im Wettbewerb sehr gut da. Es gibt nämlich nur einen Kontrahenten und der befindet sich weit weg – in Amerika. Die Firma *WayMac.*"

Ilka nickte.

„Die Art der Unfälle, der Zeitpunkt und das mediale Interesse daran lassen mich vermuten, dass mehr dahintersteckt, als wir ahnen können. Wir sind nämlich kurz vorm Ziel." Brache behielt Ilka unentwegt im Auge. „Ich befürchte, dass wir eine undichte Stelle in unserem Betrieb haben."

Jetzt war es raus. Ilka schnappte nach Luft.

„Ich weiß, dass ich mich auf Sie verlassen kann. Sie werden die Mitarbeiter einfach nur ein bisschen besser im Auge behalten."

„Haben Sie jemand Bestimmtes im Verdacht?"

„Ich hatte Benno Horst im Verdacht." Brache nahm seine Brille von der Nase und wischte sie mit einem Taschentuch ab. „Aber da habe ich mich wohl getäuscht."

„Offensichtlich. Also richtet sich Ihr Verdacht gegen alle?"

„Das ist ja das Problem. Einige hier haben engen Kontakt zu *FreeWall.* Ich arbeite mit dem Senior Researcher dieser Forschungseinrichtung zusammen, daher weiß ich das. Schon seit dem ersten Unfall überprüfen wir die Sicherheit der Steuersoftware auf eventuelle Fehler gemeinsam. Es gibt absolut keine Auffälligkeiten. Deshalb geben mir die Angriffe auf meine Autos das Gefühl, dass sich jemand in die Bordcomputer einhackt – jemand, der sich bestens auskennt. Dafür kommt nur einer meiner Mitarbeiter in Frage. Und ich muss wissen, wer."

„Was hat das mit *FreeWall* zu tun?"

„Informationsaustausch über die Sicherheitssoftware unserer Autos und wo eventuelle Schwachstellen sind, zum Beispiel."

Ilka stutzte.

„Sie sind meine letzte Hoffnung."

„Okay, ich höre mich um." Die junge Frau grinste gequält. „Ist zwar nicht gerade meine Lieblingsbeschäftigung ..."

„Aber ich weiß, dass Sie es tun werden. Ihr Loyalität ist unbezahlbar. Sie bekommen dafür eine Lohnerhöhung."

*

Silvia Tenner bestellte sich inzwischen beim Wirt den dritten Kaffee. Sie befreite sich sanft aus Renskes Umarmung und sagte in die Runde: „Ich habe mich mit der Tatsache beschäftigt, dass Ulf Brehmers Ziehsohn – oder was der Junge für ihn war – von unserem ersten Opfer sexuell missbraucht worden sein soll, und bin zu dem Ergebnis gekommen, dass ich diesen Mann, der er heute wohl ist, nicht verdächtige, seinen Peiniger umgebracht zu haben."

„Er hätte aber doch ein Motiv", wandte Renske ein.

Silvia nickte.

„Und was spricht dagegen?", fragte Lukas.

„In unserem Fall wäre es eine Bewältigungsreaktion mit dem Ziel durch Gegenschädigung die subjektive Gerechtigkeit wieder herzustellen. Wäre er der Rächer dieser sexuellen Übergriffe, wäre sein Ziel, die eigene psychische Stabilität durch einen Ausgleich wieder herzustellen, was ihm Genugtuung bereiten würde. Aber das Opfer vergraben, in der Hoffnung, dass es niemals gefunden wird, spricht gegen diese Theorie."

„Du meinst also, er hätte das Opfer an den Pranger gestellt?", hakte Renske nach.

„Vermutlich."

„Dann sehe ich *DynamoCars* wieder im Rennen als Verdächtiger", erkannte Lukas.

„Das sehe ich anders", widersprach Silvia. „Der Fundort spricht dagegen. Wäre jemand von *DynamoCars* daran beteiligt gewesen, wäre die Leiche niemals genau dort gefunden worden."

„Also bleiben weiterhin die alten Nachbarn die Hauptverdächtigen?" Lukas rümpfte die Nase.

„Ich kann hier nur hypothetisch vorgehen, weil ich weder das Opfer kannte noch diesen vermeintlichen Jungen, der Ulf Brehmer angeblich immer besucht hat. Auch die Aussage, der Junge sei missbraucht worden, kommt von einer alten Dame, die nach eurem Bericht einen hochgradig paranoiden Eindruck hinterlässt. Die eigene Tochter in ein Internat zu stecken, weil ein vermeintlicher Kinderschänder im Ort wohnt, das spricht nicht wirklich für eine objektive Beobachtungsgabe."

„Stimmt. Rudolf Webster wurde verdächtigt, eines der Mädchen in der Schule unsittlich berührt zu haben. Es gab keinen Beweis dafür. Ihm wurde nahegelegt, die Schule zu verlassen. Dadurch kam es nicht ans Tageslicht", berichtete Renske.

„Und warum weißt du davon, wenn alles so geheim abgelaufen ist?", fragte Lukas.

„Es gab eine Anzeige, die zurückgezogen worden ist", antwortete Renkse. „Im Fall Ulf Brehmer ist mir nichts bekannt."

„Schön! Da stehen wir wieder am Anfang", erkannte Theo und wechselte inzwischen von Kaffee auf Bier.

„Nicht ganz", widersprach Jasmin. „Da ich mir denken konnte, dass ihr Dieter nicht zu unserem geheimen Meeting einladen wollt, bin ich seine Ergebnisse von gestern Abend durchgegangen und habe etwas Interessantes gefunden."

„Raus damit!"

„Benno Horst hat eine Vergangenheit, die tief blicken lässt."

„Also war Benno Horst ebenfalls nicht das Unschuldslamm, wie man es vielleicht erwarten könnte." Renske staunte.

„Dafür habe ich diesen Kerl auch nicht gehalten", stellte Jasmin klar. „Die eine Begegnung mit ihm am Unfallort in Saarlouis hat mir schon gereicht."

„Davon steht nichts in deinem Bericht", kam es sofort von Theo.

„Laut Allensbacher dürfen wir nichts durch den Kakao ziehen, was mit *DynamoCars* zu tun hat."

„Jetzt wirst du aber pathetisch. Solche Informationen können für uns doch verdammt wichtig sein."

„Rück doch endlich mit der Sprache raus!", drängte Lukas. „Was hat Dieter über diesen Kerl herausgefunden?"

„Benno Horst stand im Verdacht des CyberMobbings. Er hat ein Mädchen zuerst dazu veranlasst, sich nackt im Web zu zeigen. Das Mädchen hat sich darauf eingelassen, weiß der Geier warum, um dann von ihm so gemobbt zu werden, dass es sich das Leben nahm."

„Heilige Scheiße! Da muss er sich aber die Richtige ausgesucht haben." Theo pfiff durch die Zähne.

„Für solche Aktionen finden Männer immer die richtigen Opfertypen", erklärte Silvia. „Dafür haben die ein besonders Geschick. Nur warum wurde er nicht verurteilt?"

„Dazu kann ich nur sagen, dass Benno Horst aus einer schweinereichen Familien stammt", erklärte Jasmin und las vor: „Benno Horst stammt aus der sogenannten *Horst-Dynastie.* Die Firma Horst legte 1999 den Grundstein für einen Konzernriesen für Elektrifizierung und Digitalisierung in Europa und schaffte mit dem Einstieg in die Unterhaltungselektronik den Durchbruch. Durch die Gründung einer Internet-Socialmedia-Holding sicherte sich die Firma Horst eine starke Marktposition und gründete mehrere Tochterunternehmen. Firma Horst gehört der Horst-Digital-Group an."

„Das klingt nach viel Geld", erkannte Lukas.

„Und nach Macht", ergänzte Theo.

„Wo kein Kläger ..." Silvia zuckte die Schultern.

„Wow!" Renske staunte. „Von dem Fall weiß ich nichts. Aber bleiben wir mal vorsichtig mit solchen Beschuldigungen. Das werde ich zuerst überprüfen. Vermutlich ging der Fall über den Schreibtisch eines Kollegen."

Kapitel 7

„TODESMASCHINE: SELBSTFAHRENDES AUTO!“ „SORGT *DYNAMOCARS* IM SAARLAND FÜR DAS BIOLOGISCHE GLEICHGEWICHT?“ „IST *KÜNSTLICHE INTELLIGENZ* DOCH NICHT SO INTELLIGENT?“ „ZUM AUTOFAHREN BRAUCHT ES IMMER NOCH DEN MENSCHEN“ „MIT *SPEEDSTER* AB IN DIE SAAR“ „*DYNAMOCARS* STELLT BESSER DYNAMOS FÜR FAHRRÄDER HER“ und weitere Titel sprangen Brache von seinem Monitor an.

Der Chef drückte auf den fast unsichtbaren Knopf auf der weißen Tischplatte. Sofort betrat Ilka Dewes das Büro durch die Seitentür.

„Bestellen Sie Hannah Lorenz, Sören Forthoffer und Amit Chander in mein Büro. Sofort!“

Ilka nickte und verschwand.

Nur wenige Minuten später trafen die Mitarbeiter ein. Als die Sekretärin das Büro verlassen wollte, rief Brache: „Bitte bleiben Sie dabei, Frau Dewes. Was wir hier besprechen, ist auch für Sie wichtig.“

Wie Sünder standen die vier vor dem Schreibtisch, weil es in dem Büro außer dem Chefsessel keine weitere Sitzgelegenheit gab. Die Miene des Chefs vermittelte den Eindruck, dass er daran auch nichts ändern wollte.

„Wem von Ihnen verdanke ich es, in sämtlichen deutschen Medien erwähnt zu werden?“, stellte Brache seine erste Frage.

„Diese Frage meinen Sie jetzt nicht ernst?“, fragte Amit Chander zurück.

„Siehst du mich lachen?“

Funkstille.

„Durch wen ist der Name der Firma bekannt geworden? Nichts wies darauf hin, welches Auto in die Saar gestürzt ist.“

„Die Leute können drei und drei zusammenzählen. Erst vor einer Woche passierte der Unfall mit dem Fußgänger. Da war *DynamoCars* bereits im Gespräch.“

„Amit Chander! Wenn du nicht so gut in deinem Job wärst, hätte ich dich bereits am Montag gefeuert“, schoss Brache dazwischen. „Ich weiß zufällig, mit wem du privat verkehrst.“

Man konnte einen Floh husten hören.

„Also mäßige deinen Ton!“

Amits gebräunte Gesichtsfarbe geriet noch eine Nuance dunkler.

„Sören! Dich habe ich auch im Auge.“

Der blonde Mann blickte erstaunt auf.

„Du hast dich in letzter Zeit mit dieser Polizistin so vertraut unterhalten, dass ich ernste Zweifel an deiner Loyalität bekomme.“

„Sie sprechen von Kriminalkommissarin Hafner?“

„Genau diese Dame meine ich.“

„Sie ermittelt in den beiden Fällen. Warum sollte ich nicht mit ihr sprechen?“

„Ganz einfach: weil sie von der Polizei kommt. Sie sucht einen Verdächtigen, den sie verhaften kann. Darin liegt das Erfolgskonzept der Polizei. Sie hat kein Interesse daran, *DynamoCars* zu schützen.“

„Sie hat aber auch kein Interesse daran, uns zu schaden“, hielt Sören dagegen. „Der Kommissarin ist daran gelegen, die Hintergründe dieser Unfälle aufzudecken. Genauso wie uns.“

„Hast du dieser Frau Informationen gegeben?"

„Nein."

„Ab sofort werde ich selbst die Ermittlungen der Polizei überwachen. Eure privaten Kontakte unterbinde ich hiermit."

„In unserem Programm war auch dieses Mal kein Fehler zu finden", berichtete Sören unaufgefordert weiter. „Wir wollten noch überprüfen, warum die Verbindung zwischen Autopilot und Fahrer abgebrochen ist. Bis jetzt haben wir keine Ursache dafür gefunden."

„Wer ist wir?"

„Die Polizei und ich."

„Diese Polizistin und du?"

Sören nickte und meinte trotzig: „Ich habe auch schon ein weiteres Treffen mit ihr in Saarlouis vereinbart. Die Polizei glaubt, eine Spur gefunden zu haben."

„Lächerlich. Als wäre die Polizei in IT-Angelegenheiten schneller als wir", stieß Brache unwirsch aus.

„In diesem Fall kommt der Hinweis tatsächlich von der Polizei."

„Ohne die Kollegin Hannah Lorenz triffst du dich nicht mit dieser Frau."

„Hannah ist Pressesprecherin", sprach Sören seine Zweifel aus.

„Das ist mir bewusst. Ich habe sie selbst eingestellt."

„Wie kann sie dabei behilflich sein?"

„Sie wird das Gespräch überwachen."

„Ich möchte meinen Schreibtisch zurzeit nicht gern verlassen, weil ich ständig Presseanfragen bekomme", schaltete sich Hannah zögerlich ein. „Um größeres Übel zu vermeiden, muss ich mit den Reportern in direktem Kontakt bleiben."

Brache trommelte mit den Fingern auf den Schreibtisch, fixierte jeden mit einem grimmigen Blick und meinte. „Dann habe ich wohl keine andere Wahl: Ich muss mich auf deine Loyalität verlassen, Sören."

Der Angesprochene nickte.

„Ich nehme jetzt einen Termin mit Kriminalrat Allensbacher wahr. Nach dem Gespräch werden wir gemeinsam die IT-Abteilung der Polizei in Saarbrücken aufsuchen und uns dort auf den neuesten Stand bringen lassen. Ilka Dewes wird mich begleiten."

„Ist es nicht sinnvoller, mich mitzunehmen?", schaltete sich Amit Chander ein. „Immerhin arbeite ich seit dem ersten Unfall daran. Ich erkenne besser, wann ein Fehler vorliegt als Frau Dewes."

Brache wägte kurz ab und kam zu dem Ergebnis: „Du hast recht. Wir fahren zu dritt. Frau Dewes begleitet uns, weil sie anschließend das Protokoll schreiben wird."

*

Lukas staunte nicht schlecht, als sein Blick beim Betreten des Labors sofort auf das alte Messer fiel, das sie in der Nähe der fünf Jahre alten Leiche gefunden hatten. Einen ganzen Tisch bekam das rostige Teil zugeteilt und sämtliche Laborratten versammelten sich darum. Der Chef löste sich aus der Truppe und trat mit seinem obligatorischen Grinsen auf die Kommissare zu.

„Was ist an dem Messer so interessant?"

Markus Schallers Grinsen wurde breiter, als er antwortete: „Das Alter."

„Geht es etwas genauer?"

„Es handelt sich um ein Griffangelmesser aus dem frühen Mittelalter. Die Klingenform besteht aus einem geraden Rücken mit konvex geschwungener Schneide, was dafür spricht. Ebenso das Material, denn die Klinge besteht aus Eisen. Auch die Klingenlänge von 10 cm war damals sehr verbreitet. Es war ein Messer für den alltäglichen Gebrauch. Die typischen Verzierungen am Holzgriff und an der Klinge sind leider kaum noch vorhanden. Man kann die Spuren nur noch erahnen."

„Und was ist das Besondere daran?"

„Dass jemand mit diesem wertvollen und außergewöhnlichen Messer einen Menschen umbringt. Dafür würde ich doch ein robustes Küchenmesser nehmen. Da habe ich nämlich die Garantie, dass es hält. So ein altes Messer könnte beim Versuch, zuzustechen, in der Mitte durchbrechen."

„Ist es aber nicht. Oder ist es doch nicht die Tatwaffe?"

„Doch. Es ist eindeutig die Tatwaffe. Durch das Alter haben sich in dem Messergriff kleine Löcher und Furchen gebildet, was bei einem Neuen nicht der Fall gewesen wäre. In diesen Furchen haben wir Ablagerungen von Blut gefunden."

„Konnte noch eine DNA festgestellt werden?"

„Ja. Das ist das Einzigartige. Diese Furchen haben das Blut sozusagen konserviert. Das Messer lag in einem luftdurchlässigen Bereich, wodurch die DNA getrocknet wurde. Getrocknete DNA-Proben sind über viele Jahre haltbar, wenn keine Einflüsse von außen drankommen. So wie hier. Der Spurenträger blieb uns erhalten."

„Ergebnis?"

„Es ist eindeutig das Blut von Ulf Brehmer."

„Damit haben wir die Bestätigung, die wir brauchen. Jetzt müssen wir nur noch herausfinden, wer ein solches Messer hatte."

„Dabei wünsche ich euch viel Spaß." Schaller lachte. „Ich vermute mal, dass der Finder gar nicht wusste, was er da entdeckt hat, sonst hätte er es nicht für einen Mord verwendet."

„Sind solche Fundstücke nicht meldepflichtig?"

Schaller überlegte kurz und meinte: „Nur, wenn es in einem Grabungsschutzgebiet gefunden worden ist – wovon ich aber eigentlich ausgehe. Dieses gut erhaltene Messer hat bestimmt nicht irgendwo in der Pampa herumgelegen."

„Wo gibt es solche Schutzgebiete?"

„Ich weiß auf Anhieb von Reinheim-Bliesbrück. Es gibt mit Sicherheit aber mehr davon im Saarland."

„In dem Fall müsste es einer Denkmalbehörde angezeigt werden, oder wie verstehe ich das?"

„Genau das. Dafür zuständig ist die Landesdenkmalbehörde

in Saarbrücken. Das Alter dieses Messers ist auf jeden Fall ein Hinweis darauf, dass es wertvoll sein könnte. Vielleicht findet ihr heraus, aus welcher Kultur es stammt, wo es solche Funde gibt und wer dieses Messer ursprünglich gefunden hat. Wenn es gemeldet wurde, ist es nicht auf rechtmäßigem Weg in den Händen dieser alten Leute gelandet."

„Antiquitätenläden könnten auch sowas haben, oder?"

„Klar."

„Okay. Wir betreiben jetzt ein bisschen Archäologie und lenken uns davon ab, dass wir fast 80-jährige des Mordes bezichtigen."

„Sehr witzig. Alter schützt vor Torheit nicht ... oder so ähnlich", brummte Schaller. „Außerdem habe ich hier das Ergebnis des Tox-Screen aus der Probe, die Dr. Stemm uns geschickt hat."

„Und?"

„Nichts! Die Probe war sauber. Der Mann wurde also weder vergiftet noch betäubt, bevor man ihn niederstach."

*

Hohe Luftfeuchtigkeit schlug Jasmin Hafner und Dieter Marx entgegen, als sie in Saarlouis aus dem Dienstwagen stiegen. Die Bäume des kleinen Ludwigparks glänzten in saftigem Grün. Von den Blättern tropfte noch weiter der Regen, der in den letzten Stunden gefallen war, und hinterließ ein leises Prasseln.

Dieter Marx ließ seinen Blick lange dort verweilen, bis er sagte: „*Ach Herr, siehe, du hast Himmel und Erde gemacht durch deine große Kraft und durch deinen ausgereckten Arm und es ist kein Ding von dir unmöglich.*"

„Stimmt. Das ist ein schöner Ort." Jasmin nickte. „In solchen Momenten muss ich an Monika denken. Hoffentlich wird sie wieder gesund und kann noch viele schöne Momente erleben."

„Ich bete für sie", kommentierte Dieter und folgte seiner Kollegin zu der Unfallstelle. Dort stand bereits Sören Forthoffer von DynamoCars und wartete auf sie. Heute trug er eine Jacke von Brunelli Cucinelli, was Jasmin sofort an dem eleganten Karomuster und dem gechintzten Baumwollstoff erkannte. Darunter kam eine dunkelgraue Weste zum Vorschein, die ein einfaches T-Shirt verdeckte. Die Hose in hellbeige rundete das Gesamtbild ab. Dieser Mann verstand es, sich zu kleiden. Und ließ es sich was kosten. Jasmin wagte lieber nicht, an sich selbst herunterzuschauen.

Zu ihrer Überraschung war Sören Forthoffer nicht allein. Ein großer Mann mit langen Haaren und Vollbart leistete ihm Gesellschaft. Als sich Jasmin und Dieter den beiden näherten, überquerte der Fremde mit eiligen Schritten die Straße und verschwand im Ludwigspark.

„Ups", sagte Jasmin zur Begrüßung. „Sehen wir so gefährlich aus?"

„Bestimmt nicht", entgegnete Sören mit einem Lachen, das seine blauen Augen aufleuchten ließ. „Wir haben einfach die Gelegenheit genutzt und einen Kaffee im Städtchen getrunken. Wann kann man das mal einfach so mitten in der Woche?"

„Ist er ein Kollege von Ihnen?"

„Nein. Hendrik und ich sind schon seit Kindertagen befreundet. Er war lange weg und ist erst vor kurzem ins Saarland zurückgekommen. Also nutzen wir jede Gelegenheit, uns zu treffen."

„Das kann ich verstehen." Jasmin lächelte, was ihr beim Anblick dieses Mannes nicht schwerfiel. „Ich werde Ihrem Chef auch nichts verraten."

Nun grinste Sören spitzbübisch und meinte: „Schon haben wir ein Geheimnis."

„*Und führe uns nicht in Versuchung*", donnerte Dieter Marx dazwischen. „Ich werde für niemanden lügen."

Sören starrte erschrocken auf den schwarz gekleideten Mann.

„Keine Sorge", beschwichtigte Jasmin schnell. „Dieter ist

gläubig. Er tut nichts, was er nicht mit seinem Gewissen vereinbaren könnte."

„Das haben Sie schön gesagt."

„Wir haben neue Erkenntnisse, was den Fußgängerunfall betrifft", kam Jasmin zum eigentlichen Grund ihres Treffens.

„Deshalb sind wir hier." Sören grinste gequält. „Unserem Chef ist es ein Dorn im Auge, dass die Polizei dahintergekommen ist."

„*Unter den Übermütigen ist immer Streit; aber Weisheit ist bei denen, die sich raten lassen*", lautete Marx□ Kommentar dazu.

Auf Sörens ratlosen Blick hin erklärte Jasmin: „Ich hatte die Idee, diese Verteilerkästen zu untersuchen."

„Wow! Sie sind ja richtig gut in Ihrem Job." Sören pfiff durch die Zähne. „Wie sind Sie auf diese geniale Idee gekommen?"

„Ein Freund wollte mich besuchen und blieb 50 Meter von meiner Wohnung entfernt im Verkehrschaos stecken. Das war durch einen Ampelausfall verursacht worden. Er erzählte mir, dass sie die Ampelregelung im Verteilerkasten reparieren mussten und in der Zwischenzeit ein Polizist den Verkehr regelte. Daraufhin habe ich mich mal näher mit Verteilerkästen beschäftigt und voilà."

„Klasse."

Ein weißer Van der Polizei kam vorgefahren. Das große Auto parkte, direkt vor dem grauen Verteilerkasten, wobei er den Wartenden fast über die Füße fuhr.

Marcel Dittrich stieg schwer beladen aus dem Van. Fast sein gesamtes Equipment trug er zu dem grauen Kasten, wo er es abstellte.

Ein Auto mit der Aufschrift „Stadt Saarlouis" parkte fast zeitgleich in unmittelbarer Nähe.

„Ich glaube nicht, dass sich jemand daran zu schaffen gemacht hat", sagte der Angestellte der Stadt Saarlouis als Begrüßung, als trüge er ein Schutzschild vor sich her „Wir kontrollieren nämlich alles regelmäßig und gründlich. So etwas wäre uns aufgefallen."

Dieser Einwand blieb unkommentiert. Alle starrten auf den Deckel, der gerade aufgeklappt wurde. Vor ihren Augen offenbarte sich ein unüberschaubares Wirrwarr aus Kabeln, Glasfasern, Einsteckbuchsen und kleinen, schmalen Gehäusen.

„Und hier kann man durchblicken?" Jasmin bekam das große Staunen.

„Klar! Sieht komplizierter aus, als es ist. Hier habe ich den Plan, der alle Anschlüsse und ihre Funktionen entschlüsselt und wo sie sich befinden", erklärte der Stadtangestellte, während Marcel Dittrich bereits mit dem Abgleich beschäftigt war. Es dauerte nur wenige Minuten, als beide Männer gleichzeitig den Fehler fanden.

„Scheiße Mann! Was passiert hier?"

Alle Köpfe rückten näher an das bunte Kabelwirrwarr heran.

„Hier ist eine Spleißkassette, die nicht dazugehört. In dieser Kassette befindet sich neben den Steckvorrichtungen für die verschiedenen Kabel ein kleiner Datenträger. Den müssen wir mitnehmen und in unserem Labor auslesen lassen. Dann können wir mehr darüber sagen."

„Auch wer sie dort installiert hat?", fragte Jasmin.

„An so viel Glück glaube ich nicht." Marcel Dittrich lachte. „Die Spleißkassette geht natürlich zuallererst an die Spusis, damit sie auf Fingerabdrücke untersucht wird. Aber ein Täter, der so schlau ist und diese Multifunktionsgeräte manipulieren kann, macht bestimmt nicht einen derart banalen Fehler."

„*Als aber sein Herz stolz wurde, und sein Geist sich bis zum Übermut verhärtete, wurde er von seinem königlichen Throne gestürzt und seine Hoheit ihm genommen*", weissagte Dieter Marx.

„Hoffentlich behält der liebe Gott Recht", reagierte Marcel Dittrich darauf.

Dieter Marx' Gottesfürchtigkeit hatte sich inzwischen in allen Abteilungen der Kriminalpolizei herumgesprochen. Es schien so, als störte sich niemand mehr daran.

Lediglich der Stadtangestellte schaute erschrocken drein.

„Jetzt müssen wir nur noch den Verteilerkasten an der B51

bei Fraulautern untersuchen, dann wissen wir mehr“, wies Jasmin an.

„Dort gibt es keinen“, korrigierte der Stadtangestellte.

„Nein?“

„Warum sollte an der Stelle einer sein? Dort wohnt niemand und eine Ampelanlage gibt es auch nicht.“

„Umso besser. Dann fahren wir gleich zur Dienststelle zurück. Der Chef wartet nämlich schon auf unseren Bericht.“

Marcel Dittrich verstaute alles im Van und fuhr davon.

Jasmin wollte sich gerade von Sören Forthoffer verabschieden, doch das erübrigte sich. Sie sah ihn hastig die Straße überqueren und zwischen den Bäumen des Ludwigsparks verschwinden.

*

„Endlich wieder in vertrauten Gefilden!“ Lukas atmete auf, als sie den Eingang des „Nilles Saarbrooklyn“ ansteuerten. „Das Landesdenkmalamt war eine Sackgasse. Ebenso die Antiquitätenhändler aus der näheren Umgebung. Ich glaube nicht, dass wir über das Messer noch etwas herausfinden.“

„Eigentlich eine raffinierte Sache, so eine Waffe zu benutzen. Vermutlich nach dem Motto: je auffälliger desto besser.“ Theo staunte.

„Umso mehr beschäftigt mich der Gedanke, ob die alten Nachbarn als Mörder von Ulf Brehmer in Frage kommen. Kannst du dir vorstellen, dass 80-Jährige einen Mann mit einer solchen Raffinesse unter die Erde bringen?“

„Der Tatbestand des *Unter-die-Erde-bringen*s macht mir ernste Sorgen. Die Tatwaffe dagegen passt eigentlich genau zu der Pfiffigkeit dieser alten Leutchen. Ich kann sie mir direkt dabei vorstellen, wie sie sich über ihre List und über unsere Ratlosigkeit amüsieren.“

„Sehr witzig.“ Lukas stöhnte.

„Andere Verdächtige haben wir in dem Fall nicht.“

„Oder es steckt doch jemand von *DynamoCars* dahinter", spekulierte Lukas.

„Und vergräbt ihn genau dort, wo die Firma aufgebaut werden soll?" Theo tippte mit seinem Finger an die Schläfe und meinte: „Da war doch zu erwarten, dass die Leiche irgendwann ausgegraben wird."

„Taktik."

„Welche?"

„Um von sich abzulenken. Genauso wie bei dem Messer. Er könnte doch absichtlich dort vergraben worden sein – nach dem Motto *So doof kann keiner sein.*"

„Wäre aber gewagt."

„Braches Gebaren suggeriert einem aber schon, dass er sich für schlauer hält, als den Rest der Welt."

„So betrachtet, könnte deine Theorie aufgehen." Theo zuckte die Schultern.

Vor dem Fenster sahen sie ein Auto vorfahren, einen weißen Mercedes der E-Klasse. Die Fahrertür ging auf, die Innenbeleuchtung schaltete sich ein. Hinter der Windschutzscheibe erkannten sie Amit Chander, den Systemadministrator von *DynamoCars*. Auf dem Beifahrersitz saß ein Mann, den sie nicht kannten. Er hatte extrem kurzes Haar. Sein kantiges Gesicht verzog er zu einer bösen Grimasse.

Die beiden stritten sich heftig.

„Scheiße, ich kann nichts verstehen", murrte Lukas.

Theo erhob sich und öffnete das Fenster einen Spalt. Doch leider wurden vom Wind nur Wortfetzen wie „*WayMac*" „Amerika" „Dann hau doch ab" oder „*FreeWall*" zu ihnen rübergeweht.

„Weißt du, wovon die da reden?", fragte Lukas.

Theo schüttelte den Kopf und versuchte weiter zu lauschen.

Zum Leidwesen der beiden schlug Amit die Autotür wieder zu, startete den Motor und fuhr davon.

*

Niemand schaffte es, ihn aufzuhalten. Dafür würde er sorgen. Und noch viel mehr. Seine Wut war grenzenlos. Wie konnte es passieren, dass jemand hinter seine Idee kam, das Multifunktionsgerät für seine Zwecke zu nutzen? Er hatte alles so gut durchdacht und nichts dem Zufall überlassen. Trotzdem war jemand dahintergekommen.

Diese Bitch – diese Person, die beruflich nicht das Geringste mit Künstlicher Intelligenz zu tun hatte.

Das sollte ein schnelles Ende haben. Er würde sie stoppen.

Es passte nicht in seinen Kram, von seinem Konzept abzuweichen. Improvisieren lag nicht in seinen Genen. Umso verhasster war ihm, was er schon wieder außer der Reihe tun musste. Die Unwägbarkeiten seines Planes nahmen eine Häufigkeit an, die seine Wut ins Unermessliche wachsen ließen.

Aber Zögern oder Aufgeben kam für ihn nicht infrage.

Also musste er erneut zu ungewöhnlichen Mitteln greifen und zusehen, dass er den richtigen Moment abpasste.

Solche Trivialitäten verabscheute er wie die Pest. Doch da musste er durch. Ab sofort galt für ihn: beobachten, bewachen, belauschen. Ihm blieb nichts anderes übrig. Damit konnte er niemanden beauftragen, ohne seine Karten offenzulegen. Also musste er einen Plan schmieden – und zwar schnell.

Die Uhr tickte.

Soweit er informiert war, plante DynamoCars *schon die nächste Testfahrt, obwohl bisher alles im Chaos versunken war. Die Hochnäsigkeit dieses Karl-Otto Brache war beachtlich. Umso tiefer sollte sein Fall sein.*

Genau dafür wollte er bereit sein. Da lagen seine Prioritäten.

Alle Nebenerscheinungen mussten bis dahin aus dem Weg geräumt sein.

In seiner Empörung bahnte sich plötzlich eine Idee in seinem Kopf. Am kreativsten war er, wenn er innerlich brodelte. Hass und Zorn waren offensichtlich seine besten Berater.

Der große, ovale Tisch im Besprechungsraum war bis auf den letzten Platz besetzt. Allensbacher thronte am oberen Ende und beobachtete die Beamten, die sich an den Getränken bedienten. Nach und nach wurden die Stimmen leiser, bis auch das letzte störende Geräusch verstummte.

„Schön, dass Ihnen wieder einfällt, wo Sie sich befinden", leitete Allensbacher die Besprechung unfreundlich ein. „Vorab möchte ich wissen, wie es unserer Kollegin Monika Blech geht."

Jasmin antwortete: „Sie liegt immer noch im Koma. Die Ärzte haben einen Versuch unternommen, sie aufzuwecken, doch es gab Komplikationen."

„Was bedeutet das?"

„Dass der Zeitpunkt sie aufzuwecken, einfach noch zu früh war."

Kurze Stille trat ein.

Silvia Tenner räusperte sich und sagte: „Ich kann in dem Stadium der Ermittlungen, in dem wir uns gerade befinden, noch nicht viel über den Täter sagen. Weder, ob wir es mit einem oder mit mehreren zu tun haben, noch ob die Fälle zusammenhängen oder nicht. Den Überfall auf Monika mit inbegriffen."

Alle spürten, dass ihr noch mehr auf der Zunge lag, doch sie fügte nichts mehr hinzu.

Allensbacher nickte kurz und riss die Besprechung wieder an sich: „Dann wollen wir keine Zeit verschwenden. Dieser neue Unfall auf der B51 lässt uns nicht im besten Licht erscheinen. Die Presse verurteilt nicht nur die Firma *DynamoCars*, was ein Desaster für das Saarland ist. Nein, sie fallen auch über unsere Ermittlungsmethoden her. Ich muss Ihnen nicht sagen, was das für uns bedeutet."

Stillschweigen.

Als er sich der vollen Aufmerksamkeit ganz sicher war, setzte er die Besprechung fort: „Ich hoffe, Sie können neue Erkenntnisse liefern. Also fangen wir mit dem Verteilerkasten in Saarlouis an. Wie ich dem Bericht entnehme, wurde dort tatsächlich eine Manipulation festgestellt."

Jasmin Hafner berichtete: „Wir haben in dem Gehäuse an der Ludwigstraße – dicht an der Unfallstelle des ersten Unfalls – tatsächlich eine Veränderung festgestellt. Der Täter hat dort eine zusätzliche Spleißkassette angebracht, die an verschiedene Kabel angeschlossen war.“

„Was ist eine Spleißkassette?“

Darauf antwortete Marcel Dittrich, der an dieser Besprechung teilnahm: „Das ist ein Gehäuse, in dem verschiedene Kabel mit unterschiedlichen Funktionen angeschlossen werden. Hauptsächlich Glasfasern. Was wir in Saarlouis entdeckt haben, ist eine sogenannte Hybrid-Spleißbox, die sowohl Datenspeicherung als auch Datenübertragung ermöglicht. Das heißt, sie beinhaltet mehrere Funktionen.“

„Anhand dieses Datenüberträgers konnte der Täter also das Auto manipulieren?“, vergewisserte sich Allensbacher.

„Genauso. Das Programm, das sich darin befand, war auf die Software des *Streetfighters* abgestimmt und konnte darauf Einfluss nehmen.“

„Musste der Täter dafür in unmittelbarer Nähe sein?“

„Ja. Denn das Ein- und Ausschalten dieser Software funktioniert nur punktuell – genau zu dem Zeitpunkt, als das Auto dort vorbeifuhr und der junge Mann die Straße überquerte. Anschließend sind alle Software-Einstellungen am Auto auf Normalfunktion zurückgestellt worden.“

„Ist das an diesem Datenüberträger nachgewiesen?“

„Ja. Wir konnten die Verläufe zurückverfolgen.“

„Wurden Spuren wie Fingerabdrücke an dieser Kassette gefunden?“

Markus Schaller meldete sich zu Wort: „Nein, nichts. Auch keine DNA-Spuren oder Haare. Das Teil war sauber.“

Allensbacher verzog eine grimmige Grimasse. Dann fragte er: „Und was wurde am Verteiler an der B51 festgestellt?“

„Dort gibt es keinen“, antwortete Jasmin.

„Das kann nicht sein“, widersprach Renske sofort. „Als wir alle zusammen dorthin gefahren sind, habe ich einen gesehen.“

„Sicher?“

„Ich weiß doch, was ich gesehen habe.“

„Das ist seltsam. Der Angestellte der Stadt Saarlouis hat behauptet, dass es dort nichts Derartiges gibt.“

„Das könnte daran liegen, dass es sich um den Stadtteil Fraulautern handelt“, schaltete sich Silvia Tenner in das Gespräch ein. Vor ihr auf dem Tisch lag ein Tablet, auf dem sie Google Maps aufgerufen hatte. „Unterschiedliche Gebiete – unterschiedliche Zuständigkeiten.“

„Ich ordne eine großangelegte Überprüfung aller Verteilerkästen im Saarland an. Die Gefahr, dass dieser Irre auch weiterhin Unfälle auf diesem Weg herbeiführt, ist viel zu groß“, bestimmte Allensbacher.

Marcel Dittrich nickte zustimmend.

An Jasmin gewandt sprach Allensbacher weiter: „Zuerst werden Sie sich morgen früh mit Marcel Dittrich den Kasten an der B51 vornehmen. Bis dahin haben wir herausgefunden, wer ihn dort installiert hat. Der Zuständige wird dann ebenfalls vor Ort sein.“

Dieter wirkte auf seinem Stuhl, als würde er schrumpfen. Sein blasses Gesicht schien er zwischen seinen Schultern verstecken zu wollen.

„Marx!“, brüllte Allensbacher so laut, dass alle aus ihrer Lethargie erwachten. „Gibt es ehemalige Mitarbeiter von *DynamoCars?* Weiterhin erwarte ich von Ihnen Namen derjenigen, die mit *DynamoCars* zusammenarbeiten.“

Der Angesprochene richtete sich in seinem Stuhl auf und murmelte leise: „*Du aber, oh Herr, wolltest deine Barmherzigkeit nicht von mir wenden; lass deine Güte und Treue allewege mich behüten.*“

„Eine klare Antwort wäre jetzt besser“, raunte Jasmin ihm zu.

Marx besann sich und antwortete: „Ich habe nach Namen gesucht, die mit *DynamoCars* zusammenarbeiten bzw. gearbeitet haben. Da gibt es einige von *FreeWall*, dem Forschungszentrum für Cybersicherung. Dort hat mir der Rechner Namen wie Amit Chander, Hendrik Porz, Florian Tabbert, Benno Horst oder Hannah Lorenz ausgespuckt. Benno Horst und Hannah Lorenz arbeiten inzwischen bei *DynamoCars*. Florian Tabbert ist bei *FreeWall* geblieben. Hendrik Porz hat *FreeWall* verlassen; seinen neuen Arbeitgeber habe ich nicht gefunden. Günter Tiel und Gernod Schwartz sind von der Abteilung für Datensicherheit bei *DynamoCars* zum SFKI – dem *Saarländischen Forschungszentrum für Künstliche Intelligenz*' in Saarbrücken gewechselt."

Allensbacher nickte und Dieter Marx sprach weiter: „Von dort gibt es auch bestimmte resssortübergreifende Tätigkeiten mit *DynamoCars*."

„Gute Arbeit Marx."

Erstaunte Blicke wurden getauscht. Dass Allensbacher ein Lob aussprach, kam selten vor.

„Florian Tabbert ist inzwischen zum Senior Researcher aufgestiegen. Der hat eine steile Karriere gemacht", sprach Marx unbeirrt weiter.

„Hannah Lorenz arbeitet jetzt bei *DynamoCars* als Pressesprecherin", erklärte Jasmin.

„Amit Chander ist Systemadministrator bei *DynamoCars*", warf Lukas ein. „Ihn haben wir heute Morgen in einem Streitgespräch mit einem anderen Mann gesehen. Der Streit war heftig."

„Wissen wir, wer der Mann war?"

„Nein!"

„*FreeWall* stellt seine Mitarbeiter im Internet mit Foto vor", warf wieder Silvia Tenner ein. „Ich habe hier die Seite aufgerufen. Vielleicht ist der Mann dabei, mit dem sich Amit Chander gestritten hat."

Sofort sprangen alle auf und versammelten sich um Silvias Tablet. Lukas und Theo fanden sofort das Gesicht. Der Name dazu lautete Florian Tabbert.

„Schau an, schau an! Das war Florian Tabbert, der Senior Researcher. Die haben irgendwas von *WayMac* und Amerika gebrüllt", erwähnte Theo.

„*WayMac* ist ein Hersteller von selbstfahrenden Autos im Silicon Valley", gab Renske zum Besten.

„Wow! Das ist eine andere Hausnummer. Ob Amit Chander sich ernsthaft Chancen ausrechnet, abgeworben zu werden?" Lukas pfiff durch die Zähne.

„Oder aber er spioniert für *WayMac*", warf Jasmin ein.

„Das hat *WayMac* nicht nötig", stellte Renske klar. „Wenn, dann umgekehrt."

„Oder *WayMac* interessiert sich für Florian Tabbert – und Amit Chander stinkt das", spekulierte Lukas weiter.

„Und deshalb macht er aus dem selbstfahrenden Auto von *DynamoCar*s eine Todesmaschine?" Theo schnaubte.

„Jetzt wird es abenteuerlich. Sollten unsere Ermittlungen bis ins Silicon Valley führen, erkläre ich mich sofort bereit, dorthin zu fliegen." Lukas grinste.

„Träum weiter."

Ein lautes Husten von Allensbacher erinnerte die Beamten wieder daran, wo sie sich befanden.

„Alles, was wir bis jetzt an Erkenntnissen gewonnen haben, deutet darauf hin, dass der Täter Insiderinformationen von *DynamoCars* haben muss. Er hat das Programm des Autos – bzw. beider Autos – manipuliert, was bedeutet, dass er wissen muss, wie diese Programme funktionieren."

Erstaunte Blicke trafen auf Kriminalrat Allensbacher. Mit dieser Aussage hatte er den Verdacht genau auf den Punkt gebracht – den Punkt, den Allensbacher selbst nie wahrhaben wollte.

„Das heißt, dass wir also doch einen Mitarbeiter von *DynamoCars* suchen?", sprach Renske aus, was alle dachten.

„Oder einen ehemaligen", fügte Jasmin an.

„Oder einen Maulwurf", ergänzte Lukas.

„Ruhe jetzt!", brüllte Allensbacher. „Sie können sich Ihre trivialen Anspielungen sparen."

Erschrocken hielten alle inne.

„Es widerstrebt mir zuzugeben, dass es sich nur um einen Insider von *DynamoCars* handeln kann. Die Fakten sprechen dafür." Eine kurze, bedeutungsschwere Pause trat ein. Dann sprach er weiter: „Sämtliche Mitarbeiter von *DynamoCars* – die aktuellen und die ehemaligen – werden erneut überprüft."

Marx nickte schicksalsergeben.

„Aber diskret. Und das macht Kollege Marx nicht allein, sondern Sie alle. Karl-Otto Brache hat ein zukunftsorientiertes Unternehmen aufgebaut, dem wir mit vorschnellen Behauptungen nicht schaden wollen. Ist das klar?“

Allgemeine Zustimmung.

„Meine operative Fallanalytikerin wird das Profil des Täters erstellen. Die neuen Erkenntnisse helfen ihr dabei“, gab Renske bekannt. „Dabei halte ich fest, dass dieses Profil von der Staatsanwaltschaft durchgeführt wird. Die schleppenden Ermittlungen haben mich dazu bewogen, euch auf jede erdenklich Art und Weise zu unterstützen.“

Lukas und Theo schauten sich an und grinsten.

Allensbachers Gesicht wurde hochrot.

„Die Besprechung ist hiermit beendet“, presste der Kriminalrat hervor und verließ den Raum.

*

Kaum waren sie allein, eilte Jasmin zu ihrer ehemaligen Kollegin Silvia Tenner und ließ sich erneut die Porträtfotos der *Free-Wall*-Mitarbeiter zeigen.

„Suchst du jemand bestimmten?“

„Ja. Dieter hat eben einige Namen aufgezählt, die bei *Free-Wall* arbeiten. Darunter erwähnte er einen Hendrik Soundso. Den Nachnamen weiß ich nicht mehr. Ich wüsste gern, wie der aussieht.“

„Hendrik Porz hat er gesagt. Ich erinnere mich. Warum ist es wichtig, wie er aussieht?“

„In Saarlouis habe ich Sören Forthoffer mit einem Mann zusammen gesehen, der auffallend schnell wegging, als wir ankamen. Der hatte lange Haare und einen Vollbart.“

„Deshalb suchen wir jetzt alles Hendriks aus der Gegend?“

„Nein. Forthoffer sagte mir seinen Namen.“ Jasmin rollte genervt die Augen.

Silvia schaute Jasmin eine Weile an und sagte: „Warum ist

dieser Typ abgehauen?“

„Auf meine Frage, ob wir so gefährlich aussehen, hat Forthoffer eigentlich nicht geantwortet. Er meinte ausweichend, dass sie einen Kaffee trinken waren und dass sie schon seit Kindertagen befreundet seien. Hendrik sei lange weg gewesen und erst vor kurzem wieder zurückgekommen.“

„Verdächtig ist eigentlich nur seine Flucht“, erkannte Silvia. „Jemand, der was zu verbergen hat, läuft weg, sobald die Polizei kommt.“

„Genau das dachte ich mir auch.“

„Also schauen wir mal.“

Sie gingen alle Portraits der Mitarbeiter von *FreeWall* durch. Einen Hendrik fanden sie jedoch nicht.

„Woher hatte Dieter diesen Namen?“, fragte Jasmin.

„Das musst du Dieter fragen – nicht mich. Ich glaube mich zu erinnern, dass er ihn unter den ehemaligen Mitarbeitern aufgezählt hat.“

„Würde passen, wenn er wirklich lange weg war.“

„Bleib dran. Bis jetzt habt ihr keinen einzigen Verdächtigen. Vielleicht bist du auf einen entscheidenden Hinweis gestoßen.“

„Das stimmt so nicht. Seit unserer Besprechung ist Amit Chander als Hauptverdächtiger ebenfalls im Rennen. Mal sehen, ob noch mehr an den Start gehen.“

„Sören Forthoffer?“

„Nein, zu süß!“

„Okay. Süße Mörder gibt es nicht.“ Silvia grinste.

„Wer von den Aufgezählten würde in dein Profil passen?“

„Ich muss bei meiner Analyse den Mord an Ulf Brehmer und den Überfall auf Monika mit einbeziehen. Wird nicht einfach. Deshalb kann ich auf die Schnelle keine Angaben machen.“

„*Genaueres, wenn ich ihn auf dem Tisch habe* – würde unser Gerichtsmediziner jetzt sagen.“

„Gutes Zitat. Die ganzen bisher gesammelten Informationen stapele ich zu Hause zufällig auf einem Tisch.“ Silvia nickte zustimmend.

„Glaubst du an mehrere Täter?", fragte Jasmin.

„Ich weiß es nicht – ich weiß nur, dass die Taten zusammenhängen."

„Eine Verschwörung gegen das selbstfahrende Auto?"

„Lass mich das Profil erstellen. Ich rate nicht gern ins Blaue hinein."

„Kann ich verstehen."

„Und diesen Hendrik Porz finde ich auch. Du hast mich neugierig gemacht. Wenn ich was habe, schicke ich es dir zu. Was du dann mit ihm anstellst, ist deine Sache." Silvia zwinkerte verschmitzt.

*

Am Donnerstagmorgen holte Jasmin Hafner ihren Kollegen Dieter Marx zu Hause ab, um mit ihm sofort zu dem Multifunktionsgerät an der Unfallstelle bei Saarlouis-Fraulautern zu fahren. So lautete die klare Anweisung von Allensbacher. Der Verantwortliche für diesen Verteiler war ein Telefonanbieter. Ein Mitarbeiter war angeblich bereits auf dem Weg dorthin. Allensbacher wollte keine Zeit verlieren.

Zum Glück war Kollege Marx zu dieser frühen Stunde noch müde und ließ keine biblischen Verwünschungen vom Stapel. An diesem tristen und grauen Tag konnte Jasmin keine Unheilsverkündungen gebrauchen.

Das letzte Stück legten sie auf der B51 zurück. Eine schöne Strecke. Stellenweise führte sie dicht an der Saar entlang, die gelegentlich durch das viele Grün am Straßenrand hindurch schimmerte. Nur wenig Autos fuhren in die gleiche Richtung wie Jasmin. Es wurde eine Autofahrt der Stille. Aus dem Augenwinkel heraus sah sie, dass Marx in Betrachtungen der Umgebung versank. Es schien ihm ebenfalls zu gefallen. Leise Musik drang aus dem Autoradio an ihr Ohr, ebenso das eintönige Motorengeräusch ihres VW Beetle. Doch leider gelang es ihr nicht, die Fahrt zu genießen. Dabei übernahm sie gern das Steuer. Besonders auf Straßen wie diesen. Das gab ihr das Gefühl von Unabhängigkeit und Freiheit.

Je näher sie dem Ziel kam, desto nervöser wurde sie.

Als die Leitplanken endeten, sahen sie den grauen Kasten. Auf der gegenüberliegenden Seite war die Lücke noch zu sehen, durch die das Auto hindurchgebrochen war.

Jasmin wurde mulmig zumute. Sie konzentrierte sich auf das Multifunktionsgerät und ahnte, warum es ihr bei der ersten Fahrt hierher nicht aufgefallen war. Sie alle waren nur auf den Unfall fokussiert. Außer Renske hatte sich niemand für Verteilerkästen am Straßenrand interessiert. Doch jetzt mutete dieses Teil umso unheimlicher an. Sollte von dort aus dieser schreckliche Tod herbeigeführt worden sein?

Das Ausmaß dieser Verbrechen überschritt bei weitem ihr Vorstellungsvermögen.

„*Lass dir nicht grauen und entsetze dich nicht; denn der HERR, dein Gott, ist mit dir in allem, was du tun wirst.*“ Mit seinen dunklen Augen in dem blassen, hageren Gesicht schaute Dieter Marx seine Kollegin an, dass Jasmin ein Schauer durchfuhr.

„Mögest du recht behalten“, meinte sie, stellte den Wagen ab und stieg aus.

Der Morgen war kalt, ein leichter Nieselregen fiel. Alles verschwamm im Einheitsgrau. Die Sicht reichte gerade mal wenige Meter. Jasmin zog sich ihre Regenjacke über. Der Verteilerkasten stand direkt vor einer mit Hecken und Sträuchern zugewachsenen Böschung. Das Grün schimmerte nass in der Morgendämmerung. Gelegentlich fuhr ein Auto vorbei.

Dieter Marx umrundete den Kasten und schwadronierte: „*Niemand kann zwei Herren dienen: Entweder er wird den einen hassen und den andern lieben, oder er wird an dem einen hängen und den andern verachten. Ihr könnt nicht Gott dienen und dem Mammon.*“

Jasmin trottete hinter ihm her und murmelte: „Du kannst den Fortschritt nicht aufhalten.“

Plötzlich raschelte es laut. Das Regenwasser aus dem Gebüsch schräg über ihnen ergoss sich in einem großen Schwall auf ihre Köpfe. Ihr Haar war in Sekundenschnelle nass. Wasser landete in ihren Augen. Nur schemenhaft konnte sie etwas Schwarzes erkennen. Es war eine Gestalt – wie aus einem Horrorfilm. Die Arme ausgebreitet kam sie aus der Hecke und stürzte sich von oben auf sie herab. Jasmin schrie wie am Spieß, spürte sofort, wie ihre Regenjacke zerriss, und fiel rücklings auf den Boden. Sie sah in böse funkelnde Augen umgeben von glänzendem Schwarz, dazu etwas blinkendes in der Hand, das auf sie niedersauste.

Ihren eigenen Schrei hörte sie nicht, weil der von etwas anderem übertönt wurde – von Dieter Marx Gebrüll. Ein stechender Schmerz breitete sich in ihrem Arm aus. Das Ungeheuer rollte von ihr herunter und stieß Laute aus, die Jasmin das Blut in den Adern gefrieren ließen. Weitere Geräusche drangen an ihre Ohren. Erst jetzt bemerkte sie, dass sie nicht mehr in unmittelbarer Gefahr war. Sie erhob sich und sah schemenhaft, wie die schwarze Gestalt mit unbändiger Wut auf Dieter Marx einstach, der mit letzter Kraft gegen ihn ankämpfte. Sie zog ihre Waffe aus dem Holster. Auf ihn schießen ging nicht. Sie könnte Dieter treffen. In ihrer Verzweiflung feuerte sie in die Luft und schrie: „Polizei! Aufhören oder ich schieße."

Mit einer Schnelligkeit, die Jasmin total überforderte, sprang die Gestalt auf, schlug ihr die Waffe aus der Hand und entfernte sich aus ihrem Sichtfeld, das immer enger wurde, bis alles in Schwärze versank.

Kapitel 8

Lukas Baccus traf in der Notfallambulanz des Marienkrankenhauses in Saarlouis ein und fand seine Kollegin Jasmin Hafner im Wartebereich. Ihr Gesicht war voller Schrammen, ihre kinnlangen, schwarzen Haare standen vom Kopf ab. Ihre Bluse klebte zerrissen und blutig an ihren Körper. Notdürftig wurde sie von Heftklammern zusammengehalten. Der rechte Arm steckte in einem Verband. In der linken Hand hielt sie Papiere fest, auf die sie starrte.

Als Lukas sich näherte, schaute sie auf und fragte: „Was ist mir dir? Du siehst so mitgenommen aus."

„Ich fühle mich auch so", gestand Lukas schwermütig. „Aber eigentlich geht es jetzt um dich. Wie geht es dir?"

„Ich fühle mich auch sehr bescheiden", meinte Jasmin. „Ich weiß gar nicht, warum ich hier sitze. Meine Behandlung ist schon lange fertig, aber ich sitze immer noch hier."

Tränen bildeten sich in ihren Augen. Lukas setzte sich neben sie und nahm sie in die Arme, was sich Jasmin gern gefallen ließ. Eine Weile saßen sie regungslos da.

In die Stille hinein sagte er: „Am Verteilerkasten konnte keine Manipulation festgestellt werden."

„Wann sollte er sie entfernt haben?", fragte Jasmin. „Oder haben wir stundenlang ohnmächtig an der B51 gelegen?"

„Nein. Der Mitarbeiter des Telefonanbieters muss unmittelbar nach dem Überfall dort eingetroffen sein. Er rief zeitgleich mit vielen anderen Notrufen in der Einsatzzentrale an. Das heißt, dass ihr nur wenige Minuten dort gelegen habt."

„Dann hatte dieser Unfall nichts mit dem Kasten zu tun."

„Vermutlich doch. Denn warum sonst sollte euch jemand an genau diesem Verteilerkasten aufgelauert haben? Ihr habt ihn bei seinem Versuch, alle Spuren zu verwischen gestört."

Jasmin schüttelte sich vor Schreck. Sie schmiegte sich enger an Lukas Schulter.

„Allensbacher konnte mit der Polizeidienststelle in Saarlouis vereinbaren, dass die Beamten dabei helfen, Zeugen ausfindig zu machen. Es ist mühsam, aber es gibt schon einige Namen von Autofahrern, die dort regelmäßig vorbeifahren. Vielleicht hat einer gesehen, dass jemand am Verteilerkasten gearbeitet hat."

„Das ist gut. Aber wem fällt so etwas auf?", murmelte Jasmin.

Lukas' Blick fiel auf die Papiere in Jasmins Hand. Es war ihr Befundbericht.

„Darfst du nach Hause?"

„Ja. Ich habe Glück gehabt. Nur ein paar Schrammen." Jasmins Stimme brach. „Das verdanke ich Dieter."

„Wirklich?"

„Ja! Er hat sich schützend auf den Angreifer gestürzt. Nur deshalb ließ der von mir ab und ich konnte ihn in die Flucht schlagen."

„Das hätte ich unserem Hausprediger niemals zugetraut."

„Dafür liegt jetzt er im OP und wird notoperiert."

„Hatte er keine Waffe dabei?"

„Nein. Er nimmt seine Dienstwaffe niemals mit nach Hause. Aber da ich ihn von dort abgeholt habe und den Verteiler sozusagen vor Dienstantritt überprüfen wollte, hatte er keine dabei."

„Dann war er entweder mutig oder lebensmüde."

„Lebensmüde ist Dieter nicht, auch wenn seine Verletzungen

verdammt schwer sind."

„Was hat er abgekriegt?"

„Ich weiß es nicht genau. Ich erinnere mich nur, dass alles voller Blut war, bevor ich ohnmächtig geworden bin. Und die Ärzte sagen mir nichts, weil ich keine nahe Verwandte bin."

„Hat er denn Familie?"

„Ja. Seine Mutter lebt noch. Aber ich glaube im Altenheim. Die wird nicht hierherkommen können."

„Das kriegen wir schon hin. Wir lassen unseren Hausprediger nicht im Stich, auch wenn er uns chronisch nervt."

„Dieter ist verschroben, aber verdammt gut. Ist dir mal aufgefallen, wie entscheidend er zu jeder Aufklärung beiträgt. Er hat bisher nur vom Schreibtisch aus ermittelt, was weniger gesehen wird. Spektakuläre Außeneinsätze sind nicht so sein Ding. Das hat man heute gesehen. Er wäre besser im Büro geblieben."

„In die Zukunft schauen können wir noch nicht, obwohl ich das bei Dieter mit seinen düsteren Prophezeiungen schon fast geglaubt habe."

„Seine Bibelsprüche haben einen bestimmten Grund."

„Und welchen?"

„Das soll er dir selbst sagen."

Lukas schnaubte: „Du weißt es nicht, redest einfach nur so daher, weil er dir das Leben gerettet hat."

„Das stimmt nicht. Wir haben viele Stunden zusammen verbracht, seit Monika im Krankenhaus liegt. Unsere Zusammenarbeit hat uns auf wundersame Art und Weise zusammengeschweißt."

Lukas rückte von Jasmin ab und schaute in eine andere Richtung.

„Was ist los?", fragte Jasmin. „Habe ich was gesagt, was dich verärgert hat?"

„Nein."

„Was ist? Rede doch!"

„Es geht um Monika." Lukas wagte sich nicht, Jasmin in die Augen zu schauen.

„Scheiße“, stieß Jasmin aus. „Deshalb siehst du so fix und fertig aus.“

Lukas atmete tief durch, sagte aber nichts dazu. Das brauchte er auch nicht. Jasmin begriff auch so.

„Sie ist gestorben, nicht wahr?“

Lukas nickte.

„Wann?“

„Heute Morgen.“

„Gegen was kämpfen wir da an?“, fragte Jasmin tonlos. Tränen liefen über ihr blasses Gesicht.

*

Theo zog sich mit seinem Laptop in eine ruhige Ecke des Großraumbüros zurück. Die bevorstehende Videokonferenz passte ihm nicht in den Kram. Er saß dem Gesprächspartner lieber persönlich gegenüber. Aber Florian Tabbert hatte darauf bestanden, sich virtuell zu unterhalten. Und Allensbacher stand offensichtlich mehr auf dessen Seite als auf der seiner eigenen Leute. Dagegen war Theo machtlos.

Nun klappte er den Bildschirm hoch und aktivierte den Instant-Messaging-Dienst, der ein Telefonat via Bildschirm ermöglichte. Er loggte sich ein und wartete darauf, dass auf der anderen Seite jemand auftauchte. Noch schimmerte dort alles schwarz.

Es dauerte nicht lange, schon sah er ein Gesicht, das er sofort erkannte. Genau diesen Mann hatten Lukas und Theo zusammen mit Amit Chander im Wagen streiten sehen. Nun war Theo sehr gespannt, was ihn erwartete.

Nach den anfänglichen Höflichkeitsfloskeln kam Tabbert sofort zum Thema: „Warum will die Polizei mit mir sprechen?“

„Sie wissen, dass wir im Fall der beiden Unfälle mit Todesfolge ermitteln, da wir Anschläge vermuten“, begann Theo. „Dabei ist Ihr Name gefallen.“

„Das erstaunt mich nicht. *FreeWall* arbeitet eng mit *Dynamo-*

Cars zusammen. Wir stellen die Sicherheitssoftware her."

„Und den Software-TÜV, wie wir erfahren haben", ergänzte Theo.

„Richtig."

„Beide Autos haben den TÜV anstandslos überstanden?"

„Ja."

„Was wird bei diesem Software-TÜV geprüft?"

„Wir haben nach etlichen Tests die Normen der Sicherheitsstandards der Software-Assistenten an das eines Menschen auf erlerntem Wissen und Erfahrungswerten basierten Verhalten angepasst. Dabei geht es darum, dass die Neuronalen Netze die Daten optischer Sensoren richtig auswerten."

„Klingt kompliziert."

„Ist es aber nicht, wenn man sich auskennt."

„Touché! Aber, wie ist es dann möglich, dass solche Unfälle passieren?"

„Es muss Schwachstellen in unserem System geben, die wir noch nicht gefunden haben."

„Also ist es ganz einfach, Ihre Sicherheitssoftware zu hacken oder zu umgehen?"

„Nein! Wir sind dabei, alles zu überprüfen. Bisher konnten wir keinen Fehler in den TÜV-Abnahmen finden. Auch kein Eindringen eines Fremden in die Software. In dem Fall bekämen wir sofort Meldung. Das würde unübersehbare Spuren hinterlassen."

„Inzwischen wissen wir aber, dass jemand in das System des *Streetfigthers* eingedrungen ist. Wie erklären Sie das?"

„Das war ein softwareeigenes Programm. Deshalb wurde es nicht angezeigt."

„Das klingt so, als müsste der Eindringling aus den eigenen Reihen kommen. Denn wer sonst kommt an das softwareeigene Programm heran?"

„Drei Firmen arbeiten an dieser Software – drei Firmen mit jeweils vielen Mitarbeitern. Dazu kommen noch die Ehemaligen. Glauben Sie, dass ich jeden einzelnen kenne?", lautete die unhöfliche Gegenfrage.

„Haben Sie Ihre Überprüfungen in Zusammenarbeit mit Amit Chander vorgenommen?" Theo überging die Verbalattacke.

Tabbert schaute begriffsstutzig drein, bevor er antwortete: „Wie kommen Sie darauf?"

„Ich stelle hier die Fragen."

„Wir arbeiten mit *DynamoCars* zusammen. Da gehört Amit Chander dazu. Eine enge Zusammenarbeit würde ich das nicht nennen."

„Ich spreche von den spezifischen Untersuchungen der Unfallursachen."

„Jeder stellt seine eigenen Untersuchungen an. Amit Chander ist für die Kommunikationssoftware der Fahrzeuge zuständig. Auch dort muss nach Fehlern gesucht werden, weil keine Störung gemeldet wurde, obwohl sie vorhanden war. Meine Aufgabe ist es, herauszufinden, wo die Schwachstellen sind, durch die jemand von außen in unsere Sicherheitssoftware eindringen kann. Also gibt es keinen Grund für mich, eng mit Amit Chander zusammenzuarbeiten."

„Gibt es auch eine Sicherheit gegen das Eindringen eigener Softwareprogramme? Wenn ja, warum?"

„Dabei geht es um die Bedienmomente. Das Softwareprogramm darf nur zu bestimmten Zeiten bedient werden, wie zum Beispiel bei der Überprüfung und Absicherung, damit es während der Fahrt komplikationslos laufen kann. Während der Fahrt darf niemand eingreifen."

„Und genau das ist passiert?"

„Sagte ich schon: So sieht es aus."

„Sie saßen gestern zusammen mit Amit Chander in dessen Wagen. Und das in Zeiten der virtuellen Konferenzen. Also deute ich das als enge Zusammenarbeit. Sie nicht?"

„Woher wollen Sie wissen, mit wem ich gestern im Auto gesessen bin?" Tabbert wurde ungehalten. Sein kantiges Gesicht verzog sich.

„Sie sind gesehen worden."

Tabbert verstummte. Jetzt blickte er ratlos drein, als überlegte er, ob das eine Finte war.

„Also! War das Treffen privater Natur oder dienstlicher?"

„Dienstlicher. Ich habe keinen Grund, mich mit Mitarbeitern von *DynamoCars* privat zu treffen."

„Streiten Sie sich im Dienst immer so heftig? Und vor allem über *WayMac*, eine Firma mit dem gleichen Ziel wie *DynamoCars* – nur in Amerika?"

„Ihre Verhörmethoden gefallen mir nicht."

„Ich verhöre nicht. Ich stelle nur Fragen. Umgekehrt könnte ich genauso sagen, dass mir Ihre Antworten nicht gefallen. Immerhin gibt es durch *DynamoCars* inzwischen zwei Todesfälle. Also müssen wir jedem Verdacht nachgehen, um diese Serie zu stoppen."

„Was hat das mit *WayMac* zu tun?"

„Schon mal was von Betriebsspionage gehört?", erwiderte Theo ungeduldig. „Ist Amerika mit der Entwicklung selbstfahrender Autos nicht schon weiter als wir?"

„Das kann ich nicht beurteilen. In Amerika gab es Angriffe durch Menschen, die Angst vor dem Unbekannten haben. Die Autokarosserien wurden demoliert oder Reifen plattgestochen. Daraufhin wurde ein spezielles Warnsystem entwickelt – ein Aspekt, den wir hier bei uns nicht haben. Ich wüsste nicht, was wir daran ausspionieren sollten."

„Wenn Sie mir meine Frage nicht beantworten, tue ich es eben selbst: Autos von *WayMac* sind in Amerika inzwischen für den öffentlichen Verkehr zugelassen, soweit ich weiß", erwähnte Theo süffisant. „Das ist für mich ein klares Signal dafür, dass diese Firma mit der Entwicklung schon weiter ist. Also ist der Verdacht der Betriebsspionage wohl nicht von der Hand zu weisen."

„Wir stellen Sicherheitssoftware her. Und da sind wir den Amerikanern weit voraus. Dort sind inzwischen nämlich mehrere Unfälle passiert. Softwaresicherheit hat im Silicon Valley einen anderen Stellenwert als bei uns. Dort geht es in erster Linie darum, dass autonom fahrende Autos die Straßen bevölkern. In Sachen Garantien, dass sich die Fahrzeuge in allen Situationen richtig verhalten, hinken sie noch hinterher. Meine Aufgabe ist es, die Sicherheit des Software-Assistenten zu garantieren. Ich statte Computerprogramme mit der Infrastruktur Neuronaler Netze aus, damit sie Umweltwissen autonom verarbeiten und selbstlernend stetig optimieren können. Es handelt sich um eine Art künstliche Intelligenz. Dabei geht es um Vorhersagen, wie sich wer oder was bewegt bzw. in welche Richtung. Auf oder an Straßen gibt es Fahrzeuge aller Art, Menschen zu Fuß, Menschen auf beweglichen Teilen, Tiere, spielende Kinder, herumfliegende Gegenstände. Damit die Programme richtig reagieren, programmiere ich sie dementsprechend. Also hat der Unfall an der Saar zum Beispiel nichts mit meinem Aufgabenfeld zu tun. Sie sehen, dass *FreeWall* keinen Grund hat, in Amerika zu spionieren. Vielmehr besteht die umgekehrte Gefahr."

„Nach Ihren Angaben ist die Sicherheitssoftware in Amerika also nicht so weit entwickelt wie hier bei uns?"

„Genau das sagte ich."

„Seltsam. Bei uns ist es doch genauso wie in Amerika: Zwei Testfahrten – zwei Tote. Worin sind wir also besser?"

Dazu schwieg Tabbert.

*

Sie fuhren in Lukas' weißem Golf über die A 620 in Richtung Saarbrücken, verließen die Autobahn und durchquerten die stark befahrene Innenstadt, bis sie vor dem Haus ankamen, in dem sich Jasmin Hafners Wohnung befand. Gegenüber gab es mehrere Parkmöglichkeiten und den kleinen Echelmeyerpark – eine grüne Oase inmitten der Landeshauptstadt. Lukas stellte seinen Wagen ab und begleitete Jasmin bis zur Haustür.

Sie sperrte mit zitternden Händen auf, trat jedoch nicht ein.

Sie drehte sich zu Lukas um und sagte leise: „Ich kann jetzt nicht allein sein."

Lukas drückte die Tür auf und schob seine Kollegin sanft ins Haus.

„In welchem Stockwerk liegt deine Wohnung?"

„Im ersten."

Sie stiegen die Treppe hinauf. Lukas nahm ihr den Schlüssel aus der Hand und öffnete die Wohnungstür. Vor seinen Augen offenbarte sich eine breite Diele mit hellen Fliesen. Daran schloss sich ein großes Wohnzimmer an, das von einer schwarzweißen Couchgarnitur beherrscht wurde. Fast die Hälfte des Raumes bestand nur aus Sitz- und Liegeflächen. In einer kleinen Ecke gab es einen Fernseher, gegenüber eine Fensterwand voller Grünpflanzen.

Doch Jasmin ließ Lukas keine Zeit, sich umzusehen. Sie nahm ihn an der Hand und ging mit ihm ins Zimmer nebenan, das Schlafzimmer. Ein braunes Boxspringbett mit einem Kopfende aus Holzimitat und dem Boden aus hellem Laminat ließen den Raum heimelig wirken. Dazu beige Satinbettwäsche, die Lukas regelrecht dazu einlud, sich darin zu wälzen. Er schaute Jasmin tief in die dunklen Augen und spürte ihren Wunsch, von ihm berührt zu werden. Zaghaft nahm er sie in die Arme, doch schon schnell übernahm Jasmin das Ruder. Sie stupste ihn sanft auf das Bett, folgte ihm und küsste ihn leidenschaftlich. Lukas erwiderte ihre Küsse. Ungeduldig wanderten seine Hände unter Jasmins Bluse, tasteten sich nach oben und halfen ihr dabei, alles auszuziehen. Jasmin knöpfte Lukas Hemd und Hose mit großer Geschicklichkeit auf, dass auch er in Sekundenschnelle nackt neben ihr lag. Engumschlungen wälzten sie sich in den Kissen, ließen kaum von ihren Küssen ab, ertasteten ihre Körper mit ihren Händen, bis Lukas sich nicht mehr zurückhalten konnte.

Erschöpft ließen sie sich in die Kissen fallen. Dabei schauten sie sich an. Jasmins schwarze Haare waren zerzaust. Lukas strich sanft darüber und meinte: „Du bist zu schön für diese Welt."

„Das hast du schön gesagt.“

Sie schmiegte sich eng an ihn und fügte hinzu: „Dafür sehen deine Blessuren vom Motorrad-Sturz ganz schön heftig aus.“

„Sieht schlimmer aus, als es ist. Inzwischen spüre ich das kaum noch.“

„Du bist mein Held“, schnurrte Jasmin.

Sie schauten sich tief in die Augen, bis erneute Leidenschaft in ihnen aufflammte.

„Ich muss zur Dienststelle“, stammelte Lukas hinterher.

„Musst du wirklich?“

„Ja! Sonst wirft Allensbacher mich raus. Bei dem habe ich mir jegliche Zugeständnisse verspielt.“

Jasmin schmunzelte.

„Hätte ich auch ahnen können, dass gerade der mal unser oberster Chef wird?“

Jasmin begann zu kichern, einem Kichern, das immer lauter wurde, bis sie brüllte vor Lachen. Lukas kletterte erschrocken aus dem Bett und zog sich hastig an. Währenddessen gelang es ihr, sich wieder zu beruhigen. Noch ganz außer Atem sagte sie: „Du bist ohnehin der ungewöhnlichste Bulle, den ich jemals erlebt habe. Egal, in welches Chaos du schlitterst – am Ende hast du den Fall trotzdem aufgeklärt.“

„Ich glaube, aus dem Alter bin ich raus. Inzwischen gehe ich ganz sachlich an die Fälle ran. Außer heute.“

„Nein! Heute warst du nicht sachlich – und das war gut so.“

Verlegen stolperte Lukas rückwärts durch die Tür, durchquerte das Wohnzimmer und wollte gerade die Wohnung verlassen, als er auf einem Sideboard in der Diele eine Visitenkarte entdeckte. Er nahm sie in die Hand, drehte sie um und sah, was draufstand: Sören Forthoffer.

*

Ilka Dewes saß an ihrem weißen Schreibtisch und tippte etwas, das sie auf ihrem Monitor prüfend im Auge behielt. Technische Daten zu übertragen war ihr ein Gräuel, weil es da auf jede Zahl, jede Einheit, jeden Abstand und jedes Satzzeichen ankam. Bisher war ihr noch nie ein Fehler unterlaufen, weil sie höllisch aufpasste. Doch heute Morgen schienen die Buchstaben und Zahlen vor ihren Augen zu verschwimmen. Die Nachricht, dass erst vor Stunden ein erneuter Angriff auf Polizisten erfolgt war, machte sie nervös. Der Ort des Geschehens war nicht einfach nur irgendwo, sondern der Verteilerkasten, der im Zusammenhang mit diesem schrecklichen Unfall an der Saar stand.

„Verteilerkasten" – sie schnaubte. „Multifunktionsgerät" wurden sie auch genannt. Abkürzung MFG – eine Abkürzung, die für Sekretärinnen auch „Mit freundlichen Grüßen" bedeuten konnte.

So ein harmloser Begriff im Zusammenhang mit einer solch grausamen Tat. Benno Horst war auf bestialische Art und Weise getötet worden. Für Ilka nicht zu fassen. Noch einen Tag zuvor hatten sie sich unterhalten. Seine Vorfreude auf diese Testfahrt war enorm. Sie sah ihn immer noch lachen – etwas, was bei Benno Horst nicht oft vorkam. Eigentlich kannte sie ihn nur unzufrieden oder sadistisch. Gemocht hatte sie ihn nicht. Aber so zu sterben – das war zu viel für sie.

Nun musste die Firma noch besser aufpassen – obwohl das fast nicht möglich war. *DynamoCars* – besser gesagt – ihr Chef sah sich einem Sabotageangriff ausgesetzt. Hier passierte etwas, was das selbstfahrende Auto oder die Technologie vom Markt verdrängen sollte. Mit diesem Fahrzeug legte Brache die Messlatte der Qualität eines KI-Systems verdammt hoch. Sobald er sein Ziel erreicht hätte, dominierte das Saarland in der Entwicklung der autonom fahrenden Autos weltweit und ein Milliardenmarkt würde sich für ihn öffnen. Also widersetzte sich Karl-Otto Brache aus gutem Grund jedem, der sein Ziel infrage stellen wollte. Klein beigeben gab es für ihn nicht. Da musste noch mehr passieren! Viel mehr!

Sie schauderte innerlich und versuchte sich wieder auf den Text auf ihrem Bildschirm zu konzentrieren.

Die weiße, fast unsichtbare Tür zu ihrem Büro öffnete sich lautlos. Karl-Otto Brache trat ein.

Ilka hielt in ihrer Arbeit inne und erwiderte den Blick ihres Chefs.

„Sehr verehrte Frau Dewes."

Wenn Brache sie so ansprach, wollte er etwas von ihr. Sie lächelte ihn an, auch wenn ihr nicht danach zumute war. Seine Forderungen hatten in letzter Zeit absonderliche Züge angenommen. Wer wusste schon, was er jetzt wieder im Schilde führte.

„Sie sind die einzige Person in dieser Firma, der ich blind vertraue."

Honig um den Bart schmieren konnte er. Ilka fühlte sich geschmeichelt. Ihr Lächeln entspannte sich.

„Deshalb habe ich beschlossen, mit Ihnen ganz spontan eine Testfahrt durchzuführen. Niemand in der Firma weiß davon. Der *Streetfighter* steht fahrbereit im Werk."

„Muss eine Testfahrt nicht genehmigt werden?"

„Glauben Sie mir, ich habe an alles gedacht. Ich habe genug Anwälte, die sich um solche Kleinigkeiten kümmern. Hier und heute geht es mir darum, eine unangemeldete Testfahrt zu machen, von der außer Ihnen und mir niemand etwas weiß."

„Und warum?"

„Weil ich nicht mehr weiß, wem ich trauen kann."

„Sie glauben tatsächlich, dass es einen Saboteur innerhalb der Belegschaft gibt?" Ilka erschrak.

Brache nickte.

„Wann soll die Fahrt stattfinden?" Ilkas spürte Unwohlsein. Das Wissen, wie Benno Horst zu Tode kam, machte sie nervös.

„Jetzt!" Brache lächelte beseelt. „Und glauben Sie mir, es wird nichts passieren. Wer sollte denn etwas manipulieren?"

„Vielleicht ist es ein Fehler in der Software. In dem Fall ist keine Manipulation nötig."

„Es gibt keinen Fehler in der Software."

Die Zuversicht, die Brache ausstrahlte, übertrug sich nicht

auf Ilka. Doch sie wollte jetzt nicht kneifen. Sie liebte ihren Job in dieser zukunftsorientierten Firma. Ihre Bedenken blieben allerdings hartnäckig.

„Was ist bei der Untersuchung der Verteilerkästen herausgekommen?", fragte sie.

„Bisher haben sie keine Manipulationen gefunden. Es ist auch schwer vorstellbar, dass jemand wahllos diese Multifunktionsgeräte manipuliert, ohne zu wissen, wann und wo eine Testfahrt stattfindet. Also machen Sie sich keine Sorgen. Die Softwaresicherheit ist gewährleistet, der Wagen befand sich erneut zwei Tage im Simulator – es ist an alles gedacht."

„Und es weiß wirklich niemand, dass Sie diese Fahrt unternehmen wollen?"

„Nur meine Anwälte. Und denen ist an meinem Tod nicht gelegen, denn dann verdienen sie nichts mehr an mir."

Ilka gab sich geschlagen. Sie fuhr ihren PC runter und folgte ihrem Chef. Mit jedem Schritt wuchs ihr Unbehagen.

*

„Du solltest Jasmin nur nach Hause bringen und nicht gleich vögeln", brummte Theo, als sich sein Kollege ihm gegenüber am Schreibtisch niederließ.

„Wer sagt denn, dass ich mit ihr im Bett war?"

„Dein Hemd."

Verdutzt schaute Lukas an sich herunter und sah jetzt erst, dass es schief zugeknöpft war. So unauffällig wie möglich korrigierte er seinen Fehler.

„Hat es sich wenigstens gelohnt?"

„Willst du Details hören?", schoss Lukas grimmig zurück.

„Nein, lass mal. Während du dich amüsiert hast, haben wir gearbeitet."

„Schön für euch! Und was?"

Theo gab seinem Kollegen das Gespräch mit Florian Tabbert wieder, wozu Lukas nur meinte: „Klingt nach einem Mann, der alles in der Hand hat: Das Auto inklusive Sicherheitstechnik – alles, was für das selbstfahrende Auto notwendig ist."

„Was willst du damit sagen?"

„Dass jemand wie Florian Tabbert so ein Projekt jederzeit torpedieren kann."

„Warum sollte er das tun?"

„Keine Ahnung", gestand Lukas.

Theo rieb sich über die Schläfen.

„Mehr habt ihr nicht gemacht?", frotzelte Lukas.

„Blödmann! Wir haben außerdem das persönliche Umfeld von Benno Horst unter die Lupe genommen. Der Typ war ein Schätzchen vom Feinsten. Er hat nicht nur ein Mädchen über das Internet gedemütigt, es waren einige. Die Namen suchen wir heraus und ermitteln, ob einer der Angehörigen der Mobbingopfer als Täter infrage kommt."

„Und? Was ist dabei herausgekommen?"

„Bis jetzt noch nichts. Das Schlimme ist ja, dass die Mädchen sich schämen und aus dem Grund nichts sagen. Deshalb wird es schwierig, sie zu finden."

„Aber sie leben noch."

„Was soll das jetzt heißen?"

„Wir sind doch nur durch den Selbstmord eines der Mädchen darauf aufmerksam geworden."

„Du strotzt heute vor Geistesblitzen." Theo rollte die Augen.

„Was kam bei der Überprüfung der Verteilerkästen heraus?", drängte Lukas weiter.

„Nichts."

„Schon wieder *nichts*? Sehr ergiebig warst du aber nicht."

„Witzbold! Bisher gibt es keine Spuren – weder von Manipulationen noch von demjenigen, der sie hinterlassen haben könnte. Entweder hat der Typ nichts dergleichen getan, oder er hat seine Spuren wieder verwischt."

„Der Täter wird mir langsam unheimlich." Lukas schüttelte sich.

„Keine Sorgen, die Kollegen bleiben dran. Die Kästen bleiben so gesichert, dass jede Veränderung gemeldet wird."

„Dann findet unser Gesuchter andere Mittel und Wege."

„Den kriegen wir nur, solange wir alle geschlossen an dem Fall arbeiten." Theo grinste schief. „Aber nicht, wenn wir uns amüsieren, statt zu ermitteln."

„Jetzt komm mal runter", maulte Lukas. „Ich habe auch etwas entdeckt, was mir allerdings keine Freude bereitet."

„Jetzt hast du mich am Haken", gestand Theo. „Wie ermittelt man, während man eine heiße Braut vögelt?"

„Werd' mal nicht ordinär." Lukas fuhr sich durch seine roten Haare und atmete tief durch, bevor er weitersprach: „Auf Jasmins Kommode lag eine Visitenkarte. Die fiel mir ins Auge, als ich die Wohnung verlassen habe."

„Von wem war die Karte?"

„Von Sören Forthoffer."

Theos Augen wurden groß. „Du glaubst doch nicht ..."

„Ich weiß selbst nicht, was ich glauben soll. Sie war mit diesem Typen ein bisschen zu einig, fand ich." Lukas kratzte sich am Kopf.

„Verdammt! Unsere Jasmin?"

„Wir sollten mit dieser Information vorsichtig sein", beschwichtigte Lukas hastig. „Nicht dass wir Jasmin vorschnell in Schwierigkeiten bringen."

„Sogar unser Hausprediger hat schon festgestellt, dass Jasmin an diesem Sören Forthoffer mehr Gefallen findet, als für die Ermittlungen gut ist."

„Das muss aber noch nichts heißen."

„Sören Forthoffer steht mit einem wissenschaftlichen Forscher in Kontakt, der die Sicherheitsstandards von Online-Apps überprüft."

„Daran erinnerst du dich noch?" Lukas staunte.

„Ja. Ich weiß aber nicht, ob das für unsere Ermittlungen von Bedeutung ist."

„Dafür erinnere ich mich, was in Dieters Bericht steht."

„Und was?"

„Forthoffer ist in Saarlouis so eilig von der Unfallstelle verschwunden, als die Manipulation am Verteilerkasten gefunden wurde, dass sie sich nicht mehr verabschieden, geschweige denn über das Ergebnis unterhalten konnten."

„Und den Bericht hat Dieter geschrieben?"

Lukas nickte.

„Warum nicht Jasmin?", hakte Theo nach. „Sie hat doch sonst immer akribisch Bericht erstattet."

„Keine Ahnung."

„Klingt auch nicht gut."

*

Der *Streetfighter* glänzte in vollendeter Perfektion. Nichts war zu sehen, was auf den verhängnisvollen Unfall hingedeutet hätte. Alls Spuren waren beseitigt.

Niemand hielt sich in der Halle auf – weder Techniker noch sonst wer. Unbeobachtet von allen Mitarbeitern, die großen Anteil an diesem Auto hatten, stiegen Karl-Otto Brache und seine Sekretärin ein und bereiteten sich auf diese nicht angemeldete Fahrt vor.

Brache bearbeitete sämtliche Displays und ließ den Wagen losfahren. Ilka Dewes saß wie zu Stein erstarrt auf dem Beifahrersitz und blickte starr gerade aus. Das Tor öffnete sich. Sie verließen die Halle. Trübes, graues Tageslicht herrschte draußen. Die Scheinwerfer blieben eingeschaltet. Fast erschütterungsfrei und lautlos fuhr der Geländewagen auf die breite Straße, die einer Landebahn glich, und bog am Ende auf die Straße „Ostring" ab. Von dort gelangten sie an die Hauptverkehrsstraße. Zu Ilkas Leidwesen bog der *Streetfighter* links ab, Richtung Fraulautern. Ilka wusste, dass dort immer dichter Verkehr herrschte. Ihre Anspannung wuchs.

Das Auto sah inzwischen normal aus – fast normal. Das Farbmuster des Erlkönigs war entfernt worden und hatte ein futuristisch aussehendes Auto mit weißer Karosserie und schwarzer Motorhaube zum Vorschein gebracht. Trotz Größe sah der Wagen sportlich aus. Vermutlich fing er sich deshalb viele staunende Blicke ein.

Ilka registrierte alles um sie herum, jede Unebenheit im Straßenbelag, jede Bewegung am Straßenrand, jede Ampel, jeden Fußgängerüberweg, jede Seitenstraße, jedes Schild. Ihre Anspannung schärfte ihre Sinne aufs Äußerste.

Das Lenkrad bewegte sich von ganz allein. Der Anblick, dass der Fahrer nichts tat – das Lenkrad sich von allein bewegte – ließ sie innerlich erstarren.

„Entspannen Sie sich, liebe Frau Dewes", zwitscherte Brache, der am Steuer mit seinem Tablet hantierte. „Wir protokollieren die gesamte Fahrt – jedes Detail wird erfasst – damit die Welt erfahren kann, dass wir das perfekte Auto gebaut haben. Lediglich die Kameras habe ich ausgeschaltet. Eine Videoüberwachung könnte meiner geheimen Mission hinderlich sein. Aber ich versichere Ihnen, dass wir keinen Fußgänger überfahren oder in einen Fluss rasen oder sonstige Unwägbarkeiten erleben werden."

Ein Rumpeln erschütterte das Auto.

Ilka stieß vor Schreck einen Schrei aus.

„Eine Bodenunebenheit", erklärte Brache.

„Da war keine", widersprach Ilka.

Das Gespräch erstarb.

„Warum stehen wir nicht mit unseren Technikern in Verbindung?", fragte Ilka, als sie das Zentrum von Fraulautern erreichten.

„Was glauben Sie, was dort gerade in diesem Augenblick für eine Aufregung herrscht?", stellte Brache einfach eine Gegenfrage. „Sie finden den Platz, an dem der *Streetfighter* gestanden hat, leer vor."

„Und wenn sie die Polizei rufen?"

„Auch das passiert nicht, weil sie anstelle des Wagens eine Telefonnummer finden, die sie anrufen sollen. Damit erreichen sie einen meiner Anwälte."

„Sie glauben wirklich, dass jemand aus unserem Betrieb für die Unfälle verantwortlich ist?“

„Ich weiß es nicht. Ich weiß nur, dass alles, was wir herausgefunden haben für einen Täter spricht, der unsere Software und unsere Technik bis ins kleinste Detail kennt. Wer kommt da noch als Täter infrage?“

„Jemand von *FreeWall*“, überlegte Ilka Dewes laut. „Oder jemand vom SFKI? Schließlich arbeiten wir mit diesen beiden Unternehmen eng zusammen.“

Eine Frau mit einem großen, braunen Hund an der Leine überquerte plötzlich die Straße. Der Hund zog so hastig, dass sie weder nach rechts noch nach links schauen konnte und mehr über die Straße flog als ging.

Ilka stockte der Atem.

Der Wagen setzte seine Fahrt fort. Frau und Hund kamen dem Fahrzeug immer näher. Ilka glaubte, die Hundehaare zählen zu können. Fest trat sie mit beiden Füßen auf die imaginäre Bremse zu ihren Füßen.

*

Allensbacher stürmte ins Großraumbüro. Die Beamten hielten vor Schreck alles fest, was Gefahr lief, von den Tischen gefegt zu werden. Lukas und Theo schauten erschrocken auf. Direkt vor ihren Schreibtischen blieb er stehen.

„Brache ist ohne Vorwarnung mit dem *Streetfighter* losgefahren. Er hat jeden Kontakt nach außen abgebrochen.“

„Wer sagt das?“, fragte Theo.

„Seine Anwälte haben mich angerufen.“

„Und wo ist das Problem?“

„Wo das Problem ist?“ Allensbachers Stimme überschlug sich. „Das ist der Wagen, der einen Fußgänger überfahren hat. Die Software befindet sich seit dem Unfall auf dem Prüfstand. Es wurde keine weitere Testfahrt genehmigt. Das Auto ist nicht fahrbereit.“

„Sie wollen also sagen, dass der Chef von *DynamoCars* seine eigene Produktion gefährdet?“

Allensbacher ging einige Schritte hin und her, bevor er antwortete: „Das kann ich nicht glauben. Es muss eine andere Absicht dahinterstecken.“

„So sehe ich das auch. Nach allem, was wir von diesem Mann wissen, ist er von seiner Technologie hundertprozentig überzeugt. Die Ergebnisse sämtlicher Software-Untersuchungen sprechen dafür, dass der Wagen funktioniert. Fragt sich nur, was er mit dieser Aktion bezweckt.“

Lukas hob die Hand, als befände er sich auf der Schulbank. Ungeduldig sagte Allensbacher: „Wenn Sie was sagen wollen, dann reden Sie schon!“

„Es könnte doch sein, dass Brache den Täter in seinen eigenen Reihen vermutet. Warum sonst unternimmt er eine solche Überraschungsfahrt?“

„Wie meinen Sie das?“

„Niemand weiß davon – also kann auch niemand die Technik des Wagens sabotieren.“

„Ein verdammt guter Einwand.“ Allensbacher zollte Lukas seinen Respekt– was selten genug vorkam.

Theo warf Lukas auch einen anerkennenden Blick zu und fragte: „Wissen Sie, ob er allein im Wagen ist?“

„Laut der Anwälte hat er seine Sekretärin Ilka Dewes mitgenommen.“

„Diese süße Maus mit dem blonden Pilzkopf?“ Theos Grinsen wurde verklärt.

„Bleiben Sie sachlich!“

„Dann hat er diese Überraschungsfahrt schon länger geplant“, kam es von Lukas.

„Wir müssen zusehen, dass wir die Kontrolle über diese Fahrt gewinnen. Es könnte trotz allem ein Eingriff in die Software von außen stattfinden. Wenn der Täter schnell und auf alle Fälle vorbereitet ist, könnte er improvisieren“, warf Theo ein.

„Genau das ist das Problem“, stimmte Allensbacher zu. „Ab

sofort teile ich Sie ebenfalls für die Ermittlungen in den Unfällen mit Todesfolge ein und ordne als Erstes an, den *Streetfighter* ausfindig zu machen und diese Fahrt zu stoppen."

„Wie sollen wir den Wagen finden?"

„Ganz einfach: Die gesamte Verkehrspolizei wurde auf das Fahrzeug angesetzt. Sobald er gesichtet wird, bekommen Sie Meldung. Also, warum sehe ich Sie hier noch?"

*

Der *Streetfighter* stoppte. Die Fußgängerin erreichte mit ihrem ungestümen Hund unbeschadet die andere Straßenseite.

Ilka stieß die angehaltene Luft aus und schüttelte ihre Beine leicht aus. Ein Krampf hatte sich in ihrer rechten Wade festgesetzt. Es schmerzte.

Doch als ihr Blick auf Karl-Otto Brache fiel, sah sie nur Zufriedenheit in seinem Gesicht.

„Sehen Sie, liebe Frau Dewes. Das Auto ist perfekt. Es überfährt keine Fußgänger. Auch nicht solche, die unverhofft auf die Straße laufen."

Ilka nickte. Sie fühlte sich zittrig, ihr Bein schmerzte und ihr Kopf dröhnte. Doch das wollte sie sich nicht anmerken lassen. Der Chef war so glücklich über sein gelungenes Auto, dass sie ihm diese Freude nicht trüben wollte. Aber sagen wollte sie nichts. Sie fürchtete, er könnte ihrer Stimme anhören, wie sie sich gerade fühlte. Zum Glück war das auch gar nicht nötig, denn Brache begann mit einem Monolog, der Ilka keine Gelegenheit zum Sprechen ließ: „Wissen Sie Frau Dewes. Meine Pläne dieses Schmuckstück betreffend gehen ja noch viel weiter. Es gibt einen bekannten Schwachpunkt an den E-Autos, nämlich das Auftanken der Batterie. Dieser Vorgang dauert viel zu lange. Das ist für mich so nicht hinnehmbar, also muss eine Lösung her."

„Oha!" Ilka staunte. Ihre Stimme hörte sich wieder fester an, also sprach sie weiter: „Auf Ihre Lösung bin ich gespannt."

„Ich habe mir überlegt, dass die Batterien austauschbar gemacht werden. Unsere Autobatterien sind zum Glück so konzipiert, dass sie unter dem Auto wie durch eine Schubleiste ein- bzw. ausgefahren werden. Deshalb ist es möglich, dass eine leere Batterie an einer E-Tankstelle gegen eine volle ausgetauscht wird. Die Leere kommt in eine Ladestation und wird beim nächsten Tankvorgang eines Kunden von *DynamoCars* eingesetzt. Diese E-Tankstellen beherbergen Mietzentralen extra für unsere Firma. Für die Lagerung der Batterien, die sich im Auflademodus befinden, werden wir mehrere Ladestationen errichten, sodass die Batterien jederzeit und überall austauschbar sind. Damit können unsere Kunden auch größere Strecken ohne Zeitverzögerungen zurücklegen. Eine Alternative für Dienstreisende zum Beispiel. Dafür wird ein bundesweites Kommunikationsnetz von *DynamoCars* aufgebaut, sodass jede Batterie zur rechten Zeit bereit ist, eingetauscht zu werden."

„Und wenn jemand seinen Urlaub im Ausland verbringen will?"

„Dieses Batterie-Auflade-Netz kann auch europaweit funktionieren."

„Sie haben wirklich an alles gedacht." Ilka staunte.

Schon eine Weile fuhr ein LKW vor ihnen. Sie steuerten gerade die Kreuzung an, die zum Saarlouiser Hauptbahnhof führte – ebenfalls eine stark befahrene Straße. Der LKW fing plötzlich an zu schwanken.

„Was ist dort los?", fragte Brache ungehalten. „Sollte der Fahrer besoffen sein?"

Die Schlangenlinien wurden immer raumgreifender.

„Hier sehen Sie, warum ein selbstfahrendes Auto besser ist. Der Computer trinkt keinen Alkohol oder was auch immer diesen Fahrer plagt."

Plötzlich gab es einen lauten Knall. Gleichzeitig schoss eine zehn Meter hohe Wasserfontäne in die Luft. In Sekundenschnelle war die Straße überflutet.

„Scheiße! Er hat einen Hydranten gerammt“, brüllte Brache mit schreckgeweiteten Augen.

Das Lenkrad drehte sich hastig hin und her. Tausend Anzeigen leuchteten auf. Die beiden Insassen wurden durchgerüttelt. Ein heilloses Chaos brach vor ihren Augen aus.

*

Der schwarz glänzende Audi A6 stand als einziges Fahrzeug im Fuhrpark der Polizei.

„Sind alle im Einsatz?“, fragte Lukas.

„Sieht so aus. Wenn man bedenkt, in welcher Situation wir uns gerade befinden. Monika wurde bei einem Angriff tödlich verletzt, Dieter kämpft noch ums Überleben. Weitere Todesfälle, die wir noch nicht aufgeklärt haben und die vermutlich damit im Zusammenhang stehen. Irgendwie stehen zurzeit alle Kollegen unter Strom.“

„Stimmt! Eigentlich mache ich meinen Job gerne“, gab Lukas zu. „Doch zurzeit sieht es anders aus. Eigentlich könnte dieser Wahnsinnige jeden von uns im Visier haben. Im Grunde genommen will er doch nur verhindern, dass wir ihn finden.“

„Werde jetzt bitte nicht paranoid.“ Theo schnaubte.

„Gib doch zu, dass es zurzeit total scheiße läuft. Wem kann man noch vertrauen?“

„Deine Gedankengänge werden verwunderlich, seit du von Jasmin zurückgekommen bist. Hoffentlich wirst du wieder normal.“

„Die Visitenkarte von Sören Forthoffer hat mich aus dem Konzept gebracht. Sonst fühle ich mich total normal.“

„Warum? Glaubst du wirklich, dass Jasmin Interna an den Mitarbeiter von *DynamoCars* ausplaudert?“

Lukas zuckte die Schultern.

„Oder bist du eifersüchtig?“

„So ein Blödsinn! Ich kenne den Typen nicht mal.“

„*DynamoCars* hat eine Mitarbeiterseite. Dort werden alle mit

Foto vorgestellt. Ich habe ihn mir mal angeschaut."

„Und?", horchte Lukas auf.

„Blond, blaue Augen – eigentlich sieht er ganz smart aus."

„Schwul?" Lukas grinste.

„Kann ich anhand eines Fotos nicht sagen."

„Müssen wir rauskriegen."

„Also doch", trumpfte Theo auf. „Du bist eifersüchtig. Meine Güte! Eine Beziehung mit einer Kollegin bringt nur Ärger. Schalte doch einmal dein Gehirn ein."

„Ich bin weder eifersüchtig, noch habe ich eine Beziehung mit Jasmin", stellte Lukas klar. Dabei merkte er selbst, dass er nicht sehr überzeugend klang.

Sie stiegen in den Dienstwagen und fuhren los.

„Wo fahren wir hin?", fragte Lukas vom Beifahrersitz aus.

„Nach Saarlouis. Von dort nach Fraulautern und so weiter und so weiter."

„Auf gut Deutsch, du hast keine Ahnung."

„Gut erkannt." Theo nickte und bog in die Mainzer Straße ein, was zur Rushhour kein leichtes Unterfangen war. Die Straße war überfüllt von Autofahrern, die ebenso wie Lukas und Theo zum Autobahnzubringer gelangen wollten.

Auf der Autobahn blieb Theo keine Chance, das Tempo zu beschleunigen. Es herrschte dichter Verkehr – Normalzustand auf der A620. Lange dauerte es, bis sie Saarlouis erreichten.

„Das kann ja heiter werden", murmelte Theo. „Ausgerechnet zur Hauptverkehrszeit startet Brache sein Manöver mit dem Auto."

„Vielleicht ist das Absicht, um das Auto richtig herauszufordern", spekulierte Lukas.

Als sie in Saarlouis abfuhren, hörten sie eine interessante Meldung durch den Funk: „Unfall am Hydranten an der Schanzenstraße Nähe Hauptbahnhof Saarlouis. Große Wassermengen überfluten die Straße. Feuerwehr und Rettungswagen sind auf dem Weg."

„Ist das unsere Meldung?", fragte Lukas.

Schon setzte sich die Durchsage fort: „Unter den Fahrzeugen befindet sich ein schwarzweißer Geländewagen, der sehr futuristisch aussieht. Kein Modell, das man kennen sollte. Könnte der gesuchte Wagen sein."

Theo setzte das Blaulicht auf das Autodach und beschleunigte. „Wir sind auf auf dem Weg", sprach er durch das Funkgerät.

„Glaubst du, dass Brache den Hydranten umgefahren hat?"

„Keine Ahnung. Bei allem, was die Autos von *DynamoCars* schon fertiggebracht haben, wollen wir mal nichts ausschließen."

*

Der *Streetfighter* machte einen Ruck und zog nach rechts. Ilka hing wie ein Sack im Anschnallgurt. Die Luft wurde ihr knapp. Sie sah ein entgegenkommendes Auto, das mehr schwamm, als es fuhr. Es schlingerte mit hoher Geschwindigkeit haarscharf an dem Geländewagen vorbei. Ilka zuckte erschrocken zurück. Der *Streetfighter* wich so weit nach rechts aus, wie es möglich war.

Das Loch, aus dem die Wasserfontäne schoss, kam immer näher. Ilka hielt sich beide Augen zu. Der Wagen riss nach links. Ilka knallte mit dem Kopf gegen die Seitenscheibe. Sie stöhnte. Mehr passierte nicht. Der Wagen ruckelte, änderte gelegentlich die Richtung, bis er zum Stillstand kam.

Brache stieß ein „Wow" aus.

Ilka öffnete die Augen und sah den Chef strahlen wie ein Honigkuchenpferd.

Ihr Kopf dröhnte.

„Was ist passiert?", fragte sie desorientiert.

„Nichts! Absolut nichts. Ist das nicht fantastisch? Der *Streetfighter* ist genau dorthin ausgewichen, wo keine Gefahr bestand, mit einem anderen Auto zu kollidieren oder einen Fußgänger zu überfahren oder von den Wassermassen weggerissen zu werden. Das Auto hat den besten Weg gewählt, was keinem Autofahrer in diesem Chaos gelungen wäre."

Ilka schaute sich um und sah einige demolierte Autos und Menschen, die auf der überschwemmten Straße wateten. Manche waren verletzt, andere einfach nur desorientiert. Ein Kleinwagen lag auf der Seite. Die Leute, die um das Auto versammelt waren, vermittelten den Eindruck, dass sich der Fahrer noch darin befand.

Einige Polizeiwagen fuhren durch das Chaos und versuchten, Ordnung zu schaffen. Sie steuerten die Autos an, die noch fahrtüchtig waren.

Kaum hatte Ilka diese Beobachtung gemacht, hörte sie Martinshorn und sah Blaulicht. Das flackernde Licht näherte sich mit rasanter Geschwindigkeit.

„Jetzt sollten wir zusehen, dass wir hier so schnell wie möglich wegkommen“, stellte Brache besorgt fest.

„Warum?“

„Ich will gerne noch ein bisschen in den Genuss kommen, von diesem tollen Wagen herumkutschiert zu werden. Der *Streetfighter* hat mich zwar jetzt schon hundertprozentig überzeugt, aber einer kurzen Überlandfahrt wäre ich nicht abgeneigt.“

„Sie können doch nicht einfach den Unfallort verlassen.“

„Oh, doch. Schauen Sie nur, sie winken die Fahrzeuge durch, die nicht betroffen sind.“

„Aber uns nicht. Wir werden mit Sicherheit gesucht“, stellte Ilka klar und fasste sich an den schmerzen Kopf. Da sah sie einen schwarzen Audi, der sich quer vor dem *Streetfighter* positionierte.

*

„Dort steht er“, rief Theo aus, als sie sich der Wasserfontäne näherten, die meilenweit zu sehen war.

Mit einem rasanten Manöver fuhr er durch das Chaos, das sich dort gebildet hatte. Theo sah ein blauweißes Polizeifahrzeug an diesem Auto stehen. Das entfernte sich und das futuristische Auto setzte sich in Bewegung. Jetzt musste er schnell sein, damit ihm Karl-Otto Brache nicht entwischte.

„Verdammt! Wie fährst du denn?“, murrte Lukas, der hilflos im Anschnallgurt festhing.

„Ich muss den Irren stoppen.“

Halsbrecherisch kurvte Theo zwischen Menschen und abgestellten Autos hindurch, womit es ihm gelang, Karl-Otto Brache in letzter Sekunde den Fluchtweg zu verstellen.

Lukas zischte: „Sag nie wieder was über meinen Fahrstil. Dann bist du ein toter Mann.“

„Geht klar! Aber ich wollte verhindern, dass Brache einfach davonfährt.“

„Warum sollte er das tun?“

„Vermutlich, weil der Kollege der Verkehrspolizei ihm grünes Licht gegeben hat. Wenn du dich umschaust, siehst du, dass einige weggeschickt werden. Vermutlich um den Schaden begrenzen zu können.“

„Wie es aussieht, hat der LKW den Hydranten umgenietet“, stellte Lukas fest. „Erstaunlich, auf einer geraden Strecke eine Kurve zu suchen.“

Theo ging nicht auf Lukas' Kommentar ein, sondern meinte: „Schau dir mal Braches Beifahrerin an! Ilka Dewes sieht aus, als sei sie kurz vor einem Zusammenbruch.“

„Dann geht es ihr so wie mir.“

Theo schnallte sich ab und verließ den Audi. Anstatt sich Brache zu nähern, ging er auf die Beifahrerseite.

Die Wagentür öffnete sich und eine kreidebleiche Ilka Dewes stolperte heraus. Ihre Füße steckten ihn Highheels, die in den Wassermassen gänzlich ungeeignet waren. Ihre langen, schlanken Beine wurden von hellen Strumpfhosen umhüllt, die in Sekundenschnelle durchnässt waren. Sie versuchte, einige Schritte zu machen, geriet ins Stolpern und landete genau in Theos Armen.

„Ups!“ Sie grinste schwach. „Ich glaube, mir ist schwindelig.“

„Meine Güte“, murmelte Theo. „Sie sind leichenblass. Sie

müssen zum Arzt.“

„Nein, mir geht es gut“, hauchte Ilka.

„Sie werden meine Sekretärin nicht mitnehmen“, mischte sich Karl-Otto Brache aus dem Wageninneren ein. „Sie wird sich keinem Verhör unterziehen.“

„Wir verhören nicht“, stellte Theo klar. „Ich werde Frau Dewes ins Krankenhaus fahren.“

„Das ist nicht nötig“, stammelte Ilka. „Mir geht es schon viel besser.“

„Sehen Sie! Ihre Fürsorge können Sie sich für Ihr Haustier aufsparen.“ Braches Augen funkelten.

Lukas hatte sich in der Zwischenzeit mit den Kollegen der Verkehrspolizei unterhalten. Er stellte sich auf die Beifahrerseite des *Streetfighter* und sagte: „Die nicht betroffenen Wagen wurden bereits aussortiert und sollen den Unfallort verlassen. Ich schlage vor, wir tauschen die Plätze. Theo, du bringst Ilka Dewes zum Arzt und ich begleite Brache im *Streetfighter* zurück zur Firma.“ Dabei kamen Lukas’ Augen ein verräterisches Leuchten.

Ilka stimmte dem Vorschlag sofort zu.

„Frau Dewes“, rief Brache seiner Sekretärin hinterher. „Ich verlasse mich auf Sie.“

Ilka wandte sich ihrem Chef zu und antwortete darauf: „Keine Sorge. Ich bin morgen früh wieder im Büro.“

Sie nahm die von Theo entgegengehaltene Hand und ließ sich von ihm durch die Wassermassen zum Audi A6 führen.

„Wie wäre es mit einem herkömmlichen Motor?“, fragte Theo und öffnete seiner Begleiterin galant die Beifahrertür.

„Nichts lieber als das.“

*

Theo entschied sich für das „Café Plaisir“ in Saarlouis. Am Großen Markt, dem Zentrum der kleinen Stadt, parkte er den Wagen und ging zusammen mit Ilka den kurzen Weg zu dem

Café, das in einer Seitengasse lag.

Als sie die Tür öffneten, wurden sie von herzhaftem Kaffeeduft überwältigt. Das lange, schmale Interieur dominierte eine Theke, an der unzählige Kaffeesorten ausgestellt wurden. Gegenüber standen kleine Tische direkt an den Fenstern zur Straße. Ein Tisch wurde gerade frei. Dort ließen sich die beiden nieder und bestellten Kaffee.

„Ich hoffe, es gefällt Ihnen hier“, begann Theo zögerlich. „Als Saarbrücker kenne ich mich in Saarlouis nicht so gut aus.“

„Dafür haben Sie eine gute Wahl getroffen.“ Ilka lächelte.

Theo schaute in ihre grünen Augen und glaubte, Schalk darin zu entdecken.

„Geht es Ihnen wieder besser?“

„Seit ich das autonom fahrende Auto verlassen habe, geht es mir blendend. Und dieser Kaffeeduft weckt meine Lebensgeister. Also ja: Sie haben genau die richtige Therapie angewendet.“ Nun lachte Ilka.

Theo fühlte sich angesteckt und lachte mit.

„Kann es sein, dass Sie sich nicht um diese unangemeldete Fahrt mit dem *Streetfighter* gerissen haben?“

„Das kann durchaus sein! Ich gebe zu, dass ich gestorben bin vor Angst.“

„Und warum saßen Sie im Wagen?“

„Weil Brache keinem in seiner Firma vertraut – außer mir.“

Theo pfiff durch die Zähne. „Das ist aber ein hohe Anerkennung.“

„Mag sein.“ Ilka zuckte die Schultern. „Aber das heißt noch lange nicht, dass ich mich mit ihm in ein solches Auto setzen will. Ich habe mich wie auf einer tickenden Bombe gefühlt.“

„Aber es ist nichts passiert, was durch das Auto ausgelöst worden wäre“, meinte Theo. „Das klingt für mich tatsächlich danach, dass die bisherigen Unfälle durch Mitarbeiter von *DynamoCars* verursacht worden sind. Heute konnte niemand etwas am Auto manipulieren, weil niemand davon wusste.“

Ilka rieb sich über die Schultern. Als der Kaffee serviert wurde, wärmte sie sich daran zuerst die Hände, die in fingerlosen Handschuhen steckten.

„Oh, entschuldige", besann sich Theo. „Du bist durchnässt. Du frierst bestimmt."

„Ein bisschen." Ilka lachte schelmisch, wobei sie Theo nicht aus den Augen ließ.

Verunsichert fuhr der sich durch seine schwarzen Haare, erwiderte eine Weile den Blick, bis er es selbst merkte: „Ich wollte nicht unhöflich sein."

„Macht nichts, Theo."

„Soll ich dich nach Hause fahren?"

„Gern. Aber den Kaffee trinke ich noch. Der riecht schon viel zu lecker."

„Was glaubst du, wen Brache ihm Verdacht hat, seine Autos zu manipulieren?"

„Warum sollte ich dir das sagen? Wir kennen uns gerade eine halbe Stunde und du bist Polizist."

„Gutes Argument. Und ich dachte, mein Charme wäre unwiderstehlich."

Nun lachte Ilka laut auf und meinte: „Du bist köstlich."

„Wenigstens etwas."

„Ein bisschen mehr ist es schon." Jetzt lachte sie verschmitzt.

„Das gibt wieder Hoffnung." Theo atmete auf. „Trotzdem rumort es in mir, dass Brache niemandem mehr in seiner Firma vertraut. Das klingt nicht gerade nach einem gutes Arbeitsverhältnis."

„Es war schon mal besser. Die vielen Unfälle setzen ihm zu. Dabei ist das Auto tatsächlich perfekt. Das hat es heute bewiesen."

„Hat er irgendwen speziell im Verdacht?"

„Nein. Oder er spricht es vor mir nicht aus."

„Okay, ich höre auf, dich zu löchern. Manchmal geht der Polizist mit mir durch."

„Klingt temperamentvoll." Sie zwinkerte. „Hast du die Handschellen immer dabei?"

„Immer!“

„Ich wohne nicht weit von hier.“

„Gut zu wissen.“

„Meine nassen Strümpfe machen mir langsam zu schaffen.“

„Die Dinger müssen weg. Und wer weiß, was noch alles durchnässt wurde.“

„Worauf warten wir noch?“

*

Lukas konnte es nicht fassen. Das Auto lief tatsächlich von ganz allein. Das Lenkrad hatte eine Pseudofunktion. Es drehte sich, ohne dass jemand dafür die Hand anlegen musste.

Überall gab es Displays, die unterschiedliche Angaben machten. Auf einem konnte er den Straßenverlauf sehen. Auf dem nächsten die Begebenheiten am Straßenrand. Dann wieder eine Wetter- und Sichtprognose. Auf anderen leuchteten lediglich Apps, die darauf warteten, bedient zu werden.

Er konnte nicht widerstehen, streckte seinen rechten Zeigefinger aus und tippte auf ein Symbol, das wie ein Blitz aussah.

Sofort ging ein Alarm los. Sämtliche Apps blinkten auf und in roter Schrift tauchte etwas auf dem Bildschirm direkt vor Brache auf.

„Das sollten Sie seinlassen“, meinte der Chef von *DynamoCars* herablassend.

„Warum? Was ist passiert?“

„Diese Displays haben alle Fingerabdrücke der Mitarbeiter erfasst, die berechtigt sind, das Auto zu bedienen. Da gehören Ihre wohlweislich nicht dazu. Ich habe gerade die Meldung eines ‚fremden Zugriffs‘ bekommen. Zum Glück kenne ich den Code, mit dem ich sofortige Entwarnung geben kann, sonst fährt das Auto an den Straßenrand und schaltet sich ab.“

Lukas pfiff durch die Zähne.

„Da dieser Wagen mit dem Rechenzentrum von *DynamoCars* ständig in Verbindung steht, wird dieser Eingriff dort gemeldet sein, wenn wir zurückkommen. Das bedeutet viel überflüssige Erklärungsarbeit."

„Sie wollen damit sagen, dass jedes Ihrer Autos mit Ihrem Rechenzentrum in Verbindung steht?"

Brache nickte.

„Dann bereitet Ihnen die unangemeldete Fahrt schon allein Arbeit genug, das alles aufzuarbeiten. Ich glaube kaum, dass mein Fingertouch einen Unterschied macht."

„Sie halten sich wohl für sehr schlau. Wir müssen alles erfassen. Auch diese unangemeldete Fahrt, wenn wir an unserem Ziel ankommen wollen."

„Wie soll das funktionieren, wenn die Autos mal serienmäßig auf den Straßen laufen? Das klingt für mich nach einer massiven digitalen Überwachung?"

„Blödsinn! Von Überwachung kann keine Rede sein. Sobald das Auto die Serienreife entwickelt hat, wird es von unserem Rechensystem getrennt. Zurzeit ist dieser Netzaufbau nur eine Sicherheitskontrolle – auch wenn es meines Erachtens eine übertriebene Fürsorge ist."

„Wohl kaum", gab Lukas zu bedenken. „Bei so viel eingebauter Sicherheit frage ich mich ernsthaft, wie es irgendjemandem möglich war, diese Autos zu manipulieren."

„Das frage ich mich auch."

„Trauen Sie einem Ihrer eigenen Leute diese Manöver zu?"

„Wenn ich ehrlich sein soll, weiß ich nicht mehr, wem ich noch trauen kann ... außer meiner Sekretärin."

„Deshalb diese unangemeldete Fahrt?"

„Ja. Meine Anwälte wissen davon. Und wie man sieht, gehören die nicht zum Kreis der Verdächtigen, denn es ist nichts passiert. Im Gegenteil. Das Auto hat perfekt funktioniert – in beiden schwierigen Situationen."

„Beiden Situationen? Welche gab es noch?"

Brache berichtete von der Fußgängerin mit dem Hund.

„Klingt wirklich nach einem perfekten Auto."

„Sage ich doch."

Die Straße durch den Saarlouiser Stadtteil Fraulautern war wie immer dicht befahren. Ampeln regelten hier und da den Verkehr. Zebrastreifen ermöglichten Fußgängern, die Straße zu überqueren. Der *Streetfighter* steuerte sich in aller Seelenruhe hindurch, hielt ohne Kommando an, als mehrere Leute den Zebrastreifen betraten und beschleunigte anschließend wieder. Lukas' Begeisterung wuchs.

Ein Mann stand ganz dicht am Straßenrand und fixierte das Auto, als wollte er sich davor werfen. Er hatte lange Haare und einen Vollbart, sah aber weder ungepflegt noch wie ein Selbstmörder aus. Viel mehr wie ein Kampfsportler, der es mit den Autos auf der Straße mit bloßen Händen aufnehmen wollte. Der *Streetfighter* wich der Person einfach aus, ohne dabei das Tempo zu verringern. Im Rückspiegel konnte Lukas sehen, dass der Mann dem autonom fahrenden Auto hinterherstarrte. Irgendwie kam ihm das Gesicht bekannt vor. Aber darüber wollte er nicht weiter nachdenken, denn die Fahrt war viel interessanter. Sie verließen das Zentrum von Fraulautern und näherten sich dem Firmengelände. Während sie darauf zufuhren, prangte der Saarpolygon auf dem Schlackenberg im Hintergrund – eine beeindruckende Kulisse. Der Wagen bog rechts ab und näherte sich seinem Zuhause. Er rollte über den breiten Zufahrtsweg. Diese Strecke war für Besucher, respektive für die Polizei nicht befahrbar. Schranken sperrten sie ab. Lukas staunte über die Breite dieser Teerstrecke. Der *Streetfighter* lief so erschütterungsfrei, dass er kaum bemerkte, in einem Auto zu sitzen. Am Eingang zum Werksgelände öffnete sich das Tor schon, bevor Brache etwas dafür tun musste.

„Wir werden erwartet“, stellte er unheilverkündend fest.

Das Auto fuhr hinein und parkte an einer Stelle, die mit einem speziellen Symbol markiert war.

„Genau hier hat der Wagen gestanden, bevor meine Sekretärin und ich damit losgefahren sind.“

„Anfänglich war ich nicht begeistert von der Idee, dass Autos selbst fahren“, gab Lukas zu.

„Und jetzt?"

„Jetzt kann ich es kaum noch erwarten, selbst mal in so einem Wagen fahren zu dürfen."

Brache grinste gönnerhaft.

Doch die Unterhaltung endete jäh, als sich die Wagentüren öffneten.

„Ist Ihnen bewusst, was Sie gerade angerichtet haben?", lautete die Frage einer Frau mit kurzen, dunklen Haaren, deren Augen so böse funkelten, dass Lukas Angst um Brache verspürte. Das war die Pressesprecherin Hannah Lorenz.

„Ist Ihnen bewusst, mit wem Sie hier sprechen?", kam es von Brache unfreundlich zurück.

„Ich stehe seit Ihrem Aufbruch mit sämtlichen Journalisten in Verbindung und kann keine plausible Antwort geben", erklärte die Pressesprecherin nun etwas zurückhaltender.

„Was Sie den Journalisten sagen, werden Sie gleich mit mir abstimmen – so wie wir das immer tun. Sie wissen, dass Sie keine eigenmächtigen Informationen rausgeben dürfen."

„Das weiß ich doch. Aber meine Weigerung, den Medien Informationen zu geben, hat sie zu wilden Spekulationen angetrieben. Ich kann also nicht dafür garantieren, was bald überall zu lesen sein wird."

„Zerbrechen Sie sich mal nicht meinen Kopf." Damit war für Brache das Thema erledigt.

Die Techniker fuchtelten wild mit den Armen. Sie steuerten den Wagen rückwärts in eine Kabine. Von seinem Standpunkt aus erkannte Lukas an den Seitenwänden jede Menge Bildschirme mit leuchtenden Anzeigen. Doch bevor er genauer hinschauen konnte, fuhr ein automatisches Tor herunter und der Wagen verschwand aus seinem Blickfeld.

„Unser stationäres Rechenzentrum", erklärte Brache. „Jetzt wird der Wagen wieder auf Herz und Nieren geprüft, das Protokoll entnommen und abgespeichert."

„Sie glauben doch nicht ernsthaft, dass Sie damit durchkommen", polterte eine dunkle Stimme.

Erschrocken drehte sich Lukas um und sah Amit Chander mit erbostem Gesichtsausdruck auf seinen Chef zugehen. „Wir arbeiten mit aller Präzision an diesem Auto, suchen verzweifelt nach Fehlern oder Schwachstellen im Sicherheitssystem und Sie fahren einfach los, ohne uns ein Wort zu sagen. Trauen Sie uns nicht mehr?“

„Ich frage mich ernsthaft, ob sich die Rollen in meinem Betrieb vertauscht haben“, gab Brache süffisant zurück. „Du verdankst diesen Job mir und nicht umgekehrt. Also mäßige deinen Ton.“

„Ich war eben besorgt“, versuchte Amit Chander zurückzurudern.

„Das bin ich auch. Und zwar lief der Wagen fehlerfrei. Diese Manipulationen finden nur dann statt, wenn jeder weiß, wann und wo das Auto fährt.“

Augenblicklich trat Funkstille in der Werkshalle ein.

*

Seit langem zeigte sich an diesem Morgen wieder die Sonne am Himmel. Dr. Silvia Tenner und Helmut Renske betraten das Großraumbüro, in dem jedoch nichts davon zu spüren war. Dort herrschte eher eine düstere Stimmung.

Dieter Marx’ Gesundheitszustand war unverändert schlecht. Der zweite Überfall und die fast gleichzeitig eingetroffene Mitteilung über den Tod der Kollegin Blech lasteten auf den Gemütern der Polizeibeamten.

Renske zog Kaffee am Automaten für sich und die Fallanalytikerin und ließ sich neben ihr an Theos Schreibtisch nieder.

Seinen Blick auf das Chaos gerichtet fragte er Lukas am Tisch gegenüber: „Wo steckt unser Kumpel?“

„Ich sehe nicht mehr als du.“

„Du willst mir ernsthaft sagen, dass du nicht weißt, wo Theo ist“, hakte Renkse nach.

„Es gibt Dinge, die sagt er mir nicht.“

„Alles klar bei euch?“

„Ja. Nur stehen wir manchmal ein bisschen neben uns. Nicht nur dass Monika gestorben ist, macht uns fertig. Sogar unser Hausgeistlicher fehlt uns. Jetzt wären mir seine biblischen Flüche lieber als das Wissen, dass er mit schweren Verletzungen im Krankenhaus liegt.“

„Ich glaube, ich sollte euch mal analysieren lassen. Ihr macht mir Sorgen.“ Renske warf Silvia ein schelmisches Grinsen zu.

Die Kriminalkommissarin Jasmin Hafner betrat das Büro. Ein Veilchen zierte das rechte Auge und Kratzer verteilten sich über das ganze Gesicht. Ihre schwarzen Haare hingen zottelig am Kopf. Ihre ganze Erscheinung wirkte desolat.

Lukas sprang auf und folgte ihr an den Schreibtisch. Sie reagierte mit einem schwachen Lächeln und meinte leise: „Es geht mir gut, auch wenn ich nicht so aussehe. Mach dir um mich keine Sorgen.“

„Leichter gesagt als getan.“

Nun lächelte sie Lukas offen an, was sein Herz höher schlagen ließ. „So siehst du sofort besser aus. Gib mir mehr davon.“

„Alle sagen ja, dass du unverbesserlich bist“, flüsterte sie ihm ins Ohr. „Ich glaube, endlich zu verstehen, was sie damit meinen.“

„Schlimm?“

„Nein! Ganz und gar nicht.“

Am liebsten würde Lukas die Kollegin in den Arm nehmen und fest an sich drücken. Aber er spürte, dass sie das nicht wollte – und diesen Wunsch respektierte er.

„Heute Abend bei mir?“, raunte er ihr zu. „Ich wohne nur einen halben Kilometer von dir entfernt.“

Sie nickte; Lukas könnte einen Luftsprung vor Freude machen. So lässig, wie es ihm möglich war, kehrte er an seinen Schreibtisch zurück. Die Blicke, die er von Renske und Silvia wahrnahm, holten ihn wieder von Wolke sieben runter.

Die Tür zu Allensbachers Büro öffnete sich mit Schwung und der Kriminalrat kam herein. Augenblicklich wurden alle

Gespräche und Aktivitäten eingestellt.

„Wo ist Kriminaloberkommissar Borg?“, fragte er mit dem Blick auf Theos Schreibtisch gerichtet.

„Auf dem Weg hierher“, antwortete Lukas hastig, um Peinlichkeiten zu ersparen.

Wie auf Knopfdruck öffnete sich die Tür zum Großraumbüro und Theo trat herein. Er sah übernächtigt aus, schwarze Ringe hatten sich um seine Augen gebildet. Seine Haare lagen in alle Himmelsrichtungen.

„Jetzt sind wir vollzählig und können mit der Besprechung beginnen“, bestimmte Allensbacher. „Fallanalytikerin Silvia Tenner hat ein Profil erstellt, das sie uns vortragen will.“

„Das gibt hoffentlich keinen Interessenskonflikt“, raunte Lukas seinem Kollegen und Freund zu.

„Wenn du die Klappe hältst, bestimmt nicht.“ Theo ließ sich auf dem Besucherstuhl vor seinem Schreibtisch nieder, weil Renske keine Anstalten machte, sich von seinem Stuhl zu erheben. Inzwischen hatte er seine Haare geordnet und den Kaffee des Staatsanwalts getrunken. Sofort sah er wacher aus.

Silvia steuerte den Flatscreen an der kurzen Seite des Raums an und begann zu sprechen: „Wir haben es inzwischen mit fünf Fällen zu tun, die alle im Zusammenhang mit *DynamoCars* stehen. Vor fünf Jahren wurde Ulf Brehmer erstochen und vergraben. Ob die Grabstelle bewusst ausgewählt wurde, weiß ich nicht, da arbeite ich noch dran. Weiterhin wurde ein junger Mann mit einem selbstfahrenden Auto überfahren und starb. Das Auto stammt von *DynamoCars*. Unsere Kollegin und Freundin, Kriminalkommissarin Monika Blech wurde direkt vor dem Gebäude der Firma überfallen und schwer verletzt. Sie ist gestern an ihren Verletzungen gestorben.“

Eine kurze Pause trat ein.

„Ein Mitarbeiter von *DynamoCars* landete mit dem selbstfahrenden Auto *Road Speedster* in der Saar und ertrank. Und gestern wurden zwei Polizeibeamte angegriffen, während sie das Multifunktionsgerät untersuchten, das im Zusammenhang mit dem zweiten Unfall steht."

„Damit sagen Sie uns nichts Neues", warf Allensbacher unfreundlich ein, doch Silvia ließ sich nicht aus der Ruhe bringen. Sie sprach einfach weiter: „Wir haben es hier mit sehr unterschiedlichen Verbrechen zu tun. Der Mord an Ulf Brehmer ist eine sehr direkte Tat. Das Motiv könnte rationaler Natur sein, der Täter hatte ein Ziel, das nur durch Ulf Brehmers Tod zu erreichen war."

„Ulf Brehmer wollte den Verkauf der Häuser Am Ostring boykottieren", brachte Lukas ein.

„Das könnte ein solches rationales Motiv sein. Die Tatsache, dass der Tod durch einen Messerstich herbeigeführt wurde, spricht hier für ein Verbrechen aus Angst und daraus eventuell resultierender Aggression."

„Was heißt das?"

„Es geht um die Angst, selbst zu Schaden zu kommen, und der daraus resultierende Impuls, sich davor zu schützen", erklärte Silvia. „Der Täter war eher unorganisiert, was außerdem für die Wahl der Grabungsstätte sprechen könnte. Denn sollten der Verkauf der Häuser und der geplante Bau der Firma *DynamoCars* am Ostring tatsächlich das Motiv gewesen sein, war zu erwarten, dass die Leiche irgendwann wieder auftaucht."

„Was genau wollen Sie uns damit sagen?", drängte Allensbacher.

„Lassen Sie mich ausreden, dann wissen Sie es."

Kurze Stille trat ein.

Silvia sprach weiter: „Seit dem Auffinden der ersten Leiche – deren Ermordung ganze fünf Jahre zurückliegt – geschahen innerhalb weniger Tage vier Delikte. Was sagt uns das?"

Alle starrten Silvia ratlos an.

„Der Mord an Ulf Brehmer bzw. das Auffinden seiner Leiche war der Trigger für alle darauffolgenden Taten."

Staunendes Gemurmel ging durch das Großraumbüro.

„Du meinst also, dass Ulf Brehmer der Auslöser dafür ist, dass dieser junge Fußgänger, Benno Horst und Monika Blech sterben mussten und Dieter Marx ums Überleben kämpft?" Jasmin wirkte nicht sehr überzeugt.

„In den Fällen des Fußgängers und Benno Horsts bin ich mir sehr sicher", gab Silvia zum Besten. „Wie unsere Kollegen Monika Blech und Dieter Marx in meine Theorie reinpassen, erkläre ich noch."

„Und was genau wollen Sie uns bei den Ermittlungen mit auf den Weg geben?"

„Alles, was geschieht, dient einem bestimmten Zweck, der mit *DynamoCars* zusammenhängt. Das bedeutet, dass wir es mit zielorientierten Taten zu tun haben. Die unterschiedlichen Modi operandi können darauf schließen, dass mehrere Täter am Werk sind. Während die Manipulationen der Autos von einem überlegten und organisierten Täter begangen wurden, hat jemand mit erhöhtem Aggressionspotential die Überfälle auf die Polizeibeamten verübt. Das könnte bedeuten, dass wir eine Gruppe von Tätern suchen, die alle das gleiche Ziel haben."

„Und was ist das Ziel?"

„Ich bin ja noch nicht fertig", parierte Silvia die drängenden Fragen des Kriminalrats. „Es ist stark anzunehmen, dass der oder die Täter die Entwicklung des selbstfahrenden Autos aufhalten wollen. Dabei ist nicht klar, ob es um das Auto selbst geht, weil sie darin eine potentielle Gefahr für den Straßenverkehr sehen. In Amerika hat es solche Angriffe schon gegeben, wie wir wissen. Es wäre aber auch möglich, dass mit diesen Taten der Firma *DynamoCars* aus einem anderen Grund geschadet werden soll. Diese Firma steht mit ihrer Entwicklung kurz vor dem Durchbruch, was ein Milliarden-Geschäft verspricht. Weiterhin gibt es Ruhm und Ehre und ein lebenslanges Patentrecht, womit sich auch die Nachfahren von Karl-Otto Brache und deren Nachfahren und deren Nachfahren ein Leben in Saus und Braus gesichert haben, ohne einen Finger dafür zu rühren. Das stößt bekanntermaßen einigen bitter auf."

„Dann wäre jeder, der etwas Neues auf den Markt bringt, gefährdet", spekulierte Lukas.

„Stimmt. Deshalb bin ich mit dieser Erklärung auch noch nicht so ganz zufrieden."

„Das wäre ein banales Motiv, wofür es kein besonderes kriminalpsychologisches Geschick bedarf." Allensbacher runzelte die Stirn.

„Deshalb habe ich mir alle Daten und Fakten noch mal genaustens durchgesehen und darf Ihnen bescheinigen, dass Sie auch noch nicht viel an Erkenntnissen gewonnen haben", schoss Silvia lächelnd zurück. „Und mit dem wenigen muss ich arbeiten, was es auch für mich nicht leichter macht."

Dazu sagte Allensbacher nichts mehr.

„Die Tatsache, dass alles mit dem Auffinden der Leiche von Ulf Brehmer begann, lässt mich zu dem Schluss kommen, dass der Grund persönlicher Natur ist."

„Rache?"

„Das wäre zu einfach. Da steckt mehr dahinter. Wie wir wissen, hatte der Fußgänger, der überfahren wurde, eine sogenannte Leiche im Keller. Er hat ein Kind überfahren und wurde dafür nicht wirklich gebührend bestraft."

Alle nickten.

„Benno Horst hat durch sein Verhalten ein junges Mädchen in den Selbstmord getrieben. Es kam heraus, konnte aber nie bewiesen werden. Also kann man auch in diesem Fall sagen, dass der Täter – in dem Fall Benno Horst – viel zu glimpflich davonkam."

„Und was hat das mit *DynamoCars* zu tun?"

„*DynamoCars* hat indirekt diese Menschen ausgeschaltet."

„Sie behaupten, dass die Firma für diese Form der Selbstjustiz benutzt wird?" Allensbacher kam ins Staunen.

„Das behaupte ich nicht. Aber das ist ein Ansatz meiner Analyse."

„Und welche Rolle spielen unsere Kollegen dabei? Wir versuchen wirklich, für Recht und Ordnung zu sorgen. Was später die Jurisprudenz daraus macht, darauf haben wir ja keinen Einfluss."

„Da stecke ich noch ein wenig fest mit meinem Profil. Wenn wir mehrere Täter suchen, wäre es zu viel des Zufalls, dass alle Taten mit *DynamoCars* in Verbindung stehen. Ein Mensch der Polizisten hasst, greift solche an. Ein Mensch, der eine Rechnung mit *DynamoCars* offen hat, greift diese Firma an. Wie also bringen wir diese Taten unter einen Hut?“

„Das sind wir alle mal gespannt“, gab Allensbacher zu.

„Okay, dafür muss ich aber weit ausholen“, kündigte Silvia an und begann mit ihrem Vortrag: „Es gibt Menschen, die an einer dissoziativen Persönlichkeitsstörung leiden. Diese Störung entsteht meist durch ein Trauma, das die eigenen Bewältigungsfähigkeiten übersteigt und den betroffenen Menschen mit Gefühlen wie Angst, Hilflosigkeit und/oder Entsetzen zurücklässt. Wenn sich Körper und Seele der Situation nicht entziehen können, schaltet der menschliche Organismus auf Überlebensstrategien um. Der Mensch dissoziiert, das ist die Fähigkeit, sich vom Alltagsbewusstsein abzuspalten. Das könnte man auch als eine Art Flucht ansehen: die Flucht aus dem eigenen Körper. Wir kennen das als retrograde Amnesie, was eher auf einen Einzelfall im Leben zutrifft. Im Falle einer andauernden oder sich wiederholenden Gefahr kann Dissoziation zur permanenten Bewältigungsstrategie werden. Meistens bei Kindern, deren Persönlichkeit noch nicht ganz ausgereift und daher noch formbar ist. Kleine Kinder sind auf nahe Bezugspersonen angewiesen und von ihnen abhängig, egal, was sich die Erwachsenen mit ihnen erlauben.

Dadurch findet eine Abspaltung vom Ich statt. Das ermöglicht demjenigen das Überleben in einem ausweglosen Lebensverhältnis. Dissoziationen sind keine Entscheidungen, sondern geschehen unwillkürlich und sind vom Betroffenen nicht steuerbar.“

„Und was hat diese Persönlichkeit mit unserem Fall – bzw. mit unseren Fällen zu tun?“

„Solche Menschen suchen wir.“

„Woran erkenne ich solche Menschen?“

„Es gibt verschiedene Formen der dissoziativen Persönlichkeitsstörung. Hierbei handelt es sich vermutlich um die schwerste Form dieser Störung – der Identitätsstörung. Dabei treten zwei oder mehr verschiedene, voneinander abgetrennte Zustände der Persönlichkeit auf, mit eigenen Gefühlen, Charaktereigenschaften und Vorlieben. Die unterschiedlichen Persönlichkeiten treten natürlich immer im Wechsel auf. Die eine weiß nichts von der anderen. Sind die Betroffenen in einem bestimmten Persönlichkeitszustand, können sie sich nicht daran erinnern, was der andere getan oder erlebt hat. Das heißt also, dass dieser Mensch mit Gedächtnislücken und sehr konträren Verhaltensweisen auffällt."

„Und daran sollen wir einen Verdächtigen erkennen?"

„Lassen Sie mich bitte ausreden", parierte Silvia zum wiederholten Mal den Kriminalrat. „Einer der Typen betrachtet Gewalt als Kompensation. Dessen Gefühl der Ohnmacht ist so unerträglich, dass er bereit ist, alles dafür zu tun, um das Gefühl der Kontrolle zurückzubekommen. Wenn dieser jemand zum Beispiel zu Hause ohnmächtiges Opfer oder Zeuge körperlicher Gewalt wurde, ist er zu allem bereit, um Abhilfe zu schaffen. Das Gefühl der Kontrolle oder der Macht über andere stellt sich damit an oberste Stelle. Es kommt vor, dass Opfer von Gewalt selbst gewalttätig werden. Für sie ist Gewalt das einzige Mittel, die Ohnmacht zu besiegen. Damit beschreibe ich die atavistische Wut, mit der die Kollegen der Kriminalpolizei angegriffen wurden."

Alle schauten betroffen drein.

„Der andere Typus gehört zur Kategorie des planenden Täters. Der verfügt über eine überdurchschnittliche Intelligenz, auch wenn seine Arbeit sehr häufig unter seinem Niveau ist. Er ist in der Lage, qualifizierte Tätigkeiten auszuüben, sein Lebenslauf zeugt jedoch von großer Unbeständigkeit und Unzuverlässigkeit. Stressfaktoren im persönlichen Umfeld sind meist Auslöser für Gewalttaten. Der planende Täter ist sozial integriert, lebt oftmals mit einem Partner zusammen und ist nach außen unauffällig."

„Interessant. Beide Typen könnten vor uns stehen und wir erkennen sie nicht.“

„Merken Sie nicht, worauf ich hinaus will?“, fragte Silvia ungeduldig.

„Nein!“

„Ich habe gerade in aller Ausführlichkeit Ursachen der dissoziativen Persönlichkeitsstörung beschrieben. Sie entsteht in den meisten Fällen durch traumatische Erlebnisse – den Ursprung hat die Persönlichkeitsspaltung meisten in der Kindheit, was auf beide Tätertypen in unseren vier aktuellen Fällen zutrifft.“

„Und was wollen Sie uns damit sagen?“

„Wir haben es hier mit einem sogenannten *Allrounder* zu tun, was bedeutet, dass er beide Eigenschaften in sich trägt. Sie suchen nicht mehrere Täter, sondern nur einen.“

Kapitel 9

Er durfte sich nicht aus der Fassung bringen lassen.

Seine Informationsquelle hatte versagt. Niemals hätte das passieren dürfen. Niemals hätte diese Fahrt stattfinden dürfen. Der Erfolg dieser unangemeldeten Testfahrt warf ihn meilenweit zurück.

Er musste umdenken – neu planen.

Seine zukünftigen Strategien mussten noch medienwirksamer sein – noch brutaler – noch aufmerksamkeitsheischender – noch bösartiger – noch gnadenloser.

An Ideen mangelte es ihm nicht. Es waren die Kollateralschäden, die er nicht hatte in Kauf nehmen wollen. Doch das galt jetzt nicht mehr. Jetzt musste er zuschlagen nach allen Regeln der Kunst. Nichts und niemand konnte ihn aufhalten. Kein Stein blieb mehr auf dem anderen.

Und dieses Mal hinterließ er keine Spuren – nichts, was auch nur den geringsten Hinweis gab.

Dieser Fauxpas mit den Verteilerkästen sollte ihn nicht aufhalten. Im Gegenteil: Es würde alles noch schlimmer kommen.

Seine Zielstrebigkeit hatte neues Futter bekommen. Sein Geist agierte bereits und lieferte ihm tausend neue Vorschläge. Seine Wut verwandelte sich in Produktivität.

Das war es, was ihn auszeichnete. Das war es, worauf er sich schon sein ganzes Leben lang verlassen konnte.

Egal wie tief sein Fall war, er kam immer noch stärker heraus.

So auch jetzt.

Tatenfreudig rieb er sich die Hände. Die nächste Schlacht konnte beginnen und die würde ein echtes Gemetzel werden. Das Beste daran war: Keiner dieser Schlaumeier war bisher auf den Fehler aufmerksam geworden – also würde auch keiner von ihnen diesen Crash aufhalten können.

Ihm konnte niemand das Wasser reichen.

Lukas traf seinen Freund und Kollegen Theo auf dem Parkplatz vor dem Landespolizeipräsidium an. Er wartete auf ihn, damit sie gemeinsam das Gebäude betreten konnten. Das Wochenende war ruhig verlaufen. Trotz Bereitschaft war es zu keinem Einsatz gekommen. Der Täter, den sie inzwischen „Allrounder" nannten, hatte in keiner Weise zugeschlagen.

Sie gingen durch den strahlenden Sonnenschein auf den Eingang zu und nahmen den Aufzug ins vierte Stockwerk, in dem die Büroräume der Kriminalpolizei lagen. Während Theo den Sicherheitscode an der Tür eingab, fragte Lukas. „Ist dir eigentlich aufgefallen, dass das ganze Wochenende so schönes Wetter wie schon lange nicht mehr war?"

„Nein – und dir auch nicht, so wie du aussiehst."

Lukas grinste schief.

Die Tür öffnete sich und sie traten in den langen, schmalen Flur. Dort hören sie, dass ein Tumult im Großraumbüro herrschte. Sie näherten sich der gläsernen Tür und schauten hinein. Allensbacher stand zwischen den Kollegen und verbreitete Unruhe.

„Scheiße, was ist denn jetzt wieder los?", murrte Lukas.

„Das erfahren wir, wenn wir reingehen."

„Muss das sein?"

„Witzbold!"

Theo öffnete die Tür, sofort schlug ihnen großer Lärm entgegen.

Lukas Blick ging suchend über die Schreibtische, bis er Jasmin entdeckte. Sie wirkte ausgeruhter als er. Er schmunzelte. Doch die Stimmung war so angespannt, dass er nicht umhinkam, Allensbachers Worte wahrzunehmen: „*DynamoCars* startet heute Morgen eine weitere Testfahrt und wir werden in der Firma anwesend sein."

„Das hört sich nach Arbeit an", stellte Theo fest und ließ sich auf seinen Schreibtischstuhl fallen.

„Ohne Kaffee können wir die Welt nicht retten", meinte Lukas und verschwand wieder im Flur.

Mit zwei vollen Tassen kehrte er zurück.

Die Stimmung hatte sich in der kurzen Zeit etwas beruhigt. Allensbacher plusterte sich inmitten seiner Mitarbeiter auf und berichtete gerade: „Karl-Otto Braches Anwälte haben gute Arbeit geleistet. Sie haben den Spieß sozusagen umgedreht und die unangemeldete Autotour des Chefs im *Streetfighter* als Aushängeschild für das selbstfahrende Auto respektive dieser Firma genommen. So konnte eine neue Testfahrt genehmigt werden – trotz der schweren bzw. tödlichen Unfälle."

Alle starrten den Kriminalrat erwartungsvoll an.

„Es kam auch für mich ganz überraschend, zumal es eine Vereinbarung mit *DynamoCars* gibt, jede weitere Fahrt auch von Polizeiseite aus zu überwachen. Deshalb werde ich jetzt die Aufgaben verteilen."

Einige Kollegen aus anderen Dezernaten waren anwesend und nahmen ihre Anweisungen entgegen.

„Lukas Baccus und Theo Borg, Sie beide begleiten mich zu *DynamoCars*. Wir werden die Testfahrt zusammen mit den Technikern an deren Überwachungsgeräten begleiten", lautete der Abschluss seiner Anweisungen.

„Warum nehmen Sie mich nicht mit?", fragte Jasmin ungehalten. „Ich habe von Anfang an vor Ort ermittelt. Ich kenne mich in der Materie aus."

Allensbachers Gesicht lieft rot an. Er atmete mehrere Male tief durch, bevor er antwortete: „Ich habe meine Gründe."

Lukas verbrannte sich an seinem Kaffee.

„Baccus! Borg! Sie brauchen sich gar nicht erst häuslich niederzulassen. Wir fahren sofort los."

Unvermittelt ließen sie ihre noch dampfenden Becher stehen und steuerten die Tür an.

„Wir warten unten im Fuhrpark auf Sie", rief Theo, bevor er die Tür hinter sich zufallen ließ.

„Manometer! Wie ist der denn drauf?", stöhnte Lukas.

„Ich glaube, der Fall überfordert ihn." Theo grinste und winkte Lukas mit dem Autoschlüssel zu.

„Das ist nicht fair. Ich bin mit Fahren dran."

„Wer den Schlüssel hat, fährt."

„Wer mogelt, muss den Schlüssel abgeben."

„Ich habe nicht gemogelt."

„Doch", trumpfte Lukas auf. „Ich habe gesehen, wie der junge Kommissaranwärter ihn dir zugesteckt hat."

„Auffälliger konnte der Depp das nicht machen", gab Theo zu. „Trotzdem fahre ich. Ich habe eindeutig schneller reagiert als du. Außerdem bin ich wacher als du. Ich habe bestimmt eine ganze Stunde mehr geschlafen."

„Hast wohl schlapp gemacht?"

„Sowas passiert mir doch nicht."

„Reingelegt!" Lukas grinste. „Du wirst ganz rot."

Tatsächlich fuhr sich Theo durchs Gesicht und brummte: „Blödmann."

„Die Pumpe ist vergammelt, doch täglich wird gerammelt", zwitscherte Lukas. „Der Senioren-Wahlspruch des Tages."

„Was glaubst du, warum der Chef Jasmin nicht mitnehmen will? Sie ist doch mit der Materie der selbstfahrenden Autos vertrauter als wir", wechselte Theo das Thema.

„Keine Ahnung. Vielleicht arbeitet er seit neuestem so gern mit uns zusammen."

*

Der *Streetfighter* stand in der Mitte der großen Halle – angeleuchtet von mehreren Strahlern. Der Effekt blieb nicht aus. Die Kriminalkommissare gerieten bei dem Anblick ins Schwärmen.

Fast wären sie von Amit Chander umgerannt worden, der ungebremst mitten durch sie hindurch auf den Ausgang zustürmte. Lukas und Theo sprangen erschrocken zur Seite. Doch das Szenario, das sich in der Halle abspielte, fesselte sie so, dass sie diesen Zwischenfall schnell vergaßen. Das Auto stand auf einer Drehscheibe und präsentierte sich von allen Seiten. Daten und Fakten des *Streetfighters* wurden im Hintergrund auf einem großen Flatscreen eingespielt.

Erst beim zweiten Hinsehen erkannten sie die vielen Kameraleute, die diese Szene einfingen. Karl-Otto Brache saß am Rand und ließ sich von einer Frau schminken. Sören Forthoffer trug einen einteiligen Anzug, der viel zu groß an ihm aussah, mit den Farben der Firma inklusive deren Logo und stand einem Moderator Rede und Antwort.

„Also wird Forthoffer diese Testfahrt durchführen", erkannte Theo. „Das erklärt, warum Jasmin nicht mitkommen durfte."

„Du glaubst doch wohl selbst nicht, dass sie was für diesen eitlen Pimpf empfindet", kam es von Lukas.

„Bleib mal locker! Allensbacher denkt das wohl – und das ist gut so. Ein Verhältnis unter Kollegen würde vermutlich seine Sympathie für dich noch mehr schmälern."

Lukas grummelte: „Okay. Lassen wir das Thema einfach. Schauen wir lieber, was heute bei *DynamoCars* passiert."

Theo klopfte seinem Freund auf die Schulter. Gemeinsam näherten sie sich dem Treiben. Kriminalrat Allensbacher war inzwischen in ein Gespräch mit Brache vertieft. Es sah nach einem Streit aus. Fernsehmoderatoren liefen planlos umher und suchten Gesprächspartner für ihre Sendung. Als ihre Blicke auf Lukas und Theo fielen, gingen die beiden Kommissare auf Tauchstation.

„Nichts wie weg hier", drängte Theo und steuerte die einzige Tür an, die in der Werkshalle zu sehen war.

„Willst wohl zu Ilka Dewes", stichelte Lukas. „Auch nicht das, was ein Kriminalrat unter objektiver Ermittlungsarbeit versteht."

„Halt einfach die Klappe! Oder willst du vor der Kamera auftauchen? Dann hast du Allensbacher endlich einen Grund geliefert, dich zu versetzen."

Das ließ sich Lukas nicht zweimal sagen.

Sie verließen die Werkshalle, durchquerten einige Flure und gelangten an die Tür zu Ilka Dewes Büro.

Sie stand offen. Die Sekretärin warf den beiden Polizeibeamten ein spitzbübisches Lachen zu und fragte: „Na! Schon die Nase voll vom Trubel?"

„Du hast uns durchschaut." Theo grinste. Seine Gesichtsfarbe färbte sich eine Nuance dunkler.

Lukas hielt sich dezent im Hintergrund. Im Büro umschauen machte keinen Sinn, weil es nichts zu sehen gab. Auch dieser Raum war so spartanisch eingerichtet wie das Chefbüro. Da stand Lukas vor der Frage, wie hier produktiv gearbeitet werden konnte.

Gerade hörte er, wie Ilka sagte: „Eigentlich war Amit für diese Testfahrt vorgesehen. Doch der hat sich mit dem Chef angelegt – das sollte man nicht tun."

„Deshalb ist er wie von der Tarantel gestochen aus dem Werk gestürmt", kombinierte Theo. „Der war sauer."

„Das kann ich mir vorstellen. Bis vor einer Stunde sollte er den *Streetfighter* fahren." Ilka zuckte die Schultern. „Sören hat den Simulator-Test nicht gemacht – und auch nicht alle anderen Stationen durchlaufen, die ein Testfahrer machen muss. Trotzdem soll er jetzt fahren. Er ist wohl Braches letzte Hoffnung."

„Ist das nicht gefährlich, was Brache da tut?"

„Eigentlich nicht. Ich glaube, niemand hat so viel an diesem Auto gearbeitet wie Sören. Er kennt die Funktionen am allerbesten. Und der Software-TÜV ist bestanden, also sollte nichts mehr schiefgehen."

„Außer?", hakte Theo nach.

Zögerlich meinte Ilka: „Außer ... der Unbekannte bekommt es spitz und wird aktiv."

„Seit wann ist klar, dass diese Testfahrt stattfindet?"

„Seit wenigen Stunden."

„Niemand hat davon erfahren?"

„Nein! Außer die Betroffenen."

„Wer sind die?"

„Sören, Amit, Hannah, Brache, die Techniker, Braches Anwälte und meine Wenigkeit."

„Und seit wann weiß die Presse Bescheid?"

„Erst seit einer Stunde."

Lukas murmelte: „Na – wenn das alles ist."

*

Sören Forthoffer wurde mehr oder weniger in den *Streetfighter* geschoben – ohne selbst etwas dafür zu tun. Überhaupt kam für ihn diese Testfahrt überfallartig. Bisher stand fest, dass Amit Chander die Tour übernehmen sollte. Er war durch den Simulatortest, durch sämtliche ärztliche und psychologische Tests gegangen und hatte alles mit Bravour bestanden.

Doch dann legte sich der Depp mit dem Chef an.

Karl-Otto Brache hatte schon oft Konsequenz bewiesen. So auch hier. Obwohl für Sören keine Zeit mehr blieb, alle Stationen der Vorbereitungen zu durchlaufen – eine Stunde reichte dafür definitiv nicht aus – wurde er einfach zu dieser Testfahrt verdonnert. Einerseits ein gutes Gefühl – er genoss Braches Vertrauen. Andererseits begleitete ihn ein leichtes Nervenflattern. Hoffentlich überstand er diese Fahrt fehlerfrei.

Durch diese überstürzte Planänderung bekam Sören noch nicht einmal einen passenden Anzug für diese Testfahrt. Also trug er jetzt den Firmenanzug von Amit Chander, der ihm einige Nummern zu groß war. Er fühlte sich wie in Lumpen gepackt – ausgerechnet an dem Tag, an dem es vor Presse nur so wimmelte.

Wohlfühlen ging anders.

Er schnaufte, als er im Hauruckverfahren hinter das Cockpit verfrachtet wurde. Im Grunde genommen fühlte er sich wie eine Marionette. Weder eigene Entscheidungen noch eigene Handlungen waren ihm überlassen. Trotzdem war er der Star der Stunde. Alle Kameras waren nur auf ihn gerichtet. Also beschloss er, dieses Procedere nicht zu hinterfragen.

Mikrofone wurden durch die Seitenfenster gereicht und tausend Fragen wurden ihm gestellt. „Wie fühlt man sich, wenn man einen entscheidenden Teil zur Zukunft beiträgt?“ „Was machen Sie jetzt, während das Auto von alleine fährt?“ „Vertrauen Sie dem Werk, das Sie selbst geschaffen haben?“, und viele weitere drangen an seine Ohren. Ein gutes Gefühl. Jetzt im Auto sah man sein Outfit nicht mehr. Jetzt konnte er glänzen – was ihm mit seinen stahlblauen Augen und dem gewinnbringenden Lächeln spielend gelang. Soweit es ihm erlaubt war, antwortete er auf die Fragen, was ihm noch mehr Bewunderung einbrachte. Wachsender Stolz wog seinen anfänglichen Ärger über die Hauruckaktion wieder auf.

Plötzlich wandten sich alle Presseleute von ihm ab. Was hatte das zu bedeuten.

Erst bei genauerem Hinsehen erkannte er, dass der Techniker mit einem der Polizisten gerade die Strecke durchsprach, die Sören nun fahren sollte. Was ihm dabei bitter aufstieß, war die Tatsache, dass sämtliche Presseleute diese Routenbeschreibung wahrnahmen.

Der Techniker klopfte zweimal auf das Autodach und rief Sören zu: „Gib uns dein Zeichen, wenn du bereit bist.“

Sören spürte, wie sein Adrenalinspiegel anstieg. Vorsorglich ging er alle Anzeigen durch, rief sich alle Funktionen ins Gedächtnis, schnallte sich an und blinkte zweimal auf.

Der Tross setzte sich in Bewegung.

Vor ihm fuhr ein Polizeifahrzeug, das den *Streetfighter* während der Fahrt von vorne filmte – und mit weiteren Kameras alle Begebenheiten auf den Straßen festhielt. Hinter ihm folgte ein Polizeifahrzeug, das alle Eventualitäten von der Rückseite des *Streetfighters* filmte. Diese Vorsichtsmaßnahmen waren die Grundvoraussetzung für diese Testfahrt gewesen – und gleichzeitig auch der Grund für den Streit, den Amit Chander vom Zaun gebrochen hatte. Für Amit war der Aufwand lächerlich und überflüssig. Sören interessierte es wenig, wer wo in seiner Nähe fuhr. Hauptsache war doch, dieses Geschoss von Auto fahren zu dürfen.

Also harrte er der Dinge, die nun kommen sollten.

*

Der Tross verließ das Gelände am Ostring, bog rechts ab und beschleunigte. Hier war nur Landstraße und die Autobahnunterführung – also nichts, was eine besondere Aufmerksamkeit erforderte.

Trotzdem fühlte sich Sören gespannt wie ein Flitzebogen. Das Polizeiauto vor ihm fuhr in gebührendem Abstand. Die Kameras konnten stark heranzoomen, sodass sich Sören nicht dem trügerischen Gefühl hingeben durfte, unbeobachtet zu sein. Gerade juckte es ihn in der Nase. Wie gerne würde er ... doch er ließ es bleiben.

Das Fahrzeug hinter ihm konnte er im Rückspiegel auch nur im Kleinformat erkennen. Alles erweckte den Anschein, als sei er allein auf der Straße. Gegenverkehr herrschte zurzeit wenig. Die Sonne schien am azurblauen Himmel.

Doch schon bald änderte sich das Bild vor seinen Augen. Er erreichte Saarwellingen, wo prompt dichter Verkehr herrschte. Die beiden Polizeifahrzeuge rückten dichter an ihn heran, sodass sich kein anderes Auto dazwischen drängen konnte. Der *Streetfighter* drosselte das Tempo und fuhr mit 50 km/h durch die Ortschaft.

Der erste Kreisel kam. Ein LKW drängte sich vor ihm hinein. Der *Streetfighter* verlangsamte sein Tempo, sodass genügend Abstand zwischen den Autos blieb.

Der zweite Kreisel kam. Auch hier gab es keine Beanstandungen an den Reaktionen des Wagens.

Sören schmunzelte. Das Auto war perfekt.

Nun ging es ein lange Strecke immer nur geradeaus. Die Bahnhofstraße, sozusagen die Hauptverkehrsstraße durch Saarwellingen, war voller Leben und Bewegung. Zu beiden Seiten sah er Menschen, die Gebäude betraten oder verließen. Lokale, die öffneten, Lieferwagen hielten am Straßenrand und luden ihre Waren aus. Der *Streetfighter* stoppte, um den Gegenverkehr durchzulassen, bevor der selbst weiterfuhr.

Geschäfte lösten Restaurants ab. Dazwischen gab es eine Kirche, Schulen, Kitas und eine Behinderteneinrichtung. An diesen Stellen galt jeweils Tempo 30. Der *Streetfighter* drosselte immer zuverlässig. Sören staunte, mit welcher Exaktheit das Auto auf alles reagierte.

Sein Blick schwenkte ständig von rechts nach links und wieder zurück. Saarwellingen war ihm nicht vertraut. Sein Leben spielte sich hauptsächlich in Saarlouis ab – wenn er nicht gerade am Arbeitsplatz war. Er schaute sich in aller Seelenruhe um und kam zu dem Schluss, dass dieser Ort sehr lebendig wirkte – und das an einem Vormittag.

Viele Autos parkten am Seitenstreifen, ein gewohnter Anblick. Doch plötzlich wurde eine Fahrertür aufgestoßen. Sören erschrak, wollte reagieren, doch das Auto tat es schon vor ihm. Es wich diesem unbedachten Störfaktor aus, indem es so abrupt abbremste, dass Sörens Anschnallgurt spannte. Der Gegenverkehr wurde durchgelassen. In diesem Moment konnte Sören den unbedachten Fahrer beobachten. Dessen Augen wurden immer größer, als er den *Streetfighter* sah.

Sören verließ Saarwellingen und erreichte Nalbach. Hier tauchten Supermärkte rechts und links von ihm auf. Eine ältere Dame wollte mit ihren Einkäufen die Straße überqueren. Sören schalteten um auf Manuell-Fahr-Modus *A-Drive-Out,* hielt an und ließ die Dame passieren. Anschließend setzte er die Fahrt im Automatik-Fahr-Modus *A-Drive-In* fort. Die Weiterfahrt wurde jedoch durch einen kleinen Stau gestoppt. Soweit er wusste, steuerte er auf einen Kreisverkehr zu, den er von seinem Standpunkt aus nicht sehen konnte. Er schaute auf sein Display, das gab ihm die genaue Lage dieses Kreisels an, die Größe und die Entfernung zwischen ihm und dem Auto. Außerdem fand er dort bestätigt, dass sich der Stau dahinter auflöste.

Na toll! So wusste er wenigstens, wie lange er im Stau verharren musste.

Der Stillstand nervte ihn. Das gehörte wohl kaum zu einer Testfahrt. Nur stoßweise ging es Meter für Meter weiter. Hinzu kamen Fahrzeuge von rechts und von links, die ebenfalls einscheren wollten. Damit verlängerte sich die Wartezeit erheblich.

„Houston, wir haben ein Problem“, stöhnte Sören.

„Ruhig Brauner“, ertönte es prompt durch den Lautsprecher. „Gleich geht es flüssig weiter.“

*

Karl-Otto Brache, Wendalinus Allensbacher, Lukas Baccus und Theo Borg standen vor den verschiedenen Monitoren und beobachteten die Fahrt von innen wie von außen. Die Kameras übertrugen lebensnahe Bilder. Alles wirkte perfekt durchdacht, die Reaktionen des Autos hinterließen nicht den geringsten Zweifel.

Jedes Kommando, jede Bewegung, die Sören Forthoffer am Computer des Wagens vornahm, wurde dokumentiert. Sie sahen, dass er die Dame die Straße überqueren ließ. Sie beobachteten die geöffnete Fahrertür des Wagens am Straßenrand und sahen den erstaunten oder überraschten Blick des Autofahrers. Dann sahen sie, welche Informationen er von seinem Navi abrief. Es war erstaunlich und erschreckend zugleich.

„Sehen Sie!“ Braches Grinsen wirkte diabolisch. „Das Auto ist perfekt. Es gibt nicht den geringsten Zweifel an den Sicherheitsprogrammen. Ihr Einsatz hier bei mir ist überflüssig. Suchen Sie lieber den Saboteur, den Sie hier in diesem Raum nicht finden werden.“

„Sie werden es nicht glauben, aber wir sind hier, weil wir den Saboteur suchen. Wir nennen ihn jedoch Täter, weil seine Manipulationen Todesopfer gefordert haben“, konterte Theo.

Brache verzog sein Gesicht zu einer Grimasse, sagte aber nichts mehr. Sie beobachteten schweigend die weitere Testfahrt von Sören Forthoffer, die perfekt verlief.

*

Die Weiterfahrt über die Umgehungsstraße vorbei an Ortschaften wie Nalbach und Diefflen verlief ereignislos. Sören beobachtete die Anzeigen auf den Displays und erfreute sich daran, mit welcher Genauigkeit und Schnelligkeit Abstände, Sichtverhältnisse, Geschwindigkeiten anderer Fahrzeuge, Abweichungen von Straßenführung und Straßenbelag, Abstände zu Seitenstraßen oder besonderen Gegenständen am Straßenrand angezeigt wurden.

Er spürte Stolz in sich aufkommen. Alles, was er hier sah, hatte er ins Leben gerufen. Seine Aufgabe war das Programm der sensorischen Umfelderfassung. Hier fand er bestätigt, dass er gute Arbeit geleistet hatte. Genauer konnte kein Programm funktionieren.

Er erreichte Dillingen. Nichts tat sich, was eine Reaktion seinerseits verlangt hätte. Die anderen Verkehrsteilnehmer sowie Fußgänger verhielten sich korrekt. Also studierte er nun andere Funktionen des *Streetfighters*. Die Software war inzwischen noch besser gesichert. Jedes Eindringen von außen wurde gemeldet, auch wenn es von *DynamoCars* selbst kam. Gerade konnte er sehen, dass vom Rechenzentrum des Werks eine Überprüfung stattfand, die routinemäßig in Abständen von wenigen Minuten durchgeführt wurde. So sollte verhindert werden, dass fremdes Einwirken übersehen wurde – weil genau das bei den letzten Touren passiert war. In diesen zusätzlichen Kontrollen sah Sören allerdings nur Zeitverschwendung. Er fühlte sich bombensicher.

Gerade durchquerte er die kleine Unterführung in Tempo dreißig. Auch hier riss der Kontakt zum innerbetrieblichen Rechenzentrum keine Sekunde ab. Die Verbindung zum Werk war phänomenal.

Dahinter gelangte er an einen Kreisverkehr. Beherrscht wurde dieser von einer stählernen Skulptur, die von der Dillinger Hütte gestiftet worden war. Riesige Stahlwände symbolisieren die Verbundenheit eben dieses Stahlwerkes mit der saarländischen Stahl-Stadt Dillingen. „Viewpoint" nannte sich die 104 Tonnen schwere Monumentalplastik, die aus zwei konkav gewölbten Stahlplatten bestand. Dahinter kam die Hütte zum Vorschein, das größte Grobblechwerk Europas und der große Stolz der saarländischen Stahlindustrie.

Dann erreichte er den Saarlouiser Stadtteil Roden. Hier waren die Häuser dicht an die Straße gebaut. Ein Haus löste das andere ab. Baustellen verkomplizierten alles. Viele Menschen standen oder liefen rechts und links am Straßenrand. Es sah so aus, als sei inzwischen Mittagspause.

Sören schaute auf die Uhr und fand seine Vermutung betätigt.

Weiter beobachtete er das bunte Treiben mit großer Gelassenheit.

Die Lorisstraße verlief endlos lange immer gerade aus.

Die Sonne vermittelte dieser Gegend einen freundlichen Anstrich. Doch schon die nächste Baustelle sorgte wieder für Stress. Presslufthammer donnerten zwischen den Hauswänden. Die Arbeiter trugen Kopfhörer, um den Lärm zu ertragen. Staubwolken bildeten sich.

Sören war froh, als er die Stelle passiert hatte.

Das Auto näherte sich dem Ende dieser langen Straße, die in einer Linkskurve in Richtung Saarlouis führte. Sein Blick geradeaus gerichtet, traf genau auf eine Imbissbude, an der einige Menschen standen und auf ihre Bestellungen warteten. Hunger verspürte er bei diesem Anblick auch. Sollte er anhalten und sich eine Currywurst bestellen? Besser nicht. Sören wusste, dass Brache jede Bewegung, jeden Handgriff und jede Handlung von ihm überwachte. Damit wäre Ärger vorprogrammiert.

Also beschloss er mit knurrendem Magen daran vorbeizufahren.

Plötzlich glaubte Sören, ein Blitz würde ihn treffen.

Er fühlte sich blind. In seinem Kopf drehte sich alles, sein Körper fühlte sich an wie auf einem Karussell. Sein Kopf wurde fest gegen die Kopfstütze gedrückt.

Was geschah hier? Das Auto hatte beschleunigt und fuhr in der Linkskurve geradeaus.

Er hörte Schreie, dann ein überdimensional lautes Krachen.

Erschrocken riss er die Augen auf und sah wie durch einen schwarzen Nebel eine Gestalt durch die Luft wirbeln. Ein Gesicht starrte ihn durch die Windschutzscheibe an. Der Rücken eines anderen Menschen prallte gerade gegen die Seitenscheibe. Weitere Menschen sah er am Boden liegen, andere rannten. Begleitet wurde alles durch lautes Kreischen, Jammern und Weinen.

Hastig versuchte er die Apps auf den Displays zu bedienen, um den Wagen zum Stillstand zu bringen. Doch die Schatten vor seinen Augen ließen ihn nichts erkennen.

Verzweifelt betätigte er den Kippschalter in der Mittelkonsole, um die elektrische Feststellbremse zu aktivieren. Aber die reagierte nicht.

Das Auto blieb erst stehen, als es gegen die Imbissbude prallte.

*

Schockstarr standen Lukas, Theo, Allensbacher und Karl-Otto Brache vor den Bildschirmen. Das Szenario erinnerte an einen Actionfilm mit Bruce Willis – mit dem kleinen Unterschied, dass ihnen die Realität vor Augen geführt wurde.

Von allen Seiten sahen sie es – von rechts, von links, von hinten und von vorne.

Ein Blitz schien durch das Auto zu fahren – ein Sonnenstrahl, der sich in einer Plexiglasscheibe spiegelte und in doppelter Helligkeit reflektierte. Der *Streetfighter* beschleunigte direkt vor der Imbissbude, an der sich eine kleine Gruppe von Menschen angesammelt hatte, die gerade ihre Bestellung aufgeben wollte. Ein junger Mann, der schon länger auf sein Essen wartete, schlug gegen den Kühlergrill, wirbelte wie eine Puppe durch die Luft und landete mit einem dumpfen Aufprall auf der Straße. Das vorausfahrende Polizeifahrzeug fuhr auf die Gegenfahrbahn, um dort den Verkehr zu stoppen.

Ein anderer Gast der Imbissbude landete mit einem dumpfen Knall auf der Motorhaube und wurde die restlichen Meter mitgeschleift. Sein Schreien war deutlich zu hören. Andere Gäste wurden rechts und links von dem Fahrzeug gestreift und stürzten auf Bordstein und Straße. Das folgende Polizeiauto stoppte, wodurch sich ein Rückstau bildete.

Mit einem lauten Knall donnerte der *Streetfighter* gegen die Imbissbude, aus der sich der Würstchenverkäufer fluchtartig retten konnte. Endlich kam das große Auto zum Stillstand. Der Mann lag immer noch auf der Kühlerhaube und regte sich nicht mehr.

Hektik und Panik breiten sich aus und übertrugen sich auf das Rechenzentrum in dem sich die Beobachter befanden.

Brache war kreideweiß.

Regungslos stand er da. Er schien nicht mehr zu atmen.

Lukas und Theo brauchten ebenfalls einige Sekunden, bis sie reagieren konnten.

Allensbacher verließ mit einer Geschwindigkeit den Raum, dass Lukas und Theo Mühe hatten, ihm zu folgen.

Kapitel 10

Die Stimmung im Besprechungsraum war bedrückt.

Staatsanwalt Helmut Renske war anwesend, ebenso seine Lebensgefährtin Silvia Tenner, die Fallanalytikerin.

Dr. Stemm betrat den Raum verspätet.

„Tut mir leid, Leute“, hallte seine Stimme durch den Raum. „Die letzte Obduktion hat mich aufgehalten.“

„Deshalb sind wir hier“, stellte Allensbacher klar. „Wir müssen über den gestrigen Unfall und die Folgen sprechen.“

„Und die Ursache“, warf Marcel Dittrich ein.

Allensbacher nickte, wirkte dabei jedoch sehr zerstreut. „Aber zuerst möchte ich gern wissen, wie es unserem Kollegen Dieter Marx inzwischen geht. Gibt es Neuigkeiten über ihn?“

Jasmin richtete sich in ihrem Stuhl auf und antwortete: „Bei dem Unfall wurde sein linker Lungenflügel verletzt. Er leidet an Hämothorax, das bedeutet Blut in der Lunge. Er muss künstlich beatmet werden. Bei der Operation wurde genau dort ein Tumor festgestellt, der auch gleichzeitig entfernt werden konnte. Doch leider ist der Tumor beim Angriff verletzt worden und hat gestreut.“

„Aber er wird den Angriff überleben, oder?

„Es bleibt zu hoffen.“

„Hoffen wir das Beste für ihn.“

Eine Weile herrschte Stille. Das Gesagte drückte auf die Gemüter.

Es war Allensbacher, der mit hektischer Stimme die Stille unterbrach. „Und nun zum aktuellen Fall: Gestern Mittag gegen zwölf Uhr ist der *Streetfighter* bei seiner Probefahrt in Saarlouis-Roden in eine Imbissbude gekracht. Dabei gab es ein Todesopfer und mehrere Verletzte. Darunter ist ein Mann schwer verletzt."

„Ich muss korrigieren", funkte Dr. Stemm dazwischen. „Der Schwerverletzte ist heute Nacht im Krankenhaus gestorben und auf meinem Tisch gelandet."

„Dann müssen wir zwei Tote während dieser Testfahrt verbuchen." Allensbacher schnaufte. „Von dieser Katastrophe wird sich *DynamoCars* nicht mehr erholen."

„Wer sind die Toten?", fiel Renske dem Kriminalrat ins Wort. „Gibt es schon Erkenntnisse über sie?"

„Der Mann auf der Kühlerhaube, der direkt vor Ort gestorben ist, heißt Eduard Benz, ist Hartz-IV-Empfänger und hat ein unauffälliges Leben geführt", antwortete Jasmin.

„Gibt es besondere Erkenntnisse über den Toten nach der Obduktion?"

„Nein. Der Mann war adipös und litt an Herzrhythmusstörungen. Aber gestorben ist er daran nicht, sondern an dem Aufprall, während er auf die Kühlerhaube traf. Er wurde sozusagen in der Mitte geteilt." Verdutzte Blicke trafen auf den Gerichtsmediziner, der das jedoch gekonnt ignorierte und weiter ausführte: „Einen solchen Fall hatte ich noch nicht auf dem Tisch. War interessant, aber bei den Ermittlungen nicht weiterführend."

„Über den anderen Toten haben wir noch keine Erkenntnisse", warf Theo ein, „weil der im Krankenhaus gestorben ist. Dort haben wir keine Angaben bekommen, solange er in Behandlung war. Das müssen wir nachholen."

„Gibt es Erkenntnisse, wie dieser Unfall zustande kam?" Diese Frage richtete Allensbacher an Marcel Dittrich.

„Bis jetzt nicht. Die Verteilerkästen sind verriegelt. An den Schlüssel gelangen nur Mitarbeiter der Gemeinden, der Telefonanbieter und der Polizei. Alle wurden überprüft. Es fand kein Eindringen in eines dieser Geräte statt."

„Wie können Sie das so schnell wissen?"

„Wir haben Sicherheitsschlösser angebracht. Darin wird abgespeichert, wann es geöffnet und wieder verschlossen wurde."

Anerkennendes Gemurmel ging durch den Raum.

„Die Software am Wagen wird immer noch geprüft. Seit dem Unfall hängt sie an den Ablesegeräten im Rechenzentrum der Polizei. Dieses Mal haben wir *DynamoCars* aus den Ermittlungen ausgeschlossen."

„Sehr gut!" Allensbacher nickte und ließ einige Zeit verstreichen, bis er fortfuhr: „Wurde Sören Forthoffer überprüft?"

Theo meldete sich zu Wort: „Ja. So weit es uns möglich war, sind wir seine Kontakte durchgegangen, sämtliche Protokolle seiner Arbeiten in den letzten Monaten und seinen beruflichen Werdegang. Wir sind auf etwas Interessantes gestoßen. Was es damit auf sich hat, müssen wir gleich aus ihm herausquetschen."

Leises Gemurmel entstand, das Allensbacher unterband: „Sie meinten befragen."

Theo nickte hastig und fügte an: „Forthoffer wartet nebenan im Vernehmungsraum."

„Sehr gut. Wenn es Frau Dr. Silvia Tenners Terminplanung erlaubt, bitte ich Sie, bei diesen Befragungen zugegen zu sein", wandte Allensbacher so höflich ein, wie es ihm nur möglich war.

Renske grinste. Silvia nickte zustimmend.

*

Lukas verschwand zusammen mit Staatsanwalt Renske im Befragungszimmer. Theo und Silvia suchten den Nebenraum auf. Jasmin blieb ratlos im Flur zurück. Ihre Aufgabe war gewesen, zusammen mit Marcel Dittrich und seinem Team in

Zusammenarbeit mit *DynamoCars* nach Fehlern in der Software zu suchen. *DynamoCars* war aus den Ermittlungen ausgeschlossen worden ... und sie auch. Vermutlich war Allensbacher mit ihrem Ergebnis – oder Nicht-Ergebnis – unzufrieden. Seine Anweisung an diesem Morgen hatte er ihr so unfreundlich entgegengebrüllt, dass sie sich glücklich schätzen konnte, überhaupt noch an diesem Fall weiterarbeiten zu dürfen. Sie fühlte sich wie eine Versagerin. Es konnte doch nicht angehen, dass die Technik dieses Autos fehlerfrei war. Solche Unfälle passierten nicht, wenn alles richtig lief. Warum hatten sie den Fehler nicht gefunden? So viele Fachleute und keiner stieg dahinter. Sie raufte sich ihre Haare, was jedoch nur zur Folge hatte, dass sie in alle Richtungen standen. Eine Lösung fand sie dadurch nicht.

Plötzlich wurden Stimmen im Vernehmungsraum laut. Jasmin staunte. Angriffslustig hätte sie Sören nicht eingeschätzt. Was war da los?

Schon öffnete sich die Tür und ein Mann von mächtiger Statur mit langen Haaren und Vollbart trat heraus. Er warf die Tür lauter zu, als nötig gewesen wäre. Dann fiel sein Blick auf Jasmin.

Sie erkannte den Mann sofort. Er hatte vor knapp einer Woche Sören Forthoffer begleitet, als sie den Verteilerkasten in Saarlouis untersuchten. Allerdings hatte Jasmin bei dem Zusammentreffen keine Chance bekommen, ihn kennenzulernen. Jetzt sah das anders aus.

„Jasmin Hafner, Kriminalkommissarin“, sagte sie und streckte ihm die Hand entgegen.

„Hendrik Porz, Freelancer“, kam es mit einem charmanten Lächeln zurück.

„Für welches Fachgebiet?“

„Beratung und Systemsoftware.“

„Ein Beruf mit Zukunft.“ Jasmin lachte.

„Stimmt genau.“

„Wir kennen uns. Sie waren dabei, als mein Kollege und ich uns in Saarlouis mit Sören Forthoffer am Verteiler getroffen haben. Sie sind jedoch ziemlich schnell davon geeilt, sodass ich nicht mehr mit Ihnen sprechen konnte“, kam Jasmin sofort zum Thema.

„Stimmt. Das hat mir auch sehr leidgetan. Eine so charmante junge Dame möchte man doch gerne kennenlernen. Aber ich habe einen Anruf von einem potentiellen Kunden bekommen. Und in der freien Marktwirtschaft ist es nicht ratsam, Aufträge verstreichen zu lassen. Zeit ist Geld.“ Sein Lächeln wirkte durch den struppigen Bart wild und ungestüm.

„Da gebe ich Ihnen recht. Und warum sind Sie hier?“

„Ich habe Sören zum Verhör hierher gefahren.“

„Das wird kein Verhör“, korrigierte Jasmin. „Wir müssen ihm nur einige Fragen stellen.“

„Okay, das klingt auch viel netter.“ Er grinste. „Seit dem Unfall ist Sören nicht mehr imstande, selbst Auto zu fahren. Das hat ihn ganz schön mitgenommen.“

„Das glaube ich gern. Es grenzt ohnehin an ein Wunder, dass er nicht verletzt wurde.“

„Was das betrifft, kann man dem Auto in der Tat große Sicherheit bescheinigen. Zwar hat Sören eine Nacht im Krankenhaus zur Kontrolle verbracht. Doch die konnten auch nur bestätigen, dass er keinen Kratzer abgekommen hat. Aber seine Psyche ist nicht verschont geblieben.“

Jasmin nickte nachdenklich. Sören Forthoffer wirkte auf sie nicht wirklich empathisch, weshalb sie diese Aussage lieber nicht hinterfragte. Dafür kannte sie Sören zu wenig. Dieser Unfall übertraf alles, was bisher passiert war. Es gab zwei Tote und fünf Verletzte. Der *Streetfighter* war in eine große Menschengruppe gerast. Da war es erstaunlich, dass sich der Fahrer dieses Unfallwagens direkt einen Tag später im perfekten Outfit einer Befragung stellen konnte.

„Ich war lange Zeit weg – in Hamburg, Berlin und Köln – viel zu lange. Sören ist mein Freund und er hätte meine Hilfe gebraucht. Jetzt bereue ich, dass ich weggegangen bin“, drang die sonore Stimme an ihr Ohr und unterbrach ihre Gedanken.

„Und warum sind Sie weggegangen?“

„Im Gegensatz zu Sören habe ich keine feste Anstellung im Saarland gefunden. Deshalb bin ich in die große weite Welt hinaus.“

„Und was hat Sie ins Saarland zurückgelockt?“

„Das Saarland eben.“ Hendrik lachte. „Als Saarländerin müssten Sie das doch wissen. Einmal Saarländer, immer Saarländer. Jeder, der das Saarland verlässt, kommt irgendwann wieder zurück.“

*

Lukas Baccus und Helmut Renske betraten den Befragungsraum. Theo Borg und Silvia Tenner blieben im Nebenzimmer hinter dem Einwegspiegel, um die Vernehmung zu beobachten.

Sören Forthoffer sah perfekt aus wie immer. Er trug einen Trainingsanzug von LaCoste, der teurer aussah als der Dreiteiler von Renske.

„Der Staatsanwalt ist dabei?“, fragte er. „Glauben Sie also, ich hätte den Unfall bewusst herbeigeführt?“

„Wir sind hier, um Ihnen einige Fragen zu stellen“, stellte Renske klar und ließ sich auf dem Stuhl gegenüber nieder. „Sie haben nach keinem Anwalt gefragt, ist das richtig?“

Sören nickte.

„Bitte sprechen Sie Ihre Antwort aus, damit das Band sie aufnehmen kann.“

„Ja, ich habe nach keinem Anwalt verlangt.“

„Gut. Dann wollen wir mit der Vernehmung beginnen.“

Lukas richtete sich im Stuhl auf und fragte: „Sind Sie an der Entwicklung des *Streetfighters* von Anfang an dabei gewesen?“

„Ja.“

„Dann sind Sie mit der Software bestens vertraut?“

„Ja.“

„Würden Sie sagen, dass Sie das Auto bis ins Detail kennen?“

„Als Projektleiter muss ich jedes unserer Autos bis ins Detail kennen. Ich bin mit der Kommunikation, der Situationserfassung und deren Bewertung, mit Planung, Lenkung und Stabilisierung vertraut. Also ja."

„Haben Sie eine Erklärung für diesen Unfall?"

„Nein! Wir haben nach den vorangegangenen Unfällen alles getestet, haben alle Instanzen eingeschaltet, um die Software zu prüfen. Sogar Ihre Kollegen haben bei der Suche geholfen. Auch die haben nichts gefunden." Diese Spitze brachte er genüsslich hervor.

„Ist das Programm schlauer als seine Hersteller?"

„Kann ich nicht sagen."

„Was können Sie denn sagen?"

„Alles, was anders läuft als erwartet, wurde auch mit Sicherheit so programmiert."

„Das widerspricht aber doch dem Konzept vom selbstlernenden neuronalen Netz, von dem bereits die Rede war! Entweder etwas ist fest programmiert, dann handelt die Software streng logisch. Oder sie erlaubt die Selbstprogrammierung, also das Lernen, was mit einer gewissen Ungenauigkeit, also Heuristiken verbunden ist – beim Menschen würde man es Intuition nennen – was denn nun?"

„Ja, ja, aber es ist schon möglich, dass eine Beeinflussung von außen stattgefunden hat."

„Von wem? Doch nur von Ihnen."

„Ich bin nicht täglich 24 Stunden bei dem Wagen. Ich weiß also nicht, wer sich außerdem daran zu schaffen macht. Es ist eine Produktion einer ganzen Firma."

„Das widerspricht Ihrer Angabe, dass Sie das Auto bis ins Detail kennen."

„Damit will ich nur sagen, dass ich das kenne, wofür ich selbst verantwortlich bin. Sollte jemand während meiner Abwesenheit etwas an dem Wagen manipuliert haben, weiß ich das natürlich nicht."

„Also schieben Sie die Schuld auf einen Ihrer Mitarbeiter?"

„Nein! Ich beschuldige niemanden."

„Der Wagen ist inzwischen am zweiten Unfall mit Todesfolge beteiligt. Was hat Sie dazu veranlasst, diese Testfahrt selbst zu übernehmen?"

„Ursprünglich war mein Kollege Amit für diese Fahrt vorgesehen."

„Sie sprechen von Amit Chander?"

„Ja. Er hat auch alle Vorbereitungen für diese Fahrt unternommen, den Simulator, die Gesundheitschecks, die Reaktionstests."

„Und warum saß nicht er am Steuer?"

„Weil er sich am Tag der Testfahrt mit dem Chef angelegt hat. Er war sauer, als die ganze Presse angerückt kam. Davon hatte er nichts gewusst und er fühlte sich übergangen."

„Also hat Karl-Otto Brache kurzfristig die Entscheidung getroffen, dass Sie anstelle von Amit Chander fahren?"

„Genau."

„Das war doch eine einmalige Chance für Sie, oder?"

„Wofür?"

„Diese Fahrt hätte ein Karrieresprung für Sie sein können."

„Das kann ich nicht beurteilen."

„Warum nicht? Das Auto stand kurz vorm Durchbruch."

Sören reagierte darauf nur mit einem müden Lächeln.

*

„Lukas stellt die falschen Fragen", murmelte Silvia Tenner nach einer Weile. „So finden wir nichts heraus."

„Welche Fragen sind denn die richtigen?", wollte Theo wissen.

„Persönliche Fragen."

„Das kommt noch. Lukas tastet sich erst mal ran."

„Warum das denn? Sonst ist er doch auch nicht so vorsichtig."

„Der Chef hat ihn im Auge. Genauer gesagt uns. Vermutlich packt Lukas die Befragung deshalb zurückhaltender an." Theo grinste schief.

„Allensbacher hat sich durch seinen Karrieresprung verändert. Ich würde es das Hybris-Syndrom bezeichnen. Das ist eine erworbene Persönlichkeitsveränderung bei Menschen, die in Machtpositionen kommen. Der plötzliche Aufstieg vom Speichellecker zum obersten Chef hat seine Synapsen im Gehirn ein bisschen durcheinandergebracht."

Theo lachte verhalten – am liebsten würde er laut losprusten. „Der Dicke hat dich ganz schön verletzt, was?"

„Er hat mich nicht verletzt, er hat mich rausgeschmissen. Das ist ein Akt von grandioser Selbstüberschätzung, denn jetzt braucht er mich doch."

„Stimmt! Aber einen Fehler würde er niemals zugeben."

„Deshalb kann man das Hybris-Syndrom auch mit Größenwahn gleichsetzen. Und genau das ist Allensbacher: größenwahnsinnig! Bis er auf die Schnauze fällt."

„Ob wir das noch erleben?"

„Mein Verdacht ist, dass er in die Politik will. Er sieht sich auf der Gewinnerstraße. Dieser Größenwahn könnte ihm schon bald das Genick brechen."

„Deshalb sein Versuch, *DynamoCars* aus allem rauszuhalten?"

Silvia nickte.

Eine Weile schwiegen sie und schauten der Befragung auf der anderen Seite des Spiegels zu.

„Sören Forthoffer wirkt auf mich wie ein ständig unterschätzter Mensch", meinte Silvia nach einer Weile.

„Erklär mir das bitte genauer."

„Mit Sicherheit verfügt er über besondere Fähigkeiten, was das Programm für die selbstfahrenden Autos beweist. Als Projektleiter hat er die Aufsicht über sämtliche Funktionen solcher Autos und muss sich in allen Bereichen auskennen. Das hat er ja auch gerade betont. Sowas erfordert ein immenses Fachwissen. Und so, wie ich Karl-Otto Brache einschätze, lässt er keine Nachlässigkeiten durchgehen."

„Ja, und was bedeutet das für uns?"

„Falls du dich erinnerst, habe ich in meinem Täterprofil festgehalten, dass der Täter über eine überdurchschnittliche Intelligenz verfügt und trotz seiner hochqualifizierten Tätigkeit den Eindruck eines unsicheren und unsteten Charakters hinterlässt."

„Das sehe ich hier nicht."

„Oh doch! Sören Forthoffer schafft es nicht seinen Fähigkeiten entsprechend aufzutreten – abgesehen von seinem Outfit. Das autonom fahrende Auto ist hauptsächlich sein Verdienst. Aber siehst du irgendwo seinen Namen erwähnt? In den Medien oder bei *DynamoCars* selbst?"

Theo schüttelte den Kopf.

„Jeder Erfolg, jeder Fortschritt, jede Weiterentwicklung trägt den Namen Karl-Otto Brache."

„Was willst du damit sagen?"

„Dass es ein Anliegen für Sören Forthoffer sein sollte, auch genannt zu werden. Kaum ein anderer würde sich sowas gefallen lassen."

„Und was bedeutet das für uns?"

„Das kann Reaktionen wie zum Beispiel Spott, Hass oder Neid auslösen. Daraus können Verhaltensweisen resultieren wie Unsicherheit, Unbeständigkeit bis hin zu Wut. In Bezug auf die dissoziative Persönlichkeitsstörung ist das ein gefährlicher Emotionscocktail."

*

Lukas Baccus schaute eine Weile auf die Liste der Namen, die vor ihm auf den Tisch lag. Sören Forthoffer wirkte desinteressiert. Er starrte weiter vor sich hin, als ginge ihn das ganze Treiben nichts an. Vor ihm stand ein Glas Wasser, das er nicht anrührte.

Endlich sprach Lukas weiter: „Hier stehen die Namen der Menschen, die durch den Unfall Schaden genommen haben. Ich lese Sie Ihnen vor und Sie sagen mir, ob Sie sie kennen."

Sören nickte.

„Ingo Bonnert, Matteo Rizzo, Doris Frinks, Silas Demir, Christian Köhler. Diese Leute liegen im Krankenhaus."

Sören schaute nur desinteressiert drein und meinte dann: „Ich bin mir nicht sicher. Auf Anhieb erkenne ich keinen dieser Namen."

„Eduard Benz und Rudolf Hunzerts sind tot."

„Sagt mir gar nichts."

„Zufällig ist uns einer dieser Namen ins Auge gestochen", meinte Lukas mit einem bösen Grinsen.

„Der wäre?"

„Christian Köhler."

Sören zeigte keine Reaktion.

„Sie erinnern sich nicht?"

„Nein."

„Vor zwei Jahren wurde am ersten November ein Kanaldeckel an einer Straße im Saarlouiser Ortsteil Steinrausch entfernt. Ein Bus ist dadurch verunglückt. In dem Bus saßen überwiegend ältere Menschen, die zur heiligen Messe gefahren werden wollten. Es gab mehrere Verletzte. Ihr Großvater war darunter. Er starb wenige Tage später im Krankenhaus an den Verletzungsfolgen."

„Ich kenne diese Geschichte."

„Dann wissen Sie auch, wer Christian Köhler ist."

„Jetzt, da Sie es sagen. Ich war mir nicht sicher, als Sie all diese Namen aufgezählt haben. Mir war er unter Chris Köhler bekannt."

„Sie wollen uns weismachen, dass Sie Christian Köhler nicht auf dem Schirm haben? Nachdem, was er Ihnen angetan hat? Um nicht zu vergessen, dass Sie bei Ihrem Großvater aufgewachsen sind und dass Chris Köhler niemals für seine Tat adäquat bestraft wurde?"

„Warum sollte ich ihn deshalb auf dem Schirm haben?", reagierte Sören endlich etwas lauter.

„Warum sind Sie bei Ihrem Großvater aufgewachsen?"

„Warum nicht?, kam es schnippisch zurück.

„Was war mit Ihren Eltern?"

Mit einer Heftigkeit, die alle überraschte, platzte Sören Forthoffer heraus: „Lassen Sie meine Mutter aus dem Spiel!"

„Ich habe nicht von Ihrer Mutter, sondern von Ihren Eltern gesprochen."

„Das ist das Gleiche."

Verdutzt rückte Lukas seine Papiere auf dem Tisch zurecht, sammelte sich nach diesem unerwarteten, verbalen Angriff und fragte dann weiter: „Was hat Ihnen Ihr Großvater bedeutet? Immerhin sind Sie bei ihm aufgewachsen."

„Er war ein guter Mensch, hat mich gefördert. Zwar wollte er, dass ich in sein Unternehmen einsteige, doch mir liegt mehr an der Künstlichen Intelligenz."

„Das hat er akzeptiert?"

„Notgedrungen."

„Also verdanken Sie ihm viel. Und dann passiert so etwas ..." Lukas ließ den Satz unausgesprochen.

„Glauben Sie ernsthaft, dass ich deshalb in eine Menschengruppe rase und dabei riskiere, Unschuldige zu verletzen oder zu töten?"

„Was ich glaube, spielt hier keine Rolle", konterte Lukas. „Ich arbeite nur mit dem, was ich sehe. Und ich sehe genau das: Eine Gruppe von Menschen ist damals mit dem Bus verunglückt. Ihr Großvater ist an den Folgen gestorben. Heute rasen Sie mit dem Auto in eine Gruppe von Menschen. Einige sterben, andere kämpfen noch im Krankenhaus ums Überleben. Da sehe ich deutliche Parallelen. Sie nicht?"

„Doch. Die sehe ich auch. Aber ich habe damit nichts zu tun. Ich habe doch schon am Anfang gesagt, dass ich eigentlich gar nicht für diese Fahrt vorgesehen war, sondern Amit Chander. Woher also hätte ich wissen sollen, wo sich Chris Köhler wann aufhält?"

„Wir stellen hier die Fragen. Schon vergessen?"

Sören hob resignierend beide Hände.

„Trotzdem antworte ich auf Ihre Frage", sprach Lukas mit

scharfem Unterton weiter. „Christian Köhler – oder Chris Köhler – lebt genau dort, wo der Unfall passiert ist, wie wir inzwischen ermittelt haben. Er hat jeden Mittag an dieser Imbissbude gestanden. Und in der Firma *DynamoCars* war von Freitag an klar, welche Route und zu welchem Zeitpunkt das Auto bei der Testfahrt fahren würde. Der *Streetfighter* ist ein selbstfahrendes Auto. Also ist es theoretisch sogar egal, wer am imaginären Steuer sitzt. Und Sie haben das Auto programmiert."

„Klingt wirklich verdammt nach mir."

„Geben Sie es also zu?"

„Nein! Ich stelle selbstfahrende Autos her. Was die Leute um mich herum tun, interessiert mich nicht. Auch dieser Chris Köhler nicht."

„Wie ist es dann möglich, dass ein Auto, das auf Herz und Nieren geprüft wurde, diesen Unfall verursacht?"

„Sagte ich doch schon: Der *Streetfighter* wurde manipuliert." Sören zuckte mit den Schultern.

„Kann das jemand von Freitag auf Montag unbemerkt gemacht haben?"

„Möglich ist es."

„Gibt es keine Überwachung bei *DynamoCars*?"

„Doch."

„Wie sollte es dann unter diesen Bedingungen unbemerkt gelingen?"

„Das weiß ich nicht. Ich bin doch kein Wachmann."

*

„Ich bin mir sicher, dass Sören intelligenter als der ganze Haufen ist", meinte Hendrik mit seiner sonoren Stimme und fixierte dabei einen Punkt auf dem Boden. „Er hat als Projektleiter den größten Anteil am selbstfahrenden Auto. Aber dieser Brache schmückt sich gern mit fremden Federn."

„Warum glauben Sie das?"

„Weil ich doch sehe, wie viel Arbeit Sören in dieses Projekt steckt und mit welcher Präzision er daran arbeitet. Aber in Medien, Internet und Presse sieht man immer nur Braches Gesicht. Die Verantwortlichen mit keinem Wort zu nennen, halte ich für falsch."

„Da gebe ich Ihnen recht. Aber, wenn ich ehrlich bin, glaube ich nicht, dass Sören im Rampenlicht stehen will", gab Jasmin zu bedenken.

„Könnte sein. Er ist viel zu schüchtern – verkriecht sich viel lieber in seiner Arbeit. Nie nimmt er sich die Zeit, mal abzuschalten und etwas anderes zu machen. Arbeitet oft bis tief in die Nacht. Zu dem Kaffee in Saarlouis, als Sie sich dort mit ihm getroffen haben, konnte ich ihn nur überreden, weil er sowieso in der Stadt war. Sonst stoßen meine Vorschläge auf taube Ohren."

„Warum sind Sie so daran interessiert, dass Sören sich eine Auszeit nimmt?"

„Weil der alte Knacker von Brache das bestimmt nicht macht. Ein Burnout muss nicht sein."

„Leben Sie zusammen?"

„Nein. Ich wohne wieder in meinem Elternhaus. Meine Mutter ist vor kurzen gestorben und hat eine geile Hütte überlassen. Vermutlich war das der Hauptgrund, warum ich zurückgekommen bin. Ich habe mich um ihre Beerdigung gekümmert."

„Oh das tut mir leid."

„Das muss es nicht. Ich hatte kein gutes Verhältnis zu ihr."

Plötzlich wurde es dunkel im Flur.

Erschrocken schaute Jasmin auf und erblickte einen böse dreinschauenden Allensbacher.

„Bevor Sie hier zum Kaffeekränzchen einladen, weise ich Sie an, zur IT-Abteilung zu gehen. Die Kollegen haben nach Ihnen verlangt."

Das ließ sich Jasmin nicht zweimal sagen.

*

Lukas und Theo steuerten sofort die Sitzecke links neben der Eingangstür des „Nilles Saarbrooklyn" an und ließen sich nieder. Silvia Tenner und Staatsanwalt Renske folgten den beiden.

„Der Laden hat es euch wohl angetan?" Renske grinste und machte es sich auf der Bank gemütlich.

„Kann man so sagen. Hier können wir in Ruhe das Ergebnis der Befragung durchgehen, ohne dass Allensbacher seinen Senf dazu gibt", antwortete Lukas.

„Du warst richtig gut bei der Vernehmung", ließ Silvia verlauten, was bei Lukas einen Moment der Sprachlosigkeit auslöste. „Du hast wirklich alles aus ihm herausbekommen, was ich für meine Analysen brauche."

„Ich habe es immer gewusst", fand Lukas seine Sprache wieder. „Ich bin einfach spitze."

„Bleib mal auf dem Teppich", parierte Theo. „Fragen stellen kann wohl jeder."

„Aber nicht die richtigen."

„Blödsinn! Ich hätte das mindestens genauso gut gemacht – wenn nicht sogar noch besser."

„Träum weiter. Allensbacher hat mich vorgeschickt, weil ich der Bessere bin."

Damit löste Lukas lautes Gelächter am Tisch aus.

„*Unser Wille: Noch mehr Promille*", las Theo von einem Werbeschild hinter der Theke vor. „Du hast noch nichts getrunken und bist schon besoffen."

„Dann kann ich ein Bier bestellen. Schlimmer geht's nimmer."

„Bei dir geht immer noch eins obendrauf."

„Ich weiß. Ich überlege ja, mit dem Trinken aufzuhören, aber ich schwanke noch."

Die beiden Männer klatschten sich gegenseitig mit ihren Handinnenflächen ab.

„Da wir heute so gut waren, haben wir uns alle ein Bier verdient", warf Renkse in die gute Stimmung ein. „Denn eins kann ich euch als Staatsanwalt sagen: *Alles ist vergänglich, nur der Durst bleibt lebenslänglich.*"

„Kann es sein, dass ihr unter die Dichter gegangen seid?", fragte Silvia. „So viele Reime habe ich noch nie von euch gehört."

„Nein, Silvia. Wir können lesen." Renskes Grinsen wurde breiter, als er Silvias fragenden Gesichtsausdruck sah. „Schau dich mal um. Die Schilder an den Wänden sind voll von solchen Trinksprüchen."

Dafür erntete er einen unsanften Stoß in die Rippen.

Der Wirt brachte die bestellten vier Flaschen alkoholfreies Bier an den Tisch.

„Ich kann nur eins davon trinken", meldete sich Silvia schnell zu Wort. „Sonst lalle ich heute Mittag am Arbeitsplatz und blicke noch weniger durch. Ich glaube nicht, dass du das willst."

Renske nahm die schlanke Frau in den Arm und flüsterte ihr etwas ins Ohr. Silvia lief rot an.

„Ich würde ja sagen *Flüssig' Brot macht Wangen rot*", raunte Lukas. „Aber Silvia hat noch keinen Schluck getrunken."

„Das Bier ist alkoholfrei", entgegnete Theo. „Wir beide wollen gar nicht wissen, was unser Dicker seiner Schönen geflüstert hat."

Lukas griente und meinte: „Mein Blick fällt gerade auf das Schild über der Toilettentür: *Dem Pimmel so nah.* Ich glaube, ich weiß, was du meinst."

„Ich habe euch verstanden", grummelte Renske.

„Ohren wie ein Luchs – unser Dicker." Lukas zwinkerte.

„Jetzt ist es aber gut. Wir sitzen hier, weil wir die Vernehmung von Sören Forthoffer besprechen wollen", parierte Renske. „Also lautet meine erste Frage an Silvia: Welchen Eindruck hast du von dem Mann gewonnen?"

„Ich bin mir nicht mehr sicher, ob er in meine Theorie der Dissoziativen Persönlichkeit passt", gab die Profilerin zu. „Er zeigt einige Komponenten, aber ganzheitlich betrachtet habe ich noch Zweifel."

„Welche Komponenten zeigt er denn, die passen würden?", fragte Lukas.

„Er ist hochintelligent und hinterlässt den Eindruck, sich dessen gar nicht bewusst zu sein. Dabei ist ihm klar, dass das selbstfahrende Auto ohne ihn nicht existieren würde. Eine Widersprüchlichkeit, die die dissoziative Persönlichkeit erklären könnte."

„Das muss du mir genauer erklären", gab Lukas zu.

„Menschen mit einer dissoziativen Störung können Ereignisse, die sich über Stunden oder längere Zeiträume hingezogen haben, vollkommen vergessen. Sie haben das Gefühl, dass ihnen die Erinnerung an genau diesen Zeitraum fehlt. Sie fühlen sich von sich selbst losgelöst. Das nennt man dissoziiert. Was sie jedoch erkennen, ist die Tatsache, dass etwas geschehen sein muss. Sie wissen nur nicht was. Und genau das könnte Sören Forthoffers Unsicherheit erklären."

„Könnte er also selbst das Auto manipuliert haben – was er eben sozusagen einem Kollegen in die Schuhe schieben wollte – schlüpfte anschließend in seine alte Rolle zurück und weiß es nicht mehr?"

„Klingt banal, so wie du das sagst, aber genau das meine ich. Vieles, was ich bei dieser Vernehmung beobachtet habe, deutet darauf hin."

„Du hast von einigen Komponenten gesprochen, die darauf hindeuten", erinnerte Renkse. „Welche sprechen denn gegen diese Theorie?"

„Die Tatsache, dass Sören Forthoffer einen top Job hat und den nicht durch Beziehungen oder sonstige faule Tricks bekommen hat. Er wurde von Brache eingestellt, weil seine Zeugnisse hervorragend waren."

„Da gibt es noch etwas zu erwähnen", schaltete sich Theo ein. „Sören Forthoffers Großvater war Geschäftsführer der Firma *Stahlbau Forthoffer, Konstruktion, Montage und Industriewartung* – ein familiengeführtes Unternehmen, bis Ernst Forthoffer starb. Sie boten Planung, Herstellung und Montage von Projekten unterschiedlicher Größenordnungen rund um Stahlkonstruktionen bzw. Stahlbau an und stellten leistungsfähige Maschinen, Fahrzeuge und Autokräne zur Verfügung. Der Alte hatte Macht und Geld."

„Oh! Das bestärkt mein Profil", erkannte Silvia sofort. „Das klingt danach, als seien bei der Einstellung auch Beziehungen im Spiel gewesen – Beziehungen, die Sören Forthoffers ganzes Leben geprägt haben könnten."

„Außerdem hatte der Großvater die Hoffnung, dass sein Enkel Sören das Unternehmen weiterführt. Doch das hat er nicht. So musste die Firma verkauft werden."

„Dafür wäre Sörens Talent zu schade gewesen", stellte Silvia klar. „In der IT-Branche ist er einfach unschlagbar."

„Du hast bei deinem Profil angesprochen, das diese Persönlichkeitsabspaltung durch ein Trauma entsteht und der Betroffene auf Überlebensstrategien umschaltet. Damit flieht derjenige aus dem Alltagsbewusstsein", erinnerte Renske.

Silvia nickte.

An Lukas und Theo gewandt fragte der Staatsanwalt: „Was ist über das Leben von Sören Forthoffer bekannt? Gab es Ereignisse, die eine Dissoziation hervorgerufen haben könnten? Die Tatsache, dass er bei seinem Großvater und nicht bei den Eltern aufgewachsen ist, sollte so etwas vermuten lassen."

„Wir haben sein Leben nicht durchleuchtet."

„Dann wisst ihr, was ihr als Nächstes zu tun habt.

„Sklaventreiber! Wenn du so weitermachst, ziehe ich Allensbacher als Chef vor", gab Lukas zum Besten.

„Dann mal Prost!"

*

Wie ein aufgescheuchtes Huhn lief Jasmin den Kollegen entgegen, als sie den Aufzug im vierten Stockwerk verließen.

„Da seid ihr ja. Ich suche euch schon ganz verzweifelt. Wo wart ihr die ganze Zeit?"

„Wir haben Mittagspause im Nilles gemacht. Warum? Was ist passiert?“

„Ich glaube, wir haben den Auslöser für den Unfall an der Imbissbude gefunden.

Damit hatte sie Lukas und Theo am Haken.

„Sollen wir Renske und Silvia anrufen?“

„Besser wäre es. Eine E-Mail habe ich schon an Renske geschickt, weiß aber nicht, ob er sie schon gelesen hat“ Jasmin huschte immer noch ganz aufgeregt herum. „Ich muss jetzt zu Allensbacher. Der wartet auf meinen Bericht.“

„Wir kümmern uns darum, dass die Kollegen vollzählig sind, dann kann die Besprechung beginnen“, versprach Theo. „Und du bleib locker. Jetzt haben wir endlich was, womit wir arbeiten können. Danach haben wir lange genug gesucht.“

„Du hast gut reden. Du musst nicht zum Chef.“

Lukas betrat das Großraumbüro und staunte, als er die aufgeregten Kollegen dort sah.

Theo folgte ihm und raunte leise: „Haben wir wieder was verbockt?“

„Ich bin mir keiner Schuld bewusst.“

Kommentarlos betraten sie ihre Schreibtische und fuhren ihre Rechner hoch.

„Ich rufe Renske an“, sagte Lukas und bediente sein Handy.

„Ich hole uns Kaffee.“

„Gute Idee. Koffein kann ich jetzt auch vertragen.“

Lukas wartete darauf, dass sein Rechner in die Gänge kam. Es dauerte heute extrem lang. Am Handy hörte er nur das Freizeichen, aber Renske hob nicht ab. Genervt rutschte er auf seinem Stuhl hin und her. Der Anblick seines Kollegen, wie er die Kaffeetassen zum Tisch balancierte, hob seine Laune an.

„Gibt es was Neues?“, fragte Theo.

„Ja. Der Rechner arbeitet heute auf slow motion.“

„Der hat wohl erkannt, dass er sich hier im Beamtenstatus befindet.“

„Schlecht für uns.“ Lukas grummelte. „Und Renske geht

nicht ans Handy.“

„Klappt wohl gerade alles zusammen.“

Plötzlich stand Allensbacher an ihren Schreibtischen und fragte: „Ist Ihnen aufgefallen, dass mit unserem Computersystem etwas nicht stimmt?“

Wieder schaute Lukas auf den Bildschirm. Der zeigte inzwischen das normale Polizeilogo an. „Bei mir sieht alles normal aus.“

„Natürlich sieht auf den ersten Blick alles normal aus“, platzte Allensbacher heraus. „Aber versuchen Sie mal, Ihre Daten über *DynamoCars* aufzurufen.“

Lukas befolgte die Anweisung und starrte plötzlich auf einen weißen Bildschirm.

„Scheiße!“

„Das können Sie laut sagen. Wer ist dafür verantwortlich?“

„Ich bestimmt nicht. Ich bin schon froh, dass ich den Einschaltknopf finde.“ Lukas hob beide Hände zum Zeichen der Kapitulation.

„An die alten Daten komme ich noch ran“, rief Theo. „Alles ist da, nur das nicht, was unsere aktuellen Fälle betrifft.“

„Das sieht nach einem gezielten Anschlag aus.“ Allensbacher wischte sich den Schweiß aus dem Gesicht.

Kapitel 11

Wieder einmal hatte er die Bestätigung dafür, dass er perfekt war. Niemand konnte ihm das Wasser reichen.

Sogar die Polizei nicht.

Ach was: Erst recht die Polizei nicht.

Er schaute auf seinen Monitor und sah dort die Bestätigung dafür, dass sein Trojaner im Polizeicomputer aktiviert war. Er konnte über deren eigene Webcams beobachten, was dort vor sich ging. Wie aufgescheuchte Hühner rannten sie herum.

Nun musste er sich nur noch zurücklehnen und allen Dingen ihren Lauf lassen. Ab sofort wurde es noch leichter für ihn.

Er hatte alles im Griff!

Obwohl einige Unwägbarkeiten aufgetaucht waren, die ihn fast aus der Fassung gebracht hätten, war er allem gewachsen. Diese neuen Erfahrungen hatten ihn noch besser werden lassen. Er wusste jetzt, zu was er noch alles fähig war, und genoss dieses Hochgefühl.

Das Grinsen wich nicht mehr aus seinem Gesicht.

Die Beobachtung, welchen Stress er gerade bei der Polizei verursacht hatte, bot ihm mehr Unterhaltung als jedes Fernsehprogramm. Nun musste ihm nur noch der glückliche Zufall in die Hände spielen und die Staatsanwaltschaft kam auch noch in diesen Genuss. Die Wahrscheinlichkeit war groß.

Er lachte.

So ausgeglichen hatte er sich schon lange nicht mehr gefühlt. Fast so, als wäre er am Ziel angekommen. Was ihm jetzt noch bevorstand, erledigte sich von ganz allein. Für ihn galt nur noch abwarten und sich in Geduld üben. Nicht wirklich seine Stärke, aber auch das würde er meistern.

Er hatte nur noch einen Plan. Wer dafür den Kopf hinhalten sollte, wusste er schon.

Das Ergebnis seiner geschickten Manipulation ahnte er schon im Voraus, weshalb ihn nichts mehr aus der Ruhe bringen konnte.

Die IT-Abteilung hatte einige Rechner zur Überprüfung mitgenommen. Das gesamte Großraumbüro war von der Welt abgeschnitten. Die noch übrigen Computer standen ausgeschaltet und vom Stromnetz abgestöpselt im Flur.

Gemurmel ging durch den Raum. Die Arbeit inmitten eines Falles komplett niederzulegen war für alle fremd. Grüppchen bildeten sich und versuchten neue Erkenntnisse mit Stift und Papier festzuhalten, was für alle ungewohnt geworden war.

Lukas, Theo und Jasmin saßen an Lukas leerem Schreibtisch und beobachteten das Treiben.

„Sowas hatten wir noch nicht“, erkannte Theo.

„Das nennt man Fortschritt“, meinte Jasmin dazu. „Kaum fällt der Computer aus, weiß keiner mehr, wie er seine Arbeit machen soll.“

„Wir haben uns viel zu viel auf diese Dinger verlassen“, murrte Lukas. „Aber mal was anderes, Jasmin. Was war denn der Auslöser für den Unfall an der Imbissbude?“

Jasmins Gesicht hellte sich auf. Sie fragte: „Könnt ihr euch erinnern, dass kurz von dem Unfall so ein heller Lichtstrahl aufgetaucht ist?“

Lukas und Theo überlegten eine Weile, bis Lukas zugab: „Da war was, stimmt! Das habe ich aber nur am Rande bemerkt, weil an dem Tag die Sonne schien.“

„Die Sonne stand hoch am Himmel. Es war Mittagszeit. Den hellen Moment habe ich auch gesehen, kam mir deshalb aber ganz normal vor.“ Theo zuckte die Schultern.

„Das war der Auslöser.“

Lukas und Theo staunten.

„Der vordere Elektromotor befindet sich oberhalb der Vorderachse“, erklärte Jasmin. „Da wir es mit einem Allrad zu tun haben, befindet sich an der hinteren Achse ebenfalls ein Elektromotor.“

„Wenn du das sagst.“

„Die Motoren laufen mit synchron wechselndem Strom. Während das feststehende Teil durch Gleichstrom ein konstantes Magnetfeld erzeugt, kommt beim drehenden Teil Wechselstrom zum Einsatz. Die Pole des Rotors wechseln in gleichem Maße wie der Fluss des Wechselstroms. Ergebnis ist ein Anziehen und Abstoßen der Pole, woraus eine rotierende Bewegung erfolgt. Diese Drehbewegung wird anschließend auf die Achse und somit auf die Räder übertragen, damit sie rollen.“

„Wenn du so weitermachst, wirst du von Brache abgeworben.“ Lukas zollte seiner Kollegin Anerkennung.

„Wäre nicht der schlechteste Job.“ Jasmin zwinkerte Lukas zu.

„Dann hätten wir eine Fernbeziehung: du in Saarlouis, ich in Saarbrücken.“

„Spinner.“ Jasmin lachte und setzte ihren Vortrag fort: „Um das Drehen der Räder über die Achse am Laufen zu halten, gibt es einen Sensor. Das ist der LiDAR-Sensor, der vorne an der Stoßstange befestigt ist. Der wird mit nicht sichtbaren Lichtstrahlen zur Geschwindigkeits- und Abstandsmessung genutzt. Er beinhaltet die Software, die mit Informationen versorgt ist, wie zum Beispiel Hindernisse, nasse Fahrbahn, Unebenheiten oder sonst was.“

„Warum LiDAR? Was ist das?“

„LiDAR verfügt über eine geringere Reichweite als Radar, weshalb er zur Hinderniserkennung eingesetzt wird.

Diese Sensoren befinden sich rundum an der Karosserie, vorne und hinten zum Beispiel an den Stoßstangen. LiDAR arbeitet über nicht sichtbare Lichtstrahlen. Diese werden zur Geschwindigkeits- und Abstandsmessung eingesetzt. Man beachte den Zusammenhang mit dem Licht."

„Wir können dir folgen", meinte Lukas.

„Gut. Und genau dieser Sensor ist fehlerhaft. Der helle Lichtstrahl hat eine Fehlschaltung in ihm ausgelöst. Anstatt zu bremsen hat er beschleunigt – und zwar mit der vollen Kraft der Motorleistung. Das Auto war laut den Kollegen der KTU sofort bei einer Geschwindigkeit von 120 kmh, als es auf die Imbissbude aufgeschlagen ist."

„Ist dieser Sensor ein Fehler in der Herstellung oder wurde er manipuliert?", fragte Theo.

„Ein Herstellungsfehler, den bis jetzt noch niemand erkannt hat."

*

Allensbacher rannte kreuz und quer durch das Großraumbüro und wies jeden an, mit herkömmlichen Methoden weiterzuarbeiten.

„Sie wissen doch wohl noch, wie man Notizen von Hand schreibt. Und wie man Informationen von einem Blatt Papier abliest. Also sitzen Sie hier nicht faul herum, sondern arbeiten Sie. Wir können uns keine Trödelei erlauben."

Lukas wandte sich kopfschüttelnd von dem Choleriker ab und wollte seinen eigenen Notizblock aus der Schublade nehmen, als ihm ein kleiner, rundlicher Mann mit Halbglatze auffiel. Mit einem verwunderlichen Grinsen und zeitlupenartigen Bewegungen ging der Fremde zwischen den Schreibtischen hindurch, als stünde er unter Drogen.

„Wer ist das?"

Theo schaute auf und staunte: „Scheiße! Was geht hier ab? Computerhacker und dubiose Gestalten inmitten der Kollegen. Irgendwie läuft hier heute alles anders."

„Dieser Hightech-Schnickschnack überfordert uns eindeutig."

Theo folgte dem Fremden, tippte ihm auf die Schulter und

fragte: „Können wir Ihnen helfen?“

Der Mann drehte sich um, schaute auf Theo, als sei der ein Außerirdischer und antwortete: „Ein Bier und Popcorn bitte. Was ich hier sehe, ist spannender als Kino.“

„Ich lache mich tot. Und wer bitte möchte Bier und Popcorn?“

„Mein Name ist Gernod Schwarz. Ich wurde zu einer Talkrunde hierher bestellt.“

„Talkrunde?“ Theo kam aus dem Staunen nicht mehr heraus. „*Hart aber fair* ist ausgebucht. Also, für welche Talkrunde sind Sie vorgesehen?“

„Gernod Schwarz ist vom SFKI, dem *Saarländischen Forschungszentrum für Künstliche Intelligenz* in Saarbrücken“, stieß Lukas aus.

Verwundert schaute Theo auf seinen Kollegen, der daraufhin anfügte: „Ich habe hier eine Notiz gefunden, auf der ich das vermerkt habe. Wie gut, dass ich das von Hand schreiben immer noch praktiziere. Schwarz wurde zur Vernehmung geladen. Unser Staatsanwalt müsste auch gleich kommen.“

„Wie gut, dass wir das klären konnten“, gab Theo zu. „Ich wollte gerade freiwillig in die Geschlossene gehen.“

„Bis zur Sonnenberg-Klinik ist es nicht weit.“

„Sehr witzig.“

„Darf ich daran erinnern, dass ich freiwillig hier bin“, mischte sich Gernod Schwarz ein.

„Warum ist Ihnen das so wichtig?“ Theos Blick wirkte immer noch abwesend.

„Die Zustände hier geben mir zu denken. Auf eine Zwangseinweisung kann ich verzichten.“

„Immer locker bleiben“, übernahm Lukas das Gespräch. „Wir haben nur gerade ein technisches Problem. Das hält uns aber nicht davon ab, unsere Fragen zu stellen.“

Mit Gernod Schwarz in ihrer Mitte steuerten sie den Ausgang aus dem Großraumbüro an. Marcel Dittrich versperrte ihnen den Weg und sagte: „Ihre beiden Rechner nehmen wir auch mit. Wir müssen herausfinden, woher der Auslöser für diese Panne kommt und womit wir es zu tun haben."

„Unsere Rechner stehen schon im Flur", gab Theo an.

„Ich könnte Ihnen helfen", meinte der kleine, rundliche Mann zwischen Lukas und Theo mit einem listigen Grinsen. „Mit sowas kenne ich mich vermutlich besser aus als Sie."

„Sind Sie dafür verantwortlich?", kam es sofort von dem IT-Forensiker, woraufhin das Grinsen aus dem Gesicht des kleinen Mannes verschwand.

*

Lukas und Theo schauten Gernod Schwarz durch den Einwegspiegel zu, wie er sich ständig selbst im Spiegel bewunderte, seinen spärlichen Haarkranz zurechtrückte, seine Krawatte richtete und imaginäre Fussel vom Hemdkragen wischte.

„Sollen wir ihm sagen, dass wir ihn beobachten?", fragte Theo.

„Nein! Lass uns doch den Spaß. Der Typ ist ein echter Nerd – der hat noch nicht mitbekommen, wie diese Spiegel funktionieren." Lukas grinste. „Umso schöner für uns."

„Wenn er jetzt noch sein Puderdöschen auspackt, muss ich intervenieren", stellte Theo klar. „So viel Toleranz bringe ich an einem Tag nicht auf."

Die Tür ging auf und Renske trat ein.

„Hier seid ihr", brummte er. „Ich dachte, wir befragen jetzt Gernod Schwarz."

„Wir warten auf dich und amüsieren und köstlich über die Versuche unseres Gegenübers, sich schöner zu machen."

Renske schaute auf den Spiegel und schnaubte: „Das kann ja heiter werden. Bei so viel Männlichkeit fühlen wir uns gleich benachteiligt."

„Nur nicht neidisch werden."

„Am besten fangen wir gleich mit der Befragung an, damit wir nicht auf dumme Gedanken kommen", lenkte Renske ein. „Wo sind Aufnahmegerät und Kamera?"

„Gibt es dieses Mal nicht“, antwortete Theo. „Unser Netz wurde gehackt. Alle Geräte befinden sich in der IT-Abteilung. Wie es aussieht, hat der Hacker sogar Zugriff auf unsere Webcams.“

„Mein Computer ist auch tot.“ Renske stutzte. „Deshalb habe ich mich verspätet.“

„Was ist passiert?“

„Ich bekam eine Mitteilung, wollte sie öffnen und schon war der Bildschirm schwarz. Ich habe das Gerät sofort an unsere Fachleute weitergegeben.“

„Bei uns ist der Zentralrechner abgestürzt. Wir wissen nicht, was los ist. Die Kollegen haben alle Geräte eingesammelt und mitgenommen. Gerade jetzt, wo wir mitten in den Ermittlungen stecken und jede Info brauchen.“ Theo schüttelte fassungslos den Kopf.

„Glaubt ihr, dass es einen Zusammenhang gibt?“, fragte Renske.

„Woher soll ich das wissen? Bin ich Jesus?“

„Zum Glück nicht.“ Renske grinste. „Ist nur seltsam, dass unsere Systeme gleichzeitig ausfallen.“

„Von wem hast du heute diese Mitteilung bekommen? Und was war das für eine Mitteilung?“

„Eine E-Mail. Von euch.“

„Von uns?“ Theo verschluckte sich fast.

„Von Jasmin. Sie hat geschrieben, dass sie die Ursache für den Unfall an der Imbissbude gefunden ha...“ Mitten im Satz stockte Renske, starrte auf die beiden und fragte: „Jetzt sagt nur, Jasmin ist die Übeltäterin?“

Lukas und Theo warfen sich gegenseitig einen Blick zu. Sofort platzte Renske heraus: „Was soll das? Was wisst ihr, was ihr mir nicht sagen wollt? Hat Jasmin was damit zu tun?“

„Das glauben wir nicht“, antwortete Theo kleinlaut. „Wir wissen nur, dass Jasmin zu Sören Forthoffer Kontakt hat. Und der ist in den Fällen der Autocrashs einer unserer Hauptverdächtigen.“

„Woher wollt ihr wissen, zu wem sie Kontakt hat?"

„Ich habe bei ihr zu Hause die Visitenkarte von Sören Forthoffer gesehen", berichtete Lukas.

„Das muss noch lange nichts heißen", beschwichtigte Renske. „Bevor sie deshalb richtig großen Ärger bekommt, redet mit ihr."

„Ich gehe stark davon aus, dass wir uns irren", meinte Lukas.

*

„Na endlich!", fauchte der kleine, untersetzte Mann, als Lukas und Theo zusammen mit Helmut Renske das Vernehmungszimmer betraten.

Renske stellte sich vor und meinte: „Wir arbeiten, falls Sie sich wundern sollten, warum es so lange gedauert hat. Das werden Sie doch wohl entschuldigen."

Gernod Schwarz murmelte etwas Unverständliches darauf.

„Wir bitten um eine deutliche Aussprache, weil wir dieses Gespräch protokollieren werden."

„Womit?", fragte Schwarz frech. „Ich sehe hier kein Aufnahmegerät."

„Wir greifen zurzeit auf herkömmliche Mittel und lassen die Vernehmung mitschreiben. Keine Sorge, es wird alles festgehalten."

Wie aufs Stichwort betrat eine Frau den Raum, ließ sich wortlos in einer hinteren Ecke nieder und legte Block und Stift zum Mitschreiben bereit.

Nachdem alle Personalien und die Uhrzeit festgehalten waren, begann Theo mit seinen Fragen: „Wie gut kennen Sie Sören Forthoffer?"

„Ach, um Sören geht es." Gernods Blick wirkte undefinierbar. „Der Junge ist immer extrem schick gekleidet. Da kann keiner weggucken. Außerdem hat er es voll drauf. Einen intelligenteren als ihn habe ich nie kennengelernt. Aber was wollen Sie von ihm?"

„Wir stellen hier die Fragen?" Theo beherrschte sich, um einen freundlichen Ton beizubehalten.

„Ach so, ja." Listig lachte der kleine Mann und antwortete: „Wir waren mal Arbeitskollegen. Aber das müssten Sie längst wissen."

„Muss ich Sie wirklich an meine Frage erinnern?" Theos Geduld bekam Risse.

Beschwichtigend hob Gernod die Hände und antwortete: „Sören hat als Azubi im SFKI in Saarbrücken gearbeitet."

„Und weiter?"

„Sören gehört zu den Menschen, die schneller lernen als andere. Also kam es, dass er sich bald unterfordert fühlte. Als *DynamoCars* mit dem Ziel selbstfahrender Autos gegründet wurde, war er der erste, der sich dort bewarb. Und Karl-Otto Brache wäre dämlich gewesen, diesen kompetenten Mann nicht einzustellen."

„Aber?"

„Was *aber*?"

„Ich höre ein *aber* heraus", beharrte Theo.

„Sören ist der unsicherste Mensch, den ich kenne", gab Gernod endlich zu. „Das ist kaum zu glauben, aber der Junge weiß nicht, wie gut er wirklich ist."

„Sie wollen damit sagen, dass er sich seiner Fähigkeiten gar nicht bewusst ist?"

„Das nicht. Er gehört nur zu der seltenen Spezies, die sich nichts darauf einbildet."

„Sollte das nicht als positive Eigenschaft bewertet werden?"

Gernod wackelte mit Kopf und antwortete zögerlich: „Leider macht er sich damit zum Gespött anderer, weil er gern unterschätzt wird."

„Könnte es sein, dass er durch so ein Verhalten Zorn in sich angestaut hat?"

„Das weiß ich nicht. Sören spricht nicht über sich, er gehört zu der introvertierten Sorte. Eigentlich weiß man bei ihm nie, wo man dran ist."

„Den Eindruck habe ich nicht von ihm gewonnen“, hielt Theo dagegen.

„Vielleicht hat er sich inzwischen verändert.“ Gernod Schwarz zuckte die Schultern.

„Trauen Sie ihm die Fehlsteuerung der selbstfahrenden Autos zu, sodass Menschen dabei zu Schaden kommen?“

„Sie sprechen von den tödlichen Unfällen?“ Gernod riss die Augen weit auf vor Schreck.

Theo nickte.

„Die Fähigkeit hat er.“

„Wieder höre ich ein *aber* heraus.“ Theo grinste schief.

„Ob er dafür kaltblütig genug ist, bezweifle ich.“

„Bei diesen Verbrechen muss der Täter nicht unmittelbar dabei sein. Er muss einfach nur die Software manipulieren und abwarten. Also kein Verbrechen aus Leidenschaft, sondern reines Kalkül.“

„Welchen Grund sollte er haben?“

„Sie sagten doch selbst, dass er von anderen verspottet wird, weil niemand weiß, wie gut er in Wirklichkeit ist. Es könnte doch der Versuch sein, allen zu beweisen, dass er der Beste ist“, warf nun der Staatsanwalt ein.

Gernod überlegte eine Weile und antwortete dann zögerlich: „Also strategisches Vorgehen ist Sörens Stärke. Seine Verschlossenheit ist schon mehr als merkwürdig. Darüber haben wir uns alle die Köpfe zerbrochen. Zuzutrauen wäre es ihm.“

*

Allensbacher beherrschte die gesamte Belegschaft im Großraumbüro. Drohend stand er inmitten der leeren Schreibtische, die von Polizeibeamten mit verzweifelten Gesichtern flankiert wurden.

„Wie ich gerade erfahren musste, haben wir es mit einem Verschlüsselungstrojaner zu tun“, plärrte er so laut, dass es den Anwesenden in den Ohren pfiff. „Was ist das überhaupt?“

Marcel Dittrich antwortete: „Wie der Name schon sagt, wird mit diesem Trojaner unser Netzwerk verschlüsselt. Das könnte bedeuten, dass die Daten nicht verloren sind, sondern weggesperrt."

„Haben wir keine Cloud, in der wir Daten speichern können?", fragte Jasmin.

„Doch. Aber der Zugang ist ebenfalls verschlüsselt."

„Wird diese Cloud nicht durch ein eigenes Passwort geschützt?"

„Ja natürlich. Entweder kannte der Täter das Passwort oder er konnte es knacken."

„Wenn er es kannte, ist es einer von uns." Jasmin wurde blass.

„Wie geht sowas?", rief Allensbacher dazwischen. „Verfügt ein Fremder über unsere Daten und wir selbst kommen nicht ran?"

„Genau das. Der Hacker konnte sich in unser System einschleusen und hat eine Art Schlüssel zwischengeschaltet, womit die Daten für uns nicht erreichbar sind."

„Wie sieht so ein Schlüssel aus?"

„Das ist ein Programm, das man von außen zwischen uns und die Daten setzt. Wenn der Hacker gnädig ist, entschlüsselt er die Daten wieder. Wenn er böse ist, vernichtet er sie. Also können wir nicht genau wissen, was damit passiert ist oder passieren wird. Das erfahren wir erst, wenn wir den Entschlüsselungscode haben."

„Wie konnte so etwas passieren? Haben wir keine Virenprogramme oder Firewall oder wie man diese Schutzmaßnahmen nennt?"

„Doch, aber ein gewiefter Hacker kann so etwas umschiffen."

„Kann man zurückverfolgen, woher dieser Trojaner kommt?"

„Wenn der Hacker dämlich ist, ja. Ansonsten bedient er sich einer oder mehrerer Zwischenstationen, zum Beispiel verschiedene Proxy-Server. Andere verwenden mehrere virtuelle private Netzwerke. Daten, die sie senden und empfangen, werden über solche Zwischenstationen weitergeleitet. Der Zielserver erfährt somit nur die IP-Adresse irgendeiner Zwischenstation."

Betretenes Schweigen breitete sich im Großraumbüro aus.

„Wir müssen außerdem die Handys aller Kollegen einsammeln und prüfen. Es besteht die Gefahr, dass dort auch etwas passiert ist. Auf Handys funktioniert der Trojaner anders. Da merkt man nicht so leicht, ob man betroffen ist."

Allensbacher schnaufte laut vernehmlich, zog sein Mobiltelefon aus der Jackentasche und überreichte es dem IT-Fachmann. Alle anderen taten es ihm nach.

Nur Renske nicht, weil er gerade im Begriff war zu telefonieren. Anschließend sagte er: „Ich hatte gerade ein Telefonat mit unserer IT-Abteilung."

„Warum? Sind Sie auch betroffen?"

„Zum Glück nur mein Rechner. Ich hatte die Störung sofort gemeldet, sodass die Jungs alle anderen Rechner vom Netz nehmen und somit rechtzeitig eine Verbreitung des Virus verhindern konnten."

„Warum hat keiner von uns rechtzeitig reagiert?" Böse funkelte Allensbacher die Beamten seiner Abteilung an.

„Weil niemand wusste, dass ein Trojaner unterwegs ist", antwortete Theo.

„Sie und Ihre Weisheiten! Wissen Sie, wer für diesen Schlamassel verantwortlich ist?"

Theo zuckte zusammen und schüttelte nur den Kopf.

„Aber Sie wissen etwas", fauchte Allensbacher weiter. „Das Schuldbewusstsein steht Ihnen ins Gesicht geschrieben."

Theo erblasste und stammelte: „Nein, ich weiß nichts. So gut kenne ich mich mit dieser Technik nicht aus."

„Es handelt sich um die Übertragung durch eine Phishing-Mail", funkte Marcel Dittrich hastig dazwischen, um die peinliche Situation zu beenden.

„Was ist das?"

„Eine Phishing-Mail wird als HTML-E-Mail versendet. Das heißt, dass sie mit den Grafiken von fremden Webseiten dargestellt wird. Die sehen verdammt echt aus. Der Verweistext zeigt die Originaladresse an – dafür muss man aber genau hinschauen – während das unsichtbare Verweisziel auf die Adresse der gefälschten Webseite hindeutet. Das nennt man Link-Spoofing. Auf diesem Weg versucht der Hacker, in das Netzwerk eines bestimmten Internet-Benutzers zu kommen. Meist sind sie mit einem Link versehen. Wer den anklickt, hat den Trojaner in seinem Netz."

„Und wer ist so dämlich und klickt einen solchen Link an?" Allensbachers Gesichtsfarbe war inzwischen dunkelrot.

„Das hat mit dämlich nichts zu tun", wehrte Marcel Dittrich ab. „Diese Mails sind heimtückisch und von den echten kaum zu unterscheiden."

„Haben Sie herausgefunden, durch wen der Trojaner ins Netz gelangen konnte?"

„Ja. Eine Phishing-Mail mit einem weiterführenden Link von *DynamoCars* ist dafür verantwortlich."

„Erfährt man durch eine solche Mail auch das Passwort für die Cloud, in der unsere sämtlichen Daten ebenfalls gespeichert waren?", fragte Theo.

„Natürlich nicht." Marcel Dittrich schnaubte.

„Aber an die ist unser Täter doch auch rangekommen."

Darauf reagierte der IT-Fachmann nicht mehr.

Etwas anderes lenkte Lukas, Theo und Renske ab. Sie beobachteten, wie Jasmin auf ihrem Stuhl immer kleiner wurde.

Da wurde es auch schon ausgesprochen: „Der Schriftverkehr fand zwischen Jasmin Hafner und Sören Forthoffers Privat-E-Mail-Account statt, wobei erst vor kurzem eine weiterleitende Phishing-Mail von Kollegin Hafner an Staatsanwalt Renske gesendet wurde."

*

Jasmins Schreibtisch gähnte leer – weder Rechner noch die Kollegin waren zu sehen.

Der Anblick ließ Lukas' Herz schwer werden. Sie war tatsächlich am Vortag vom Dienst suspendiert worden. Das Unmögliche war möglich geworden.

Bestimmt hundertmal hatte er am Vorabend versucht, sie über das Festnetztelefon zu erreichen – hatte auch vor ihrer Wohnungstür gestanden und geklingelt. Aber nichts. Jasmin reagierte nicht mehr auf ihn. Das schmerzte, weil Lukas niemals glauben konnte, dass Jasmin für das Computerfiasko verantwortlich war. Sie war benutzt worden. Dieser Sören Forthoffer erwies sich als weitaus gefährlicher als angenommen.

Theo betrat das Büro und sah, in welche Richtung Lukas' Blick fiel. Leise murmelte er: „Wir werden ihren Ruf wieder herstellen. Also steck deinen Kopf nicht in den Sand, sondern konzentriere dich auf die Ermittlungen."

„Du hast gut reden", murrte Lukas. „Wie können wir gegen diese Sache ankämpfen. Von der IT-Scheiße verstehen wir nichts."

„Es gibt auch andere Ansätze." Theo schüttelte den Kopf. „Mensch Junge. So depri kenne ich dich nicht."

„Jasmin hat keinen meiner Anrufe angenommen, dabei war sie zu Hause. Ich habe Bewegungen hinter ihrem Fenster gesehen. Sie hat mich nicht reingelassen, als ich vor ihrer Tür stand, hat mir kein einziges Lebenszeichen hinterlassen, als würde sie mich für diesen Schlamassel verantwortlich machen. Ich gebe zu, dass mir das zusetzt. Ich stehe voll und ganz auf ihrer Seite. Hier läuft etwas, das wir alle nicht verstehen."

„Das klingt wirklich hart. Aber lass ihr Zeit. Sie muss ja selbst erst mal mit der Situation klarkommen."

Der Raum verdunkelte sich.

Erschrocken schauten Lukas und Theo auf und sahen Kriminalrat Allensbacher mit verschlossenem Gesichtsausdruck auf sie zueilen. In seinen Händen hielt er einen Karton, den er unkommentiert ließ. Dicht vor ihren Schreibtischen blieb er stehen und sagte in einem schneidenden Tonfall: „So leid es mir tut, aber ich muss mit Ihnen vorliebnehmen. Die neusten Ereignisse übersteigen Ihre Fähigkeiten, weshalb Sie auch nicht Gefahr laufen, verdächtigt zu werden, ein komplettes Computersystem lahmzulegen. Trotzdem schrumpft meine Mitarbeiterzahl täglich – aber die Herausforderungen wachsen. Also sehen Sie zu, dass Sie herausfinden, was es mit diesem Unfall an der Imbissbude auf sich hat. Der letzte Stand unserer Ermittlungen lautet, dass es ein Fehler in der Software war. Nun ist es wichtig zu erfahren, ob dieser Fehler konstruiert wurde oder schon im Auto implementiert war.“

Lukas und Theo nickten und wollten sich erheben, doch Allensbachers erhobene Hand gebot ihnen, es sich anders zu überlegen.

Nun erst zeigte er auf den Karton und sagte: Hier sind die Handys. „Sie wurden geprüft. Sie sind sauber. Wie alle anderen Handys dieses Hauses auch. Nur Kollegin Hafners Gerät war befallen. Es wurde vom Virus befreit.“

Dankend nahmen die Kollegen ihre Mobiltelefone aus der Kiste, wobei Lukas auch Jasmins herausfischte. Im Eiltempo verließen sie das Büro.

„Ganz so schlecht ergeht es Jasmin mit ihrem Rausschmiss aus dieser Abteilung nicht“, meinte Theo, als sie im Dienstwagen saßen.

„Wie meinst du das?“

„Sie muss diesen Allensbacher nicht mehr ertragen. Wir dagegen schon. Der macht doch für alles, was hier passiert, uns verantwortlich.“

„Erklär das mal Jasmin.“

Theo klopfte Lukas auf die Schulter und rief: „Kopf hoch, Junge! Sie braucht bald eine starke Schulter zum Ausweinen. Dann solltest du dich nicht hängenlassen, sondern der Fels in der Brandung für sie sein. Gib ihr das Handy zurück und schon hat sie wieder ein Stück Normalität.“

„Wie soll ich es ihr zurückgeben, wenn sie mich nicht reinlässt?“

„Wir fahren jetzt an ihrer Wohnung vorbei und klingeln bei ihr.“

„Und dann?“

„Warten wir ab, ob sie öffnet.“

„Und wenn nicht?“

„Dann schreibst du eine liebe Nachricht dazu und wirfst ihr das Handy in den Briefkasten.“

„Theo! Wenn es um Frauen geht, bist du einfach besser als ich.“

„Glaube ich sofort. Wenn du mal einen Rat brauchst, frag nur mich.“

*

Als Lukas und Theo die Büroräume von *DynamoCars* betraten, schlug ihnen die übliche Betriebsamkeit entgegen. Es sah so aus, als sei nie etwas geschehen. Lukas hing in Gedanken bei Jasmin. Sie hatte nicht geöffnet. War sie zuhause gewesen und hat sie beide vor der Tür stehen lassen? Oder war sie unterwegs? Diese Fragen beschäftigten ihn. Seit ihrer Suspendierung wirkte sie verändert – so als wollte sie Lukas die Schuld dafür geben. Dabei käme ihm nie in den Sinn, etwas zu tun,was ihr schadete. Diese verdammte Visitenkarte hätte er lieber nicht gesehen. Seine Gedanken quälten ihn seitdem. Das passte ihm selbst nicht. Jasmin war loyal, dessen wurde er sich von Stunde zu Stunde sicherer, seit sie nicht mehr im Dienst war. Jedenfalls hatte er ihr einige liebe Worte aufgeschrieben und das Handy eingeworfen.

Ob das nun gut war?

Karl-Otto Brache kam ihnen mit schnellen Schritten entgegen und setzte dabei eine Miene auf, als seien die Polizeibeamten nicht willkommen. Das riss ihn aus seinen Gedanken.

„Was suchen Sie schon wieder hier? Meine Bereitschaft, mit Ihnen zusammenzuarbeiten, ist mit Ihren bösartigen Anschuldigungen endgültig versiegt. Meinen besten Mitarbeiter zu beschuldigen ... das schlägt dem Fass den Boden aus.“

„Tut uns leid, dass wir die vielen Todesopfer einfach nicht ignorieren können“, entgegnete Theo. „Das ist so ein Makel, der an uns haftet. Wir geben einfach keine Ruhe, bis wir den Schuldigen gefunden haben."

„Was wollen Sie? Glauben Sie, dass hier noch einer herumläuft und meine Autos sabotiert?"

„Wir brauchen die jüngsten Ergebnisse der Software-Untersuchung. Unser Rechensystem wurde gehackt, wir kommen nicht mehr an die Daten heran."

„Wie bitte? Ihr Computersystem wurde gehackt?" Brache bekam ganz große Augen. „Und jetzt soll ich für Ihr Unvermögen aufkommen?"

„Bevor wir hier die Pferde scheu machen, halten wir alle mal den Ball flach." Theos Tonfall wurde lauter. „Solange wir nicht genau wissen, wer für diesen Trojaner zuständig ist, sollten wir zusammenarbeiten. Die Tatsache, dass Ihre Rechner verschont geblieben sind, gibt mir das komische Gefühl, dass der Hacker aus Ihrem Haus kommt."

„Und das nennen Sie *den Ball flach halten*?" Brache schnaubte. „Sie haben keine Beweise – und vermutlich hatten Sie bisher auch keine – aber jetzt meine Hilfe anfordern, weil Sie ohne mich nicht weiterkommen. Ich glaube, hier haben sich die Rollen etwas vertauscht."

Lukas schaltete sich in das Gespräch ein und sagte: „Der letzte Stand unserer Ermittlungen ist, dass der Unfall an der Imbissbude durch einen Software-Fehler passiert ist. Ein Sonnenstrahl hat einen Sensor fehlgeschaltet und dadurch eine gegensätzliche Reaktion ausgelöst. Anstatt zu bremsen hat der Wagen beschleunigt. Damit haben wir einen Anhaltspunkt für diesen schweren Unfall. Jetzt gilt es herauszufinden, ob dieser Softwarefehler ein Herstellungsfehler ist, oder ob er einprogrammiert wurde. Es sollte doch auch in Ihrem Interesse sein, diesen Makel zu beheben. Nur dann kommen wir alle weiter."

„Amen!", brummte Theo.

„Dann führ du doch die Verhandlungen weiter", entgegnete Lukas. „Nur will ich gerne was erreichen und nicht pausenlos auf der Stelle treten."

„Sie haben recht", gab Brache plötzlich nach.

Lukas und Theo trauten ihren Ohren nicht.

„Wir wollen im Grunde genommen alle das Gleiche, nämlich dass diese Todesfälle aufhören. Also gehen Sie zusammen mit Amit Chander ins Rechenzentrum und werten diesen Softwarefehler aus. Es ist zwar schwer vorstellbar, dass uns so etwas unterlaufen ist. Aber sollte es trotzdem passiert sein, müssen wir ihn sofort analysieren und beheben."

Zusammen verließen sie das Büro, durchquerten die Werkshalle und betraten dann einen Raum, der die beiden Kommissare in Staunen versetzte. Computerwände reichten bis unter die Decke. Monitore mit den unterschiedlichsten Grafiken blinkten in allen Farben. Ganz leise waren Summen, Piepsen und Melodien zu hören.

Der Mann, der inmitten der Bildschirme und Apparaturen saß, war für Theo und Lukas kein Unbekannter. Mit Amit Chander hatten sie bereits eine Fast-Kollision. Auch als Verdächtiger war dieser Name mehrmals gefallen.

Lukas warf Theo einen Blick zu, der offensichtlich genau dasselbe dachte. Trotzdem schwiegen sie und warteten ab, bis Chander sich bemüßigte, den Anfang zu machen.

*

Das Krankenzimmer sah verändert aus. Jasmin staunte, als sie sah, dass Dieter Marx hellwach und ohne Schläuche und Drähte auf seinem Bett lag. Sein eingefallenes Gesicht konkurrierte mit der weißen Bettwäsche. Nur die dunklen Augen stachen hervor.

„Du bist wach?"

„Ja. Ich habe das Vergnügen, mich mit meiner neuen Lebenssituation abzufinden. Gott liebt mich nicht mehr."

„Warum sagst du so etwas?"

„Weil der Krebs zurückgekommen ist. Viele Jahre lebte ich

in dem Glauben, mein Schicksal sei es, die schwere Erkrankung besiegt zu haben und ein gesundes Leben führen zu können. Durch diesen Angriff wurde ich nicht getötet – im Gegenteil: die Augen wurden mir geöffnet. *Tod, wo ist dein Sieg? Tod, wo ist dein Stachel? Der Stachel des Todes aber ist die Sünde, die Kraft der Sünde ist das Gesetz.* Gott hat mir den Sieg geschenkt. Nur zweifle ich an, dass es ein Sieg ist."

„Heißt das, dass du lieber gestorben wärst?"

„Genau das. Ein Leben mit dem Tod vor Augen habe ich nicht verdient."

„Nein. Das hast du nicht." Jasmin traten Tränen in die Augen. „Trotzdem bin ich froh, dass du da bist. Du hast doch bisher immer gekämpft und gesiegt. Warum sollte es dieses Mal anders sein?"

„Weil ich meinen Glauben verloren habe. Gott hat mir damals die Kraft gegeben und ich habe es ihm gedankt. Doch dieser Rückschlag kostet mich nicht nur meine Kraft, sondern mein Leben."

Stille trat ein.

Jasmin wusste nicht, wo sie hinschauen sollte. Die Veränderung, die in Dieter Marx vorging, machte sie fassungslos. Einerseits waren seine frommen Sprüche nervig, andererseits war er ein guter und korrekter Arbeitskollege. Sie hatte sich an seine Macken gewöhnt und ihn damit sogar ins Herz geschlossen. Plötzlich kam sie sich ganz kleinmütig vor, weil sie sich wegen dieser Suspendierung so elend fühlte. Dieter befand sich in einer weitaus schlimmeren Situation und wirkte wesentlich gefasster als sie. Im Gegensatz zu ihm war sie schwach und hilflos.

„Die schlechten Nachrichten hören gar nicht mehr auf: Monika ist an ihren Verletzungen gestorben", warf sie nach langer Zeit in die Stille ein.

„Im tiefsten Innern habe ich es gespürt."

Daraufhin schwiegen beide eine lange Zeit.

„Wirst du bei uns bleiben, oder hast du vor, dich pensionieren zu lassen?" Mit dieser Frage versuchte Jasmin, die Schwermut aus dem Zimmer zu vertreiben. Sie fröstelte, rieb sich ständig über ihre Unterarme.

„*Wer Menschenblut vergießt, des Blut soll durch Menschen vergossen werden*“, brachte Dieter verbittert hervor.

„Dieser Bibelspruch ist böse.“

„Erstes Buch Mose, Kapitel 9, Vers 6“, gab Dieter nur als Erklärung dazu ab.

„Und was willst du mir damit sagen?“

„Dass ich, solange ich noch am Leben und im Besitz meiner geistigen Kräfte bin, weiterhelfen werde, diese Bestie zu fangen. Ich halte es nach wie vor für meine moralische Pflicht, gegen solche bösen Menschen zu ermitteln.“

„Das ist gut!“ Jasmin atmete auf, auch wenn ihr Dieters Worte einen Schrecken eingejagt hatten. Dieser Angriff und sein desolater Gesundheitszustand hatten ihn verändert.

„Warum zweifelst du an mir?“, fragte er.

„Ich zweifle nicht an dir, sondern an mir. Ich wurde vom Dienst suspendiert.“

„Was ist passiert?“

Haarklein berichtete sie ihm alles, auch die unrühmliche Rolle, die ihre Gefühle für Sören Forthoffer dabei gespielt hatten. Als sie endete, verzog Dieter keine Miene, machte keinen biblischen Kommentar, sondern hob einfach nur die rechte Hand als Zeichen, dass er nachdenken musste.

Jasmin ließ ihm diese Zeit – denn Zeit hatte sie jetzt mehr als genug. So viel, dass sie nicht wusste, was sie damit anfangen sollte. Also blieb sie ganz still am Krankenbett sitzen und wartete.

„Wann ist dir diese E-Mail mit dem Trojaner zugeschickt worden?“, fragte Dieter irgendwann in die Stille des Zimmers.

Jasmin nahm ihr Handy heraus, das am Morgen überraschenderweise im Briefkasten gelegen hatte, und zeigte ihm den Screenshot, den sie davon gemacht hatte, bevor diese Nachricht gelöscht worden war.

„Du hast genau dieses Nachricht abfotografiert?“ Dieter staunte.

„Ich habe nur dieses eine Handy. Da trenne ich Berufliches gern von Privatem. Also mache ich Screenshots, die ich in der Cloud ablege. Nach der gründlichen Reinigung der Handys sind meine Daten zum Glück erhalten geblieben, weil dieser externe Speicher durch ein Passwort gesichert ist.

„Raffiniert.“ Dieter schmunzelte. „Und gut für uns.“

Er las die Daten ab und resümierte nach etwas Bedenkzeit: „Diese E-Mail kann nicht von Sören Forthoffer versendet worden sein.“

„Wie kommst du darauf?“

„Schau doch mal auf die Uhrzeit! Nach deinem Bericht saß Sören Forthoffer während dieser Zeit zusammen mit Lukas, Theo und Staatsanwalt Renske im Vernehmungsraum.“

*

Amit Chanders Aktivitäten an den verschiedenen Rechnern und Tastaturen waren für Lukas und Theo böhmische Dörfer. Sie konnten nur staunend zuschauen, bis sich endlich ein Bild abzeichnete, das den *Streetfighter* in durchsichtiger Form aufzeigte und sämtliche Funktionen erklärte.

„Hier haben wir das Kommunikationszentrum“, begann der Fachmann zu sprechen und führte den Pfeil der Maus an die entsprechende Stelle. „Das steht in Verbindung mit allen anderen IT-Einflüssen von außen, die zum Beispiel aus den Verteilerkästen kommen – und von anderen elektronisch gesteuerten Fahrzeugen. Diese Sensoren hier nehmen wahr, was um das Auto herum an Hindernissen vorhanden ist, seien es Laternenmasten, Menschen, Fahrzeuge, Verkehrsinseln und so weiter. Die Daten werden ständig aktualisiert und an das Fahrwerk weitergegeben. Hier haben wir eine Karte, die genau vorgibt, was das Auto in bestimmen Situationen tun soll. Bei einem Hindernis bremsen, im Fall einer grünen Ampel weiterfahren, bei Rot anhalten – um die einfachsten mal aufzuzählen. Mit diesem Sensor wird die Lenkung gesteuert, die an ein Navi gekoppelt ist. Hier sehen Sie Laser, die die Sensoren mit Informationen füttern. Die Ergebnisse dieser Sensoren werden ständig und immer wieder in Bruchteilen von Sekunden in das Assistenzsystem des Wagens eingespeist, sodass die entsprechenden Reaktionen an die dafür vorgesehenen Systeme weitervermittelt werden können. Hier haben wir den Bremsassistent – sogar für Sie klar, welche Aufgabe der hat. Hier haben wir die Verkehrszeichenerkennung – dürften Sie auch noch verstehen."

„Ihre Herablassung können Sie sich sparen", schaltete sich Theo ein. „Sie können Ihren Job, wir unseren. Dabei sollten wir es belassen."

Amit Chander warf Theo einen bösen Blick zu und wandte sich wieder den Bildschirmen zu.

„Hier ist die Elektronische Diefferentialsperre, hier das Elektronische Stabilitätsprogramm, Fahrspurassistent, Kollisionsfrühwarnsystem ..." Amit Chander stutzte und fügte an: „Dann muss dieses Warnsystem ebenfalls ausgefallen sein, als der Lichtstrahl diesen bestimmten Sensor getroffen hat."

„Heißt das, dass Sie noch nicht wissen, welcher Sensor davon betroffen war."

„Genau das. Das werde ich jetzt überprüfen müssen. Sie verstehen hoffentlich, dass ich ab sofort alleine weiterarbeiten muss."

Lukas und Theo verließen das Rechenzentrum durch die Werkshalle und steuerten den *Road Speedster* an, der mit seinem Eisblau die Temperatur in der Halle um mindestens ein Grad sinken ließ. Die Seitentüren standen nach oben wie Flügel. Das Auto sah aus, als sei es bereit, jede Sekunde abzuheben. Nichts wies mehr darauf hin, dass dieses Fahrzeug mal in der Saar gelandet war. Von innen wie von außen sah alles perfekt aus.

„Wow! So eine geile Kiste würde ich auch gern mal fahren", schwärmte Lukas.

„Mit der geilen Kiste ist Benno Horst in die Saar geschossen", erinnerte Theo.

„Das muss ich ja nicht genauso machen."

„Ich wollte dich nur daran erinnern, dass die vielen Sensoren und Laser und Assistenten – und weiß der Geier was noch alles – doch nicht so gut funktionieren, wie Brache das wohl gerne hätte."

„Nur deshalb stehen wir hier. Du wirst wohl kaum annehmen, dass ich das vergessen habe, Kumpel."

„Dann bin ich ja beruhigt."

„Hattest du Angst, ich wollte mich in den Wagen setzen und losfahren?"

„Sowas in der Art ..."

„Du bist ja mütterlicher als meine Mutter." Lukas grinste breit.

Theo stieß einen leisen Fluch aus.

Genau in diesem Augenblick kam Amit Chander aus dem Computerraum in die Halle und sagte: „Es ist in der Tat ein Herstellungsfehler des bestimmten LiDAR-Sensors, der an der vorderen Stoßstange installiert ist. Die Schwachstelle ist die Luminanz-Toleranz. Sobald eine stark gebündelte Lichteinstrahlung auf den Sensor fällt, aktiviert sich eine Beschleunigung, was durch nichts zu erklären ist."

„Und diesen Fehler hat niemand von Ihnen entdeckt?", fragte Theo.

„Sieht so aus." Plötzlich wirkte der dunkelhaarige Mann nicht mehr ganz so großspurig.

„Dann ist der Täter offensichtlich besser als Sie."

„Ich glaube, das zu beurteilen sind Sie nicht in der Lage." Da war er wieder: der arrogante Amit Chander.

Kapitel 12

Der Feiertag war ruhig verlaufen. Keine neuen Erkenntnisse, keine Ermittlungsergebnisse, die auf andere Fährten führten, nichts, was die Kriminalbeamten überrascht hätte. Sie fühlten sich am Ziel angekommen. Eine euphorische Spannung lag über den Büroräumen der Abteilung für Kriminalitätsbekämpfung. Umso größer waren die Erwartungen an das, was nun kommen sollte: die Befragung des Hauptverdächtigen.

Sören Forthoffer saß zusammen mit seinem Anwalt im Vernehmungsraum. Er trug ein schlichtes, weißes Hemd, in dem sein Oberkörper muskulös wirkte. Ein braunes Jackett hatte er über die Stuhllehne gehängt. Er machte es sich bequem und ließ seine Blicke über die Anwesenden schweifen.

Staatsanwalt Renske hatte für dieses Zusammentreffen die Fallanalytikerin Silvia Tenner mitgebracht. Der kleine Raum wirkte überfüllt, als alle sich dort versammelt hatten. Die Personalien wurden von der Sekretärin aufgenommen. Das Rechenzentrum der Polizei war immer noch blockiert, weshalb keine Computer zum Einsatz kamen.

„Inzwischen gibt es interessante Erkenntnisse über den Unfall an der Imbissbude in Saarlouis-Roden“, begann Lukas mit der Befragung. „Das Kollisionsfrühwarnsystem am Streetfighter wird aktiviert, sobald eine Gefahrensituation auf der Straße entsteht. Das können Menschen sein, die unbedacht auf die Straße laufen, oder Fahrzeuge, die plötzlich auf der Straße stehen, anstatt zu fahren. Oder ein Anhänger, der herrenlos auf die Straße rollt. Dieses System erkennt per Radar schon in der Frühphase, ob eine solche Störung auf der Straße entstehen kann oder nicht. Es gab jedoch keine solche Gefahrensituation. Die Imbissbude steht am Straßenrand in einer Kurve und die Menschen befanden sich auf dem Bürgersteig. Nichts, was eine Reaktion hervorrufen könnte. Dann gibt es noch den LiDAR-Sensor. Dieser bestimmte Sensor, auf den es hier ankommt, befindet sich an der vorderen Stoßstange und wird durch nicht sichtbare Lichtstrahlen zur Geschwindigkeits- und Abstandsmessung eingesetzt. In diesen LiDAR-Sensor ist ein entscheidender Fehler programmiert worden. Unter extrem starker Lichteinstrahlung, verkehrt sich seine Funktion ins Gegenteil. Das heißt, dass eine eventuelle Gefahrensituation gesucht wird und der Motor genau darauf zuhält – anstatt abzubremsen oder auszuweichen. In unserem Fall wurde die Imbissbude als solche Gefahrensituation interpretiert."

Sören wollte etwas sagen, doch der Anwalt hinderte ihn daran und sprach an dessen Stelle: „Dieser Fehler ist offensichtlich ein Herstellungsfehler. Was hat mein Mandant damit zu tun?"

„Als Sicherheitsforensiker und Projektleiter von DynamoCars hat er entscheidend zur Entwicklung dieses Systems beigetragen. Nach den Arbeitsprotokollen von DynamoCars wird ebenfalls eindeutig belegt, wer der Verantwortliche ist."

„Und welche Namen wurden aufgeführt?"

„Sören Forthoffer."

„Sie glauben doch wohl selbst nicht, dass nur ein Mann ein autonom fahrendes Auto herstellt?" Der Anwalt klang leicht verschnupft. „Diese Protokolle werde ich prüfen. Ich sehe da einen Tatbestand, den ich ernsthaft anzweifeln muss."

„Es geht um die Herstellung dieses einen Sensors, der an das Kollisionsfrühwarnsystem gekoppelt ist", präzisierte Lukas, „nicht um das ganze Auto. Und eben für diesen LiDAR-

Sensor war Sören Forthoffer zuständig. Nun richte ich meine Frage an Ihren Mandanten: Wie ist es möglich, dass ein solcher Fehler nicht auffällt?“

Wieder wollte Sören antworten, wieder wurde er vom Anwalt daran gehindert, in dem dieser selbst das Wort ergriff: „Wir werden diese Protokolle zuerst selbst überprüfen, bevor wir dazu Stellung nehmen.“

„Gut.“ Lukas gab sich alle Mühe, die Blockaden des Anwalts gelassen hinzunehmen. Der wichtigste Punkt gegen Sören Forthoffer war gerade komplett ausgehebelt worden. Jetzt mussten sie warten, bis der Anwalt alles überprüfen konnte, was am Ende nur auf eine Verzögerung hinauslief. Damit wurden alle Erwartungen auf Halde gelegt, was der angespannten Stimmung unter den Kollegen nicht wirklich guttat.

Staatsanwalt Renske bemerkte Lukas' inneren Zwiespalt und führte die Befragung weiter: „Wir haben uns ja bereits über Christian Köhler unterhalten. Sie kennen ihn unter Chris Köhler.“

Sören nickte.

„Er ist letzte Nacht im Krankenhaus an seinen Verletzungen verstorben.“

Sören zeigte keine Reaktion.

„Die Ähnlichkeit der Schicksale dieses jungen Mannes und Ihres Großvaters ist so verblüffend, dass wir auch diesen Tatbestand nicht einfach übersehen können.“

„Von welcher Ähnlichkeit sprechen Sie?“, fragte der Anwalt.

„Der Großvater Ihres Mandanten ist bei einem Busunfall, den Chris Köhler verursacht hatte, schwer verletzt worden. Im Krankenhaus erlag er seinen Verletzungen.“

„Und deshalb glauben Sie, dass mein Mandant wahllos in eine Menge rast, um diesen Menschen das Gleiche anzutun?“

„Wahllos ist es ja nicht passiert“, korrigierte Renske. „Der Mann, auf den es ankam, befand sich genau dort. Und das jeden Tag zur selben Uhrzeit. Das sieht nach Vorsatz aus.“

„Das muss ich dementieren. Mein Mandant hatte keine Kenntnis darüber, wann sich Chris Köhler wo befindet. Der Unfall seines Großvaters war tragisch für ihn, aber kein Grund für einen Rachefeldzug."

„Tut mir leid, aber in unserem Fall besteht ein dringender Tatverdacht."

„Das sehe ich anders", begehrte der Anwalt auf. „Sie haben keine Beweise, nur schwache Indizien."

„Wir haben genügend Indizien, die meine Festnahme begründen."

„Welche denn? Mein Mandant hat sich nichts zuschulden kommen lassen. Die Tatsache, dass er selbst im Auto saß, war ein Zufall. Ursprünglich war ein anderer als Testfahrer vorgesehen."

„Das erhärtet den Verdacht. Bisher hat unser Täter jede Tat nur als Zeuge aus sicherer Entfernung miterlebt – oder miterleben müssen, um zur richtigen Zeit einzugreifen. Hier lief es anders, weil kurzfristig und unvorhersehbar eine Änderung eintrat, nämlich die Entscheidung des CEO, Sören Forthoffer diese Fahrt übernehmen zu lassen."

„Dann wäre es doch ein Leichtes für einen Mann mit Sören Forthoffers Fähigkeiten, dieses Unfallprogramm zu stoppen und auf einen anderen Tag zu verlegen."

„Die Testfahrten fanden niemals auf der gleichen Strecke zweimal statt."

Dem Anwalt gingen die Argumente aus.

„Ich werde die Durchsuchung von Sören Forthoffers Haus veranlassen", verkündete Renske.

Lukas bat Forthoffer, sein Handy herauszugeben.

„Weiterhin ordne ich hiermit die Festnahme von Sören Forthoffer an. Der Haftbefehl ist bereits beim Amtsgericht beantragt. Der Beschuldigte wird heute noch dem Haftrichter vorgeführt."

*

Lukas wusste nicht, wie lange er schon durch das Fenster zum Echelmeyerpark starrte, der direkt vor Jasmin Hafners Wohnung lag. Die Sonne verschwand allmählich hinter den Häusern, die den Park säumten. In der Dämmerung kamen die unterschiedlichsten Menschen zum Vorschein, die die Grünfläche nun bevölkerten.

„Warum hätte ich dich beim Chef anschwärzen sollen?", fragte er zum wiederholten Mal. Dabei drehte er sich nicht um, weil Jasmin immer noch schmollend auf dem Sofa saß und nicht den Eindruck erweckte, als wollte sie ihm zuhören.

Zu seiner Überraschung kam endlich eine Reaktion von ihr: „Weil du eifersüchtig auf Sören Forthoffer bist."

Damit überraschte sie ihn in mehrfacher Hinsicht. Nun drehte er sich doch zu ihr um und warf ihr einen fragenden Blick zu.

„Ich habe doch eure Kommentare über Sören gehört – und deine Blicke gespürt. Es hat dir nicht gepasst, dass ich Sören süß finde."

„Toll finde ich das bestimmt nicht. Aber damit gehe ich anders um. Ich stelle dich zur Rede, wenn wir alleine sind. So weit ist es aber nicht gekommen, weil ich nicht den Eindruck hatte, dass du für Sören ernsthaft etwas empfinden könntest. Ich dachte, du empfindest etwas für mich."

Damit brachte er Jasmin aus dem Konzept. Sie erhob sich vom Sofa, ging auf Lukas zu und nahm ihn in die Arme. „Du hast recht. Ich bin eine doofe Kuh. Diese Suspendierung bringt mich völlig durcheinander."

Lukas genoss ihre Umarmung und reagierte erst nach einigen Minuten auf das Gesagte von ihr: „Du bist keine doofe Kuh. Du bist einfach nur ein Opfer dieses *Allrounders*. Von Silvia wissen wir, wie raffiniert bzw. intelligent der Typ ist. Davon passt eine ganze Menge auf Sören. Ob er wirklich der Gesuchte ist, weiß ich nicht."

„Sören ist hochintelligent – aber ein Verbrecher?"

„Laut Silvia suchen wir eine gespaltene Persönlichkeit. Das bedeutet, dass die eine nicht weiß, was die andere tut. Wenn Sören so sanft und gutherzig erscheint, heißt das noch lange nicht, dass er nicht auch eine andere Seite hat."

„Du hast recht", lenkte Jasmin ein. Sie kehrte zu dem übergroßen, schwarzen Sofa zurück und ließ sich drauffallen. Lukas folgte ihr und schlang sie in ihre Arme. Lange verharrten sie ganz still, lauschten der Wanduhr, die leise tickte, den Stimmen, die im Park immer wieder anschwollen und verebbten, sahen das reflektierende Blaulicht an der Wand, als ein Polizeiwagen durch die Kantstraße fuhr und hörten ihren eigenen Atem, der immer ruhiger wurde.

„Dieter geht es wieder besser", sprach Jasmin in die Stille. „Er wurde von allen lebenserhaltenden Maschinen entbunden."

„Das freut mich für unseren Hausprediger."

„Ich glaube, er predigt nicht mehr. Seine Diagnose ist ein herber Rückschlag für ihn."

„Ist dann die Nähe zu Gott nicht sowas wie eine letzte Hoffnung?"

„Das war einmal. Vor vielen Jahren hat Dieter den Krebs besiegt. Daher seine Frömmigkeit. Er hatte Gott dafür gedankt. Jetzt fühlt er sich von Gott verlassen."

„Das ist echt schlimm! Ich mag Dieters biblischen Schwüre nicht. Aber das, was ihm jetzt passiert ist, noch weniger."

„Trotzdem ist er ein helles Köpfchen."

„Wie kommst du darauf?" Lukas horchte auf.

„Ich habe ihm meinen E-Mail-Schriftverkehr gezeigt ..."

„Wie geht das?", funkte Lukas dazwischen. „Von unseren Handys wurde doch alles gelöscht."

„Ich speichere meine dienstlichen Sachen als Screenshot in einer Cloud ab. Deshalb hatte ich die genauen Daten noch."

„Ganz schön raffiniert."

„Jedenfalls wurde diese Phishing-Mail, die den Trojaner ins System geschleust hat, zu einem Zeitpunkt verschickt, als Sören im Vernehmungsraum saß. Er kann es also gar nicht gewesen sein. Sein Rechner ist vermutlich ebenfalls gehackt worden."

„Das klingt ja toll!", jubelte Lukas. „Das werde ich morgen

sofort melden und dann kann dich keiner mehr beschuldigen. Ohne dich ist das Büro sowieso völlig seelenlos."

Jasmin lachte und meinte: „Du und Theo, ihr beide seid doch die Seele dieses Raums. Ihr braucht mich nicht."

„Ganz schlecht ermittelt", konterte Lukas. „So ist es nämlich nicht. Du fehlst! Hoffentlich hast du den Screenshot noch. Wenn ja, schick ihn mir. Das zeige ich dann den Jungs von der IT-Abteilung."

„Ich denke, ich kann ihn dir bedenkenlos zuschicken. Die Handys wurden ja überprüft."

„Klar kannst du das."

„Nicht dass ich wieder einen Trojaner verschicke." Jasmin grinste verschmitzt.

„Keine Sorge. Du bist kein trojanisches Pferd."

„Hältst du mich für ein Geschenk?"

„Nein, dich habe ich mir sehr schwer verdient."

Langsam wurde das Sofa für die beiden zu klein.

*

Lukas staunte, als er das rege Treiben am Samstagmorgen im Großraumbüro sah. Es war ihm schwergefallen, sich von Jasmin zu lösen. Sie wirkte seit der Suspendierung hilflos. So kannte er sie nicht. Es brach ihm das Herz.

Theo saß schon an seinem Schreibtisch und sah auch nicht gerade motiviert aus.

„Welche Laus ist dir über die Leber gelaufen?", fragte Lukas. „In meinem Fall kann ich dir versichern, dass mir Jasmins Schwermut zusetzt."

„Es geht um Ilka."

„Ja und?"

„Ich habe Angst, hier über sie zu sprechen. Unsere Beziehung könnte als Interessenkonflikt angesehen werden."

„So lange du nur mit mir darüber redest, passiert nichts", versicherte Lukas. „Also lass dir das Glück nicht vermiesen."

„Sie sollen arbeiten und keine Kaffeepausen abhalten." Mit diesen Worten stand plötzlich Allensbacher vor den beiden Schreibtischen. „Wie weit sind Sie mit der Sichtung der Beweise gegen Sören Forthoffer?"

„Die Kollegen haben sein Haus durchsucht und nichts gefunden, was den Verdacht bestätigt. Er lebt dort allein und hat außer einem gewöhnlichen Computer nichts, was für diese Manipulationen herhalten könnte", antwortete Theo. „Sie machen noch eine Liste mit allen festgehaltenen Fundstücken, die für die Ermittlungen relevant sein könnten."

„Ich habe das Datum und die Uhrzeit seiner Phishing-Mail überprüft und dabei festgestellt, dass er genau zu dem Zeitpunkt bei uns zur Vernehmung war", brachte Lukas hervor und winkte mit einem Ausdruck, den er von zuhause mitgebracht hatte. „Er kann diesen Trojaner nicht an Kollegin Hafner verschickt haben."

Damit brachte er Allensbacher aus der Fassung. Der Kriminalrat nahm den Ausdruck und verschwand damit eiligen Schrittes.

„Jetzt hast du unseren Chef aber in Wallung gebracht", meinte Theo grinsend.

„Der soll Jasmin rehabilitieren. Alles andere ist mir egal."

„Wo die Liebe hinfällt ..."

„Schau mal", lenkte Lukas ab. „Der Bericht des Meteorologen wurde gerade per Fax geschickt." Dabei zeigte er auf ein bedrucktes Blatt Papier.

„Das Fax geht noch?"

„Ja, zum Glück."

„Du wirkst auf mich wie ein Beamter des letzten Jahrtausends. Mit solchen Papieren in der Hand arbeiten wir seit Jahren nicht mehr.

„Wenn das Rechensystem gehackt wird, erkennt man wieder die Vorzüge der alten Methoden", hielt Lukas dagegen. „Und der Bericht ist verdammt interessant."

„Willst du mir jetzt das Wetter voraussagen? Ich glaube, es

wird sonnig, wenn ich so aus dem Fenster schaue."

„Hör doch einfach mal zu", murrte Lukas. „Die haben die Sonnenstunden vom Montag ausgerechnet, als der Unfall an der Imbissbude passiert ist."

„Ja und?"

„Und zwar konnte genau berechnet werden, dass der Lichtstrahl, der kurz vor zwölf Uhr auf den *Streetfighter* fiel, durch eine Spiegelung an der Plexiglasscheibe der Imbissbude entstanden ist. Vom Auto aus gesehen stand die Sonne hoch. Das Licht verstärkte sich noch durch diese Scheibe und sorgte dafür, dass das Auto bzw. der Fahrer stark geblendet wurde."

„Zufall?"

„Das sieht ja fast danach aus." Lukas fuhr sich ratlos durch seine roten Haare.

„Ich werde überprüfen, ob die Platzierung dieser Scheibe in letzter Zeit verändert wurde", bekam Theo plötzlich einen Geistesblitz und bediente sofort das Telefon.

„Wie kommst du auf die Idee?"

„Es kann kein Zufall sein kann, dass diesem Lichteinfall keine genau Berechnung zugrunde liegt."

„Damit könntest du sogar Recht haben."

Doch Theos Eifer endete schnell, als er niemanden erreichte, der für die Imbissbude zuständig war. „Der Laden ist wohl noch geschlossen."

„Und der Besitzer?"

„Den erreiche ich auch nicht."

Die Unterhaltung der Kollegen wurden unterbrochen, als Marcel Dittrich mit schnellen Schritte auf sie zusteuerte.

„Was will der von uns?", raunte Lukas.

„Werden wir gleich wissen."

„Ihr habt mir ja eine schöne Theorie aufgetischt", meinte der IT-Forensiker lachend. „Es ist mir ja auch zuwider, unsere Kollegin Jasmin zu verdächtigen. Eigentlich glaube ich auch nicht, dass sie wirklich was mit dem Trojaner zu tun hat. Aber der Zeitpunkt, wann die E-Mail angekommen ist, sagt leider nichts aus. Nachrichten können zeitversetzt verschickt werden. Das sieht man der eingehenden Mail nicht an."

„Trotzdem solltet ihr der Sache nachgehen. Es ist doch nicht auszuschließen, dass diese Mail normal versendet wurde", beharrte Lukas.

„Kann ich. Dabei gibt es aber keine Garantie, dass ich einen Zeitverzögerer finde."

„Und es gibt keine Garantie, dass diese Nachricht nicht vielleicht doch auf normalem Weg verschickt wurde?"

„Nein!", musste Marcel Dittrich zugeben.

„Du hast die Originalnachricht doch hoffentlich noch?"

„Ja, natürlich. Was glaubst du, was ich gerade untersucht habe? Den Screenshot?" Marcel Dittrich lachte.

„Gibt es noch was, womit du uns runterziehen kannst?"

„Nein Nur aufmuntern! Wie es aussieht, haben wir den Trojaner behoben. Es dauert nicht mehr lange und wir sind wieder am Netz."

„Das klingt schon besser", lobte Lukas. „Heißt das, dass wir wieder an unsere Daten herankommen?"

„Das leider nicht. Dazu fehlt uns noch der Entschlüsselungscode."

*

Amit Chander konnte es nicht fassen. Der LiDAR-Sensor, der seine Informationen an das Kollisionsfrühwarnsystem weitergab, war tatsächlich fehlerhaft. Seine Vermessungsdaten liefen einwandfrei, doch zu seinem Erstaunen befand sich der Fehler in der Weiterleitung des Ist-Wertes an die Datenverarbeitung. Und auch da nur in einem einzigen Fall – nämlich unter starker Lichteinstrahlung. Zwischen Ist-Wert und Soll-Wert befindet sich ein Relais, dem der Schutz vor Lichteinstrahlung fehlt. Eine Winzigkeit, die niemals erkannt worden wäre, hätte es diesen vermaledeiten Unfall nicht gegeben.

Amit fuhr sich durch seine krausen Haare. Es wäre falsch,

Sören allein die Schuld dafür zu geben. Diese Sensoren wurden vor dem Einsatz hundertfach auf alles Mögliche geprüft. Doch das Licht – insbesondere gebündelte Lichtstrahlen – sind nicht getestet worden.

Warum dieses Versäumnis?

Er konnte gar nicht fassen, was da passiert war. Und noch schlimmer war die Tatsache, dass es jemand vor ihm – oder vor ihnen allen – entdeckt hatte: Der Täter.

Sollte Sören tatsächlich für diese schweren Unfälle infrage kommen?

So ungern Amit es auch zugab, aber Sören war eine Koryphäe auf diesem Gebiet. Ihm konnte niemand das Wasser reichen. Egal, wie sehr er sich anstrengte, wie viele Fortbildungen er machte, an Sörens Fähigkeiten und Fertigkeiten kam er nicht ran.

Das unscheinbare Bürschlein verfügte über ein Superhirn – und wusste es selbst nicht mal. Sein Auftreten in der Firma löste jedes Mal Aggressionen in Amit aus. Dabei war er sich nicht sicher, ob es der Neid des Besitzlosen war oder der Hass auf die Unterwürfigkeit des Kollegen.

Doch jetzt war ein Punkt erreicht, der alle diese Befindlichkeiten in den Schatten stellte. Der Fehler, der den Unfall an der Imbissbude ausgelöst hatte, war gefunden. Jetzt musste die Polizei nur noch herausfinden, ob tatsächlich Sören dafür infrage kam.

Sollte das der Fall sein, wäre *DynamoCars* Geschichte.

Für ihn bedeutete das, dass er sich einen neuen Arbeitsplatz suchen musste. Etwas Adäquates zu finden, konnte er vergessen. Da bliebe nur *WayMac* im Silicon Valley. Aber die hatten ihr Interesse an Florian Tabbert bekundet. Dort konnte sich Amit keine Chance ausrechnen. Seine Bemühungen, dort einen bleibenden Eindruck zu hinterlassen, waren gescheitert.

Als spräche sein Gewissen zu ihm, stand plötzlich wie aus dem Nichts Karl-Otto Brache vor seinem Tisch.

„Hast du Ergebnisse oder träumst du?“

„Ich habe ein Ergebnis und glaube zu träumen“, antwortete Amit, wobei er es nicht lassen konnte, wieder eine Spitze draufzusetzen.

„Ich frage mich, warum ich dich eingestellt habe. Leute von deiner Kompetenz gibt es genug. Also rate ich dir, vorher gut zu überlegen, wie du mir antwortest.“

„Es könnte auch sein, dass Sie bald niemanden mehr einstellen oder entlassen. Denn der Fehler, der an der Imbissbude passiert ist, war in der Tat ein Herstellungsfehler.“

„Also doch.“ Brache war fassungslos.

„Was wollen Sie damit sagen?“ Amit stutzte.

„Sollte tatsächlich Sören Forthoffer hinter diesen Taten stecken?“

*

Staatsanwalt Renske saß auf Theos Schreibtischstuhl und Silvia Tenner auf Lukas’, als die beiden Beamten am Montagmorgen das Großraumbüro betraten. Beide wirkten not amused, was Theo und Lukas abrupt stoppen ließ.

„Was ist passiert? Ein weiterer Unfall?“

„Nein.“ Jetzt musste Renske schmunzeln. „Wir haben nur das ganze Wochenende über den Beweisen, Indizien und Fakten gesessen und ausgewertet, ob Sören Forthoffer unser Täter ist.“

„Nicht gerade das, was man sich von einem romantischen Wochenende zu zweit erhofft“, erkannte Theo. „Wir haben auch gearbeitet – nämlich Fakten zusammengetragen.“

Renske hob seinen imaginären Hut. „Also kommen wir gleich zu den Ergebnissen.“

Theo schob sich einen Besucherstuhl heran und Lukas ließ sich auf der Kante seines Schreibtischs nieder. Beide schauten erwartungsvoll auf Silvia.

„Nach euren Ermittlungsergebnissen wurde Sören Forthoffer von seinen Großeltern adoptiert, weil seine Eltern nicht in der Lage waren, das Kind großzuziehen. Drogen und Alkohol wurden als Gründe genannt. Das ist eine sehr vage Beschreibung. Es würde mir sehr helfen, wenn ich Details darüber wüsste. Zum Beispiel ob er geschlagen wurde oder missbraucht oder vernachlässigt oder mit Drogen versorgt. Dann hätte ich ein genaueres Bild."

„Es gibt keinerlei Hinweise darüber, keine Anzeigen wegen häuslicher Gewalt, keine Krankenhausaufenthalte durch verräterische Verletzungen, nichts," erklärte Lukas. „Aber, reicht es nicht, dass die Großeltern das Kind großgezogen haben? Seine Reaktion über die Eltern bei der Vernehmung, als ich auf die zu sprechen kam, spricht doch schon Bände."

„Seine Reaktion betraf eigentlich mehr die Mutter als die Eltern. Das war wirklich ein verdammt guter Hinweis und bestärkt mein Profil der dissoziativen Persönlichkeitsstörung. Vermutlich ist das Trauma in seiner Kindheit auch der Auslöser für die Großeltern gewesen, das Kind von den Eltern wegzunehmen. Dafür müsste ich aber mehr wissen."

„Das heißt also, dass es mehrere Persönlichkeiten in ihm gibt?"

„Ja. Während der Befragung wirkte er selbstsicher. Doch schnell musste ich erkennen, dass das starke Selbstbewusstsein von der Anwesenheit des Anwaltes herrührte. Das ist die Persönlichkeit, die Hilfe annimmt. Es gibt aber auch andere."

„Zum Beispiel?"

„Die narzisstische Persönlichkeitsstörung. Das ist eine Störung, die durch mangelndes Selbstwertgefühl entsteht. In Sören Forthoffers Fall könnte dieser Anteil eine sogenannte Beschützerrolle für die schwächere Persönlichkeit übernommen haben. Dessen Eigenschaften sind ausgeprägte Empfindlichkeit gegenüber Kritik und geringes Einfühlungsvermögen gegenüber anderen Menschen."

„Mangelndes Selbstwertgefühl habe ich bei ihm nicht festgestellt", widersprach Theo.

„Der narzisstische Persönlichkeitstyp versucht durch ein

Selbstbild von eigener Großartigkeit, Überlegenheit und Verachtung gegenüber anderen Menschen sein eigenes Defizit zu kompensieren."

„Das heißt, er gibt sich selbstbewusst, obwohl er es gar nicht ist? Wie geht das?"

„Sie suchen ein Äquivalent, womit sie es schaffen, ihre Unsicherheit zu kaschieren. Manchmal durch Aggression oder durch ein besonders auffallendes Outfit."

„Ja, das passt zu Sören Forthoffer."

„Seine Taten könnten der Ausdruck dafür sein", sprach Silvia weiter. „Solche Unfälle zu verursachen und zu kontrollieren, erfordert ein enormes Wissen. Sogar *DynamoCars* hat er damit hinters Licht geführt."

„Aber warum tut ein intelligenter Mensch sowas Zerstörerisches?", fragte Theo.

„Erinnert ihr euch noch an die Aussage von Gernot Schwarz? Er sprach davon, dass Sören sich zum Gespött aller gemacht hatte, weil er sich seiner Fähigkeiten gar nicht bewusst war."

Lukas und Theo nickten.

„Der Narzisst wirkt nach außen immer gelassen, souverän – ja sogar beherrscht. Er neigt niemals zu Affekthandlungen oder dazu, unkontrolliert auf etwas zu reagieren. Er hält seine Gefühle unter Kontrolle, was für ihn ein besonderer Ausdruck von Stärke ist. Er steht über den Dingen. Das aber nur, weil er sich auf eine viel intelligentere Art und Weise zu wehren weiß. Emotionale Entgleisungen kommen für ihn nicht infrage. In unserem Fall könnte das bedeuten, dass Sören in seinem Unterbewusstsein großen Zorn angestaut hat, der sich in seinen gut überlegten Sabotagen der autonom fahrenden Autos entladen konnte."

„Das bedeutet aber auch, dass er sich seiner Fähigkeiten durchaus bewusst ist?"

„Das ja. Er ist nur nicht in der Lage, adäquat damit aufzutreten."

„Also ist er der Richtige?"

„Es gibt natürlich immer Abweichungen von meinem Profil. Eine hundertprozentige Übereinstimmung findet man selten. Sein Auftreten gibt mir immer noch hier und da Rätsel auf. Das einzige Merkmal, das permanent darauf hindeutet, ist seine Kleidung. Selten sieht man einen Mann, der in allen Lebenslagen so genau auf seine Mode achtet."

Renske räusperte sich.

„Außer unser Staatsanwalt natürlich." Silvia schmunzelte.

„Wir haben Sören Forthoffers gesamtes Leben durchforstet und kein Equipment gefunden, das diese Taten ermöglicht", meinte Theo zögerlich.

„Bei der Durchsuchung seines Hauses wurde ein rostiger Schlüssel gefunden, wie die Auflistung der Fundstücke hier zeigt", rief Lukas und hielt das Foto dieses Beweisstücks in die Höhe. „Das Schloss dazu haben die Kollegen allerdings nicht gefunden."

„Möglich, dass dieser Schlüssel schon alt ist und er gar nicht mehr weiß, dass er ihn noch hat." Theo zuckte die Schultern.

„Das müssen wir ihn fragen", schaltete sich Silvia ein. „Über so etwas spekuliert man nicht."

„Aye, aye Sir!" Theo salutierte.

„Außerdem fehlt uns immer noch ein Zusammenhang zu Ulf Brehmer – unserer fünf Jahre alten Leiche."

„Suchen, Leute, suchen! Da muss es etwas geben", beharrte Silvia. „Denkt an die Aussagen der ehemaligen Nachbarn. Sie haben doch unabhängig voneinander von einem Jungen gesprochen, der Ulf Brehmer regelmäßig besucht hat. Findet heraus, wer das war."

„Sehr witzig", brummte Lukas. „Wenn das so einfach wäre, hätten wir es schon herausgefunden."

„Dafür haben wir inzwischen den Imbissbetreiber erreicht", schaltete sich Theo ein.

„Was soll das bringen?" Renske staunte.

„Ganz einfach: Die Verschalung der Bude besteht aus Plexiglas. Die Sonnenstrahlen haben sich darin gespiegelt, weshalb dieser Lichteffekt entstanden ist", erklärte Lukas. „Wir wollten herausfinden, ob dieser haargenaue Lichteinfall zur rechten Zeit ein Zufall war oder kalkuliert."

„Und?" Alle horchten neugierig auf.

„Es ist tatsächlich einen Tag zuvor ein Mann vom Ordnungsamt gekommen und hat diese eine Wand verschoben. Der Mann muss verdammt echt ausgesehen haben, denn niemand hat diese Handlung angezweifelt. Ich habe beim Ordnungsamt angerufen und siehe da: Niemand von dort hat eine Verschiebung dieser Glaswand beantragt."

„Wie sah der Mann aus?", fragte Silva.

„Darauf konnte niemand wirklich antworten. Er trug Uniform – fast wie ein Polizist – und daraufhin hat niemand genauer hingeschaut. Alle waren genervt und froh, als der Typ wieder weg war."

„Gibt es gar nichts? Groß? Klein? Dünn? Dick?"

„Doch! Von allem etwas." Lukas grinste. „Du weiß doch, wie Zeugenaussagen ausfallen."

Silvia rümpfte die Nase.

„Wie wir wissen, wissen wir nichts", meinte Renske nur dazu.

Kurze Stille trat ein, die Silvia mit ihrer Bitte unterbrach: „Jasmin hat in ihrem letzten Protokoll festgehalten, dass sie sich mit Hendrik Porz, Sören Forthoffers Freund, unterhalten hat. Mit diesem Mann möchte ich gern offiziell sprechen."

„Warum?"

„Als Leumundszeuge. Gernod Schwarz wurde doch auch über ihn befragt."

„Okay, ich veranlasse das", versprach Renske.

*

Der *Streetfighter* glänzte in den Farben Schwarz und Weiß, als sei nie etwas geschehen. Auf der eingeschalteten Drehplatte prangte er und präsentierte sich von allen Seiten. Nichts deutete daraufhin, dass durch dieses Fahrzeug bereits fünf Menschen gestorben waren. Keine Beschädigungen an der Karosserie, keine Spuren im Innern, nichts. Die Türen standen offen, sodass auch Einblicke ins Innere möglich waren. Alles sah einladend aus – bereit für die nächste Fahrt.

Computer waren rechts und links an alle Displays und Sensoren angeschlossen. Kleine und große Bildschirme zeigten unentwegt Bewegungen, Skalen, Diagramme, leuchtende Punkte und Skizzen. Alles sah perfekt aus.

Mechaniker wuselten um das Auto herum, stöpselten neue Geräte ein und andere wieder aus, lasen Ergebnisse ab, die sie über Tablets weiterleiteten und verständigten sich untereinander mit Handzeichen, die hauptsächlich aus erhobenen Daumen bestanden.

Karl-Otto Brache stand vor seinem Werk und strahlte unbändigen Stolz aus.

Amit Chander hinterließ den Eindruck, als überwachte er alle Arbeiten, die dort stattfanden. Er sprach mit den Werksarbeitern, mit den Technikern und mit den IT-Fachleuten. Nach einer Weile näherte er sich seinem Chef und verkündete: „Alles läuft im Normbereich. Das Auto ist sozusagen startklar."

Brache klopfte dem Mitarbeiter auf die Schulter, wandte sich Kriminalrat Allensbacher zu und sagte: „Haben Sie es gehört: Es ist alles überprüft, ersetzt und erneuert worden, was in letzter Zeit an diesem Auto infrage gestellt wurde. Das ganze Wochenende haben wir unermüdlich daran gearbeitet. In seinen Einzelteilen lag der Wagen im Werk. Jedes Teil haben wir auf Herz und Nieren geprüft, bevor es wieder zusammen gebaut wurde. Da gibt es keinen Fehler mehr. Gestern habe ich eine neue Testfahrt beantragt."

„Sie haben was?", brüllte Allensbacher, der auf das futuristische Auto starrte.

„Glauben Sie mir: An diesem Auto gibt es keinen Fehler mehr", beteuerte Brache.

„Nach nur einem Wochenende wollen Sie dafür eine Genehmigung bekommen?"

„Sie werden es nicht glauben, aber die Zeit drängt." Brache lächelte gönnerhaft. „Niemand will weitere Verzögerungen."

„Wir sind noch dabei, sämtliche Fakten zu prüfen, ob Sören Forthoffer auch wirklich als Täter infrage kommt. Leider sind da noch ein paar Fragen offen. Also seien Sie sich da mal nicht so gewiss, dass die Gefahr gebannt ist."

„Haben Sie heute Morgen keine Zeitung gelesen?", fragte Brache herausfordernd. „Dort steht klipp und klar, dass der Täter in Gewahrsam ist. Der Haftrichter hat für seine Untersuchungshaft entschieden. Wollen Sie dessen Urteil anzweifeln?"

„Wir haben immer noch nicht herausgefunden, wo Forthoffer diese Verbrechen geplant und ausgeführt hat. In seinem Haus gibt es keine Möglichkeiten dafür. Hier an seinem Arbeitsplatz wurde ebenfalls alles überprüft – ohne den geringsten Hinweis. Wir suchen noch."

„Das herauszufinden ist Ihre Aufgabe", stellte Brache klar. „Meine ist es, ein selbstfahrendes Auto auf den Markt zu bringen. Und ich mache meine Arbeit."

„Glauben Sie, wir machen unsere Arbeit nicht?" Allensbachers Gesicht nahm eine gefährliche Rotfärbung an. „Es liegt mir fern, Ihre Bemühungen auszubremsen. Doch in diesem Fall müssen wir Vorsicht walten lassen. Die Unfälle sind von Mal zu Mal katastrophaler geworden. Das dürfen Sie und ich nicht ignorieren."

„Ich habe Sie hierher gebeten, um Sie davon zu überzeugen, dass diese Testfahrt auf jeden Fall durchgeführt wird. Dafür brauche ich auch Ihre Mitarbeit", erklärte Brache. „Mit Widerstand Ihrerseits habe ich nicht gerechnet. Auch käme das meinem Vorhaben in die Quere. Ich hoffe auf Ihre Zustimmung."

„Ich habe Ihr Anliegen entgegengenommen und werde mich darüber beratschlagen", gab Allensbacher zum Besten.

„Um unsere gute Zusammenarbeit nicht zu gefährden, lasse ich mir etwas einfallen. Ich finde eine Lösung, wie wir mit einer weiteren Testfahrt allen Sicherheitsstandards und Bedingungen gerecht werden."

„Auf diese Lösung bin ich schon gespannt."

*

Wieder saßen sie im strahlenden Sonnenschein auf der Terrasse der Victors Seniorenresidenz vor ihren Kaffeetassen und in Gesellschaft von Gerhard Heinze, dessen runzeliges Gesicht nur Griesgram ausdrückte.

„Geht es immer noch um Ulf, den Quertreiber?", fragte der Alte. „Habt ihr nicht genug andere Sorgen? Die Unfälle sind doch bestimmt wichtiger."

„Was wichtig für unsere Arbeit ist und was nicht, sollten Sie schon uns überlassen", meinte Theo.

An Lukas gewandt, fragte Heinze: „Ist dein Kumpel immer so mies drauf?"

Lukas lachte und meinte: „Nein! Nur, wenn uns die Fälle um die Ohren fliegen."

„Ach so ist das! Ihr müsst an dem Fall von diesem alten Quertreiber arbeiten, obwohl sich noch andere Fälle stapeln?"

„So in etwa."

„Du gefällst mir, Roter." Heinze grinste frech.

„Beim Du sind wir trotzdem nicht", bremste Lukas.

„Okay! Okay! Ihr seid ja die Exekutive. Da muss die Distanz gewahrt bleiben."

„Sie kennen sich aus." Lukas zollte dem Alten Respekt. „Hat wohl mit Ihrer illustren Vergangenheit zu tun. Ein Puff mit dem Namen *PapperlaPups* hat was."

„Das war kein Puff – leider. Das war eine Kneipe mit besonderen Vorzügen." Wieder grinste der Alte listig.

Lukas ließ sich von diesem Mann anstecken. Doch leider durfte er nicht vergessen, warum sie hier waren. Ihre Ermittlungen standen kurz vor dem Abschluss. Da konnte er die kostbare Zeit nicht mit witzigem Geplänkel vergeuden.

„Wir müssen wissen, wer der Junge war, der Ulf Brehmer regelmäßig besucht hat. Nach Ihren Worten waren die beiden *ganz dicke* miteinander", führte Theo das Gespräch fort.

Heinze nickte nachdenklich.

„Wie sah der Junge aus?“

„Sie fragen mich was“, begehrte Heinze auf. „Wissen Sie, wie lange das schon her ist? Außerdem habe ich mich nicht auf Jungs konzentriert, sondern auf Mädchen ... also auf erwachsene Mädchen.“

„War der Junge groß? War er dunkelhäutig?“

„Nein, er war blass. Wie groß, das weiß ich nicht. Er war noch jung, wahrscheinlich noch nicht ausgewachsen. “

„Das ist doch schon was.“ Lukas klatschte in die Hände.

„Ja. Aber in dem Alter sagt das nichts“, bremste der Alte Lukas’ Eifer. „Den entscheidenden Schuss machen sie dort erst später.“

„Wie alt dürfte der Junge also gewesen sein? In der Pubertät?“

„Ja. Das haut hin.“

„War er blond oder dunkelhaarig?“

„Blond – glaube ich zumindest.“

„Gab es Hinweise, dass etwas in Ulfs Haus nicht richtig lief?“

„Wie meinen Sie das?“

„Sexueller Missbrauch oder sowas.“

„Woran sollte ich das erkennen?“

„Vielleicht daran, dass der Junge mal orientierungslos oder überstürzt das Haus verlassen hat.“ Lukas überlegte, zuckte mit den Schultern und fügte an: „Ich weiß es selbst nicht.“

„Du bist gut“, fiel Heinze wieder seinen jovialen Tonfall. „Du kannst dir wohl denken, dass mir nichts Derartiges aufgefallen ist. Orientierungslos waren wir am Ostring so ziemlich alle.“

„Warum?“

„Weil wir damals nicht wollten, dass der Campingplatz zum Wohngebiet umdeklariert wurde. Aber das war nicht aufzuhalten.“

„Was hatte sich dadurch für Sie geändert?“

„Wir mussten plötzlich Grundsteuer bezahlen“, echauffierte sich Heinze, „und Wasser und Strom und sonstige Nebenkosten.“

Lukas und Theo lachten. „Müssen wir das nicht alle?“

Heinze kratzte sich nachdenklich am Kopf und murmelte: „Da war irgendwas, was ich euch noch sagen wollte. Aber mein Gedächtnis lässt mich gerade im Stich. Ich komme einfach nicht drauf, was ...“

*

Die Luft im Vernehmungsraum war stickig. Es gab kein Fenster, das daran etwas hätte ändern können. Das Grau der Wände und des spärlichen Mobiliars drückten die ohnehin gedämpfte Stimmung.

Hendrik Porz saß Staatsanwalt Renske, Silvia Tenner und Lukas Baccus gegenüber. Kriminalrat Allensbacher hatte es bei der Anzahl an Menschen vorgezogen, im Beobachtungsraum dahinter zu bleiben.

Lukas starrte auf den Mann mit den langen, dunkelblonden Haaren und dem Vollbart und überlegte, wo er ihn schon mal gesehen hatte. Aber er kam nicht drauf, also konzentrierte er sich lieber auf das, was Renske ihn gerade fragte: „Wissen Sie, warum wir Sie hierher bestellt haben?“

„Ich kann es mir denken“, donnerte die sonore Stimme durch den kleinen Raum. „Es handelt sich um Sören. Wir sind befreundet.“

„Gut, das wäre dann geklärt.“ Renske lehnte sich zurück und überließ Silvia Tenner die weitere Befragung.

Sie stellte sich Hendrik Porz als operative Fallanalytikerin vor, was bei dem Mann eine hochgezogene Augenbraue verursachte. Dann begann Sie mit ihren Fragen: „Wie lange sind Sie und Sören Forthoffer schon befreundet?“

„Seit Kindertagen. Wir sind zusammen aufgewachsen.“

„Wo?“

„In Fraulautern. Wir wohnten nur ein paar Meter voneinander entfernt und gingen in dieselbe Schule.“

„Haben Sie die gleiche Berufsausbildung gemacht?“

„Ja.“

„Und was genau?"

„Ich habe den Bachelor of Science für Angewandte Mathematik und Informatik inklusive mathematisch-technischer Softwareentwickler. Sören hat noch ein Studium drangehängt und den Master gemacht."

„Wo haben Sie studiert?"

„In Aachen."

„Sie beide?"

„Ja. Sören hat weitergemacht, ich bin ins Berufsleben eingestiegen."

„Hatten Sie in dieser Zeit den Kontakt zu Sören verloren?"

„Ja. Leider."

„Für wie lange?"

„Fünf Jahre. Ich hatte einen guten Job in Hamburg. Doch dann ist meine Mutter gestorben – mein Vater war schon lange tot – und hat mir das Elternhaus vererbt. Das war für mich eine Gelegenheit, ins Saarland zurückzukommen."

„Dafür haben Sie Ihren guten Job aufgegeben?"

„Ja. Hier habe ich auch was gefunden, was mir gefällt. Ich arbeite als Freelancer, kann mir meine Zeiten selbst einteilen. Das ist sogar noch besser."

„Schön, das freut mich." Silvia lächelte den bärtigen Mann an.

Hendrik reagierte verdutzt und meinte: „Sie sind ja nett. Von der Polizei habe ich etwas anderes erwartet."

„Es gibt auch Nette unter uns", mischte sich Lukas ein.

Dafür erntete er leises Gelächter.

„Gab es in Sörens Leben Ereignisse, die ihn aus der Bahn geworfen haben?", fragte Silvia weiter.

„Was meinen Sie damit?"

„Ein Unfall, Scheidung der Eltern als er noch ein Kind war und der Tod eines nahestehenden Menschen. Oder wurde er Zeuge eines Unfalls oder Gewaltverbrechens? Sowas in der Art."

Hendrik überlegte eine Weile, fuhr sich mehrmals durch seine langen Haare, bis er mit einem Seufzer sagte: „Mit seinen Eltern muss was gelaufen sein."

„Wie meinen Sie das?"

„Er lebte bei seinen Großeltern. Als ich ihn auf seine Eltern ansprach, ist er mir immer ausgewichen. Das war ein Thema, über das er nie sprechen wollte."

„Gab es keine Andeutung, nichts?"

„Es muss schlimm gewesen sein." Hendrik zuckte mit den Schultern. „Ich glaube, es hing mit seiner Mutter zusammen. Mehr weiß ich wirklich nicht."

Silvia lehnte sich zurück und überließ nun Lukas den Zeugen.

„Sie sagten, dass Sie zusammen aufgewachsen sind", begann der Kriminalkommissar.

Hendrik nickte.

„Wo?"

„Ich wohnte damals in der Jahnstraße und Sören im Mühlenbruchweg. Sörens Großelternhaus war ein paar Klassen besser als mein Elternhaus."

„Wir haben gerade die Aussage von Ihnen bekommen, dass Sie in Ihr Elternhaus zurückgekommen sind, nachdem Ihre Mutter starb", las Lukas vor. „Da sprachen Sie von einer *geilen Hütte*. Was trifft jetzt zu?"

„Beides. Mein Vater ist gestorben. Daraufhin hat sich meine Mutter beruflich verbessert und ein neues Haus gekauft. Auf dem Steinrausch. Dort wohnt es sich richtig gut. Die Jahnstraße ist die Hauptstraße von Fraulautern. Dort ist es laut und es gibt nur wenig wirklich gute Hütten."

„Okay. Sören Forthoffer wohnt inzwischen Am Repplersberg in Fraulautern. Das Haus im Mühlenbruchweg, das Sie vorhin erwähnten, gehört ihm das noch?"

„Ich glaube, Sören hat es verkauft. Genau weiß ich das aber nicht, ich war ja lange weg."

„Bei der Durchsuchung seines aktuellen Wohnhauses haben wir nichts gefunden, was auf Aktivitäten in Sachen Softwaremanipulation hindeutet. Das heißt, wir fanden keine Computer und kein Equipment, das dafür geeignet wäre. Also muss er irgendwo ein geheimes Lager haben. Wissen Sie wo?“

„Nein! Davon weiß ich nichts.“

„Das Einzige, was wir gefunden haben und nirgends zuordnen konnten, ist ein Schlüssel.“ Lukas legte besagtes Stück in einer Klarsichtfolie vor Hendrik auf den Tisch. „Wissen Sie, zu welchem Schloss dieser Schlüssel gehört?“

„Sieht alt und rostig aus“, murmelte Hendrik. „Wer weiß. Vielleicht hat er einfach nur vergessen, das alte Ding zu entsorgen.“

*

Theo fuhr allein nach Saarlouis zu Hilde Effner. Sein Plan war, anschließend Ilka Dewes von der Arbeit abzuholen und mit ihr den Abend zu verbringen. Lukas von seinem Plan zu überzeugen, fiel ihm nicht schwer. Bei der Erinnerung an das weiße Würfelhaus, wurde ihm selbst immer noch schwindelig. Dagegen konnte eine Befragung im Präsidium die reinste Erholung sein.

Als er in die Gartenreihe fuhr und vor dem Haus stehenblieb, musste er schmunzeln. Der Begriff „switchen“ fiel ihm wieder ein. Die Warnung der Tochter, die Mutter switche zwischen ihrer eigenen Welt und der realen hin und her, hatte bei Lukas für Belustigung gesorgt. Heute hoffte er, dass die alte Dame nicht switchte, sondern sich im Hier und Jetzt befand.

Diese Befragung passte ihm ohnehin nicht in den Kram. Bisher hatten sie aus der Alten nichts Verwertbares herausbekommen. Warum sollte das heute anders sein?

Entmutigt stieg er aus, näherte sich der Haustür und klingelte.

Dorothee Effner öffnete – ein gewohnter Anblick für Theo.

Er wurde in das weiße Haus eingelassen, wo er auf die alte Dame wartete. Sein Blick fiel durch das Fenster auf den Garten, der im Dämmerlicht verwunschen aussah. An diesen Anblick könnte er sich gewöhnen. Doch schon nach nur wenigen Minuten kehrte Dorothee mir ihrer Mutter zurück. Er schaute der kleinen, alten Frau entgegen und stellte fest, dass sie hellwach wirkte. Das ließ Theo hoffen. Doch schon die erste Frage von Hilde Effner machte diese Hoffnung zunichte: „Wo haben Sie heute den Rothaarigen gelassen? Der gefällt mir besser – der sieht so verwegen aus. Sie gucken ja immer so streng."

„Mutter!" Dorothees Gesicht lief vor Scham rot an.

Theo musste schmunzeln.

„Ich bin gekommen, um mit Ihnen über Ulf Brehmer zu sprechen", sagte er.

„Der schon wieder. An dem haben Sie aber einen Narren gefressen", stieß die Alte aus.

„Könnte man so sagen."

„Was wollen Sie heute über den alten Schwerenöter wissen?"

„Sie erwähnten mal, dass immer ein Junge zu Ulf Brehmer gegangen ist."

„Ja, das stimmt."

„Können Sie mir den Jungen beschreiben?"

„Was glauben Sie, wie lange das her ist?"

„Dreißig Jahre?"

„Also können Sie sich denken, dass ich das nicht mehr so genau weiß."

„Ich ermittle in einer Reihe von verdächtigen Todesfällen. Da muss ich viele Fragen stellen. Tut mir leid, wenn Ihnen eine Frage weit hergeholt vorkommt."

Damit gelang es Theo, dass die Alte zurückruderte. Sie schloss ihre Augen und sagte nach einer Weile: „Der Junge war dünn und groß. Seine Gliedmaßen wirkten alle wie langgezogen. Nichts passte zusammen."

„Also im Wachstum?"

„Das weiß ich doch nicht."

„Haben Sie nie mit ihm gesprochen?"

„Nein! Ich glaube, da war mal was ..." Hilde Effner murmelte eine Weile, bis sie laut aussprach: „Ich wollte mal was von ihm.

Ich glaube, er hatte was geklaut – genau weiß ich es nicht mehr. Ich weiß nur noch, dass ich sauer auf ihn war. Aber er ist mir aus dem Weg gegangen. Mir kommt da so ein Gefühl, das ich damals von diesem Junge hatte."

„Was für ein Gefühl?"

„Er wollte nichts mit uns zu tun haben."

„Wow!" Theo war baff. „Das ist ja mal eine Aussage."

*

Nach mühsamem Zusammentragen von Fakten beschlossen Lukas und Theo, die Mittagspause im „Nilles Saarbrooklyn" zu verbringen. Allensbacher rückte ihnen ständig auf die Pelle, erwartete Ergebnisse, was unter diesem Leistungsdruck fast unmöglich war. Also entschlossen sie sich, ihren Zufluchtsort aufzusuchen. Die beiden Kriminalkommissare ließen sich auf der Kunstlederbank unterhalb des Fensters nieder und warteten, bis auch Silvia Tenner und Staatsanwalt Renske eintrafen. Sie bestellten Kaffee und warteten.

Am Billardtisch hinter der hufeisenförmigen Theke herrschte Betrieb. Einige Gäste spielten dort und unterhielten sich lautstark.

Helmut Renske und Silvia trafen nur wenige Minuten später ein. Sie setzten sich dazu und bestellten ebenfalls Kaffee. Eine Weile schauten nun die vier Beamten dem Treiben am Billardtisch zu, tranken von ihrem Kaffee und begannen dann, ihre Ergebnisse vorzutragen.

Theo gab die Worte von Hilde Effner wieder – dass sich der junge Besucher von Ulf Brehmer sehr arrogant verhalten habe, was bei Silvia sofort ein Nicken auslöste.

„Das passt."

„Dann war der Besuch bei dieser verswitchten Alten dieses Mal echt nützlich." Lukas staunte.

„Ja. Gestern war sie nicht verswitcht, sondern ganz klar in der Birne. Manchmal kann man auch Glück haben."

„Was heißt verswitcht?", fragte Silvia.

Lukas und Theo schauten sich schmunzelnd an und antworteten: „Die alte Dame wechselt von ihrer Fantasiewelt in die reale. Die Tochter hat diese Wechsel so genannt."

„Toller Begriff. Den kann ich bestimmt mal für ein Profil verwenden."

„Jetzt sollten wir uns aber unserem Fall widmen", erinnerte Renske. „Wir haben nämlich nicht unbegrenzt Zeit – nur unsere Mittagspause. Also sag uns bitte, was du inzwischen über unseren Verdächtigen weißt."

Silvia räusperte sich und begann zu sprechen: „Nachdem unserer Verdächtiger in der Vernehmung so heftig auf die Frage nach seinen Eltern reagiert und dabei explizit seine Mutter zur Sprache gebracht hat, bin ich aktiv geworden. Ich habe alle Hebel in Bewegung gesetzt, um an die Kriminalakte über diese Dame zu gelangen. Dafür musste ich zuerst herausfinden, wessen Akte ich suche. Die Aussage, dass beide Eltern sich durch Drogen schuldig gemacht hätten, reichte nicht aus. Außerdem hat sie einen anderen Namen. Und da haben wir auch die Ursache für das Problem gefunden."

„Und das wäre?"

„Sören Forthoffers Mutter hat nach ihrer Scheidung wieder ihren Mädchennamen angenommen."

„War die Ehe so schlimm?"

„Kann man so sagen. Vernachlässigungen und gelegentliche Gewaltexzesse ihres drogensüchtigen Mannes bestimmten ihren Alltag. Das veranlasste sie irgendwann dazu, Liebe und körperliche Nähe bei ihrem Sohn zu suchen. Sören war damals noch ein kleines Kind. Fast ein Baby. Dieses Verhalten nennt man Iokaste-Komplex. Er kann auch als Bestandteil der Gruppe der Ödipus-Komplexe angesehen werden."

„Was soll das heißen?" Lukas schluckte schwer.

„Als Iokaste-Komplex bezeichnet man inzestuöse Wünsche der Mutter dem Sohn gegenüber. Sie verführt ihr eigenes Kind. Als Ursache für einen Iokaste-Komplex wird Affekthunger oder eine emotionale Entbehrung der Mutter genannt. In unserem Fall sind das die Gewalt- und Drogenexzesse des Ehemannes. Das kann dazu führen, dass sie eine Form von intensiver, intimer Symbiose zu ihrem Kleinkind entwickelt, was sich in pathologischer Form oftmals weiter fortsetzt. Sowas beeinträchtigt den natürlichen Entwicklungsprozess des Kindes in seiner Autonomie und seiner Individualität. Seine Entwicklung zur eigenständigen Identität ist erheblich gestört."

„Das ist ja ekelhaft." Theo schnaufte.

„Solche Kinder entwickeln ein abnormes Verhältnis zur Empathie. Das heißt, dass sie in den meisten Fällen keinerlei Mitgefühl für andere haben", erklärte Silvia. „Das nennt man in anderen Worten auch psychopathologisch."

„Wow! Einen Psychopathen habe ich mir immer anders vorgestellt", gab Lukas zu. „Sören Forthoffer wirkt smart und unscheinbar."

„Es gibt kein Standardschema, wie ein Psychopath nach außen wirkt. Typische Merkmale gibt es allemal. Zum Beispiel der oberflächliche Charme. Sören konnte Jasmin becircen. Der Aspekt des Größenwahns ist bei Sören nicht explizit gegeben. Viel mehr lebt er in seiner eigenen Welt. Er kleidet sich wie ein Superstar – das könnte sein Ausdruck für Arroganz sein. Mitgefühl scheint bei ihm weniger ausgeprägt. Seine Antworten auf die Fragen den Tod seines Großvaters betreffend klangen empathielos – und das, obwohl er bei dem Mann aufgewachsen ist, nachdem der ihn gerettet hat. Weiterhin zählen Unverbindlichkeit und fehlendes Verantwortungsgefühl dazu. Seine Reaktionen auf den Tod verschiedener Menschen waren eindeutig. Der Tod dieser vielen Menschen durch seine ‚Unfälle□ bringt ihn nicht aus der Fassung – fast so, als seien das Kollateralschäden. Weiterhin gehören unverhältnismäßige Erschütterungen bei solchen Menschen zur Tagesordnung, wie cholerisches Verhalten. Frust und Niederlagen können nur schwer ausgehalten werden."

„Wie sollte sich das bei ihm geäußert haben?"

„Zum Beispiel: Er rannte davon, als Jasmin und Dieter am Verteilerkasten in Saarlouis die Manipulation feststellten. Auch der Fall Chris Köhler passt in dieses Verhaltensmuster: Der junge Mann hat den Tod seines Großvaters verursacht und wird nicht bestraft dafür. Dabei löst das Ausbleiben der Bestrafung eine größere Frustration aus, als der Tod des Großvaters."

„Warum wurde Chris Köhler nicht bestraft?", fragte Lukas.

„Seine Mutter ist Abgeordnete des saarländischen Landtags", antwortete Renske.

„Können wir also sagen, dass wir mit Sören Forthoffer den richtigen Mann festgenommen haben?", richtete seine Theo an Silvia.

„Alles, was an neuen Informationen über ihn ans Tageslicht kommt, bestätigt mein Profil."

„Fehlen nur noch einschlägige Beweise", hielt Renske dagegen. „Und den Mord an Ulf Brehmer können wir ihm nicht anlasten."

*

Im Großraumbüro wartete Markus Schaller, der Teamchef der Spurensicherung bereits auf die Kriminalbeamten. Mit seinem obligatorischen Grinsen fläzte er sich auf Theos Stuhl und schaute den beiden entgegen.

„So, wie du dreinblickst, hast du was für uns", schlussfolgerte Theo sofort.

„Du hättest Profiler werden können, hättest du dich ein bisschen angestrengt", kam es grinsend zurück.

„Ja, ich bin ein Multitalent. Aber damit gebe ich nicht an."

„Schön, dass wir das geklärt haben." Markus stand vom Stuhl auf, setzte sich auf die Schreibtischkante und sagte: „Ich habe den alten Schlüssel untersucht, für den ihr immer noch keine Zugehörigkeit gefunden habt."

Lukas und Theo horchten auf.

„Daran habe ich Knetmasse entdeckt."

„Was heißt das?"
„Das heißt, dass dieser Schlüssel nachgemacht wurde."
„Wow! Wer macht denn einen uralten Schlüssel nach?"
„Das müsst ihr rauskriegen." Markus' Grinsen wurde breiter. „Die Tatsache, dass der nachgemacht wurde, sagt uns, dass er nicht so unwichtig ist, wie er auf den ersten Blick aussieht."
„Du neigst zum Scherzen", wandte Lukas griesgrämig sein. „Mit diesem blöden Ding stehen wir echt vor einem Rätsel."
„Ein Schließfachschlüssel ist es nicht. Die haben bestimmte Nummern. Ein Schlüssel für einen Lagerraum käme eher infrage – am wahrscheinlichsten ist es ein Garagenschlüssel", gab Markus einen Tipp.
„Wie kommst du darauf?"
„Es gibt keine Besonderheit daran wie bei einem Sicherheitsschlüssel, die man für spezielle Haustüren verwendet."
„Da ist was dran", gab Theo zu.
„Erkundigt euch doch mal bei Garagenvermietungen in der Gegend, wo er gefunden wurde."
„Wie gut, dass wir dich haben. Darauf wären wir nie gekommen."
„Außerdem kann ich euch versichern, dass der Schlüssel wirklich schon alt ist. Er ist nicht einfach nur angerostet durch feuchte Lagerung oder so. Das Teil besteht aus eisenhaltigem Metall. Das Material wird schon lange nicht mehr für Schlüssel verwendet. Das rostet zu leicht."
„Was sagt das über das Alter des Schlüssels aus?"
„30 oder 40 Jahre ... oder noch älter." Markus erhob sich vom Schreibtisch und fügte an: „Aber die Knetmasse ist relativ frisch. Nachgemacht wurde der Schlüssel erst vor kurzer Zeit."
„Also müssen wir sein Elternhaus – oder sein Großelternhaus – finden. Vielleicht steht dort noch eine Garage, die in Vergessenheit geraten ist." Theo schnaufte.
„Stimmt. Bei Sören Forthoffer könnte es kompliziert werden", erkannte Lukas.
„Warum?", fragte Markus.

„Wir wissen, dass er bei den Großeltern aufgewachsen ist. Ein Elternhaus muss es aber auch noch geben."

„Ich hatte gehofft, wir könnten uns davor drücken", schimpfte Lukas mit sich selbst.

Markus grinste breit und meinte: „Ich werde euch gern weiterhin mit Tipps und Tricks weiterhelfen."

*

Karl-Otto Brache betrat zum ersten Mal das Büro von Kriminalrat Wendalinus Allensbacher und schaute sich staunend in dem großen, lichtdurchfluteten Raum um.

Allensbacher erhob hinter seinem wuchtigen Mahagoni-Schreibtisch und steuerte die Ledercouchgarnitur in der gegenüberliegenden Ecke an. Dort bot er seinem Besucher an, sich zu setzen.

Getränke standen schon bereit.

„Die Arbeit in Ihrem Haus muss sich ja lohnen", merkte Brache an.

„Haben Sie erwartet, dass wir in Baracken hausen?"

Brache lachte, äußerte sich aber nicht weiter dazu.

„Wir sind hier, um über Ihren neuen Plan zu sprechen, wie Sie eine erneute Testfahrt mit dem *Streetfighter* ohne Katastrophen durchführen wollen", kam Allensbacher ohne Umschweife auf das Thema, nachdem sich jeder etwas von dem Getränkesortiment eingeschenkt hatte.

Brache grinste, was seinem pausbackigen Gesicht etwas Feistes verlieh. Seine Augen blitzten hinter den Brillengläsern, seine Wangen färbten sich rot. Allensbacher erwartete bei dem Anblick nur noch, dass sich zwei kleine Hörner auf dem Kopf bildeten. Die Ähnlichkeit zu Luzifer war geradezu frappierend.

„Ja! Die Testfahrt wurde genehmigt und Sie haben den Verantwortlichen für die schweren Unfälle gefasst. Was also steht dieser Aktion im Weg?" Braches Lachen wurde breiter.

„Wir haben noch nicht alle Beweise sichergestellt, die Sören Forthoffer überführen. Weiterhin kämpfen wir noch mit dem Trojaner, der alle unsere Ermittlungsergebnisse blockiert. Bisher konnten wir Sören Forthoffer für diesen Cyber-Angriff noch nicht verantwortlich machen. Er zeigt sich immer weniger kooperativ. Wir müssen alles von Hand zu Fuß herausfinden. Das kostet Zeit."

„Zeit haben wir nicht", platzte Brache heraus. „Für meine Firma bedeutet Zeit Geld. Als Staatsdiener sind Sie davon nicht betroffen. Aber ich. Deshalb kann ich das so nicht hinnehmen. Wir werden diese Testfahrt durchführen. Das Auto ist fahrtüchtig und wartet nur noch darauf, auf den Markt gebracht zu werden."

„Umso kostenintensiver ist doch ein weiterer Zwischenfall durch Manipulation."

„Wer sollte dafür verantwortlich sein, wenn Sie den Täter gefasst haben?"

„Aufgrund der Blockade unseres gesamten Systems durch einen Trojaner sind wir nicht in der Lage herauszufinden, ob Sören Forthoffer zeitversetzte Programme aktiviert hat. Die Befähigung, ein solches Manöver durchzuführen, hat der Verdächtige."

„Sollte er so etwas programmiert haben, sind wir doch diejenigen, die das herausfinden", stellte Brache klar. „Und darüber ist mir nichts bekannt."

„Sind Sie immer auf dem aktuellen Stand?"

„Ja", brüstete sich Brache. „Außerdem: Warum sollte er im Voraus geplant haben?"

„Um auch dann noch aktiv werden zu können, wenn er in Gewahrsam ist."

„Sie glauben also, dass Sören Forthoffer mit seiner Festnahme gerechnet hat?"

„Das wissen wir nicht. Dazu befragen können wir ihn nicht, weil er jede Aussage verweigert. Aber die Erfahrung mit solchen Menschen hat uns gelehrt, dass sie mit einer Festnahme rechnen und dieses Risiko mit einkalkulieren."

„Woher wollen Sie das wissen? Können Sie in solche Köpfe reinschauen?“

„Dafür haben wir Fachleute, die wir zu Rate ziehen. Man nennt sie Profiler.“

„Sie werden es nicht für möglich halten, aber ich ahnte bereits, dass sich unser Gespräch als schwierig gestalten würde.“ Wieder setzte Brache ein feistes Lachen auf.

„Was wollen Sie damit sagen?“

„Ich sagte Ihnen bereits, dass ich mir für diese Testfahrt eine Lösung einfallen lassen werde. Und das habe ich getan. Sie fällt so aus, dass Sie kein Gegenargument mehr finden werden.“

„Und wie sieht Ihre Lösung aus?“

„Um jegliche Zweifel auszuräumen und alle Eventualitäten im Keim zu ersticken, werden Ihre beiden Kommissare Baccus und Borg diese Fahrt durchführen.“

*

Seit sich Kriminalrat Allensbacher mit dem Chef von *DynamoCars* in einem Gespräch befand, herrschte dicke Luft im Großraumbüro. Niemand wagte laut zu sprechen. Lukas notierte die neuesten Erkenntnisse mit einem Schreibcomputer, der als Notlösung zur Verfügung gestellt worden war. Eine Internetverbindung gab es immer noch nicht. Theo telefonierte sich durch das Einwohnermeldeamt von Saarlouis, um herauszufinden, wo Sören Forthoffers Elternhaus stand. Die Adresse des Großvaters hatte er bereits ermittelt.

„Ich kann es kaum noch erwarten, von hier wegzukommen“, raunte Lukas seinem Kollegen zu. „Die Stimmung hier ist ja nicht auszuhalten.“

„Immerhin haben wir Braches bestes Pferd im Stall ausgeschaltet“, meinte Theo dazu, während er am Telefon in einer Warteschleife hing. „Das fand Brache bestimmt nicht so prickelnd.“

„Soll er doch besser aufpassen, wen er einstellt.“

„Verdammt fähig muss der smarte Sören ja sein, was für Brache vermutlich ein wichtiger Aspekt bei der Auswahl seiner Mitarbeiter ist", gab Theo zu bedenken. „Nur leider kommt bei solchen Typen die Menschlichkeit meistens zu kurz."

„Markus hat recht: Du hättest Profiler werden können."

Theo bleckte seine Zähne, was ein Grinsen darstellen sollte. Abrupt änderte er seinen Gesichtsausdruck, als das Gespräch am anderen Ende der Leitung endlich angenommen wurde. Nach wenigen Wortwechseln legte er auf und stöhnte.

„War es so schlimm?"

„Schlimmer!"

„Warum? Was ist passiert?"

„Das Haus der Eltern liegt genau hinter dem Haus der Großeltern. Die haben sozusagen in den Garten der Alten gebaut."

„Und was ist daran so schlimm?"

„Dass wir da nicht selbst drauf gekommen sind. Das hat man früher doch immer so gemacht." Theo fasste sich an den Kopf.

„Also haben wir das Glück, dass wir jetzt gleich in beiden Häusern nach Schlössern suchen können, in die unser ominöser Schlüssel passt. Alles gar nicht mal so schlimm." Lukas lachte aufmunternd.

„Schön, dass du in allem etwas Gutes sieht."

Sie wollten gerade aufbrechen, als Marcel Ditrich von der IT-Abteilung an ihre Schreibtische trat. Überrascht schauten sie den jungen Mann an. Seine Miene ließ sie nicht ahnen, ob er mit guten oder schlechten Nachrichten aufwartete.

„Kann es schlimmer kommen?", raunte Lukas seinem Kollegen zu.

Doch der IT-Forensiker hatte ihn verstanden, lachte und meinte: „Ich habe endlich herausgefunden, woher der Trojaner stammt, der uns alles lahmlegt."

„Wow!" Theo pfiff durch die Zähne. „Konntet ihr die Dateien wieder herstellen?"

„Nein! Soweit sind wir leider noch nicht. Aber durch den privaten Computer unseres Tatverdächtigen ..."

„Du meinst Sören Forthoffer?"

„Genau der! Also auf dessen Computer haben wir im Ausgangsserver des E-Mail-Accounts die Phishingmail gefunden, die nicht nur an unsere Kollegin Jasmin geschickt wurde."

„Was heißt das?"

„Diese Phishingmail ging an mehrere Beamte hier im Haus. Dabei ging der Typ so raffiniert vor, dass niemand auch nur die geringste Chance hatte, nicht in diese Falle zu tappen."

„Wie hat er das gemacht?", fragte Lukas.

„Der anfängliche Schriftverkehr erklärt in aller Ausführlichkeit den Software-Fehler im LiDAR-Sensor des Kollisionsfrühwarnsystems. Diese E-Mails waren unauffällig. Doch dann folgt ein Link, auf dem angeblich alles genau wiedergegeben werden soll. Und in diesem Link ist der Trojaner versteckt."

„Dafür kann man Jasmin wirklich nicht verantwortlich machen", stellte Lukas sofort fest.

„Nein! Wir können nicht mehr feststellen, wer letztendlich diesen Link geöffnet hat", bestätigte Marcel Dittrich. „Egal, ob diese E-Mail zeitversetzt verschickt worden ist oder nicht. Der Verursacher dieses Trojaners ist Sören Forthoffer. Sobald Allensbacher aus seinem Büro kommt, werde ich ihm unser Ergebnis unterbreiten. Dann wird Jasmin morgen wieder zum Dienst antreten können."

*

Jasmin Hafner im Großraumbüro zu sehen, ließ die Sonne scheinen. Lukas' Herz schlug höher. Doch umarmen wollte er sie nicht vor allen Leuten. Sie wollten ihre Beziehung geheim halten ... noch.

Zusammen mit Theo hatte er am Vortag die ergebnislose Durchsuchung von Sörens Forthoffers Eltern- bzw. Großelternhaus durchgeführt und stand jetzt vor der Aufgabe, diese Zeitverschwendung in einen Bericht zu packen. Dazu noch mit dem alten Schreibcomputer. Da tat ihm der Anblick seiner

Kollegin und Freundin gerade recht. Sie schaffte es, dass er sich einfach nur gut fühlte.

Alle Kollegen freuten sich über ihren Anblick. Die Stimmung war ausgelassen und fröhlich. Jasmins Gesicht rötete sich vor Freude. Leise murmelte sie zu Lukas: „Und ich hatte Angst, man würde mich trotzdem für den ganzen Ärger verantwortlich machen."

„Blödsinn! Alle wissen, was für eine loyale Kollegin du bist."

„Schön, dass wir wieder fast komplett sind." Mit diesen Worten stürmte Allensbacher ins Großraumbüro. „Wie geht es dem Kollegen Dieter Marx?"

„Er ist zu Hause", antwortete Jasmin. „Er fühlt sich noch sehr schwach, will aber von zuhause aus an dem Fall mitarbeiten, wenn es ihm erlaubt ist."

„Ich werde sehen, was ich machen kann", versprach Allensbacher. „Es ist ja so, dass wir jede helfende Hand gebrauchen können. Und Kollege Marx hat bisher schon immer die beste Recherchearbeit im Hintergrund abgeliefert. Also spricht nichts dagegen. Das muss ich jedoch mit der Hausspitze abklären. Stehen Sie in Kontakt zu ihm?"

Jasmin bejahte.

„Gut! Sobald ich grünes Licht habe, gebe ich Ihnen Bescheid. Doch jetzt fahren Sie sofort zu Ihrem ersten Einsatz seit ihrer Zwangspause. Und zwar steht noch das Gespräch mit einem ehemaligen Nachbarn von Ulf Brehmer aus."

„Rudolf Webster", meldete sich Lukas zu Wort.

„Genau. Sie werden Kollegin Hafner begleiten. Theo Borg wird mir die letzten Ermittlungsergebnisse melden. Solange wir uns nicht im Netz bewegen dürfen, ist es natürlich wesentlich komplizierter, immer über alles auf dem Laufenden zu sein."

Lukas musste ein Grinsen unterdrücken. Aufmunternd klopfte er Theo auf die Schulter und stürmte im Eiltempo aus dem Büro, sodass Jasmin Mühe hatte, mit ihm Schritt zu halten.

Im Hof stand der Dienstwagen, den er in schöner Regelmäßigkeit mit Theo fuhr. Ohne Diskussionen nahm Jasmin auf dem Beifahrersitz Platz, sodass Lukas endlich mal wieder das Steuer übernehmen konnte.

Die Fahrt nach Saarlouis verlief in den frühen Morgenstunden ruhig und zügig. Sie sprachen wenig miteinander. Stattdessen genossen sie ihre Nähe. Die letzte Nacht war so schön wie noch nie gewesen. Die Tatsache, dass Jasmin wieder zum Dienst antreten durfte, hatte zwischen ihnen gestanden. Doch das war Geschichte. Sie konnten ihre Zweisamkeit wieder genießen.

Im Wohnviertel Steinrausch tauchte die kleine Villa im toskanischen Stil vor ihren Augen auf. Die leicht geneigten Dächer über zwei Ebenen in dunklem Braun stachen vom sanften Terrakotta der Wände, Bögen und Säulen ab. Im strahlenden Sonnenschein vermittelte dieses Haus das Gefühl von Süden und Urlaub.

„Wow!“, staunte Jasmin. „Eine noble Hütte.“

Sie klingelten, wurden auch gleich von einer Hausangestellten eingelassen und in den Raum geführt, den ein übergroßer Tisch aus Eichenholz dominierte. Dort wurden sie gebeten zu warten.

Der Blick in den Garten ließ die beiden weiter träumen. Der Swimmingpool war nicht mehr abgedeckt, sondern ließ das Wasser in der Sonne blau glitzern. Liegestühle standen am Rand auf der Wiese, die in sattem Grün leuchtete.

Sie wurden von ihren Betrachtungen abgelenkt, als Rudolf Webster mit einem seligen Lächeln in seinem knochigen Gesicht auf sie zutrat.

„Schon wieder die Polizei?“

„Ja. Wir haben noch einige Fragen über Ulf Brehmer.

Der alte Mann schenkte Jasmin mehr Aufmerksamkeit, als nötig gewesen wäre. Sie wies sich als Kriminalkommissarin aus, was er nur mit einem angedeuteten Lächeln honorierte. Dann ließen sie sich an dem großen Tisch nieder.

„Was wollen Sie noch über Ulf Brehmer wissen?“, fragte er sonor, als sei es ihm wichtig, das Zepter dieses Gesprächs in der Hand zu behalten.

„Es geht um den Jungen, der Ulf Brehmer regelmäßig besucht hat. Was können Sie uns über ihn sagen?“, fragte Lukas.

„Nichts.“ Dabei schaute Webster stoisch auf Jasmin.

„Sie haben uns selbst darauf aufmerksam gemacht, dass ein Junge Ulf Brehmer häufig besucht hat. Also müssen Sie ihn doch gesehen haben“, sprach Lukas weiter.

„Das habe ich. In der Tat. Aber mehr auch nicht. Ich habe nicht mit ihm gesprochen. Der Junge hat sich mir auch nicht vorgestellt. Was also könnte ich Ihnen über ihn sagen?“

„Zum Beispiel könnten Sie mir sagen, wie ich aussehe, was ich anhabe und so weiter.“

Verdutzt drehte sich der alte Mann um und schaute in Lukas’ Gesicht.

„Geht doch.“ Lukas strahlte den Mann an.

„Was soll das?“ Websters Gesichtszüge verhärteten sich.

„Ich stelle die Fragen. Also können Sie mich auch gerne ansehen, wenn Sie mir antworten.“

„Die junge Dame sieht aber besser aus als Sie.“

Nun musste Lukas lachen. Resigniert meinte er: „Da kann ich Ihnen nicht widersprechen. Trotzdem will ich von Ihnen wissen, wie der junge Besucher aussah. War er groß oder klein? Wirkte er glücklich oder desorientiert. Wie lange dauerten seine Besuche bei Ulf Brehmer?“

Webster überlegte eine Weile, bis er sagte: „Das ist alles schon sehr lang her. Ich glaube aber mich zu erinnern, dass der Junge recht groß und klapperdürr war.“

„War er blond oder dunkelhaarig?“

„Blond! Das weiß ich noch.“

Lukas nickte. Jasmin saß neben ihm und notierte alles auf einem kleinen Schreibblock. Lukas schmunzelte. Dieser Anblick gefiel ihm.

„Hatten Sie den Eindruck, dass diese Zusammentreffen immer einvernehmlich verliefen?“

„Es gab nichts, was mich stutzig gemacht hätte“, gab Webster zu verstehen. „Aber da war noch was. Irgendetwas spukt in meinem Kopf, was für Sie vielleicht von Bedeutung sein könnte." Der Alte verzog sein Gesicht zu einer Grimasse, was wohl bedeutete, dass er nachdachte. Nach kurzer Zeit murmelte er jedoch: „Tut mir leid. Ist alles schon viel zu lange her."

*

Lukas und Theo erstarrten innerlich, als die Aufforderung kam, sich in Allensbachers Büro einzufinden. Die beiden schauten sich fragend an, zuckten die Schultern und machten sich auf den Weg.

„Hast du was verbockt, als du mit Jasmin in Saarlouis warst?", fragte Theo leise.

„Nein! Aber wohl du, als du hier mit Allensbacher allein warst", entgegnete Lukas grimmig.

„Auf keinen Fall. Ich habe dem Chef Bericht erstattet – mehr nicht."

„Dann gute Nacht! Ich bin mir keiner Schuld bewusst."

„Dito."

Sie betraten das große Büro und staunten nicht schlecht, als sie Karl-Otto Brache neben dem Kriminalrat vorfanden.

„Ich glaub, wir sind im Arsch ..." brummte Theo.

„Wenn ich nur wüsste, welchen Bock wir geschossen haben", entgegnete Lukas.

Wie arme Sünderlein stellten sie sich vor den großen Schreibtisch. Zu ihrer Überraschung trat Brache auf die beiden Kommissare zu, begrüßte sie mit Handschlag und sagte zu Allensbacher: „Ich darf doch die Botschaft verkünden."

Allensbacher nickte nur. Er sah aus, als hätte er Not, nicht zu ersticken.

„Ihr Chef und ich", begann der CEO von *DynamoCars*, „haben beschlossen, dass der *Streetfighter* eine weitere Testfahrt machen wird."

„Ist das Auto dafür wieder freigegeben worden?", fragte Theo.

„Ja, es ist."

„Und warum sagen Sie uns das?“

„Weil Sie beide diese Testfahrt durchführen werden.“ Brache strahlte wie ein Honigkuchenpferd.

Lukas stimmte sofort in dessen Begeisterung ein. Theo blieb skeptisch und fragte: „Kann es sein, dass Sie niemanden haben, der sich für eine solche Kamikaze-Fahrt bereit erklärt?“

„Oh doch. Darum reißen sich viele! Diese Taktik soll einfach nur alle Zweifel ausräumen, dass irgendjemand von uns schlechte Arbeit geleistet haben könnte. Sie haben eine spektakuläre Mordserie aufgeklärt und wir ein sensationelles Auto gebaut. Die Ereignisse in jüngster Geschichte dürfen von diesen exorbitanten Leistungen nicht ablenken.“

„Das sehe ich auch so.“ Lukas war nicht mehr zu bremsen. „Es ist uns eine Ehre, diese Testfahrt zu machen.“

„Hallo“, meldete sich Theo zu Wort. „Werde ich auch mal gefragt?“

„Jetzt nicht! Vermassle uns nicht diese einmalige Chance“, bremste Lukas.

„Hast du vergessen, was mit der Karre alles passiert ist?“

„Aber das ist doch aufgeklärt, die Fehler behoben, der Übeltäter in Untersuchungshaft. Was soll da passieren?“

„Sie gefallen mir“, lobte Brache sofort. „Einen Mann wie Sie kann ich in meiner Firma brauchen.“

„Du bleibst hier“, stellte Theo klar.

Lukas fühlte sich geschmeichelt, lehnte Braches Angebot jedoch dankend ab. „Sie sehen es ja: Hier werde ich noch gebraucht.“

Allensbacher unterbrach das Gespräch unfreundlich mit der Frage: „Wann soll diese Testfahrt stattfinden und welche Vorbereitungen sind dafür zu treffen?“

„Die Kriminalkommissare durchlaufen das gesamte Simulations- und Gesundheitsprogramm. Dann geht die Fahrt los.“

„Wie lange dauert das? Ich kann meine Leute nicht ewig entbehren.“

„Wenn die Kommissare Baccus und Borg über eine gute

Kondition verfügen, machen wir alle Tests über Nacht, hängen einen Schnellkurs an, wie das Auto bedient werden muss, und die Fahrt kann morgen stattfinden."

Kapitel 13

Die Dunkelheit brach herein, als Lukas und Theo endlich auf dem Firmengelände von *DynamoCars* eintrafen. Lediglich ein weißer Mercedes stand auf dem Parkplatz.

Sie stiegen aus und näherten sich dem Gebäude. Bevor sie die Gelegenheit bekamen zu klingeln, wurde ihnen die Tür bereits von Amit Chander geöffnet. Seine Miene verriet alles, nur keine Begeisterung.

Die Polizeibeamten traten ein und folgten dem Systemadministrator in den Werksbereich. Dort prangte der *Streetfighter* auf einer Drehscheibe, die zurzeit jedoch stillstand. Aber das tat dem Gesamteindruck keinen Abbruch. Das Auto wirkte beeindruckend in Form und Größe.

„Hier spielt die Musik", kam es barsch von Chander. „Bevor Sie sich in das Auto setzen, müssen Sie noch einige Stationen durchlaufen. Wir fangen mit dem Simulator an. Der befindet sich in diesem Kasten. Dabei werden Sie verkabelt, damit wir Herz und Blutdruck in allen simulierten Situationen messen können. Nur wenn Sie ganz gesund sind, geht es zur nächsten Teststation."

„Ich denke, dass ich hier etwas klarstellen muss", schaltete sich Theo ein. „Ihr Chef will uns als Testfahrer. Das kommt nicht von uns. Also können Sie uns wie normale Probanden behandeln und nicht wie Schmarotzer."

Amit Chander schluckte. Deutlich war ihm anzusehen, dass ihm diese Zurechtweisung nicht passte. Aber dagegen gab es kein Argument. Ohne Worte – nur mit einer Geste – bat er die beiden, die Anzüge anzuziehen und in die Kabine zu steigen.

„Und was sollen wir dort tun?", fragte Theo, nachdem er umgezogen war.

„Es wird ein Rundum-Film ablaufen, der Ihnen eine Straße mit Umgebung zeigt, durch die sie fahren. Dort werden einige Hindernisse auftauchen, die sich auf ihre Fahrkabine auswirken, sollten Sie sie nicht umfahren können."

„Ich dachte, das Auto macht alles von allein."

„Im Prinzip schon. Aber es gibt eine Verbindung zwischen Ihnen und dem Computer. Den steuern Sie. Wenn Sie etwas falsch einprogrammieren, passiert ein Unfall."

„Ich sitze zuerst am Steuer", beeilte sich Lukas zu sagen und kletterte in die Kabine.

„Gerne", brummte Theo. „Mir ist das Ganze zu hoch. Mal sehen, ob wir diese Testfahrt überhaupt durchführen dürfen."

„Dürfen wir. Wir sind doch Profis."

„Im Chaos-Anrichten."

„Das auch."

Die Kabine wurde geschlossen.

Lukas und Theo staunten. Darin sah es genauso aus wie im Streetfighter. Alles war detailgenau nachgebaut. Sie ließen sich in die Sitze sinken und gaben ein Zeichen, dass sie bereit waren.

Doch die Fahrt ging nicht los. Stattdessen ertönte ein Signal. Beim Blick auf die Anzeige lasen sie „ANSCHNALLEN!"

„Das wir ja immer schöner", maulte Lukas.

Sie befolgten den Befehl und die simulierte Fahrt ging los. Auf allen Seiten lief ein Film ab, der ihnen suggerierte, durch eine stark befahrene Straße zu fahren. Große Gebäude säumten die Straße. Es war taghell, aber trüb. Die Menschen hatten keine Gesichter, sonst wirkte alles detailgetreu. Hunde gab es auch und Fahrradfahrer.

„Wow! Sieht ziemlich echt aus." Lukas pfiff durch die Zähne.

„Behalte lieber mal die Anzeigen auf den Displays im Auge, sonst haben wir schon gleich einen Crash."

„Blödsinn! Das Auto weiß, was es zu tun hat. Ich nutze jetzt mal die Vorteile des selbstfahrenden Autos und rufe Jasmin an", meinte Lukas, zog sein Handy aus der Tasche und staunte, weil er keinen Empfang hatte.

Theo nahm sein eigenes Handy und stellte dort genau dasselbe fest.

„Wir sind hier gefangen. Amit Chander hat uns mit keinem Wort gesagt, wie wir aus diesem Ding jemals wieder rauskommen."

„Jetzt mach mal keine Panik. Im echten Auto steht der Testfahrer ja auch in ständigem Kontakt zu *DynamoCars*."

„Aber hier nicht."

„Doch! Wir müssen nur die richtigen Schalter dafür finden."

Lukas begann, einige Tasten zu drücken. Plötzlich rüttelte die Kabine die beiden so durch, dass es ihnen für lange Zeit die Sprache verschlug.

„Waren einfach nur die falschen Knöpfe. Versuche es jetzt mit touchen", meinte Lukas, der inzwischen blass um die Nase geworden war.

„Mit was?"

„Mit touchen. Touchscreen und so."

Theo verzog nur das Gesicht.

Nun ertönte eine laute Welle an Tönen, die nicht mehr enden wollte.

Die beiden hielten sich die Ohren zu und beobachteten den Film, der je nach Standort des Bildschirms aus unterschiedlichen Perspektiven gezeigt wurde. Die Simulation lief unbeirrt weiter. Inzwischen fuhren sie über Land. Ein Pferd brach gerade von einer Koppel aus und lief auf die Straße.

„Brems doch!", brüllte Theo.

„Mache ich, aber dieses Ding reagiert nicht."

Das Auto raste auf das Pferd zu, wich in letzter Sekunde aus und raste über einen Acker. Die Kabine wurde durchgeschüttelt, als säßen die beiden in einem echten Auto.

„Wenn wir hier lebend rauskommen, bringe ich dich um", kündigte Theo an.

Lukas wischte sich den Schweiß aus dem Gesicht. „Ich habe mir das Ganze einfacher vorgestellt."

„Außerdem fahren wir normalerweise nicht über Land."

„Stimmt! Ein Pferd läuft uns nicht vors Auto."

„Höchstens ein paar Esel!"

Das Auto ruckelte auf die Straße zurück und die Fahrt ging weiter. Sie gelangten in einen kleinen Ort, in dem viele Kinder am Straßenrand spielten.

„Jetzt kommt erst die wahre Prüfung für uns", stellte Lukas fest. „Kinder überfahren kommt – glaube ich – nicht so gut."

„Dann streng dich mal an. Du wolltest doch ans Steuer."

Das erste Kind fiel tatsächlich auf die Fahrbahn.

Lukas riss am Lenkrad, doch nichts tat sich. Laut Bildschirm rollte das Auto einfach weiter. Eine größere Figur bückte sich nach dem Kind und zog es auf die Seite.

Problem gelöst.

„Gutes Auto", meinte Lukas. „Es kann eindeutig in die Zukunft sehen."

„Ich schätze mal, diese Testfahrt haben wir uns vergeigt."

„Du wolltest von Anfang an nicht. Aber ich." Lukas warf seinem Kumpel einen vorwurfsvollen Blick zu.

„Ich kann doch nichts dafür, dass diese Simulation zum Desaster wird."

„Wenn wir draußen auf der Straße genauso fahren würden, wäre die saarländische Bevölkerung schon drastisch dezimiert", gab Lukas zu.

„Und unser Job überflüssig."

„Also ist es nur richtig, wenn wir diese Testfahrt nicht machen. So ein Shit!" Lukas grummelte.

„Bleib locker! Ich lasse dich dafür auch mal in meinem Auto fahren.“

„Blödmann!“

„Danke! Gern geschehen.“

*

„Ich hatte viel Bekümmernis in meinem Herzen, aber Jasmins Tröstungen erquickten meine Seele.“ Dieter Marx saß an seinem Schreibtisch zu Hause am Telefon und spürte, dass dieser Gedanke ihn aufrecht hielt. Wertvolle Menschen galt es für ihn zu schätzen und ihnen dankbar zu begegnen.

Sein Handy piepste. Jasmin schickte ihm wieder mal eine WhatsApp. Eine aufmunternde Nachricht. Marx spürte, dass diese Nachrichten ihn in seiner Entscheidung, von zu Hause aus weiter für den Polizeidienst zur Verfügung zu stehen, bestärkten. Seine Krankheit machte ihn schwach und wankelmütig. Doch das ließ Jasmin nicht zu.

Jetzt wurde er als telefonischer Begleiter der Testfahrt von Lukas Baccus und Theo Borg an diesem Morgen eingesetzt. Seine Aufgabe bestand darin, in ständigem Kontakt zu bleiben und Allensbacher immer darüber zu informieren, in welcher Verfassung sie sich befanden.

Durch die vielen Hackerangriffe auf *DynamoCars* und nun auch auf das Netz der Polizei hatte sich Allensbacher dazu entschieden, das Marx die Verbindung zu den beiden Testfahrern aufrechterhielt. Das war die einzige Möglichkeit für die Polizei, in ständigem Kontakt zu bleiben. In einer Telefonverbindung sah niemand eine wirkliche Gefahr.

Keine leichte Aufgabe für Marx, da sein bisheriges Verhältnis zu den beiden stets angespannt war. Aber er wollte ihnen ihre Verfehlungen vergeben. Sein restliches Leben würde nicht mehr lange andauern. Da war es ihm geboten, Friede einkehren zu lassen und die restlichen Tage in Ruhe und Eintracht zu verbringen.

Die Bilder des toten Testfahrers, der aus der Saar gefischt wurde, ließen ihn nicht los. Auf keinen Fall durfte es einen Zwischenfall mit den Kollegen geben. Sie waren so voller Leben – und voller verrückter Ideen. Auch wenn er sie nicht mochte, so wäre es schade um diese beiden Chaoten. Dabei fragte sich Marx, ob der Mut die beiden auszeichnete, überhaupt eine solche Testfahrt durchzuführen – oder ob es schon an Leichtsinn grenzte.

Seine Angst war jedenfalls sehr real. Er wollte immer an Gott glauben, doch das war in ihm erschüttert worden. Nun glaubte er eine Vorsehung – eine düstere Vorahnung – zu spüren, was die beiden Kollegen betraf. Er schalt sich größenwahnsinnig. So etwas war nur Gott vorbehalten und nicht den Menschen.

Marx hielt in seinen Gedanken inne.

Er erkannte, dass er von seinem alten Denkmuster abweichen musste. Ab sofort sollte sich sein Denken und Handeln auf die Menschen beziehen – im Besonderen auf Jasmin. Sie hatte ihm in dieser schweren Zeit zur Seite gestanden, wie er es noch nie von einem Mitmenschen erlebt hatte. Das war Göttlichkeit. Er verdankte ihr, dass er sich nicht aufgab.

Ihre Suspendierung war ungerechtfertigt gewesen. Soviel Ehrlichkeit und Loyalität, wie Jasmin gegeben war, gab es bei kaum einem anderen Menschen. Und ausgerechnet sie wurde einer solch schweren Tat beschuldigt.

Er schüttelte den Kopf.

„Sind Sie bereit?“, ertönte Allensbachers Stimme durch den Hörer seines Festnetztelefons.

„Ja!“

„Gut! Laut Brache steigen beiden Testfahrer gerade in das Auto ein. Es geht gleich los. Sie werden auf der B405 nach Osten losfahren und auf die Autobahn A8 abbiegen, um in Richtung Autobahnkreuz Saarbrücken zu fahren. Von dort geht es auf die A1 über Quierschied, Holz, Heusweiler nach Saarbrücken.“

„Ich kenne die Route“, gab Marx zum Besten.

„Sie bleiben mit den Testfahrern in Kontakt. Die Gespräche werden von uns aufgezeichnet, falls wir sie später auswerten müssen. Für Sie gilt, mit Lukas Baccus und Theo Borg in ständigem Austausch zu bleiben und uns über jegliche Veränderung oder Abweichung unmittelbar zu informieren." Allensbacher klang nervös. „In der Zwischenzeit startet ein Hubschrauber, der die ganze Aktion von oben überwacht. Unsere ITler arbeiten zurzeit an einem kleinen Intranet, das nur zwischen dem Computer des Helikopters und unserem Büro funktionieren und sicher vor Hackern sein soll. Sobald diese Verbindung hergestellt werden konnte, sagen ich Ihnen Bescheid."

„Was passiert dann?"

„Der Hubschrauber liefert uns Bilder von oben."

„Ich habe verstanden."

„Okay! Dann wünschen wir allen gutes Gelingen."

Das Gespräch wurde beendet.

Dieter Marx spürte, wie sein Puls anstieg.

*

Übernächtigt aber voller Euphorie saßen Lukas und Theo endlich im richtigen *Streetfighter*. Sie hatten alle Tests bestanden. Der Simulator galt als Reaktionstest, alle Gesundheitsuntersuchungen waren für die beiden Männer nur ein Klacks. Auch einen Crashkurs mussten sie absolvieren, damit sie sämtliche Funktionen und Bedienelemente des selbstfahrenden Autos kannten. Ihre Fingerabdrücke waren eingescannt und gespeichert worden, damit das Fahrzeug die beiden als Fahrer identifizierte.

Amit Chander stand neben dem *Streetfighter* und kontrollierte alles nochmal. Jede App, jede Taste, jedes Display, jeder Knopf und jeder Handgriff wurden überprüft.

„Ihr habt ja richtig was gelernt heute Nacht", meinte er anschließend anerkennend.

„Ja. Alles geht so schnell, dass wir keine Zeit haben, etwas zu vergessen." Lukas grinste breit.

„Und denkt immer dran, was ihr im Auto sagt: Das *Digital*

Driver's Log sendet sämtliche Informationen ungefiltert an uns."

Er klopfte auf das Autodach, womit er ihnen grünes Licht gab. Nun sollte das richtige Abenteuer beginnen.

„Auch wenn ich immer noch skeptisch bin, ob diese Eile wirklich nötig ist", brummte Theo, während er sich anschnallte, „bin ich inzwischen selbst heiß auf diese Fahrt."

„Wir werden in die Geschichte eingehen als die beiden Hauptakteure bei der Zulassung des ersten selbstfahrenden Autos in Deutschland", jubelte Lukas.

„Oder als Volldeppen, die aus den Crashs vergangener Zeiten nichts gelernt haben."

„Immer positiv bleiben, Lukas und Theo", schallte es plötzlich aus dem Handy, das auf laut geschaltet war und in der Mittelkonsole steckte.

„Wer war das?"

„Ich."

„Wer ist ich?"

„Dieter Marx."

„Dieter? Altes Haus? Bist du wieder fit?", fragte Lukas.

„Fit wäre zu viel gesagt. Aber ich bin dafür eingeteilt, mit euch vom Boden aus in Verbindung zu bleiben. Da der Polizeicomputer gehackt wurde, werde ich am Telefon sitzen und mit euch sprechen."

„Schön, dass du wieder dabei bist", kam es von Theo.

„Danke."

„Aber, was heißt vom Boden aus?"

„Ein Hubschrauber wird über euch schweben. Dort bauen sie noch an einer Intranet-Verbindung. Ihr seht, es wird an alles gedacht."

„Wow! Sind wir dem Chef so viel wert?", staunte Theo.

„Das seid ihr", kam es von Dieter. „Und vergesst nicht: *DynamoCars* nimmt alles auf. Auch das, was im Cockpit des Wagens passiert."

„Das wissen wir schon. Aber das wird Lukas bestimmt nicht aufhalten", lästerte Theo.

„Achtung Dieter, die Fahrt geht los“, rief Lukas dazwischen.

„Gott sei mit euch.“

„Juchu! Das Auto fährt, ohne uns zu fragen“, zwitscherte Lukas und lachte.

„So viel Selbstvertrauen darf man einem Auto nicht geben. Ein bisschen sollte es noch auf uns hören“, murrte Theo.

„Zu spät. Die Kiste pfeift uns was.“

„Möget ihr bitte dieses Auto nicht *Kiste* nennen“, kam es von Dieter. „Ich muss später Bericht abgeben und mit solchen Ausdrücken könnte ich Ärger bekommen.“

„Aber seid freundlich und vergebt euch, wie Gott euch auch vergeben wird ... oder so ähnlich“, stammelte Lukas. „Wo bleiben deine biblischen Weisheiten, Dieter?“

„*Seid aber untereinander freundlich und herzlich und vergebt einer dem andern, wie auch Gott euch vergeben hat in Christus* – Brief an die Epheser, Kapitel 4, Vers 32. Überlasst das Beten mir. Ihr könnt das nicht.“

„Was ist mit Dieter los?“, grummelte Lukas vor sich hin.

Im Schritttempo verließ der *Streetfighter* das Firmengelände über die breite Teerstraße, die an eine Landebahn erinnerte, bog in die Straße am Ostring ein und steuerte auf die Bundesstraße zu. Dort fuhr das Auto rechts ab auf den Autobahnzubringer zu.

„Ein komisches Gefühl“, gestand Theo. „Wir sind hier eigentlich überflüssig. Das Auto macht alles von ganz allein.“

„Das ist doch das Schöne daran. Hatte ich erst vor Kurzem als Braches Beifahrer erlebt. Ich finde das Gefühl klasse.“

„Wie war das noch mit deinem Spruch *Digitale Diktatur*?“, hakte Theo nach.

„Habe ich das gesagt?“

„Ja, du.“

„Dann wurde ich einfach eines Besseres belehrt“, tat Lukas diese Aussage einfach ab. „Jedenfalls finde ich so eine Fahrerei total geil.“

Sie fuhren auf die Autobahn, der *Streetfighter* beschleunigte. Zu dieser Tageszeit herrschte dort wenig Betrieb und die Fahrt ging zügig voran.

„Die Geschwindigkeitsbegrenzung hält es schon mal ein. Also riskieren wir kein Knöllchen“, stellte Theo fest.

Vor dem Autobahnkreuz Saarbrücken schaltete sich der Blinker ein.

„Fahren wir hier raus?“, fragte Lukas.

„Die Route führt zunächst über die A8 und dann über die A1 in Richtung Heusweiler, Riegelsberg, dann nach Saarbrücken“, antwortete Dieter Marx über den Lautsprecher. „Wo seid ihr jetzt?“

„Am Autobahnkreuz.“

„Also alles in bester Ordnung“, stellte Marx fest.

„Herr Hausprediger, fehlt da nicht sowas?“

„Was denn?“

„Ein Wunsch wie *Die Gnade des Herrn sei mit euch.*“

„Erster Brief an die Korinther, Kapitel 16“, ertönte es über die Lautsprecher. „Aber, da du es erwähnst: Die Gnade des Herrn soll tatsächlich mit euch sein. Was ihr da tut, erfüllt mich mit Furcht.“

*

Jasmin Hafner las das neuerliche Profil, das Dr. Silvia Tenner über Sören Forthoffer erstellt hatte. Die Informationen über den Iokaste-Komplex erschreckten sie – die Tatsache, dass Sören Forthoffer davon betroffen sein soll, ließ sie innerlich erschauern. Eine schreckliche Vorstellung, dass dieser sympathische Mensch eine derart grausame Kindheit hatte. Doch was sie weiter las – Sören sei empathielos, mit einem Hang zur Arroganz und fehlendem Verantwortungsbewusstsein – brachte sie nun doch ins Staunen.

Sie erinnerte sich an Aussagen, die Hendrik Porz über seinen Freund gemacht hatte. Der Satz „*Seit dem Unfall ist Sören nicht mehr imstande, selbst Auto zu fahren. Das hat ihn ganz schön mitgenommen*“ klang noch deutlich in ihren Ohren. Oder „*Aber seine Psyche ist nicht verschont geblieben.*“

Das passte ganz und gar nicht zu dem, was Silvia Sören bescheinigte.

Für Jasmin stand allerdings fest, dass Silvia eine kompetente Kriminalpsychologin war, weshalb sie das Profil niemals anzweifeln würde. Also beschloss sie, sich sofort auf die Suche nach Hintergründen zu machen. Irgendetwas stimmte hier nicht.

Nebenbei las sie eine WhatsApp von Dieter Marx, dass Lukas und Theo gerade auf das Autobahnkreuz Saarbrücken zusteuerten. Sie schmunzelte. Diese Testfahrt hätten die beiden sich bestimmt nicht träumen lassen.

Das war der geschickteste Schachzug von Brache, die Kriminalpolizei selbst ins Testfahrzeug zu setzen, um Medien und Polizei milde zu stimmen. So agierte ein Geschäftsmann und das war Brache durch und durch. Anfangs war Lukas noch gegen diese Art von Fortschritt. Doch im Laufe der Ermittlungen hatte er sich immer mehr für diese Autos begeistern können. Diese Testfahrt war für ihn das Sahnetüpfelchen seiner Ermittlungen. Blieb jetzt nur zu hoffen, dass die beiden diese Fahrt unbeschadet hinter sich bringen würden.

Gestanden hatte Sören Forthoffer nicht, wie sie den weiteren Protokollen entnahm. Also war der Fall alles – nur nicht endgültig aufgeklärt. Auch über den Trojaner wussten sie immer noch nichts Genaues. Lediglich, dass er aus den Rechnern entfernt werden konnte.

Der alte, rostige Schlüssel fiel aus der Akte. Schlagartig überkam sie eine Sorge, die sie sich nicht richtig erklären konnte. Heute Morgen hatte sie sich noch für Lukas gefreut, diese abschließende und alles entscheidende Testfahrt durchführen zu dürfen. Plötzlich sah das anders aus. Ihr Adrenalin stieg an.

Hier gab es noch zu viele unbeantwortete Fragen.

Sie besann sich, keine Zeit zu vergeuden. Eine innere Stimme riet ihr zur Eile. Hurtig begann sie damit, erneut über die Herkunft dieses ominösen Schlüssels nachzudenken. Auch diesen Hendrik Porz wollte sie genauer unter die Lupe nehmen. Hatte er seinen Freund aus Unkenntnis falsch beschrieben oder hatte er sie bewusst angelogen?

Er konnte sein Glück gar nicht fassen. Genau das hatte er geplant – und jetzt traf es ein. Besser hätte sein Plan nicht funktionieren können. Seine Manipulationen funktionierten.

Die beiden Kriminalbeamten hatte er schon lange auf dem Schirm. Endlich kam der Moment, sie auszuschalten. Und er wusste auch schon wie. Alles funktionierte genau nach seinen Vorstellungen.

Die Polizei, dein Freund und Helfer … er grinste. Das war sie in der Tat – nur nicht so, wie man es allgemein erwarten sollte.

Ihm hatte sie geholfen – und nicht gerade geringfügig.

Jetzt stand seinem Finale nichts mehr im Weg.

Lukas Baccus und Theo Borg waren ihm von Anfang an ein Stachel im Fleisch. Mit totaler Unfähigkeit und Tollpatschigkeit stolperten sie ihm ständig in die Quere, ohne zu wissen, was sie taten. Dass sie ihm verdammt nahegekommen waren, hatten sie selbst nicht bemerkt. Dazu fehlte den beiden etwas.

Dafür hatten sie seinen Köder geschluckt und die weiteren Chaos-Ermittlungen genau in die Richtung gelenkt, wie er es haben wollte. Die beiden hatten ihre Schuldigkeit getan und konnten jetzt weg. Solche Deppen brauchte niemand.

Nur er! Um sein Vorhaben durchzusetzen! Er musste grinsen.

Für sein Finale brauchte er Opfer, die für Furore sorgten.

Auch wenn Baccus und Borg nicht gerade als Inbegriff der Polizeikompetenz zu bezeichnen waren, so hatten sie doch einen wichtigen Status eingenommen. Ihr gewaltsamer Tod würde für das Landespolizeipräsidium einen herben Rückschlag bedeuten. Und Schlagzeilen bringen. Genau damit wollte er seinen Feldzug beenden.

Er hatte für Gerechtigkeit gesorgt – auch wenn die Öffentlichkeit es nicht so verstand. Aber das war ihm egal. Er fühlte sich gut mit dem, was er getan hatte. Das genügte.

Doch jetzt sollte ein Feuerwerk als Abschluss seiner Mission folgen, das ihn nicht als Mörder, sondern als gnadenlosen Vollstrecker in die Geschichte eingehen lassen würde.

Ein schöner Gedanke.

*

Der Verkehr wurde immer dichter, die Reaktionen der anderen Autofahrer immer unorthodoxer. Während sie auf der Überholspur fuhren, scherte gelegentlich ein Wagen knapp vor ihnen aus. Der *Streetfighter* erkannte die Gefahr schon, bevor sie entstand, und drosselte das Tempo. Ein anderer Wagen überholte rechts, weil der *Streetfighter* sich an die Höchstgeschwindigkeit hielt – der andere nicht. Dann scherte das Auto knapp vor ihnen wieder aus.

„Heute sind nur Kamikaze-Fahrer unterwegs", stellte Lukas erschrocken fest. „So langsam geht mir das korrekte Fahren auf die Nerven."

„Denk dran", rief Theo erschrocken, als er sah, wie Lukas auf Manuell-Fahr-Modus umschaltete. „Als Bulle musst du Vorbild sein."

Lukas grinste, sagte aber nichts dazu. Er übernahm das Steuer und gab Gas. Als erstes überholte er den Rowdy, der ihn rechts überholt hatte und gleich eine ganze Reihe weiterer Fahrzeuge mit.

„Ich glaube, was du gerade machst, gehört nicht zum Plan", mischte sich Marx über das Handy ein.

„Damit könntest du Recht haben", entgegnete Lukas.

„Ich wollte dich nur darauf hinweisen."

„Danke."

Sie näherten sich Saarbrücken. An dieser Stelle wurde aus der zweispurigen Autobahn eine einspurige Strecke. Auf der rechten Seite befanden sich die Schienen der Saarbahn.

Dort versuchten sich einige Raser vor den *Streetfighter* zu drängen. Doch Lukas gab Gas, sodass sie resignieren und sich hinter ihm einreihen mussten.

„Wow! Das Auto ist wirklich gut." Lukas pfiff durch die Zähne.

„Und die anderen Verkehrsteilnehmer sind heute alle bekloppt. Liegt irgendwas in der Luft?"

„Das wollte ich dich gerade fragen", murrte Theo.

Plötzlich ertönte der Lautsprecher von *DynamoCars*: „Lassen Sie diese Verfolgungsrennen. Schalten Sie wieder um auf *A-Drive-In.*“

„Wer war das?“, fragte Lukas erschrocken.

„Brache – du Scherzkeks“, raunte Theo leise.

„Der Despot.“

„Das habe ich gehört“, ertönte wieder die körperlose Stimme durch die großen Lautsprecher.

Theo stöhnte: „Geht bei dir nichts reibungslos?“

„Wenn alles glatt laufen würde, wäre es doch total langweilig.“

„Seit ich dich kenne, ist in meinem Leben nichts mehr glatt gelaufen.“

„Was willst du damit sagen?“

„Dass mein Leben alles andere als langweilig ist.“

„Dafür könntest du mir ruhig dankbar sein“, feixte Lukas

Behäbig rollten sie mit 30 Stundenkilometern durch die Lebacher Straße, in deren Mitte die Straßenbahn verlief.

„Diese Strecke ist alles andere als angenehm“, stellte Lukas fest.

„Wir sind ja nicht zum genießen hier.“

„Ein bisschen schon.“ Lukas grinste.

Das Auto rumpelte auf einen hohen Bordstein. Erschrocken schauten die beiden Männer auf die Fahrbahn und sahen einen Hund frei laufen, dem ein kleines Mädchen folgte. Dieses Mädchen wurde gerade von seiner Mutter eingefangen und zur Straßenseite gebracht, während der Hund weiter ziellos auf der Straße herumlief.

„Die Straße bedeutet den sicheren Tod für den Hund“, stellte Theo fest. „Lass mich aussteigen, ich fange ihn ein.“

Lukas stellte das Fahrzeug auf manuelle Bedienung um und ließ den Wagen anhalten. Theo näherte sich dem Hund, der total verängstigt auf seine Arme sprang. Das Mädchen am Straßenrand war überglücklich, als er ihr das zitternde Fellbündel überreichte.

Im Hintergrund hatte sich inzwischen eine Autoschlange gebildet und es dauerte nicht lange, bis ein wütendes Hupkonzert einsetzte. Theo beeilte sich, wieder in den Wagen zu steigen und die Fahrt ging weiter.

„Eine gute Tat am Morgen, vertreibt Kummer und Sorgen", argumentierte Lukas zwitschernd.

„Gut erkannt! Ist zwar schon Mittag, aber den Spruch lasse ich gelten."

„Das hast du richtig gemacht", ertönte Dieter Marx Stimme über die Lautsprecher. „Jedes Leben ist es wert, gerettet zu werden."

„Amen!"

„Ich wusste, es würde schwierig werden, ausgerechnet mit euch ständig in Kontakt zu bleiben. Aber ich halte durch. Ich habe es Jasmin versprochen."

„Jasmin?", horchte Lukas auf.

„Deine Freundin ist ein wunderbarer Mensch. Sie hat mir in meiner schwersten Stunde Mut gemacht, weiterzuarbeiten. Also werde ich sie nicht enttäuschen."

Lukas war sprachlos.

Der *Streetfighter* passierte gerade den stark befahrenen Ludwigskreisel, überquerte die Westspange, die über die Saar führte, und bog auf der anderen Seite auf die Stadtautobahn. Von dort aus ging die Fahrt weiter. Schon nach wenigen Kilometern verließen sie die Autobahn wieder und fuhren über die Mainzer Straße, an der das Gebäude des Landespolizeipräsidiums lag.

Die beiden Männer sprachen kein einziges Wort mehr. Stille breitete sich im Wagen aus. Jeder starrte vor sich hin, wobei sie kaum den dichten Verkehr wahrnahmen. Das Auto regelte alle Schikanen mit Bravour.

„Was ist daran so schlimm, dass Jasmin unseren Hausprediger ermutigt hat, weiter bei uns zu arbeiten?", fragte Theo, während sie Saarbrücken, Schafbrücke und Scheidt hinter sich ließen und über die Landstraße in Richtung St. Ingbert weiterfuhren. „Es ist doch toll, dass Jasmin ihm zur Seite stand, als es ihm schlecht ging. Was hast du für ein Problem damit?"

„Keins!“

„Aber?“

„Sie hätte es mir doch sagen können.“

„Wer weiß, was ihr treibt, wenn ihr zusammen seid. Vielleicht ist sie nicht zu Wort gekommen.“

*

Jasmin legte den Hörer auf und schüttelte den Kopf, als wollte sie das unfreundliche Gespräch mit dem Mitarbeiter des Gefängnisses Lerchesflur abschütteln. Ihre Frage war lediglich, wer Sören Forthoffer in der Untersuchungshaft besucht hatte. Der Gesprächspartner am anderen Ende der Leitung war neben seiner penetranten Unfreundlichkeit auf Nummer zweihundertprozentig gegangen, hatte sie über den Hauptanschluss des Polizeipräsidiums zurückgerufen, um erst einmal klarzustellen, dass sie wirklich von der Kriminalpolizei kam. Und dann vertröstete er sie doch tatsächlich damit, dass er selbst nachschauen müsste und sich mit dem Ergebnis wieder bei ihr melden wollte.

Jetzt hatte sie Zeit, die sie sinnvoll nutzen sollte. Die Ermittlungen standen kurz vor dem Abschluss und sie genoss das große Glück, wieder dabei zu sein. Die Suspendierung hatte schwer an ihrem Selbstbewusstsein genagt. So etwas wollte sie nie wieder erleben müssen. Lieber strengte sie sich doppelt und dreifach an.

Der ominöse Schlüssel lag vor ihr auf dem Schreibtisch. Bisher hatte sie leider nichts darüber herausgefunden. Die Knetmasse wies darauf hin, dass der Schlüssel irgendwann mal kopiert wurde – also war er wichtig. Aber bisher wusste immer noch niemand, zu welchem Schloss er gehörte – besser gesagt, niemand hatte es herausgefunden.

Das zu ändern hatte sie sich fest vorgenommen. Also nutzte sie die Wartezeit, bis der Vollzugsbeamte zurückrief und begann mit den Recherchen. Sie ging sämtliche Unterlagen von Sören Forthoffer durch – in der Hoffnung, dass die Kollegen etwas übersehen hatten. Aber nach langem Suchen musste sie zugeben, dass Lukas und Theo wirklich gründlich waren.

Einerseits überraschte sie das – andererseits war das auch gut so. So konnten die beiden mit guter Arbeit überzeugen. Doch leider war damit das Problem nicht gelöst. Wo sollte sie jetzt nach der Funktion des Schlüssels suchen?

Sie raufte sich ihre Haare, bis sie über ihren Augen hingen und sie nichts mehr sehen konnte. Genauso fühlte sie sich gerade: Sie konnte nichts sehen.

Just in diesem Augenblick klingelte das Telefon.

Hastig schüttelte sie die Haarpracht aus dem Gesicht und suchte nach dem Telefon. Am Display sah sie die Nummer des Gefängnisses. Er hatte sie also nicht vergessen, was für ein Glück.

Hastig meldete sie sich.

„Also, ich habe alles durchgesehen und kann Ihnen nur einen einzigen Namen nennen."

„Was soll das heißen?"

„Das heißt, dass Sören Forthoffer bisher von nur einem Mann besucht worden ist – mehr nicht."

„Und wer ist dieser Besucher?"

„Hendrik Porz."

*

Lukas und Theo verließen Schafbrücke und sahen nun einer ruhiger verlaufenden Fahrt in Richtung St. Ingbert entgegen. Sie lehnten sich zurück und ließen die Bäume und Sträucher an sich vorüberziehen.

„Das Auto ist wirklich klasse", stellte Theo in die Stille des Wagens fest.

Sie gelangten auf die Untere Kaiserstraße.

Plötzlich schallte Dieters Stimme durch das Cockpit: „Eine Baustelle kurz vor Rentrisch, wegen Holzfällerarbeiten! Dort finden Wendemanöver von Langholztransportern statt. Bitte an der Straße Katzental von der Kaiserstraße runterfahren und weiter über den Bahnweg fahren, der parallel zur Unteren Kaiserstraße verläuft."

„Du machst dich gut als Verkehrsfunk", unkte Lukas.

„Ihr solltet lieber darauf achten, was ich euch sage", kam es von Dieter zurück.

„Schon gut! Ich programmiere das Navi um."

Lukas stellte um auf A-Drive-Out, gab die neue Route ins Navi ein und kehrte wieder zum Automatik-Fahrmodus.

„Hey Leute. Jasmin funkt mich gerade an" rief Dieter ganz aufgeregt. „Ihr sollt die Fahrt beenden. Das schreibt sie mir gerade. Irgendwas läuft nicht richtig."

„Blödsinn! Oder sind Gottes Wege mal wieder unergründlich." Lukas lachte.

„Brief des Paulus an die Römer. Aber das tut hier nichts zur Sache. Jasmin hat etwas herausgefunden, was diese Fahrt hochgradig gefährlich machen könnte", drängte Dieter.

„Was denn?"

„Jetzt vertraut doch eurer Kollegin. Ihr wisst, wie gut Jasmin ist. Beendet diese Fahrt! Sofort!"

„Und was sollen wir tun? Das Auto abstellen und durch den Wald nach Hause spazieren?"

„Nein! Wir wissen, wo ihr seid. Wir kommen euch abholen."

„Träum weiter! Von *DynamoCars* kommt nämlich keine Anweisung dieser Art."

„Bisher hat die Verbindung zu *DynamoCars* bei jedem Unfall versagt", erinnerte Marx.

„Jetzt kommen keine biblischen Flüche, jetzt machst du uns trotzdem Angst. Dafür brauchen wir keine Telefonverbindung."

„Weicht wenigstens dieser Baustelle auf der Unteren Kaiserstraße aus."

„Das haben wir vor – und einprogrammiert."

Das Auto machte einen Ruck.

„Was war das?", fragte Theo.

„Keine Ahnung. Eine Bodenwelle vielleicht."

„Das Auto reagiert nicht auf Bodenwellen", stellte Theo klar.

Lukas bediente die App, um auf manuell umzuschalten, doch das Auto reagierte nicht. Weiter versuchte er es mit den Tasten, die dafür ebenfalls infrage kamen.

Nichts passierte.

„Was soll das? Vor einer Minute ging es noch."

Nun begann Theo mit seinem gesamten Know-how, das er in der Nacht im Crashkurs über das Auto erworben hatte, das Auto anzuhalten.

Nichts!

„Scheiße!", fluchte Lukas.

„Was ist los?", schallte Dieters panische Stimme durch das Cockpit.

„Das Auto reagiert nicht", brüllte Theo, während Lukas in seiner Hast sämtliche Funktionen an der Armatur ausprobierte. „Scheiße Mann! Eben ging es noch ganz leicht." Er versuchte zum wiederholten Mal vom Automatik-Fahr-Modus *A-Drive-In* auf Manuel-Fahr-Modus *A-Drive-Out* umzustellen, damit er von Hand bremsen konnte. Aber nichts änderte sich.

„Wie kann das passieren? Ich denke, der Typ sitzt im Knast."

„Bleiben Sie ruhig", hörten sie die Stimme von Brache.

„Wo ist Dieter? Habt ihr den ausgeschaltet."

„Nein. Ihr Kollege Marx hat uns eingeschaltet", antwortete Brache. Er gab den Kommissaren genaue Anweisungen, wie sie das Auto bedienen mussten, um es zum Halten zu bewegen.

„Das haben wir getan", brüllte Lukas. „Vor ein paar Kilometern hat noch alles perfekt funktioniert. Jetzt nicht mehr."

„Sollte es ein Fehler gewesen sein, ausgerechnet Sie beide in das Fahrzeug zu setzen?"

„Sie haben doch alles auf Video", brüllte Lukas. „Dann können sie sehen, dass wir nichts falsch machen."

Vor ihnen auf der gerade Strecke sahen sie die Baustelle immer näher kommen. Ein überlanger Sattelzug vollgeladen mit langen Baumstämmen fuhr mit gemächlichem Tempo zum Wenden quer über die Straße und blieb plötzlich stehen. Eine rote Ampel stand 500 Meter davor. Doch der *Streetfighter* reagierte nicht, sondern steuerte mit Vollgas auf diesen Sattelzug los.

„Scheiße, was machen wir jetzt?", brüllte Lukas.

„Rausspringen!"

„Bei dem Tempo?"

„Hast du eine bessere Idee?"

Theo griff nach dem Türöffner der Beifahrertür, doch nichts passierte. Wieder und wieder versuchte er den Mechanismus zum Öffnen zu aktivieren, aber der reagierte nicht. Dann versuchte er, den Notfallgriff aus der Verankerung zu hebeln, um damit die Tür mechanisch zu öffnen. Auch das gelang ihm nicht.

Lukas unternahm die gleichen Versuche auf der Fahrerseite. Auch er hatte kein Glück.

Der LKW, dessen Ladefläche voller Baumstämme quer über der Straße stand und beim Wendemanöver offensichtlich nicht vom Fleck kam, näherte sich mit rasanter Geschwindigkeit.

„Runter Lukas", schrie Theo nur noch, ging auf Tauchstation und zerrte seinen Kollegen unter das Steuer.

*

Kriminalrat Allensbacher brach der Schweiß aus allen Poren. Die telefonische Verbindung zum *Streetfighter* war abgebrochen. Die Intranetverbindung konnte bis jetzt noch nicht aufgebaut werden.

Wie konnte das passieren?

Sein Handy klingelte. Jasmin Hafner stand auf dem Display. Das fehlte noch, dachte er, nahm das Gespräch trotzdem an, wenn auch sehr gereizt.

„Wo stecken Sie?"

„In der Asservatenkammer."

„Was machen Sie dort, während hier die Hölle los ist?"

„Ich habe die Zugehörigkeit zu dem Schlüssel herausgefunden," antwortete Jasmin.

„Ist das jetzt wichtig?"

„Ja. Hören Sie mir bitte zu. Die Knetmasse, die Markus Schaller an diesem ominösen Schlüssel gefunden hat, war der Hinweis darauf, dass er kopiert wurde. Der Schlüssel gehört zu einer Garage am Steinrausch. Und zwar gibt es einen Mietvertrag über diese Garage zwischen Sören Forthoffer und dem Vermieter. Doch dieser Vertrag lag in den Unterlagen von Hendrik Porz."

„Ich verstehe immer noch nicht, worauf Sie hinauswollen."

„Ganz einfach: Ich habe die Stromrechnungen überprüft. Laut des Anbieters ist in einer dieser Garagen – der Nummer 5 – die Rechnung so hoch wie in einem Hochhaus. Das ist doch ein Hinweis darauf, dass sich darin ein Rechenzentrum befindet. Und danach suchen wir doch die ganze Zeit."

„Und wer hat diese Rechnungen bezahlt?"

„Hendrik Porz. Also ist er der Mann, den wir suchen. Nicht Sören Forthoffer."

„Wissen Sie, wo diese Garage ist?"

„Ja."

Allensbacher schnaufte: „Gut. Händigen Sie den Schlüssel aus. Ich lasse dieses Rechenzentrum stürmen. Wenn wir Glück haben, können wir ihn noch rechtzeitig bei seinem Vorhaben unterbrechen. Gute Arbeit."

„Danke."

Anschließend erteilte der Kriminalrat alle Anweisungen über Handy, wo bei er sämtliche Polizeibeamte aus dem gesamten Saarland und der Nachbarregion einschaltete.

„Hier geht es um Leben und Tod zweier Kollegen", präzisierte er seine Kommandos. „Lukas Baccus und Theo Borg schweben in Lebensgefahr! Außerdem haben wir einen Tipp, wo sich der Gesuchte gerade aufhalten könnte."

Sein nächster Anruf galt Brache.

Von dort erfuhr er, dass es Amit Chander nicht gelang, die Manipulation des *Streetfighters* aufzuheben.

„Hier sitzt jemand in unserem System und blockiert uns",

schimpfte Brache.

„Heißt das, dass Sie diese Höllenfahrt nicht aufhalten können?“, fragte Allenbacher.

„Amit versucht es ja. Er findet die Manipulationen , doch sobald er das Programm auf Ausgangssituation stellen will, wird er aus dem System rausgeschmissen.“

„Wie ist das möglich?“

„Da hat sich jemand eingehackt und sieht genau, was wir tun“, antwortete Brache. „Wir finden nicht heraus, wer der Störenfried ist, weshalb wir ihn nicht eliminieren können.“

„Laut Jasmin Hafner heißt der Verdächtige Hendrik Porz“, erklärte Allensbacher. „Sein Rechenzentrum befindet sich ganz in Ihrer Nähe – am Steinrausch. Kennen Sie den Mann?“

„Ja!“

„Sie kennen den Mann?“ Allensbacher blieb die Luft weg.

„Ja. Er hatte sich damals zusammen mit Sören Forthoffer bei mir beworben. Forthoffer gefiel mir besser. Hendrik Porz war großspurig und aufsässig. Solche Leute brauche ich nicht.“

„Aber verdammt gut muss er sein“, stellte Allensbacher anerkennend fest.

Ein lautes „Scheiße“ im Hintergrund unterbrach die Unterhaltung.

„Was ist los?“, fragte Allensbacher.

„Der Kontrahent knockt meinen Mann immer wieder aus. Amit Chander kann den *Streetfighter* nicht stoppen.“

*

Der Krach war ohrenbetäubend. Kalte Luft wehte den beiden Beamten, die im Fußraum der Fahrer- und Beifahrerseite steckten, entgegen.

„Bist du noch da?“, rief Theo.

„Ja.“

„Okay, wir müssen hier raus – egal wie. Die Kiste kriegen wir nicht zum Stehen.“

„Ich stecke hier fest“, kam es von Lukas.

Theo wagte einen Blick über die Motorhaube des Wagens. Die gesamte obere Hälfte war abgerissen. Der untere Teil des Autos wirkte fast unversehrt. Er sah aber auch, dass das Auto ungebremst über die Landstraße jagte, die in einiger Entfernung eine Linkskurve machte. Am Ende der geraden Spur stand ein Baum – genauer gesagt ein ganzer Wald.

„Wir müssen hier aus“, brüllte er gegen den Fahrtwind an.

Doch als er nach unten blickte, konnte er Lukas’ Dilemma erkennen. Das heruntergebogene Lenkrad inklusive Armaturenbrett klemmten seinen Kollegen und Freund im Fußraum komplett ein.

„Spring du“, hörte er leise. „Dann schafft es wenigstens einer von uns.“

„Niemals! Wir beide zusammen oder keiner.“

„Verdammt! Damit bringst du uns beide um“, brüllte Lukas. „Spring aus dem Auto!“

Theo reagierte nicht darauf, sondern zerrte an Lukas und versuchte damit, ihn unter der Konsole herauszuziehen.

„Au!“

„Stell dich nicht so an, sonst tut mir bald gar nichts mehr weh.“

Weiter zerrte er, bis Lukas mit einem Ruck auf seinem Schoß landete. Die Hose zerrissen, das Bein blutig, doch daran hielten sich die Männer nicht auf. Linkskurve sowie Baum waren ganz dicht vor ihnen.

Gleichzeitig sprangen sie auf der Beifahrerseite aus dem Wagen und überschlugen sich gefühlte hundert Mal.

Eine Detonation ließ die Erde beben. Die beiden Männer hoben regelrecht ab und flogen einige Meter durch die Luft. Unsanft landeten sie ein weiteres Mal hart auf dem Boden und kamen zum Stillstand.

„Scheiße Mann! Lebst du noch?“, fragte Theo nuschelnd.

*

„Wir haben die Garage untersucht", verkündete der Kriminalrat. „Dort war zwar in der Tat das Rechenzentrum, aber unser Täter nicht."

„Das bedeutet, dass wir das Auto nicht stoppen können", meinte Jasmin tonlos.

„Wir tun alles, um die Kollegen Baccus und Borg zu retten", versicherte Allensbacher.

Zusammen mit einem Teil der Polizeibelegschaft befanden sie sich im Großraumbüro des Landespolizeipräsidiums und starrten auf den Flatscreen an der kurzen Seite des Raums.

„Unsere ITler haben es endlich geschafft, den Hubschrauber mit dem Notfallnetzwerk Intranet zu verbinden", erklärte Allensbacher auf die fragenden Blicke, als die Bilder auf dem Flatscree zusehen waren.

„Gott sei Dank" murmelte einige Kollegen. „Jetzt können wir mit mit dem Piloten in Verbindung stehen, solange die Verbindung hält.."

„Möge sie halten", stieß Jasmin atemlos aus.

Die Geräusche aus dem Hubschrauber lenkten alle Aufmerksamkeit auf sich.

„Wir haben den Testwagen auf dem Schirm", meldete sich der Pilot. „Oder das, was davon übrig ist."

„Was soll das heißen?", brüllte Allenbacher.

„Der Wagen ist nur noch ein Cabrio – das Dach fehlt."

„Sind Baccus und Borg noch drin?", fragte Jasmin mit hysterischer Stimme.

Sie sahen ein undefinierbares Auto über eine lange, gerade Strecke fahren, die von Feldern gesäumt war.

„Ich zoome näher ran."

Das Auto wurde größer. Deutlich konnten sie einen Menschen im offenen Fußraum auf der Beifahrerseite sehen.

„Ich sehe nur einen", sprach der Pilot.

„Das ist Theo", stellte Jasmin fest. „Lukas hat hinterm Steuer gesessen."

Das Bild wurde noch näher herangezoomt, bis ein Rotschopf

zu erkennen war.

„Dann ist das Kollege Baccus“, kam es vom Piloten.

Die Aufnahme ging wieder zurück. Deutlich sahen sie die Straße und dass eine Linkskurve unmittelbar bevorstand. Dahinter befand sich dichter Wald.

„Das sieht nicht gut aus.“

„Das sehen wir selbst“, blaffte Allensbacher den Piloten an.

„Außerdem folgt dem Testwagen eindeutig ein weiteres Auto.“

Die Filmaufnahme ging auf noch größeren Abstand, da konnten es alle sehen. Ein weißer Wagen hatte die Baustelle passiert, die eigentlich gesperrt sein müsste, und raste mit Vollgas hinter dem Testwagen her.“

„Wer ist das?“, fragte Jasmin. „Was will der?“

„Das kann nur unser Täter sein“, schnaufte Allensbacher.

„Ich sehe Bewegungen im Testwagen“, rief Jasmin dazwischen. „Lenk die Kamera bitte wieder auf die Kollegen.“

Das Bild wurde vergrößert. Sie sahen, wie jemand sich im dem offenen Auto bewegte. Dann ging es ganz schnell. Die beiden Männer fielen aus dem fahrenden Auto, rollten meterweit über den Straßenrand und kamen auf dem Feld zum Liegen.

Doch ein weiteres Ereignis lenkte alle Aufmerksamkeit auf sich. Der Testwagen raste mit Höchstgeschwindigkeit auf die Kurve zu und krachte gegen einen Baum. Die Explosion brachte den Hubschrauber ins Straucheln.

„Scheiße“, brüllte der Pilot. „Ich muss hier weg. Die Wucht reißt mich sonst vom Himmel.“

Ein Knack! Die Verbindung war unterbrochen.

*

Lukas öffnete das rechte Auge und sah direkt in das Gesicht seines Freundes Theo. Es war blutverschmiert und voller Dreck. Seine Haare standen zerzaust vom Kopf ab. Er lag auf dem schmutzigen Asphalt.

Lukas erschrak und schaute an sich selbst herunter. Er lag ebenfalls auf dem Boden.

Er hob seinen Kopf an. Das funktionierte. Dann bewegte er die rechte Hand. Auch das ging. Auf der anderen Hand lag er. Jetzt erst spürte er den Schmerz, der in Sekundenschnelle den Arm hinaufschoss und bis in seinen Kopf drang. Mühsam setzte er sich auf und hielt sich mit der rechten Hand den Kopf fest. Die linke wollte sich nicht bewegen. Leblos hing sie am Ende des Arms und strahlte enormen Schmerz aus.

Ein Lebenszeichen kam von Theo. Unverständlich brummte er: „Wir müssen hier weg."

„Warum? Ist grad so kuschelig." Damit meinte Lukas die Hitze, die sich in ihm und um ihn herum ausbreitete, obwohl es ein kühler Tag war.

„Idiot. Guck mal hinter dich!"

Lukas drehte sich um und sah, was Theo meine. Ein weißer Geländewagen kam in hoher Geschwindigkeit auf sie zugerast.

„Scheiße! Wo kommt der denn her?"

„Nicht lange fragen, abhauen." Theo erhob sich, packte Lukas am rechten Arm und zog ihn mit sich in die Hecke hinter ihnen.

Der weiße SUV fuhr so dicht an ihnen vorbei, dass sie herumgeschleudert wurden.

„Der hat es auf uns abgesehen, daran besteht kein Zweifel", stellte Theo entsetzt fest. „Ich hätte doch darauf bestehen sollen, dass wir unsere Waffen zur Testfahrt mitnehmen. Jetzt sind wir dem Wahnsinnigen voll ausgeliefert."

Mit aller Kraft zog er Lukas aus der Hecke. Nebeneinander liefen sie auf den Wald zu. Da erst sahen sie, wo die Hitze herkam. Der angefahrene Baum brannte lichterloh. Die Flammen schlugen bis in den Himmel. Das grelle Licht blendete sie. Zwischen Bäumen, die weit genug vom Brandherd entfernt standen, suchten sie Schutz. Der Fahrer des weißen SUV hatte sie gesehen, schlug auf dem freien Feld einen Haken zum Wenden und steuerte erneut auf Lukas und Theo zu.

„Was will der?", keuchte Lukas.

„Uns umbringen. Was denn sonst?"

Nur noch ein paar Meter bis zum Waldrand, schon gelangten sie zwischen hohe Bäume. Es knisterte, der Rauch wurde immer dichter und die Hitze immer unerträglicher.

„Hier ersticken wir", röchelte Lukas.

„Das ist mir immer noch lieber, als von diesem Geistesgestörten platt gefahren zu werden."

„Auch wahr." Lukas stolperte tiefer in den Wald hinein.

Plötzlich hörten sie eine blecherne Stimme: „Hier spricht die Polizei. Stellen Sie das Fahrzeug ab und kommen Sie mit erhobenen Händen heraus."

Jetzt erst nahmen Lukas und Theo das Rotorengeräusch eines Hubschraubers wahr. Auch vernahmen sie das Heulen von Martinshörnern. Neugierig kehrten sie zum Waldrand zurück, um zu sehen, was dort los war. Aus allen Richtungen kamen Polizeiautos angefahren. Sie kreisten den weißen SUV regelrecht ein.

„Hier spricht die Polizei. Bleiben Sie stehen und heben Sie Ihre Hände. Sie sind umstellt", erschallte es erneut über das freie Feld.

Das weiße Auto war zum Stillstand gekommen. Ein Mann stieg aus. Lukas und Theo erkannten ihn sofort: Es handelte sich um Hendrik Porz.

„Den Triumph gönne ich den Kollegen nicht", zischte Theo, sprang aus seinem Versteck und überwältigte den Verdächtigen.

Lukas blieb nichts anderes übrig, als von seinem Platz aus dabei zuzuschauen, wie der den großen, kräftigen Mann zu Boden warf, sich auf ihn kniete und ihm Handschellen anlegte.

Als sie sich die Blicke der Kollegen trafen, zeigte Lukas ihm den erhobenen Daumen.

Kapitel 14

Schmerzen rissen Lukas Baccus aus seinem seligen Schlaf. Er öffnete die Augen und sah nur Weiß. Befand er sich im Haus von Hilde Effner? Der Schreck fuhr ihm durch alle Glieder. Und ein stechender Schmerz in seiner linken Hand ließ ihn hochfahren.

Da erst erkannte er, dass er in einem Krankenhausbett lag. Seine Hand steckte in Gips, eine Kanüle führte in seine Vene in der Ellenbeuge. Vermutlich das Ergebnis einer Operation.

Erleichtert ließ er sich wieder ins Kissen zurücksinken.

Im gleichen Moment ging die Tür auf und Theo kam herein. Sein Gesicht sah ramponiert aus, ansonsten wirkte er gesünder als Lukas.

„Warum bin ich verletzt und du nicht?“, lautete seine erste Frage.

„Weil du unter dem Armaturenbrett festgeklemmt hast und ich nicht“, kam als Antwort.

„Deshalb fühle ich mich, als sei ich schon wieder mit dem Motorrad umgekippt. Alles tut mir weh.“

„Sei froh. Um ein Haar wärst du gegrillt worden. Dann wär nichts mehr von dir übrig.“

„Der *Streetfighter* ist wohl Geschichte.“

Theo nickte, zog sich einen Stuhl heran und ließ sich neben

dem Bett nieder. „Kann man so sagen. Auch *DynamoCars* ist Geschichte. Dieser Unfall hat Karl-Otto Brache die Lizenz gekostet. Jetzt geht nichts mehr.“

„Das tut mir leid. Das Auto war spitzenmäßig ...“

„... nur leider von außen zu leicht zu manipulieren“, vervollständigte Theo den Satz.

„Ob es jemals ein selbstfahrendes Auto geben wird, das hundertprozentig sicher ist?“

Theo rieb sich durch sein verschrammtes Gesicht und meinte: „Das soll nicht mehr unser Problem sein.“

„Sondern?“

„Wir hatten den falschen Mann festgenommen. Der Täter heißt Hendrik Porz. Jasmin ist ihm auf die Schliche gekommen.“

„Also war es ein Fehler von Allensbacher, die gute Jasmin einfach vom Dienst zu suspendieren“, schlussfolgerte Lukas sofort. „Wo ist sie?“

„Sie muss die Befragung von Hendrik Porz durchführen. Er will nur mit ihr sprechen.“

„Seit wann dürfen Straftäter Bedingungen stellen?“

„Seit unser Straftäter etwas hat, das wir wollen.“

„Mensch, lass dir doch nicht jedes Wort aus der Nase ziehen“, drängte Lukas. „Was könnte dieser Porz haben, was wir wollen?“

„Den Entschlüsselungscode für den Trojaner. Nur durch ihn kommen wir wieder an all unsere Daten ran. Und du weißt, was das bedeutet: Da sind alle Beweise dabei, die wir brauchen, um den Täter rechtskräftig vor Gericht zu bringen.“

„Das ist übel. Warum sollte er uns den Schlüssel geben, wenn er sich damit selbst ins Knie schießt?“

„Gute Frage.“

*

Jasmin zitterte am ganzen Körper. Hendrik Porz war eine Urgewalt von Mann. Seine Präsenz hatte den Vernehmungsraum zu einem Kämmerchen schrumpfen lassen. Seine Antworten hatten alle schockiert. Sie war diejenige gewesen, die diese Fragen stellen musste. Mit einem Knopf im Ohr hatte Silvia Tenner ihr die Fragen vorgesagt, damit sie auch nichts verpatzte. Und jetzt war es sicher: Hendrik Porz war der Mann, den sie suchten.

Sie hatten alle Hinweise aus Silvias Täterprofil solange auf Sören Forthoffer zurechtgebogen, bis sie von dessen Schuld überzeugt waren. Und indirekt hatte Hendrik Porz ihnen sogar in die Hände gespielt. Seine Antworten waren es gewesen, die den Verdacht auf Sören noch verstärkt hatten.

Trotzdem war Jasmin ihm auf die Schliche gekommen. Das wusste Hendrik. Sein Schachzug, nur mit ihr zu sprechen, gab ihr das ungute Gefühl, dass er etwas im Schilde führte.

Nur was?

Vor den Kollegen wollte sie auf gar keinen Fall zugeben, was wirklich in ihr vorging. Nach außen spielte sie die Coole. Ausgerechnet jetzt war Lukas nicht da. In seiner Nähe hätte sie sich wohler gefühlt. Leider hatte er schwerere Verletzungen davongetragen als anfangs angenommen. Theo war bei ihm im Krankenhaus. Auch seine Gegenwart hätte sie beruhigen können. Doch jetzt musste sie allein da durch. Hendrik Porz hatte der Polizei zugesichert, den Trojaner zu entschlüsseln. Angeblich mussten sie dafür in sein persönliches Rechenzentrum, das sich am Steinrausch in der Nähe von Saarlouis befand.

Es war sofort klar, von welchem Ort Hendrik Porz sprach. Von der Garage, zu dessen Tor der ominöse Schlüssel passte.

In einem Konvoi aus mehreren dunklen Limousinen verließen sie gerade die Autobahn A 620 in Höhe Saarlouis. Ab jetzt war es nicht mehr weit. Das Ziel kam immer näher und Jasmins Herz schlug immer höher.

Eine ganze Reihe von gleich aussehenden Gebäuden bot sich vor ihren Augen. Eins sah aus wie das andere. Nichts wies darauf hin, wo sich das Rechenzentrum befand, das viele Menschen das Leben gekostet hatte, das die Polizeiarbeit lahmgelegt und neben der Polizei auch die Firma *DynamoCars* zum Stillstand gebracht hatte.

Ein verdammt geschickter Schachzug.

Auf das Tor mit der Nummer 5 wies Hendrik Porz. Dort wurde der erste Wagen abgestellt. Die anderen verteilten sich im Halbkreis davor.

Jasmin stieg aus. Sie musste aufpassen, nicht einzuknicken, so wackelig fühlte sie sich auf den Beinen. Sie folgte Hendrik Porz, der unter strengster Bewachung das Tor ansteuerte und den Polizisten erklärte, dass es ein Rolltor sei und nur von Hand geöffnet werden könne.

Einer der Beamten zog das Tor hoch.

Vor ihren Augen offenbarte sich das persönliche Rechenzentrum des „Allrounders". Monitore über Monitore, Rechner, Mainboards, Prozessoren, Router, Lautsprecherboxen, Kühlaggregate und was sonst noch alles war zu sehen. Jetzt schlug Jasmins Herz noch höher, obwohl das fast nicht mehr möglich war.

Ein Beamter betrat den Innenraum, schaute sich um und gab den Raum frei.

Hendrik Porz wurden die Handschellen entfernt. Dann trat er in das Reich der Rechner und Monitore.

Jasmin folgte ihm.

Es ging ganz schnell. Jasmin spürte einen Ruck, stolperte vorwärts auf eine Reihe von Festplatten zu. In der gleichen Sekunde wurde es stockdunkel.

Hendrik hatte das Rolltor zuschnellen lassen.

*

„Verdammt!", brüllte Theo ins Handy und drückte das Gespräch weg.

„Was ist passiert?", fragte Lukas erschrocken.

„Hendrik Porz hat Jasmin in seiner Gewalt."

Lukas wurde blass. „Das darf nicht wahr sein! Ich dachte, da ist das gesamte Polizeiaufgebot dabei."

„Ist es ja auch. Trotzdem hat er sie drangekriegt. Er hat sich mit Jasmin in dieser Garage eingesperrt."

„Wie konnte es soweit kommen?"

„Wenn ich den Kollegen richtig verstanden habe, hat Porz behauptet, das Rolltor ging nur manuell zu öffnen und zu schließen."

„Ja und?"

„Auf der Innenseite muss es eine Vorrichtung geben, die unsere Kollegen nicht gesehen haben, als sie die Garage am Vortag gesichtet haben. Mit der konnte er innerhalb einer Sekunde das Tor zufallen lassen."

„Scheiße! Und weiter", drängte Lukas.

„Gerade wollte der Sicherheitsbeamte ihm und Jasmin folgen, da fiel ihm das Tor vor der Nase zu."

„Wie konnten wir diesen Kerl bei unseren Ermittlungen übersehen? Der ist ja psychopathischer als jeder Psychopath."

„Wir haben uns zu viel auf Sören Forthoffer konzentriert."

„Guck mich nicht dabei an. Das haben wir alle."

„Ich sage ja auch nichts anderes."

„Ich muss hier raus", brüllte Lukas.

„Hör auf mit dem Scheiß! Du hängst am Tropf, bist frisch operiert."

„Egal. Ich muss Jasmin helfen."

„Dafür sind unsere Kollegen da."

„Hat man gesehen."

„Wenn du abnibbelst, weil du dich nicht behandeln lässt, nützt das Jasmin auch nichts."

„Wenn Jasmin etwas passiert, nützt mir das Herumliegen im Krankenhaus auch nichts."

Theo gingen die Argumente aus. Ihm blieb nichts anderes übrig, als Lukas dabei zu helfen, das Krankenbett zu verlassen.

Vorsichtig stieg Lukas in die Hose, die an der Seite aufgeschnitten worden war, sodass das genähte und dick verbundene Bein genügend Platz hatte. Dann zogen sie das Hemd vorsichtig über die eingegipste Hand. Mit einem unbeholfenen Verband gelang es ihnen, die Blutung zu stoppen, die durch das Entfernen der Kanüle aus der Vene entstanden war.

„Siehst aus wie ein Zombie."

„Ist mir scheißegal. Ich muss zu Jasmin."

So verließen sie das Krankenhaus.

*

Jasmin spürte Panik aufkommen. Die Waffe steckte im Holster. Gut gesichert. Um sie dort herauszunehmen, musste sie zuerst die Halterung öffnen. Das funktionierte niemals unbemerkt. Trotzdem musste sie irgendwie da dran. Die Dunkelheit setzte ihr zu. Der massige Mann in der Nähe schien ihr die Luft zum Atmen zu rauben. Seine Bewegungen versetzten alles in Erschütterungen. Vor ihrem inneren Auge sah sie Rechner oder Monitore auf sie herabstürzen.

„Hör auf zu Pumpen wie ein Maikäfer", blaffte Porz sie an. „Du bekommst hier genug Luft.

Jasmin hielt den Atem an. Doch das funktionierte nicht lange. Nun schnaufte sie noch heftiger.

„Glaubst du wirklich, ich hätte nicht bemerkt, dass ausgerechnet du mir gefährlich werden kannst?"

Diese Frage klang so nah, dass Jasmin den Atem ihres Gegenübers im Gesicht spürte.

„Es ist mir gelungen, deine Suspendierung heraufzubeschwören. Dafür hatte ich Hilfe – und du wirst niemals glauben, wer das war." Er lachte. „Doch leider waren deine Chaos-Kollegen schlauer als ich dachte. Sie konnten dich rehabilitieren. Der Punkt geht an euch."

Jasmin schwieg.

Einige Displays flimmerten auf und versprühten blaues, diffuses Licht. Sie brauchte eine Weile, bis sie Konturen in dem engen Raum erkennen konnte. Und Hendrik Porz.

„Ich werde jetzt mit denen da draußen verhandeln. Mal sehen, wie viel du ihnen wert bist." Hendrik lachte gehässig.

Jasmins Herz schlug Salto. Regungslos saß sie am Boden und verfolgte jede seiner Bewegungen mit den Augen. Gerade griff er nach einem Handy, wählte und begann zu sprechen: „Hier ist Hendrik Porz. Ach, das wissen Sie schon." Er lachte. „Was Sie auch wissen sollten, sind die Bedingungen, die ich an Sie stelle, damit Sie Ihre Kollegin an einem Stück wieder zurückbekommen."

Jasmin unterdrückte jede Reaktion, dabei könnte sie vor Schreck laut schreien. Sie spürte das Holster, als wollte es sich in ihre Haut einbrennen. Nur ließ Porz sie keine Sekunde aus den Augen. Sie war machtlos.

„Ich höre, Sie haben mich verstanden."

Das Gesicht ihres Gegenübers strahlte eine Zufriedenheit aus, die Jasmin noch mehr ängstigte.

„Neben sehr viel Geld – wie viel, das sage ich noch – verlange ich von Ihnen ein Fluchtfahrzeug. Das Auto hat vollgetankt zu sein. Dann verlange ich freie Fahrt bis über die Grenze. Und nicht die Grenze zu Frankreich."

Hendrik lachte, lauschte dem Gesagten am anderen Ende der Leitung und meinte dann: „Wenn ich mich recht erinnere, wollen Sie den Trojaner entschlüsseln. Das liegt jetzt in Ihrer Hand."

Wieder hörte er nur zu und reagierte süffisant: „Entweder Sie halten sich an meine Bedingungen – und hören endlich damit auf, selbst welche zu stellen – oder Sie bekommen Ihre Kollegin in Einzelteilen zurück."

Jasmin hatte alles mitgehört und wusste genau, dass diese Bedingungen niemals erfüllt würden. Also musste sie zusehen, ob sie sich selbst helfen konnte. Immerhin hatte sie eine gute Ausbildung in der Polizeischule genossen. Da müsste sie doch in der Lage sein, ihren Puls zu beruhigen und mit dem Denken anzufangen.

Kaum hatte sie diesen Vorsatz gefasst, sah sie etwas, dass Hoffnungen in ihr weckte.

*

„Ich sehe hier ein echtes Problem auf uns zukommen", gab Silvia Tenner plötzlich zu bedenken, nachdem sie das Telefonat mit Hendrik Porz beendet hatte.

„Wenn du das so siehst, sehe ich schwarz", gestand Staatsanwalt Renske. „Aber, kannst du uns deine Bedenken genauer erklären?"

Silvia atmete tief durch und fragte zurück: „Kennt ihr das Maslow'sche Prinzip?"

Allgemeines Kopfschütteln war die Antwort."

„Das Symbol einer Pyramide steht für das Prinzip eines Motivationsmodells und wird Bedürfnispyramide nach Maslow genannt. Sie ist eine einfache Darstellung der Hierarchie menschlicher Bedürfnisse in insgesamt fünf Stufen."

„Das klingt kompliziert", gab Renske zu.

„Ist es eigentlich nicht. Die drei untersten Stufen decken dabei die elementaren Bedürfnisse ab, wie Essen und Trinken, ein Dach über dem Kopf, die persönliche Sicherheit und soziale Beziehungen. Zuallererst müssen diese Bedürfnisse laut Maslow befriedigt sein, damit man zufrieden mit seinem Leben ist. Erst danach folgen die anspruchsvolleren Bedürfnisse wie Anerkennung und Geltung. Die Spitze der Pyramide ist symbolisch für Selbstverwirklichung."

„Und wie kann uns das bei den Verhandlungen helfen?"

„Es geht um die Motivation unseres Täters. Er befindet sich an dem Punkt der Selbstverwirklichung, ohne dabei die elementaren Bedürfnisse zu seiner Zufriedenheit erfüllt zu haben. Das bedeutet, dass er aus einer extrinsischen Motivation heraus handelt."

„Was ist das?"

„Die extrinsische Motivation ist eine durch äußere Einwirkungen hervorgerufene Form der Motivation. Extrinsische Motivationsquelle kann der Wunsch nach Belohnung oder Anerkennung sein. Das Ziel ist Geld, Achtung, Macht. In unserem

Falle sucht er eine krankhafte Form der Anerkennung. Das Geld, das er verlangt, ist eigentlich nur symbolisch. Psychopathen sind extrem selbstbewusst und haben nach ihrer eigenen Ansicht keine Schwächen. Durch die oberste Stufe der Bedürfnispyramide gibt sich Hendrik Porz lediglich die Bestätigung für seinen Erfolg. Dazu gehören auch sozialer Status, Einkommen und Wissen. Damit ist er an der Spitze der Pyramide angekommen und handelt nun dementsprechend."

„Ich verstehe immer noch nicht."

„Ganz einfach: Sein Profil spricht für einen Menschen, der keine fremden Götter neben sich duldet. Inzwischen wissen wir, warum er von vielen Arbeitgebern nicht angenommen wurde. Es lag nicht an seinem Know-how, sondern an seinem Auftreten. Jeder mögliche Arbeitgeber hat die Probleme mit diesem Mann vorausgesehen. Hendrik Porz hat mit seinen Taten die Firma *DynamoCars* ausgeschaltet. Der wahre Grund wird sich mir noch erschließen, aber vorab kann ich sagen, dass es mit den Fähigkeiten dieser Firma zu tun hat. Er sieht sie als Konkurrenz."

„Und wie kommt Jasmin ins Spiel?"

„Die Tatsache, dass die Polizei mit *DynamoCars* zusammenarbeitet, war ihm ein Dorn im Auge. Die Polizei hat sich als intellektuell ebenbürtig erwiesen, weshalb er auch die Kollegen ausschalten musste."

„Klingt nicht gut."

„Nein! Zumal es letztendlich Jasmin war, die Hendrik Porz auf die Schliche kam. Auch in ihr sieht er eine Konkurrenz, für die es keinen Platz in seinem Leben gibt. Die Pyramide ist oben spitz zulaufend. Das bedeutet, dass immer weniger Platz übrig bleibt, je weiter man nach oben kommt. Für Hendrik Porz bedeutet das, dass dieser Platz nur für ihn bestimmt ist."

„Und was können wir tun?"

„Das weiß ich nicht. Ich weiß nur, dass er weder Jasmin freilassen noch den Entschlüsselungscode herausrücken wird. Alle Verhandlungen werden ergebnislos bleiben. Es muss eine andere Lösung her."

*

Jasmin hatte immer noch den Knopf im Ohr. Silvias Prognose stimmte sie nicht gerade zuversichtlich. Aber darüber durfte sie jetzt nicht nachdenken. Vielmehr wunderte sie sich, dass Hendrik Porz nicht daran dachte, dass sie mit den Kollegen verbunden sein könnte. Blieb nur zu hoffen, dass er nicht doch noch darauf kam. Also verhielt sie sich unauffällig, beobachtete jede seiner Bewegungen.

Gerade entnahm er einem der Rechner einen USB-Stick.

„Dieses kleine Etwas ist genau das, was ihr haben wollt", meinte er mit einem breiten Grinsen. „In dem Code steckt verdammt viel Arbeit drin, weil er hauptsächlich auf den Polizeicomputer zugeschnitten ist."

„Wieso kennen Sie sich so gut mit Polizeicomputern aus?"

„Ich bekam Insiderinformationen."

Jasmin wurde schlecht. Das klang verdammt nach einem der Ihren. Nur wer?

„Weißt du jetzt, was hier drauf ist?", fragte Hendrik Porz süffisant.

„Der Entschlüsselungscode."

„Ein Teil davon." Hendrik grinste breit und fügte hinzu: „Jetzt weiß ich auch, warum es heißt *Polizei, dein Freund und Helfer*. Dein Kollege hat mir verdammt gute Informationen gegeben, damit dieser Trojaner auch zuverlässig funktioniert."

„Und der Freund und Helfer hat den anderen Teil, oder was?"

Jasmin tat cool, obwohl ihr speiübel zumute war. Von wem sprach Hendrik da?

„Der Trojaner stammt aus eurem Haus." Lachend lehnte sich der große Mann zurück und ließ seinen Blick über die Bildschirme wandern. „Mein Freund und Helfer hat gute Arbeit geleistet, denn allein hätte ich das nicht geschafft, weil mir dafür die Insiderinformationen gefehlt haben. Aber, wo ein Wille, da ein Weg ... begleiter." Hendrik lachte.

So entspannt, wie er gerade wirkte, ließ seine Aufmerksamkeit nach. Er wähnte sich in der absoluten Gewinnerposition. Genau dort sollte er auch bleiben. Dann könnte es ihr vielleicht gelingen, die Waffe zu ziehen.

Sie durfte jetzt nicht darüber nachgrübeln, wer der Kollege war, sondern musste eine Lösung finden, wie sie an den Stick gelangte. Seit Silvias Vortrag war ihr klar, dass sie sich selbst um ihr Überleben kümmern musste. Also hieß es für sie: Stick sichern, Waffe ziehen, Hendrik Porz überwältigen und alle sind glücklich und zufrieden. Sie bemerkte selbst, dass das in dieser Enge kaum möglich sein würde. Trotzdem suchte sie weiter fieberhaft nach einer Strategie.

Der Vorsatz, einen Plan für ihre eigene Befreiung zu schmieden, ließ ihr Herz tatsächlich etwas ruhiger schlagen.

„Du hast mich ganz schön überrascht“, sprach Hendrik Porz plötzlich. „Und tust es immer noch.“

Jasmin wusste nicht, was er meinte. Also hielt sie einfach die Klappe und löste wieder unauffällig ihre Hand vom Holster.

„Niemand kam auf mich. Niemand. Außer dir. Wie hast du es herausgefunden?“

„Ich ging die Mietverträge für Garagen durch. Komischerweise fand ich in Ihren Unterlagen einen solchen Vertrag über eine Garage, den Sören Forthoffer abgeschlossen hatte.“

„Stimmt! Er hatte diese Garage gemietet und wusste es nicht mehr.“ Hendrik lachte. „Der Schlüssel dazu war schon verrostet. Doch das Original wollte ich nicht nehmen. Ich wollte auf Nummer sicher gehen, dass er das gute Stück nicht plötzlich vermisst und misstrauisch wird.“

Jasmin erinnerte sich an die Knetmasse, die daran gefunden worden war. So langsam ergab alles ein schlüssiges Bild ... und sie saß hier mit einem Mehrfachmörder auf engstem Raum eingesperrt.

Nur nicht die Nerven verlieren. So lautete ihr Mantra.

Zum Glück bemerkte Hendrik nichts von ihrer Verfassung, sondern sprach einfach weiter: „Hätte die Polizei deine Suspendierung nicht aufgehoben, wäre alles beim Alten geblieben.“

„Und das wäre?"

„Sören im Knast und ich ein freier Mann mit allen Optionen zu einem richtig guten Job."

„Bei *DynamoCars*?"

„Niemals! Bei dem verlogenen Haufen würde ich nicht arbeiten und wenn es die einzige Chance in meinem Leben wäre."

„Warum?"

„Zuerst einmal haben Sören und ich uns zusammen dort beworben, weil mehrere Stellen besetzt wurden. Was glaubst du, warum Sören genommen wurde und nicht ich?"

Jasmin spürte, dass diese Antwort gefährlich werden konnte. Also sagte sie lieber gar nichts.

„Sörens Großvater war Geschäftsführer einer großen Stahlbaufirma in Saarlouis. Also ein einflussreicher Mann. Ich hatte nur ein kaputtes Elternhaus vorzuweisen und einen Alten auf einem Campingplatz. Es ist immer dasselbe: Geld und Macht gewinnt."

„Oh!"

„Da staunst du was. Beziehungen sind nur schädlich für den, der keine hat." Verbitterung schwang in seiner Stimme mit.

Jasmin sagte nichts dazu. Sie spürte, dass er noch nicht fertig war. Also wartete sie einfach ab.

„Außerdem hat Karl-Otto Brache Ulf auf dem Gewissen und wurde niemals dafür bestraft", kam es nach einer Weile.

Jetzt befand sich Jasmin wieder auf bekanntem Terrain und reagierte angemessen, indem sie fragte: „Ulf Brehmer?"

„Du hast wohl vergessen, dass ihr auch im Fall Ulf Brehmer ermitteln solltet." Plötzlich war Hendriks Gesicht ganz nah vor ihrem. „Aber ich werde dich wieder daran erinnern."

„Ich habe Ulf Brehmer bestimmt nicht vergessen. Nur glaube ich, dass Sie etwas falsch verstanden haben."

„Ich? Etwas falsch verstanden?" Hendrik lachte. „Was sollte das sein?"

„Ulf Brehmer wurde auf dem Grundstück der Firma *DynamoCars* gefunden", setzte Jasmin vorsichtig mit ihrer Antwort an.

Hendrik nickte.

„Sollte Brache dahinterstecken, hätte er die Leiche niemals dort verscharrt. So musste doch der Verdacht auf ihn fallen."

„Du bist wirklich ein helles Köpfchen." Hendrik nickte.

Jasmin schluckte seine herablassende Art herunter. Sie war leider nicht in der Position zu diskutieren – obwohl sie es gerade in gewisser Hinsicht tat.

„Aber du kannst mir ruhig glauben, dass Brache hinter Ulf Brehmers Tod steckt."

„Inwiefern?"

„Er hat dafür gesorgt, dass die ehemaligen Nachbarn nur noch einen Feind in Ulf gesehen haben. Ulf könnte ihnen das Geschäft vermiesen, nämlich den Verkauf ihrer Bruchbuden, die sie dort stehen hatten."

Jasmin erinnerte sich.

„Also hat Brache diese Deppen von Nachbarn so manipuliert, dass sie Ulf tatsächlich abgemurkst haben."

„Wie konnte er die Alten manipulieren?"

„Indem er ihnen viel mehr Geld für ihre Bruchbuden versprach, als sie wert waren."

„Und diese alten Leutchen vergraben eine Leiche zwei Meter tief im Boden?" Jasmin zweifelte.

„Diese alten Leutchen haben Verwandte – besser gesagt Kinder – die jung und kräftig sind." Hendrik schnaubte. „Und verdammt doof. Nämlich, dass sie die Leiche genau dort vergraben würden, damit hat Brache offensichtlich nicht gerechnet. Trotzdem ist ihm nichts passiert. Es ist immer dasselbe: Die Kleinen hängt man, die Großen lässt man laufen."

„Sind Sie verwandt mit Ulf Brehmer?" Damit stellte Jasmin genau die Frage, die sie seit Beginn dieses Gesprächs beschäftigte. Der Zusammenhang zu Ulf Brehmer fehlte ihr nämlich.

Ein Schnauben erfüllte den engen, dunklen Raum, was wohl ein Lachen sein sollte. Dann brummte Hendrik: „Er war mir näher als jeder Verwandte."

„Oh! Sind Sie der Junge, der bei Ulf Brehmer ein und ausging?"

„Das haben deine Kollegen herausgefunden?“ Hendrik staunte. „Was ihr nicht wisst, ist die Tatsache, dass ich Ulf verdanke, wer ich heute bin. Er hat dafür gesorgt, dass ich die richtige Ausbildung bekam.“

„Dann muss sein Tod ein Schock für Sie gewesen sein.“

„Ich hatte schon lange geahnt, dass hinter seinem Verschwinden mehr steckt. Er würde nicht einfach fortgehen, ohne mir etwas zu sagen.“

„Und jetzt wollen Sie *DynamoCars* vernichten, weil Sie glauben, dass Brache für Ulf Brehmers Tod verantwortlich ist?“

„Lassen wir die Spielchen.“ Hendriks Tonfall änderte sich. „Ich weiß doch, wie das funktioniert. Vertrauen aufbauen, damit an mein Gewissen appellieren, falls ich Böses im Schilde führe.“

„Sie haben kein Gewissen“, rutschte es Jasmin heraus.

„Gut erkannt!“ Hendrik lachte so laut, dass es in Jasmins Ohren schmerzte. Dabei lehnte er sich zurück. Zu Jasmins Freude legte Hendrik den Stick gedankenverloren auf eine kleine, freie Fläche vor seiner Tastatur und drehte sich weg, weil er an einem der anderen Rechner etwas beobachtete.

Das war ihre Chance.

*

Lukas und Theo trafen vor der Garage ein, hinter dessen Tor Jasmin Hafner gefangen gehalten wurde.

„Was ist los?“, fragte Renske erschrocken über Lukas’ Anblick. „Hat das Krankenhaus dich rausgeschmissen?“

„Nein, ich mich selbst.“

„Was soll das? Willst du draufgehen?“

„Nein! Und Jasmin darf auch nicht draufgehen.“

„Scheiße Mann! Tot nützt du ihr nichts.“

„Ich kratze nicht ab – keine Sorge. Ich bin zäh. Also sag mir einfach, was hier los ist.“

Damit war die Diskussion beendet. Silvia übernahm das Gespräch und erklärte: „Wir stehen sozusagen mit Jasmin in Kontakt. Sie hat immer noch den Funkhörer im Ohr und kann alles hören. Umgekehrt genauso. Hendrik Porz weiß nichts davon, was uns alle ein bisschen wundert."

„Wenn er es rauskriegt, bringt er Jasmin um", stieß Lukas aus.

„Er will sie so oder so nicht am Leben lassen. Deshalb müssen wir vor ihm reagieren."

„Und wie wollt ihr das anstellen?"

„Indem wir genau zuhören", antwortete Silvia.

„Sagt doch einfach zu Jasmin, sie soll sich flach auf den Boden legen und dann schießt ihr durch das Garagentor", schlug Theo vor.

„Geht nicht. Wie wissen nicht, ob genug Platz für Jasmin vorhanden ist, um sich flach auf den Boden zu legen. Auch wissen wir nicht, wie er sie festhält. Sie kann uns nur hören. Sagen kann sie nichts."

„Mist!"

„Hendrik Porz hat zugegeben, dass ihm jemand geholfen hat. Die Kollegen im Präsidium gehen alle Akten durch, um herauszufinden, wer das sein könnte. Einen Namen hat er nämlich nicht genannt."

„Kann ich mit Jasmin in Kontakt treten?"

„Ja. Aber sprich leise, damit Hendrik Porz nichts mitbekommt."

„Okay! Vielleicht gibt es doch eine Möglichkeit, durch das Tor zu schießen. Ich lasse mir was einfallen." Lukas entfernte sich von den Kollegen und flüsterte: „Ich bin's. Ich habe den Unfall gut überstanden. Jetzt überstehst du diese Geiselnahme."

Vom anderen Ende hörte er nur leises Klacken.

„Wir hecken einen Plan aus. Ich versuche, deine Reaktionen richtig zu erkennen."

Weiter nur Klicken und Klacken.

„Wir überlegen, durch das Garagentor zu schießen. Hast du Gelegenheit, dich auf den Boden zu legen? Für ja ein Räuspern – für nein ein Husten."

Ein Husten ertönte.

Lukas gab den Kollegen ein Zeichen, dass diese Aktion hinfällig war.

„Hast du deine Waffe dabei?"

Ein Räuspern.

„Kannst du sie ziehen?"

Ein Husten.

„Scheiße! Der Kerl ist wohl überall."

Ein Räuspern.

„Was ist mir dir los?", brummte plötzlich eine tiefe Stimme. Die musste zu Hendrik Porz gehören.

„Ich frage mich, mit welchem unserer Kollegen Sie in Kontakt stehen", hörte er Jasmin darauf reagieren.

„Glaubst du ernsthaft, ich sage dir das?", kam es unwirsch zurück.

„Hätte doch sein können. Sie wollen mich ohnehin nicht mehr gehen lassen."

„Ganz schön mutig, Kleines. Aber lass mal. Ich muss hier noch etwas fertigstellen, dann überlege ich mir etwas – auch, was ich mit dir anstelle."

Lukas wurde schlecht vor Schreck. Hoffentlich war sie nicht zu weit gegangen.

„Aber, warum schreiben Sie so viel am Rechner?"

„Ich bin dabei, meine Programme unwiederbringlich zu löschen. Dafür muss ich einiges in Gang setzen, was nur über die Tastatur möglich ist."

„Wäre jetzt keine Gelegenheit, die Waffe zu ziehen?", fragte Lukas.

Ein Husten.

„Was ist mit dir?" Porz Stimme klang für Lukas verdammt nah.

„Die Luft hier drin ist so stickig", tat Jasmin röchelnd.

„Tut mir leid, aber die Klimaanlage ist gerade außer Betrieb."

Stille drang durch das kleine Mikrofon. Lukas glaubte wieder das Tippen auf einer Tastatur zu hören.

„Und jetzt?“, fragte er.

Ein Räuspern.

„Führst du was im Schilde?“, kam es plötzlich von Porz.

Lukas wurde schlecht vor Schreck. Hätte er Jasmin doch nur in Ruhe gelassen. Hatte er bemerkt, dass sie die Waffe ziehen wollte?

„Klar“, kam es von Jasmin. „Ich überwältige Sie mit einem Handkantenschlag und spaziere hier raus.“

Lukas war kurz vor der Ohnmacht. Doch zu seiner Überraschung fing Hendrik Porz an zu lachen. Das wurde immer lauter und lauter, er hörte gar nicht mehr auf.

Zum Leiter des Sondereinsatzkommandos, der sich ebenfalls in Bereitschaft hielt, meinte Lukas: „Wäre jetzt nicht der geeignete Zeitpunkt?“

Der Einsatzleiter nickte.

Leise sprach Lukas ins Mikrofon: „Halte dich bereit. Es geht los. Wir öffnen das Garagentor. Bist du hinten oder vorne? Räuspern für hinten und lachen für vorne.“

Ein Räuspern ertönte.

*

Jasmin spürte, wie ihr Adrenalinspiegel anstieg. Ein Zugriff war geplant. Hendrik Porz nahm mit seiner Masse einen großen Teil des Innenraums ein. Wie sollte das funktionieren, ohne dass sie zu Schaden kam?

Sie durfte keine Veränderung in ihrem Verhalten zeigen, dabei könnte sie gerade schreien vor Angst.

Hendrik Porz bemerkte nicht, was in ihr vorging. Zum Glück. Sie gab sich alle Mühe, weiterhin ruhig zu atmen, damit sie das Denken nicht ausschaltete. Der Mann bearbeitete gerade eine Stelle am Boden, was ihr verdammt komisch vorkam. Die Überlegungen, was er damit bezweckte, lenkten sie ein bisschen von ihrer eigenen ausweglosen Situation ab. Wieder wanderte ihre Hand in Richtung Holster, das unter ihrer Jacke steckte. Dieses

Mal bemerkte er es nicht.

Sie musste es irgendwie schaffen, dass die Kollegen draußen erfuhren, was hier vorging. Also nahm sie allen Mut zusammen und fragte: „Was suchen Sie so verzweifelt auf dem Boden?“

„Deine Neugier könnte dir schaden“, kam es polternd zurück. „Du hast wohl vergessen, in welcher Rolle du dich befindest.“

Jasmin schluckte. Mit Schweigen konnte sie nichts ausrichten. Auf der anderen Seite des Garagentores konnte wohl kaum jemand ihre Gedanken lesen. Ihre Situation war mehr als beschissen.

„Aber reden werde ich doch noch dürfen.“

„Weiber!“

*

Allensbachers Diensthandy klingelte.

„Wer wagt es, mich jetzt anzurufen?“, schnaufte er unwirsch und hob ab.

„Moment! Moment“, rief er aufgeregt, reckte Theo das Handy entgegen und sagte: „Schalten Sie das Ding auf Laut.“

Theo betätigte die entsprechende Taste und schon konnten alle die Stimme von Dieter Marx hören: „Ich habe mich über das Gebiet erkundigt, auf dem diese Garagen stehen und dabei etwas Wichtiges herausgefunden?“

„Okay, was haben Sie herausgefunden?“

„Der Ort, an dem die Garagen stehen, war früher mal ein Wohngebiet mit sogenannten Einheitshäusern, wie sie nach dem Krieg als Wiedergutmachung gebaut worden sind. Dort hat sogar ein Kollege von uns gewohnt – besser gesagt dessen Familie.“

„Welcher Kollege?“

„Die Familie Dittrich.“

„Jetzt machen wir mal nicht gleich die Pferde scheu“, schaltete sich Allensbacher ein. „Nur weil die Familie von Marcel

Dittrich dort gewohnt hat, muss das noch lange nichts heißen. Erklären Sie uns lieber, was es mit den Häusern auf sich hat."

„Diese Häuser wurden alle vor etwa dreißig Jahren abgerissen, weil die Bausubstanz schlecht war", sprach Dieter Marx weiter.

„Und warum ist das für uns interessant?", bohrte Allensbacher weiter.

„Unter diesen Häusern haben sich damals Keller befunden. Also könnten dort immer noch Reste von diesen Kellergewölben sein."

„Das ist es", stieß Lukas aus. „Jasmin hat diesen Porz gerade gefragt, was er so verzweifelt auf dem Boden sucht."

„Ich stehe auf der Leitung", gab Theo zu.

„Vermutlich gibt es in dieser Garage eine Falltür, durch die er zu fliehen versucht."

In Sekundenschnelle war Bewegung in der gesamten Truppe des Einsatzkommandos und der Kriminalbeamten.

Lukas sprach leise in das Abhörgerät zu Jasmin: „Verhalte dich still. Wir müssen sofort einschreiten, sonst versucht er, mit dir zu fliehen. Halte dich von der Stelle fern, an der er den Boden bearbeitet. Dort ist vermutlich eine Falltür und darunter könnte sich ein Fluchtweg befinden. Du darfst auf keinen Fall mit ihm in diese Katakomben gelangen."

*

Jasmin musste höllisch aufpassen. Sie war gerade dabei, die Sicherung am Holster zu bearbeiten.

„Wenn du glaubst, dass ich mich auf die Verhandlungen mit deinen Kollegen verlasse, dann bist du im Irrtum", sprach Hendrik plötzlich. „Ich bin zwar kein Bulle, aber ich weiß, wie das läuft.. Noch spiele ich das Spiel mit – ein Spiel auf Zeit" Provokant schaute er Jasmin an. Zum Glück hatte sie rechtzeitig ihre Hand aus der Jacke gezogen.

„Aber glaub mir! Wenn das vorbei ist, habe ich für dich keine Verwendung mehr."

„Was habe ich Ihnen getan?"

„Du hast tatsächlich versucht, mir Sören auszuspannen."

Jasmin bekam Maulsperre vor Staunen.

„Da guckst du, was? Sören gehört mir, egal ob im Gefängnis oder in Freiheit. In diese Beziehung mischt sich niemand ein."

„Nicht antworten", ertönte ganz leise Lukas' Stimme in Jasmins Ohr. Also schwieg sie.

„Du wirst es nicht glauben, aber ich bin in meinem Leben von einer Scheiße in die nächste geraten. Während andere das Leben genießen konnten, musste ich zusehen, wie ich klarkam. Meine Mutter triefte nur so vor Sarkasmus. In ihren Augen war ich ein Nichtsnutz – egal wie gut meine Schulnoten waren. Das interessierte die Alte nicht."

Eine kurze Pause trat ein.

„Guckt er dich an?", fragte Lukas.

Ein Räuspern.

„Bei meiner Suche auf Abstand von der Alten bin ich auf Ulf Brehmer gestoßen. Er gab mir das Gefühl, wichtig und verdammt intelligent zu sein. Sorge sogar dafür, dass ich an den richtigen Schulen angemeldet wurde. Also verbrachte ich jede freie Minute bei ihm."

Jasmins Herz klopfte wie wild. Worauf lief dieser Monolog hinaus?

„Aber wie das bei notorischen Pechvögeln so ist, war Ulf Brehmer auch nicht das, was man als rettenden Anker bezeichnen könnte. Ich bin sozusagen vom Regen in die Traufe."

„Sagten Sie nicht, er habe Ihnen das Gefühl gegeben, intelligent zu sein?"

Hendrik nickte und meinte: „Das hat er. Er hat mich motiviert und aufgebaut."

„Aber?"

„Was er einerseits gut gemacht hat, hat er andererseits ausgenutzt. Es hat Jahre gedauert, bis ich verstanden habe."

Jasmin ahnte etwas.

„Sören und ich kannten uns noch aus Kindertagen. Er war es, der mir angesehen hat, was los ist. Betroffene erkennen sowas. Er war es auch, der mich da rausgeholt hat. Wir haben zusammen die weiterbildenden Schule in Aachen besucht und dort den Bachelor gemacht. Dann kam das Stellenangebot bei *DynamoCars*. Sören bestand darauf, dass wir uns beide dort bewerben. Aber warum er genommen wurde und ich nicht ... das hatten wir schon." Er schwieg kurz, bevor er seinen Monolog fortsetzte: „Daraufhin fühlte ich mich rastlos. Ich habe das Saarland verlassen. Erst in der Ferne fing mein Glück an. Ich fand gute Arbeitgeber, die auf meiner Weiterbildung bestanden. So konnte ich ein Know-how erwerben, von dem selbst Sören träumt."

„Das war an den Unfällen unschwer zu erkennen", gab Jasmin zu. Während sie Hendriks Worten lauschte, war ein Plan in ihr gereift. Nach Lukas' Angaben legte Hendrik eine Tür zu einem unterirdischen Gang frei. Nach Hendriks Worten, wollte er sie mit in die Tiefe reißen. Aber diese Rechnung machte er ohne sie.

Hendrik bückte sich, stieß plötzlich ein lautes „Arrg" aus und riss die Falltür auf.

Er packte Jasmin, um sie mit in die Tiefe zu reißen ...

*

Ein Schuss aus dem Garageninneren ertönte.

Eine Sekunde später wurde mit ohrenbetäubendem Lärm das Garagentor eingeschlagen. Mehrere Sondereinsatzbeamte in Schwarz wollten die Garage stürmen, doch sie wurden sofort ausgebremst. Vor ihnen lag ein riesiger Berg an Computergehäusen, Monitoren, Tastaturen, Kästen in allen Größen und Farben, Drähten, die in die Luft hingen und sonstiges Computerzubehör.

Verdutzt standen alle vor diesem unüberwindbaren Wirrwarr und schauten sich an.

„Was ist hier passiert?", fragte Lukas. „Wer hat geschossen?"

Ein Rascheln ertönte.

„Halt“, bremste Theo. „Da ist was.“

Wieder konnten sie es hören. Gleichzeitig sahen wie, wie sich der Berg aus Computergehäusen, Monitoren und Tastaturen bewegte.

„Dort ist jemand“, brüllte Lukas und rief Jasmins Namen.

„Hier bin ich“, kam es gedämpft als Antwort.

Im Nu begannen alle Beamten die Geräte aus der Garage zu räumen, bis endlich eine völlig desolate Jasmin Hafner zum Vorschein kam. Ihr Gesicht war blutverschmiert, ihre schwarzen Haare standen zerzaust vom Kopf weg, ein Auge war angeschwollen. Hilflos lag sie am Boden.

„Was ist passiert?“, fragte Lukas und wollte ihr aus der Garage helfen. Doch seine eigenen Verletzungen standen ihm im Weg.

Theo kam beiden zu Hilfe.

Am Martinshorn erkannten sie, dass ein Krankenwagen bereits unterwegs war.

„Hendrik wollte mich mit in die Tiefe reißen“, nuschelte Jasmin. „Aber ich hatte es gerade noch rechtzeitig geschafft, meine Waffe zu ziehen.“

„Hast du ihn getroffen?“

„Ich glaube schon.“

„Warum liegt hier alles auf dem Boden?“

„Das war er. Er wollte sich den Fluchtweg sichern.“

„Du bist spitze.“ Lukas’ Augen bekamen ein Leuchten.

„Und ich habe noch etwas, das vielleicht nützlich sein könnte.“ Sie zog den USB-Stick aus ihrer Hosentasche und gab ihn Theo.

„Wow! Wenn das der Entschlüsselungscode ist, dann ist der ganze Spuk endlich vorbei.“

„Das ist ein Teil davon. Ich habe ihm nämlich zuschauen können, was er darauf abgespeichert hat, obwohl er ein großes Geheimnis daraus machen wollte. Aber dafür war der Raum einfach zu eng.“

„Hendrik Porz hat dich einfach unterschätzt." Theo grinste. „Ich ihn auch."

„Hey! Mit Gangstern messen wir uns nicht."

„Er hat mir die Waffe entrissen, bevor er in dem unterirdischen Gang verschwunden ist. Außerdem ..."

„Jetzt ist nur wichtig, dass du wieder frei bist. Den Rest erledigen die Kollegen. Die erobern gerade diesen unterirdischen Gang und Marx versucht anhand der Pläne herauszufinden, wohin er führt." Lukas legte seinen gesunden Arm um sie. „Alles ist geregelt."

Jasmin schaute ihn verwundert an und fragte: „Und wir?"

„Wir gehen ins Krankenhaus und lassen und gesund pflegen."

„So, wie du aussiehst, bist du von dort geflohen."

„Du siehst auch alles."

*

Den Pfingstsonntag verbrachte Theo an seinem Arbeitsplatz. Lukas lag inzwischen fest im Krankenhaus. Seine Verletzungen hatten sich verschlimmert, sodass eine weitere Operation nötig geworden war. Jasmin lag nur wenige Zimmer weiter. Auch sie bekam eine Zwangsauszeit verordnet.

Lediglich Dieter Marx saß überraschenderweise an seinem Schreibtisch und sah grau und eingefallen im Gesicht aus.

„Heute ist Pfingsten", meinte Theo schlau. „Dass ich dich an so einem Tag hier vorfinde."

„Pfingsten ist das Fest, an dem das von Jesus Christus angekündigte Kommen des Heiligen Geistes gefeiert wird", erklärte Marx. „Aber das hilft mir nicht dabei, meine Ermittlungen vorzutreiben."

Theo kam aus dem Staunen nicht mehr heraus. Tonlos sagte er: „Du siehst vermutlich nicht nur krank aus, sondern bist es auch."

„Gott hat mich nicht verschont, also ist es meine Bestimmung, für meine Arbeit zu funktionieren."

„Ach Dieter! Wir alle wissen, dass du gute Arbeit leistet. Aber ein bisschen mehr solltest du dir schon wert sein. Allein schon für weitere Fälle, die mit Sicherheit kommen werden. Sagt der liebe Gott nicht auch sowas wie *Mein Lieber, ich wünsche, dass es dir wohl ergehe und du gesund seist oder so ähnlich?*"

„Evangelium nach Johannes, Kapitel 3 Vers 2. Schön, dass ihr mich alle immer wieder erinnert. Aber!! Ich habe nicht mehr lange zu leben. Also tue ich heute, was ich heute tun kann, und warte nicht darauf, ob ich morgen noch dazu in der Lage bin."

„Du machst mir Angst."

Dieter hob seine rechte Hand und sagte: „Ich habe endlich einen Bauplan von 1988 gefunden. Das war der Zeitraum, als die Häuser in der Seitengasse der Kurt-Schuhmacher-Allee in Saarlouis abgerissen wurden. Da sind noch sämtliche Pläne der Kellerräume drauf."

„Kann man daran erkennen, in welche Richtung Hendrik Porz geflohen ist?"

„Leider nicht. Fast jeder dieser Keller hatte Extra-Ausgänge. Die Kollegen sind ja vor Ort und suchen alles ab. Bis jetzt sind sie allerdings auch nicht schlauer als wir. Ich habe zumindest eine Ortung des Fahrzeugs von unserem IT-Mann Marcel Dittrich angefordert. Der Wagen befand sich gestern ganz in der Nähe. Inzwischen ist er im Hochwald. Das Auto ist in Bewegung."

„Vielleicht hat das eine mit dem anderen nichts zu tun und wir beschuldigen Marcel Dittrich zu Unrecht."

„Eine Überprüfung schadet keinem."

„Da gebe ich dir recht." Theo nickte. „Und wie sollte Hendrik Porz zu dem Fluchtwagen – wenn es einer ist – gelangt sein?"

„Hier steht etwas von einem Schacht, der durch alle Keller führte. Über den sind die Leitungen für Strom-, Gas- und Wasser in ein Zentralablesegerät gelaufen, damit die Stadtwerke nicht jedes Haus einzeln aufsuchen mussten."

„Passt da ein Mensch durch?"

„Dort wurden nicht nur Leitungen, sondern auch Rohre verlegt. Ich denke also schon, dass da ein Mensch durchpasst."

„Und wo führt der hin?"

„In das Randgebiet von Saarlouis-Steinrausch, an das direkt ein Wald angrenzt. An diesem Wald führt ein Autobahnzubringer zur A 8 entlang. Genau dort konnte der Wagen von Marcel Dittrich geortet werden."

„Gib das weiter an die Kollegen. Die müssen wohl oder übel einen eigenen Kollegen verfolgen."

„Habe ich schon gemacht."

„Gut! Wenn wir Glück haben, sitzt Hendrik bei ihm im Wagen."

„Dann ist dieser Fall endlich abgeschlossen", meinte Dieter.

„Nicht ganz", bremste Theo.

„Du sprichst vom Fall Ulf Brehmer?"

„Ja. Das ist das noch Unschönere an der Geschichte."

„Warum?" Dieter schaute überrascht auf.

„Die alten Leutchen haben Lukas und mir gefallen. Sie sind so originell. Aber es ist inzwischen zweifelsfrei bewiesen, dass sie gemeinschaftlich Ulf Brehmer erstochen haben. Ihre Kinder haben beim Vergraben der Leiche geholfen."

„Und niemand hat daran gedacht, dass die Leiche vielleicht gefunden werden könnte?"

„Nein! Man kann sich vorstellen, dass diese Leute außer sich waren, als das passiert ist. Als geübte Mörder würde ich die Alten nicht gerade bezeichnen."

„Es ist wohl schon länger erwiesen, dass sie es waren", überlegte Dieter laut.

Theo reagierte nicht darauf.

„Wolltet ihr die Alten davonkommen lassen?"

*

„Womit haben wir es hier zu tun?", fragte Renske, als er den Bericht über Hendrik Porz gelesen hatte. „Trifft dein Profil nun zu oder nicht?"

Silvia schaute von ihren Unterlagen auf und antwortete: „Wie sich inzwischen herausgestellt hat, war Ulf Brehmer ein Kernpädophiler, der sich als Vaterersatz für Hendrik Porz unentbehrlich gemacht hat. Durch die ständige verbale Misshandlung der Mutter war Hendrik Porz ein emotional vernachlässigtes Kind, das Bestätigung gesucht hat. Bei Ulf Brehmer hat er diese gefunden – oder dachte es zumindest. Für Männer wie Ulf Brehmer passen solche Kinder genau ins Beuteschema, weil sie leicht zu manipulieren sind. Er gab dem Jungen Sicherheit und Wertschätzung – alles, was Hendrik bei seiner Mutter nicht bekam. Dann folgt ein schleichender Prozess – nach und nach fordert Ulf Brehmer neben schulischen Leistungen auch Zuneigung und Berührungen, die irgendwann in Sexualität ausarten. In solchen Fällen ist das Kind – oder der junge Erwachsene – an dem Punkt angekommen, dem Peiniger auch diese Wünsche zu erfüllen, weil es – oder er – Angst hat, die Bezugsperson zu verlieren. Daraus resultiert, dass Hendrik Porz Opfer und Täter gleichzeitig wurde. Jedes Opfer von Pädophilen reagiert anders, aber oft läuft es darauf hinaus, dass sie selbst zu Tätern werden. Mein Profil traf zu, nur haben wir alle meine Prognosen auf Sören Forthoffer projiziert, was falsch war. Ein Profil sollte nicht so lange zurechtgebogen werden, bis es passt."

Sie saßen in Allensbachers Büro. Mit anwesend waren Markus Schaller von der Spurensicherung, der Gerichtsmediziner Dr. Eberhard Stemm, Dieter Marx und Theo Borg.

„Auch passt die Tatsache, dass Hendrik einen Helfer hatte, in das Profil. Solche dominanten Typen haben oft Bewunderer, die alles für sie tun. Ich kenne Marcel Dittrich nicht, aber ich würde fast annehmen, dass er der devote Partner in dieser Konstellation ist. Wie wir aus dem Gespräch zwischen Jasmin und Hendrik Porz wissen, war er es, der den Trojaner in unser System eingeschleust hatte. Das erklärt, wie dieses Virenprogramm so exakt unser System angreifen konnte."

„Also hattest du recht, als du festgestellt hast, dass Sören Forthoffer gar nicht für diese Phishing-Mail infrage kommen konnte. Diese Mail war nicht zeitversetzt", sagte Jasmin zu Dieter Marx.

„Nein ... äh ... ja."

„Die Behauptung, die Nachricht sei zeitversetzt verschickt worden, kam übrigens von Marcel Dittrich." Silvia grinste freudlos. „Ganz schön raffiniert."

Die Stille, die sich auf den Vortrag hin im Raum ausbreitete, wirkte beklemmend. Theo war derjenige, die sie unterbrach: „Ist Hendrik Porz auch der Mörder von Ulf Brehmer?"

„Menschen wie Hendrik Porz leugnen, dass ihnen durch den sogenannten Ziehvater Unrecht angetan wurde", antwortete Silvia. „Für sie fühlt es sich richtig an, was mit ihnen gemacht worden ist. Doch so, wie er sich in der Garage geäußert hat, ist Hendrik Porz aus diesem Dornröschenschlaf erwacht. Ich vermute, dass Sören Forthoffer ihm dahingehend die Augen geöffnet hat. Als Missbrauchsopfer erkennt man ein anderes eher als ein Nichtbetroffener."

„Die Lösung gefällt mir besser, als die alten Leutchen zu beschuldigen."

„Leider muss ich dich enttäuschen. Hendrik Porz ist weggegangen, nachdem er verstanden hat, was mit ihm passiert ist. Er ist nicht für den Mord an Ulf Brehmer verantwortlich. Nach allem, was er in der Garage gesagt hat, gibt er Brache die Schuld an dessen Tod. Und das ist nicht von der Hand zu weisen. Brache hat das viele Geld für die Häuser angeboten und durchsickern lassen, dass das Geld verlorengehe, wenn Ulf Brehmer nicht verkaufen wolle. Damit ist es ihm gelungen, die Nachbarn gegen Ulf Brehmer aufzubringen. Auch Männer wie Brache haben psychopathisches Potential."

„Trotzdem haben wir keinen Beweis dafür, dass die Alten es waren." Theo wollte es einfach nicht wahrhaben.

„Eigentlich schon", schaltete sich Markus Schaller ein. „Aufgrund der neuen Ermittlungsergebnisse habe ich die Schaufel, die wir am Leichenfundort fanden, analysiert und tatsächlich was gefunden."

„Und was?“

„An der Stelle, an der das Schaufelblatt am Stil befestigt ist, gab es eine kleine Blutspur. Diese Stelle war in all den Jahren geschützt, weshalb sich das Blut dort halten konnte. Ähnlich bei dem alten Messer – der Tatwaffe. Vermutlich hat sich derjenige verletzt, der das Grab geschaufelt hat. Die DNA ist identisch mit der DNA von Rudolf Websters Sohn.“

„Klingt eindeutig.“ Theo schnaufte.

„Ich habe mir den Stichkanal an Ulf Brehmers Leiche noch einmal vorgenommen“, ertönte Dr. Stemms Stimme durch den Raum. „Nach mehreren Berechnungen, in die ich den Verwesungsprozess, die Geweberückbildungen und Organschrumpfungen miteinbeziehen musste, bin ich zu dem Ergebnis gekommen, dass der Messerstich nicht tödlich war. Das spricht für einen halbherzigen Angriff oder für einen Angriff durch einen schwachen Täter.“

„Oder das Opfer ist ungünstig gestürzt und in das Messer hineingefallen“, spekulierte Theo.

„Das wäre auch eine Möglichkeit.“

„Das könnte doch bedeuten, dass die Alten den Mann nicht umgebracht haben?“ Theos Hoffnung wuchs.

„Nach der Spurenlage können wir nur Websters Sohn eindeutig nachweisen, dass er am Vergraben der Leiche beteiligt war?“, resümierte Allensbacher.

„Auch das nicht. Die Schippe könnte auch anderweitig von ihm verwendet und an dieser Stelle abgelegt worden sein.“

„Spielen wir hier Advocatus Diaboli?“, schaltet sich Silvia ein.

„Ja! Ihr hättet die Alten selbst erleben müssen“, murrte Theo und kratzte sich am Kopf.

„Vielleicht sagt Websters Sohn, was damals wirklich passiert ist. Dann wissen wir auch, wer oder was dahintersteckt. Anders erfahren wie es nicht“, meinte Silvia dazu.

„Es gibt zwei Möglichkeiten“, mischte sich Dr. Stemm wieder ein. „Entweder starb Ulf Brehmer nach dem Angriff an einem Herzinfarkt – verursacht durch den Schock. Oder er war nur ohnmächtig und wurde lebendig begraben.“

Renske räusperte sich und wandte ein: „In beiden Fällen Totschlag durch Unterlassen.“

*

Lukas fühlte sich pudelwohl. Mit geschlossenen Augen lag er im Bett und spürte Jasmins warmen Körper neben sich. Die Schmerzen in seiner Hand blendete er einfach aus. Das Gefühl war zu schön. Seine geliebte Jasmin räkelte sich nackt an seinen Körper, ihre Rundungen liebkosten seine Haut. Hoffentlich war es nicht nur ein Traum. Er wagte nicht, die Augen zu öffnen. Lieber ließ er sie geschlossen und genoss die Zärtlichkeiten. Dabei spürte er, wie sich etwas in seinen Lenden ankündigte. Seine Erregung wuchs und wuchs. Er konnte sich nicht mehr zurückhalten.

Er blinzelte, sah ihr Lächeln und fiel ungestüm über sie her. Sie sträubte sich, doch der Widerstand war bald gebrochen. Leidenschaftlich liebten sie sich.

Jasmins Schreie hörten sich sonderbar an. Lukas schaute ihr ins Gesicht, das trotz Kratzer und Schrammen immer noch wunderschön aussah und stellte fest, dass sie gar nicht schrie. Sie lächelte, hielt den Mund krampfhaft geschlossen und drehte den Kopf ins Kissen.

Jetzt erst sah Lukas, dass das Kopfkissen weiß war. Alles in diesem Bett war weiß. Jasmins Bett war braun. Seins zu Hause blau.

Was stimmte hier nicht?

Auch die Schreie hörten nicht auf, obwohl sie längst fertig waren.

Er ließ sich zurücksinken, da erst sah er das ganze Ausmaß.

Sie lagen in einem Krankenhausbett. In seinem, wie er anhand der Anordnung des Zimmers zu erkennen glaubte. Und vor ihnen stand eine große Krankenschwester und stieß laute

Töne des Entsetzens aus.

„Der Dame hat wohl nicht gefallen, was sie gerade gesehen hat", stellte Jasmin schmunzelnd fest und zog die weiße Decke über Lukas blankes Hinterteil. Dabei kicherte sie und hielt sich weiterhin unter Lukas versteckt.

Plötzlich versammelten sich weitere Krankenschwestern vor der Krankenzimmertür. Ein lauter Tumult entstand, der sich nach und nach auflöste. Theo Borg tauchte zwischen den vielen weiß bekittelten Damen auf und fragte: „Was ist passiert?"

Eine der Schwestern zeigte einfach nur auf Lukas und Jasmin, ohne ein Wort zu sagen.

Theo betrat das Zimmer. Ilka Dewes begleitete ihn. Sie schauten auf die beiden hinab und verstanden.

„Ich kann euch noch nicht einmal im Krankenhaus unbeaufsichtigt lassen. Selbst hier stellt ihr was an."

„Hallo", empörte sich Lukas. „Auch für uns ist ein Feiertag. Wir wollten den Pfingstmontag noch ein bisschen festlich ausklingen lassen."

Jasmin kicherte. Ilka stimmte in das Kichern ein, bis das Lachen der beiden Frauen in ein lautes Kreischen ausartete.

Es dauerte nicht lange, schon stand ein Arzt im Zimmer. Er starrte auf die Szene und brummte: „Sie haben Glück, dass Sie von der Polizei sind und im Einsatz verletzt wurden. Sonst müsste ich Sie rausschmeißen. Aber inzwischen haben Sie unsere Geduld zur Genüge strapaziert. Jetzt dürfen Sie sich trennen und sich wie normale Patienten benehmen."

Er verließ das Zimmer.

Jasmin erhob sich aus dem Bett, zog die Bettdecke um ihren Körper und verschwand hinter dem Vorhang, der die sanitäre Ecke vom Krankenzimmer trennte.

„Hey und ich?", rief Lukas entsetzt, der nackt auf der Matratze zurückblieb.

„Wir sind hier unter Kollegen", murmelte es hinter dem Vorhang. „Da wäre es unpassend, wenn ich hüllenlos vor Theo herumtanze. Du findest bestimmt eine Lösung."

Lukas griff hastig nach dem Kopfkissen und legte es auf seinen Schoß. Theo reichte ihm die Tasche, die er für seinen Kumpel gepackt hatte. Darin gab es alles, was er brauchte. Schnell zog er sich die mitgebrachten Klamotten an und atmete hinterher erleichtert durch. Jasmin kehrte in Nachthemd und Morgenmantel zurück.

Anschließend saßen sie sich zu viert gegenüber und schwiegen sich an.

„Warum sitzen wir hier?", fragte Jasmin nach einer Weile.

„Weil es im Krankenhaus so schön ist", kam es lahm von Theo.

„Vielleicht hätten wir uns doch nicht anziehen müssen." Jasmin warf einen frechen Blick auf Lukas.

„Stimmt! Zeitverschwendung."

„Was wird das jetzt?" Theo horchte auf.

„Wir haben alles, was wir brauchen." Jasmins Grinsen wurde breiter.

„Was denn?" Theo stutzte.

„Du hast Ilka, ich habe Lukas, im Zimmer stehen zwei Betten ..." Jasmins Augen funkelten.

„Das Krankenhaus hat euch richtig versaut", stellte Theo fest.

„Das würde unsere schreiende Krankenschwester nicht überstehen. Beim Anblick von uns beiden war sie schon ganz außer sich", erkannte Lukas.

„Eigentlich sind wir hier, weil wir euch auf den neusten Stand der Ermittlungen bringen wollen." Mit dieser Aussage verdarb Theo die ausgelassene Stimmung.

„Hoffentlich ist der Fall abgeschlossen", murmelte Lukas.

„Ist er – so gut wie ..."

„Dann lass mal hören!"

„Die Kollegen aus der Pfalz fanden einen grünen Subaru Forester mit einer Leiche drin."

„Hendrik Porz?"

„Nein! Marcel Dittrich. Erschossen! Mit Jasmins Waffe."

„Scheiße", stießt die Kriminalbeamtin aus.

„Dieser Mord passt laut unserer Psychologin auch zum Maslow'schen Prinzip. Sie hat damit gerechnet, dass er nicht mehr lebt. Der IT-Kollege war mindestens genauso gut in seinem Metier wie Hendrik. Also musste er ihn ausschalten."

„Brutal! Und solche Menschen leben unter uns." Ilka Dewes stöhnte.

„War Marcel Dittrich tatsächlich der Maulwurf?", fragte Lukas.

„Ja. Er hat nicht nur die Phishing-Mail aus unserem Haus verschickt. Er hat auch die Passwörter für die Cloud herausgegeben, sodass unser Internet-Speicher gelöscht werden konnte."

„Scheißkerl."

„Dafür hat er mit dem Leben bezahlt", antwortete Theo.

„Aber Hendrik war noch nicht weit weg. Er hat einen Wagen geklaut, was ihn wohl Zeit gekostet hat. So konnte er geschnappt werden."

„Wie konnten die Kollegen ihn schnappen?"

„Das ist ja das Kuriose." Theo lachte. „Er hat sich eine alte Klapperkiste ausgesucht. Doch leider gehörte das Auto einem Technikfreak. Der hatte tatsächlich ein GPS an dem alten Auto. Damit konnte Hendrik Porz niemals rechnen."

„Er hat doch so manchen unterschätzt", stellte Jasmin fest.

„Bei ihm fanden wir den Ergänzungs-Stick, mit dem der Trojaner vollständig entschlüsselt werden konnte."

„Das ging also nur mit den beiden Sticks zusammen?"

Theo nickte.

„Nachdem wir wieder an unsere Daten herangekommen sind und auch gleichzeitig die Rechner von Hendrik Porz überprüfen konnten, wurden die Verläufe der Computerprogrammierungen nachverfolgt. Es ist tatsächlich so, dass Hendrik die Autos von *DynamoCars* komplett gesteuert hat. Alle Reaktionen der Autos, die zu den Unfällen geführt haben, sind hinterher wieder aus den Programmen entfernt worden. Nur anhand von Hendrik Porz' eigenen Computern waren diese Verläufe noch nachverfolgbar."

„Er wollte die Spuren vernichten, als wir in der Garage eingesperrt waren." Jasmin erinnerte sich.

„Das hat er auch. Aber unsere IT-Leute konnten die Verläufe größtenteils wiederherstellen. Auch wir haben bei der Polizei echte Kapazitäten."

„Hat man gemerkt", kam es von Lukas.

„Also hat Hendrik uns unterschätzt."

Theo nickte.

„Das heißt, er hat die Sicherheiten, wie zum Beispiel bremsen, wenn ein Fußgänger die Straße überquert oder eine Ampel auf Rot schaltet, einfach gelöscht und nach dem Unfall wieder aktiviert?", fragte Lukas.

„Genau das."

„Wie kam er an die Daten der Autos ran?" Lukas versuchte, seine Hand in eine schmerzfreie Position zu bringen.

„Das ist das Kuriose!" Theo rollte die Augen. „Sören Forthoffer hatte alle Programme von *DynamoCars* auf seine privaten Computer übertragen, um von zu Hause aus daran arbeiten zu können."

„Das darf doch nicht wahr sein." Jasmin schüttelte den Kopf, dass ihre schwarzen Haare durcheinanderflogen.

„Und nun kommt's: Hendrik Porz und Sören Forthoffer sind ein Paar. Hendrik ging bei Sören ein und aus. Jetzt wissen wir also, wie er an die technischen Daten von *DynamoCars* rangekommen ist."

„Und wo war dieser Computer?", fragte Lukas. „Bei unseren Durchsuchungen haben wir ihn nicht gefunden."

„Es ist eine Art Rechenzentrum im Kleinformat und steckte in seinem Fernseher. Für uns Laien nicht zu erkennen."

„Also ist Sören Forthoffer nicht so unschuldig, wie er aussieht", stellte Lukas fest.

„Nein. Es war gegen die Firmenregel, die ganzen technischen Daten auf den Computer zu Hause zu übertragen." Theo nickte. „Karl-Otto Brache war not amused, als er davon erfuhr."

„Warum manipuliert Hendrik den *Streetfighter*, während sein geliebter Sören am Steuer sitzt?“ Diese Frage beschäftigte Jasmin viel mehr.

„Das war eine Fehlplanung“, antwortete Theo. „Ursprünglich sollte Amit Chander diese Testfahrt durchführen. Der Fahrerwechsel kam erst in letzter Sekunde, weil Chander sich mit dem Chef angelegt hatte.“

„Allwissend ist Hendrik Porz also auch nicht.“

„Aber er hat erreicht, was er wollte.“ Theo verzog sein Gesicht zu einer Grimasse. „Er wollte *DynamoCars* ruinieren. Das ist ihm gelungen.“

„Und wie passt Marcel Dittrich in dieses Komplott?“, fragte Lukas.

„Hendrik hatte sich den IT-Forensiker der Polizei als Liebhaber ausgewählt. Laut unserer Psychologin befand sich in dieser ungleichen Beziehung Marcel Dittrich in der Rolle des Devoten, der alles für seinen Partner tut. Menschen wie Hendrik Porz erkennen sofort, wer für eine solche Rolle empfänglich ist und wer nicht.“

„Der Typ hat wirklich an alles gedacht.“

„Was macht Brache jetzt?“, fragte Jasmin.

„Er wechselt zusammen mit Amit Chander zu *WayMac* ins Silicon Valley“, berichtete Theo. „Nicht die schlechteste Lösung für die beiden.“

„Schade“, meinte Lukas. „Der *Streetfighter* war das perfekte Auto.“

„Fast perfekt“, korrigierte Theo. „Vergiss nicht, du hast bei der Testfahrt lieber selbst das Steuer übernommen. Also bleiben wir beim Herkömmlichen.“

Lukas hielt Theo die Hand entgegen, der schlug ein.

„Und wie geht es mit Hendrik Porz weiter?“, fragte Jasmin. „Habe ich ihn wenigstens getroffen?“

„Leider nur ein Streifschuss“, antwortete Theo. „Er wird noch einigen Befragungen unterzogen. Die Angriffe auf Monika, Dieter und dich waren zum Beispiel total stümperhaft.“

„Und sein Versuch, uns auf dem freien Feld zu überfahren, spricht auch nicht für ein großes Genie", warf Lukas aus.

„Stimmt", gab Theo zu. „Auf die Fragen diesbezüglich meinte er in der Vernehmung, das sei nur ein notwendiges Übel gewesen und habe nichts mit seiner wahren Bestimmung zu tun. Mit sowas wollte er sich nicht befassen."

„Und warum hat er Monika, Dieter und mich überhaupt angegriffen?"

„Damit hat er seinen Unmut darüber zum Ausdruck bringen wollen, dass die Kriminalpolizei die Firma DynamoCars in die Ermittlungen mit einbezieht."

„Das war doch nicht unsere Entscheidung."

„Das war ihm egal."

„Mit den Überfällen auf uns hat er aber nur das Gegenteil erreicht", stellte Jasmin klar.

„Nur in seinem Metier ist Hendrik Porz unschlagbar. Sobald es darüber hinausgeht, macht er Fehler." Theo zuckte die Schultern. „Der Subaru und die Leiche von Marcel Dittrich waren übersät mit seinen Spuren."

„Und wie geht es jetzt weiter?", fragte Lukas.

„Während ihr euch hier im Bett tummelt, werde ich die ehemaligen Nachbarn von Ulf Brehmer ins Präsidium vorladen müssen." Theo raufte sich die Haare. „Den Teil der Ermittlungen hätte ich lieber dir überlassen."

„Hättest halt am Steuer des Streetfighter sitzen sollen."

„Nee, lass mal! So, wie du unter den Armaturen festgeklemmt hast, während der Wagen mit 180 Sachen auf den nächsten Baum zugerast ist ... da wird mir noch bei der Erinnerung daran Angst und Bange."

„Ich verdanke dir mein Leben."

„Bitte nicht so pathetisch, sonst fange ich noch an zu weinen."

Epilog

Die Gaststätte „Nilles Saarbrocklyn“ war inzwischen zur Stammkneipe für die Kriminalbeamten, den Staatsanwalt und Silvia Tenner geworden. Das bunt schimmernde Angebot an ausgefallenen Getränken gab der Atmosphäre etwas Heimeliges. Ein Anblick, der heute Abend besonders frohlockte. Es war Feierabend, Lukas und Jasmin endlich aus dem Krankenhaus entlassen – also die beste Gelegenheit, endlich mal was davon auszuprobieren.

„Heute ist mein letzter Wille tatsächlich noch mehr Promille“, verkündete Lukas. „Ich habe gehört, dass Alkohol auch Schmerzen betäuben kann.“

„Gute Entscheidung“, pflichtete Theo bei und ließ sich in der Sitzecke neben dem Eingang nieder – inzwischen ihr Stammplatz. „Nach den heutigen Ergebnissen habe ich vor, meine Erinnerung an den Tag zu ertränken. Das soll dabei helfen, dass man sich nicht so viel draus macht.“

„So schlimm?“

„So verwirrend.“

„Du machst mich neugierig.“

„Gut so! Genau deshalb sind wir hier. Aber gedulde dich mit dem Komasaufen, bis der Rest der Truppe da ist. Dann erzähle ich alles.“

„Hoffentlich weiß ich morgen noch, was du gesagt hast." Lukas lachte und bestellte ein Bier.

„Ich werde alles aufnehmen."

Helmut Renske betrat zusammen mit Silvia Tenner das Lokal. Sie setzten sich zu den beiden und bestellten sich etwas Hochprozentiges zum Trinken.

„Ich brauche heute einen richtig guten Whisky", stellte Renske klar. „Unter einem Glenfiddich geht gar nichts."

„Warum?"

„Jasmin hat sich durchgesetzt und bringt Dieter Marx mit zu unserem geheimen Treffen. Da muss ich schon prophylaktisch meine Nerven beruhigen."

„Ich kann dir versichern, dass mit Dieter eine Wandlung vorgegangen ist. Er predigt nicht mehr, weil er sich von Gott verlassen fühlt."

„Das glaube ich erst, wenn ich es erlebe."

Es dauerte nicht lange, schon trafen die Besagten ein. Dieter ließ seinen Blick neugierig über das gesamte Ambiente schweifen, bevor er sich mit dem Kommentar „Eine sündige Umgebung spornt wohl den Geist zu besonderen Leistungen an" auf der Sitzgruppe niederließ.

„*Wenn wir sagen, wir haben keine Sünde, so verführen wir uns selbst, und die Wahrheit ist nicht in uns*", kommentierte Renske Dieters Aussage.

„Erster Brief des Johannes, Kapitel 1, Vers 9", kommentierte Marx. „Auch Sie sind besser informiert, als ich dachte."

„Ich stecke voller Überraschungen."

„Genug der Nebensächlichkeiten", bremste Theo den Dialog. „Kommen wir lieber zum Abschluss unseres Falles."

„Okay, dann fang an", forderte Renske auf. „Im Fall Ulf Brehmer hast du das Wort." Renskes Grinsen ließ bei allen Anwesenden die Alarmglocken schrillen.

Theo trank sein Bier in einem Zug leer und begann mit seinem Bericht: „Wer sich erinnert – bzw. wer unsere Berichte gelesen hat – weiß, dass die Alten alle behauptet haben, dass da noch etwas wäre, aber sie kämen nicht dahinter, was."

Allgemeines Nicken war die Antwort.

„Jetzt weiß ich, was das war."

„Du spannst uns ganz schön auf die Folter", murrte Jasmin.

„Hilde Effner hat mir berichtet, dass sie sich wieder erinnere gesehen zu haben, dass Rudolf Webster eine tätliche Auseinandersetzung mit Ulf Brehmer hatte."

„Klingt doch nach einem Verdächtigen."

„Rudolf Webster behauptet sich zu erinnern, dass Gerhard Heinze eine tätliche Auseinandersetzung mit Ulf Brehmer hatte."

„Lass mich raten", schaltete sich Lukas ein. „Gerhard Heinze erinnert sich, dass Hilde Effner eine Auseinandersetzung mit Ulf Brehmer hatte."

„Gut erkannt." Theo klopfte Lukas lobend auf die Schulter. „Jetzt fang mit dieser Situation mal etwas Juristisches an."

Alle Blicke fielen auf Renske.

„Die Situation ist schwierig. Sowas hatte ich noch nicht", gab der Staatsanwalt zu.

„Was willst du tun?", bohrte Lukas.

„Es gibt den Paragraphen 153b StPO – Absehen von Klage, Einstellung. *Liegen die Voraussetzungen vor, unter denen das Gericht von Strafe absehen könnte, so kann die Staatsanwaltschaft mit Zustimmung des Gerichts das für die Hauptverhandlung zuständig wäre, von der Erhebung der öffentlichen Klage absehen*", zitierte Renske. „Unser Fall liegt so, dass keine Anklage erhoben werden kann, weil wir keinen klaren Verdächtigen haben."

„Aber wir haben doch die Blutspur an der Schippe."

„Laut Websters Sohn hat er die Schippe des Öfteren benutzt, um den Garten seines Vaters umzugraben. Dabei habe er sich gelegentlich auch mal verletzt."

„Und wie kam die Schippe an diesen Ort?"

„An dieser Stelle befand sich offensichtlich mal ein Blumenbeet, das alle Bewohner am Ostring nutzen durften."

„Und wem gehört das alte Messer?", fragte Lukas.

„Keinem. Angeblich hat es niemand der alten Herrschaften jemals gesehen."

„Das mit dem antiken Messer war wirklich ein raffinierter Schachzug." Lukas grinste.

Theo stimmte in das Grinsen ein.

Jasmins Mundwinkel fingen auch an zu zucken, aber sie beherrschte sich.

Sie lehnten sich zurück und tranken in aller Seelenruhe ihre Gläser aus.

„Manche Fälle löst der liebe Gott", sprach Dieter in die stille Runde.

„Was diesen Fall betrifft, bin ich froh darüber", gab Lukas zu. „Es würde mir schwerfallen, die listigen Alten einzulochen."

„Also können wir den Fall abschließen", warf Renske ein. „Hendrik Porz sitzt in Untersuchungshaft. Sören Forthoffer ist auf Kaution wieder frei. Mehr Erfolge haben wir gerade nicht zu verzeichnen."

„Sören Forthoffer hat die Auflage, sich in Psychotherapie zu begeben. Bei Gesprächen mit Psychologen während seiner U-Haft haben sich bei ihm psychopathische Eigenschaften herauskristallisiert, die wir richtig interpretiert haben", erwähnte Silvia. Auf die fragenden Blicke der Kollegen fügte sie an: „Es gibt eine Checkliste für Psychopathen, anhand der man den Grad der Gefährlichkeit eines solchen Menschen errechnen kann. Sören Forthoffer verfügt über 60 Prozent."

„Ist das viel?", fragte Lukas.

„Dieser Wert gilt eindeutig als psychopathisch."

„Aber mit unseren Taten hat er nichts zu tun. Dafür ist Hendrik Porz verantwortlich."

„Ich weiß auch wieder, woher ich Hendrik Porz kannte, bevor ich ihm zur ersten Vernehmung begegnet bin", berichtete Lukas. „Er hat am Ufer gestanden, als das Auto mit der Leiche von Benno Horst aus der Saar geborgen wurde."

Silvia nickte und meinte: „Das passt. Er hat sich an seinen Taten geweidet."

„Dass ein einzelner Mann so viel Schaden anrichten kann."

„Ist bei Serientätern so", meinte Renske naserümpfend.

„Hendrik Porz ist ein harter Brocken. Aber es gibt nichts, was ihn nicht als Psychopathen entlarven würde", erklärte Silvia. „Die Unfallopfer hatten alle selbst etwas auf dem Kerbholz. Er hat bewusst keinen Unschuldigen getötet. Die zusätzlichen Opfer an der Imbissbude in Saarlouis-Fraulautern waren Kollateralschäden."

„Mir kommen die Tränen."

„Dabei kommt auch sein Verdruss über seine Herkunft zum Ausdruck. Alle Opfer – Fred Hansen, Benno Horst und Chris Köhler – hatten Verbindungen zu mächtigen oder reichen Familien, was ihnen diese laxe Rechtsprechung ermöglichte. Das war der Auslöser für seine Entscheidung, diese Menschen zu töten."

„Warum hat er sich nicht wahllos Opfer ausgesucht?", fragte Jasmin.

„Diese Eigenschaft entspricht der ‚der Wolf im Schafspelz'-Masche. Sie neigen immer dazu, andere für alles verantwortlich zu machen. In den Fällen unserer Unfallopfer sind sie sozusagen selbst schuld, weil sie getötet haben. Deren Familienangehörige werden indirekt auch bestraft, weil sie durch ihren Einfluss die gerechte Bestrafung verhindert haben. Damit versucht Hendrik Porz sein Handeln ins rechte Licht zu rücken, was auch typisch für Psychopathen ist."

„Inzwischen wissen wir übrigens, dass er noch mehr potenzielle Opfer auf seiner Liste hatte. Alle nach dem gleichen Muster: selbst etwas auf dem Kerbholz und wegen guter Beziehungen mit viel zu milder Strafe davongekommen. Er hat wohl für alle Eventualitäten vorgesorgt, damit sein Plan auch wirklich aufgeht", berichtete Renkse.

„Wow! Wissen die Betroffenen von ihrem Glück?", fragte Lukas.

„Nein! Es ist nicht ratsam, ihnen sowas mitzuteilen." Renske grinste schief.

„Haben die Techniker inzwischen mehr über diese ominöse SMS herausgefunden, die Fred Hansen auf seinem Handy hatte?“, fragte Jasmin.

„Ja, sie konnte tatsächlich wiederhergestellt werden“, antwortete Theo. „Und zwar war der Wortlaut: *Ey du Versager. Glaub nicht, dass du damit durchkommst.*“

„Wow! Heftig.“

„Der Zeitpunkt passt auch. Genau dann, als der Unfall geschah.“

„Also kam sie vom Täter, der gesehen hat, wann genau Fred Hansen auf den Zebrastreifen ging. So konnte er sich absichern, dass das Auto den Jungen auch wirklich trifft.“

„So sieht es aus.“ Theo nickte.

„Konnte der Absender zurückverfolgt werden?“

„Nein. Das klappte nicht mehr.“

„Gibt es für Kaliber wie diesen Hendrik Porz auch einen Wert auf dieser Psychopathen-Checkliste?“

„Ja, er verfügt über einen Wert von 90 Prozent. Damit ist er hochgradig gefährlich und wird wohl keinen Fuß mehr auf freien Boden setzen.“

„Und mit dem Kerl habe ich in aller Vertraulichkeit geplaudert, als wir allein im Wartebereich vor dem Vernehmungszimmer saßen.“ Jasmin schüttelte sich.

„Solche Menschen sind charmant. Und sie töten auch nicht jeden, der ihnen in die Quere kommt. Es gibt sogar Psychopathen, die töten gar nicht. Doch im Fall Hendrik Porz war das Auftauchen von Ulf Brehmers Leiche wohl der Trigger.“

„Obwohl der ihn sexuell missbraucht hat?“

„Der Alte hat Hendrik in jungen Jahren das Gefühl gegeben, etwas Besonderes zu sein, was er von seiner Mutter niemals bekam und hat ihn schulisch gefördert. Damit ist es ihm gelungen, sein Opfer so zu blenden, dass es die Bösartigkeit seines sexuellen Übergriffs lange nicht erkannt hat.“

Der Wirt trat mit einem Tablett voller Champagnergläser an den Tisch und fragte: „Haben Sie das bestellt?“

Jasmin nickte, nahm das Tablet entgegen und stellte es auf den Tisch.

„Womit haben wir uns das verdient?“, fragte Dieter.

„Mit unserer guten Arbeit“, antwortete Jasmin. „Aber ich möchte auf unsere Kollegin Monika Blech anstoßen. Sie befindet sich jetzt an einem besseren Ort und schaut uns ganz bestimmt zu.“

„Auf Monika!“

„Auf Monika!“

„Auf Monika!“

„Auf Monika!“

„Auf Monika!“

„Auf Monika!“

ENDE

Schriller Wirtschaftsroman des millionen-schweren Immobilien-spekulanten

»Ich kenne Klaus Barski. Er ist Praktiker. Er spricht auf seine Weise Wahrheiten aus, die sich sonst keiner zu sagen traut. Und dabei ist das Buch auch noch äußerst lebhaft und witzig.«

Baulöwe
Dr. Jürgen Schneider

Klaus Barski:
Prügel für den Hausbesitzer. Tatsachenroman eines Immobilienspekulanten
Solibro Verlag 2012
[cabrio Bd. 2]
ISBN 978-3-932927-48-5
Broschur • 304 Seiten
eISBN 978-3-932927-52-2
(epub)

mehr Infos & Leseproben:
www.solibro.de